굿바이, 편집장

굿바이, 편집장

굿바이,

고경태 지음

편집장

한겨레출판

문예 봄날

비탄과 경탄의 날들이여 안녕

기적이다.

이 책을 탈고한 것은 기적, 이라고 나를 위로해본다. 출간 계약을 일찍도 맺었다. 2011년 1월이었다. 내 생애 최초의 책《유혹하는 에디터》를 낸 지 1년 6개월도 되지 않았을 때다. 후속 편을 계약한 셈이었는데, 성급했다. 중간에 베트남전 책을 내는 등 계획에 없던 일들을 소화했다. 아마도 이번 생에 이 책의 탄생은 불가능하리라 여겼다. 지금 서문을 쓰고 있다니, 기적이다.

10년 만에 언론과 편집에 관한 책을 낸다. 정확히 말하자면 기획과 편집장에 관한 책이다. 주로 전작《유혹하는 에디터》출간 이후를 담았지만, 그 이전도 일부 들어가 있다. 매체의 기자로서, 편집자로서, 편집장으로서 살아온 30년 가까운 시간의 기록이다. 내가 무슨 생각으로 어떻게 일했는지, 무엇을 추구했는지를 편집장직에 방점을 찍어 순전히 내 관점에서 풀어놓았다.

매체를 만들며 가슴을 졸이고 비탄에 빠졌던 고비가 한두 번 아니었다. 매일 땅이 꺼져라 한숨을 쉬고 다니기도 했다. 느닷없는 일을 자주 맡았고, 그 일은 종종 늪에 빠졌다. 본의 아니게, 또는 본의였다. '이 또한 지나가리라'라는 낙관적인 마인드로 버티며 이겨 나갔다. 늪에서 빠져나올 때마다 탈진했지만, 무언가 남았다. 변화가 주는 감동과 경탄이 있었다. 아주 사소한 시도조차 때로는 숨을 길게 참고 견뎌야 이루어질 수 있음을 깨닫게 해준 나날이었다. 그런 날들이 모여 이 책을 만들었다.

Part 1은 토요판의 탄생 드라마다. 내가 참여한〈한겨레〉토요판이 한국 언론사에 거대한 발자취를 남겼다고 생각하지는 않는다. 범죄 현장의 혈흔 또는 머리카락처럼 샅샅이 뒤져야만 겨우 보이는 얼룩이나 흔적에 불과할지도 모른다. 토요판에 관한 글은 2016년 초반 세명대 저널리즘스쿨 대학원 인터넷 매체 〈단비뉴스〉에 연재했다. 한겨레 후배들이 흥미롭게 읽어줘 용기를 얻었다.

Part 2는 기획에 관한 관점과 방법론이다. 통계를 구하며 연구를 하지는 않았다. 비장의 노하우라 하기에도 부끄럽다. 수줍은 독백이다. 예전의 기획들을 되돌아보며 나를 움직이게 한 근거를 찾고 의미를 부여했다. 개똥철학이라 해도 좋다.

Part 3은 몇 가지 특별한 기획물의 역사다. 다른 사람들은 잘 모르지만, 나는 너무 잘 아는 이야기다. 무려 20년이 지난 것도 있다. 웃기기도, 고통스럽기도 했던 사고뭉치의 기억이기도 하다. 한번은 꼭 기록하고 싶었다. '쾌도난담'과 '직설', 그리고 '한홍구의 역사이야기'. 이제야 꼼꼼하게 남기게 돼 기쁘다.

Part 4는 편집장으로서 가장 최신의 기획거리다. 10년 전 《유혹하는 에디터》에서 12년 8개월간 만들었던 〈한겨레21〉 표지와 광고 카피에 베스트, 워스트 등을 매겨 시전한 바 있다. 이번 책에선 토요판의 커버스토리와 외부 필자들의 연재물을 펼쳤다. 매체기획의 트랙에서 벗어난 자서전 스쿨 기획도 덧붙였다. 이 부분은 마지막 편집 과정에서 뺄까 말까 고심했다. 망한 기획도 하나 꼭 넣고 싶어 살렸다. 하지만 〈한겨레21〉, 〈한겨레〉 esc, 〈씨네21〉 편집장 때의 기획과 필자로는 거슬러 올라가지 않았다. 그중 일부만 Part 2에서 소개했다.

Part 5는 내가 만난 편집장이다. 길거나 짧게 선후배로, 취재원으로 인연을 맺었던 편집장들을 만나 편집장에 관해 물었다. 매력적이고 용맹한 이들이다. 내가 글을 쓰며 미처 살펴보지 못한 편집장의 세계에 관하여 그들이 커버해줘 다행스럽다.

Part 6은 거칠다. 피 튀긴다. 살인과 욕, 돈거래와 뒷담화가 활개 친다. 편집장의 뒤안길이다. 황당하게 여길 독자들의 탄식을 예상한다. 엽기 편이라고 양해하고 읽어주기 바란다.

이 책에 인터뷰가 실린 전직 편집장 한 분은 글 초고를 보여주자 이렇게 말했다. "나는 결국 종이 미디어의 석양을 장식하고자 그 세월 동안 잡지를 만든 걸까요?" 내가 언론사에서 일했던 초기 10년(1991~2000년)은 압도적인 종이의 성시였다. 중간 10년(2001~2010년)은 인터넷의 주류 진출기이자 종이의 혼란기였다. 마지막 기간(2011~2019년)은 모바일과 SNS가 지배하던 종이의 파시였다. 종이는 장례식을 준비해야 하는 위기에 놓여 있다. 종이신문, 종이잡지는 나 같은 60년대 출생 세대(이른바 86세대 또는 586세대)의 운명을 앞서서 보여주는 듯도 하다. 올드미디어의 뜨거운 여름은 추억이 되어간다. 한국 사회에서 민주화를 일구고 오랜 세월 헤게모니를 잡아온 60년대 출생 세대도 언젠가는 사회 변화에 따라 급속히 여명에 물들 것이다. 이런 시대의 기후를 포착하고 미래를 준비하는 것이 앞으로 명민한 매체 편집장의 기본 임무가 아닐까. 나의 기록이 여기에 유익함을 제공할 수 있을지 걱정이다.

내가 신봉한 것은 재미와 새로움이었다. 편집장으로서 나는 늘 재미를 강조했고, 무엇인가 처음 해보려고 했다. 뜻밖의 이야기를 사랑했다. '예측불허'는 가장 아끼는 사자성어다. 그 가치는 분야를 초월한다고 본다. 매체의 결정권을 쥔 수많은 이들이 종이를 넘어 다양한 미디어 플랫폼에서 재미있고 새로운 콘텐츠를 만들어냈으면 하는 바람이다. 그 힘으로 세상을 움직여 나갔으면 좋겠다. 이것이 나의 저널리즘이다.

물론 재미를 저널리즘의 본령이라고 말하는 사람은 드물다. 어뷰징과 가짜 뉴스가 쏟아지는 때에 언론은 사실에 엄격하고 맥락에 충실해야 한다. 사회적 약자에 대한 따뜻한 시선, 자본으로부터의 독립, 권력 감시는 변함없이 언론의 미덕이다. 이 책에 그런 말은 거의 없다. 이에 관한 전문가는 세상에 넘친다. 나는 굳이 따로 보태지 않았다.

이 책은 편집장을 위한 매뉴얼이 아니다. 편집장론도 아니다. 그저 어느 전직 편집장의 에세이다. 편집장이 등장하는 언론사의 풍경이다. 내 한계를 안다. '편집장의 모든 것'이라고 하기엔 부족하다. 이 책은 편집기자로 오래 생활한 내 궤적을 반영하고 있기 때문이다. 그럼에도 지금 이 순간 머리를 쥐어뜯으며 무엇을 쓸지, 기획을 어떻게 할지 고민하는 기자/편집자/편집장의 실전에 작은 도움을 주고 그들의 시선과 감수성에 영향을 끼친다면 더할 나위 없이 행복하겠다.

Part 1 토요판을 제외하고는 미리 체계를 잡지 않고 글을 썼다. 머릿속에 마구잡이로 떠오르는 소재들을 단편으로 써 나갔다. 나중에 한겨레출판 오혜영 팀장이 틀을 잡아 재구성해주었다. 집필을 결심한 2015년 이후, 무려 5년을 기다리며 독려해준 오 팀장이 없었다면 빛을 보지 못했을 책이다. 감사, 감사하다.

내 삶의 모토 중 하나는 "말만 번지르르하게 하지 말자"다. 서문을 쓰면서 다시 돌아본다. 공연히 말만 앞세우지 않았는지, 이치에 닿지 않는 헛소리는 없는지. 진실하게 살겠다는 다짐 따위는 안 한다. 인생은 어차피 허무하지만, 다른 이들에게 공허함을 덜 전파하면서 살고 싶다. 10년의 편집장 생활을 포함해 29년간 매체를 만들면서 나는 잘 살아왔던가. 다시 돌아갈 수 없는 그날들에 던지는 인사가 이 책의 제목이 되었다.

굿바이.
굿바이, 편집장.

2019년 10월 고경태

어느 봄날의
현기증

2005년 3월의 옥상

"옥상에서 잠깐 봅시다."

2005년 3월의 어느 오후, 선배는 그렇게 말했다. 전화였는지, 문자였는지는 기억나지 않는다. 아니, 나를 불러 함께 옥상에 올라갔는지도 모른다. 아무튼 한겨레신문사 9층 옥상의 나무 책상에 마주 앉아 이야기를 나눴던 기억은 또렷하다. 선배는 말했다.

"〈한겨레21〉 편집장에 당신을 생각하고 있어."

순간, 잘못 들었나 했다.

"네? 저를요?"

인사철이었다. 한겨레신문사 대표이사 선거가 끝난 직후였다. 나를 불렀던 선배는 얼마 전 간부 인사에서 출판국장으로 임명됐다. 〈한겨레21〉 창간 멤버이기도 했던 김현대 선배였다. 출판국장은 한겨레 안에서 잡지 부문을 총괄하는 자리다. 내가 〈한겨레21〉 편집장 후보군에 있을 줄은 상상하지 못했다. 난 이미 다른 선배를 편집장 후보로 추천했었다. 신문편집국의 선배들이 〈한겨레21〉 편집장으로 오는 관행이 있었으므로, 누가 올까 촉각을 곤두세우기는 했다. 선배는 주변의 신뢰할 만한 몇몇 후배한테도 의견을 청취했노라고 말했다. 내가 적격인 시점이라고 했다. 얼떨떨했다. 생각해보겠다고 했다. 언제까지 답을 드려야 하냐고 물었다.

"빨리 줘. 내일까지. 비밀이다."

비밀은 무슨. 누군가와는 상의해야 할 문제였다. 그날 저녁 〈한겨레21〉 창간 11주년 기념행사가 있었다. 1년 전 창간 10주년 때 처음 시작했던 '인터뷰 특강'이었다. 나는 특강의 기획자였다. 마침 그날의 강사는 〈한겨레21〉 전 편집장이었던 오귀환 선배였다. 행사가 끝나고 간단한 뒤풀이까지 마쳤다. 밤 11시경, 승용차를 가져왔으나 맥주를 마신 선배를 위해 대리운전 기사를 불렀다. 그리고 함께 차에 올랐다. 집이 같은 방향이었다. 처음으로 선배에게 편집장 자리를 제안받은 일을 털어놓았다.

"선배, 저 한 가지 뭐 좀 물어봐도 돼요?"

"뭐?"

"저보고 편집장을 하라는데요."

"아, 그래? 잘됐네."

"내일까지 생각해보겠다고 했는데, 어찌하면 좋을까요?"

15　　　　　프롤로그

선배는 나를 어처구니없다는 듯이 바라보더니 못 박듯 말했다.

"야, 무조건 받아. 뭘 생각하고 말고야."

"제가 너무 빨리하는 거 아닌가요?"

"빠르긴 뭐가 빨라. 기회 생길 때 잡아."

"아시다시피 제가 편집기자만 해서 편집장을 했던 다른 선배들처럼 정치·사회부 경험도 전혀 없고."

"그게 너의 강점이야. 오히려 넌 다른 사람이 볼 수 없는 걸 볼 수 있어. 더 잘할 수 있다고."

선배 특유의 확신에 찬 조언을 들으니, 용기가 생겼다.

언젠가는 내가 〈한겨레21〉 편집장을 할 수도 있겠다고 생각은 해봤지만 당장은 꿈도 꾸지 않았다. 그저 훗날의 일이었다. 출판국장은 지금이 타이밍이라고 판단했다. 나는 1994년 3월 〈한겨레21〉 창간팀 막내로 들어와 편집기자로 일했다. 2000년부터는 편집팀장이 됐다. 편집팀을 제외한 취재팀은 편집국과 순환 인사로 기자들이 들고났다. 나는 〈한겨레21〉 편집팀이 좋았다. 취재기자를 해보겠다거나, 신문편집국에 올라가고 싶다는 말을 편집장에게 건넨 적이 없었다. 순수하게도, 아니 순진하게도 〈한겨레21〉에서 평생 일할 생각이었다. 밖에서는 갑갑해 보일지라도, 편집팀에 적을 두고 이런저런 기획을 하고 성과를 얻으면서 재밌게 일했다. 출판국장은 그 점을 높이 산 것 같았다. 〈한겨레21〉에 애착이 있는 나 같은 토착 멤버가 새로운 기운을 불어넣을 시점이라고 여긴 모양이었다.

나는 겁쟁이였다. 스무 명 정도 되는 〈한겨레21〉 취재·편집·

사진·교열 조직을 책임지고 이끌어 갈 엄두가 나지 않았다. 마감날마다 자신의 이름으로 편집장 칼럼을 써야 한다고 생각하면 까무러칠 것만 같았다. "너 지금 장난하냐? 명성 있는 시사주간지의 편집장이라는 자가 이딴 걸 글이라고 썼어?" 비웃음만 살 것 같아 주눅이 들었다. 아무리 재도 잘할 자신이 없었다. 나의 관념 속에서 '편집장'이라는 자리는 '저 높은 성벽' 너머에 있었다. 현 편집장 선배와 열 살 가까이 나이 차이가 나는 점도 부담스러웠다. 난 30대였다. 30대에 〈한겨레21〉 편집장을 했던 경우는 이전에 없었다. "난 30대니까, 젊으니까 더 잘할 수 있어"라고 자신 있게 임해도 됐을 텐데, 그땐 그러지 못했다.

후들후들 떨었지만, 피하지는 않았다. 나는 사약을 받는 심정으로 편집장 직을 받기로 했다. 처음 쓴 편집장 칼럼 '만리재에서'의 첫 단락을 다시 보면 겁이 묻어 있지만 말이다.

"도둑처럼 찾아온 변화였습니다. 날벼락을 맞고, 오늘부터 이곳에서 여러분과 만납니다. 솔직히 말씀드리면, 정신적으로 적응이 안 돼 일주일 내내 스트레스에 시달린 게 사실입니다. 아직도 몸에 맞지 않는 옷을 입은 것처럼 어색합니다. 독자 여러분, 잘 봐주십시오."

편집자에서 동그라미 하나 그리면 편집장이다. 표준국어대사전은 편집장을 이렇게 정의한다. "편집하는 사람들의 우두머리로서 편집 업무 전체를 관할하는 사람." 동그라미 하나의 차이는 무섭다. 편집장은 우두머리다. 취재에서 사진까지 최종결정권을 쥔 두목이라는 뜻이다. 끝없이 결정하고 승인한다. 표지 기사(커버스토리) 아이템을 A로 할지 B로 할지, 기사와 제목을 이대로 둘지 말지, 사진과 디자인을 무엇으로 선택할지 마지막 키를 쥐었다. 기자들은 묻고 또 묻는다. "어떻게 할까요? 어떻게 할까요? 어떻게 할까요?" 편집장은 잡지 제작 실무의 모든 사항을 결정하고, 모든 책임을 진다. 나는 현기증을 느꼈지만 쓰러지지는 않았다.

2005년 봄, 내 '편집자' 인생에서 동그라미를 하나 더 그렸다. '편집…장'이 됐다. 전혀 다른 세계로 넘어갔다.

당신이
편집장이라면

더 멋대로, 멋지게, 독하게 ━━━━━━━

웃겼다.

잔뜩 비장해졌다. 〈한겨레21〉 편집장 임명을 받은 직후였다. 세상의 고뇌를 혼자 짊어진 사람처럼 눈에 핏발을 세웠다. 번민과 불면의 밤을 보냈다. 술을 마셔도 취하지 않았다. 〈한겨레21〉 구성원들에게 인사 이메일을 보냈다. 문득 그 내용이 궁금해져 옛 파일함을 뒤졌다. 앞머리에 엄살이 가득하다. "갑자기 발령이 나 황당하다, 새 업무에 적응하느라 정신없다, 많이 모자라니 잘 부탁한다…" 인력과 지면 운용 방향에 관해서도 구구절절 늘어놓았다. 큰 방향이 세 가지란다. 1. 재밌게, 2. 멋지게, 3. 독하게. 14년

이 흐른 글을 보며 헛웃음을 지었다. 유치해, 유치해. 그래도 후회는 없다. 사회에서 첫 편집장 경험, 하고 싶은 대로 원 없이 했다. 조금이라도 더 젊을 때 잡지를 젊게 만들려고 노력했다.

1994년 〈한겨레21〉에 입사해 11년 만이었다. 누군가는 걱정했다. 너무 일찍 편집장이 됐다고. 편집장 임기는 고작 2~3년인데 끝나면 어떻게 할 거냐고 물었다. 아무 계획이 없었지만, 세상은 계획대로 되지도 않는다. 뜻하지 않은 일이 벌어졌다. 1년 6개월 만인 2006년 10월 주말판 준비팀장으로 발령이 났다. 팀원이 아무도 없었다. 황량하고 황당한 사막이었다. 그다음도 예측을 불허하는 행로의 연속이었다. 주말판 계획이 물거품되고 〈한겨레〉 생활문화 매거진 섹션 'esc'를 창간해 초대 편집장(팀장)을 했다. 2년 만인 2008년 10월 영화주간지 〈씨네21〉 편집장으로 갔다. 상상하지 못한 길이었다. 1년 3개월 만에 다시 〈한겨레〉로 왔고, 돌고 돌아 2011년 12월부터 토요판 초대 편집장(에디터)을 맡게 됐다. 그리고 2016년 신문부문장을 했다. 돌이켜 보니 10년 넘게 편집장 일을 했다. 처음 만난 사람이 "어느 분야에서 가장 오래 기자 생활을 했냐"고 물으면 그냥 "이곳저곳에서 편집장을 했다"고 둘러대는 지경이 됐다.

편집장이란 무엇인가. 콘텐츠 리더다. 매체의 논조와 성격과 위상에 큰 영향을 끼친다. 과연 그런가? 상식적인 가설일 뿐이다. 편집장과 매체의 상관관계를 검증한 연구 논문이라도 나올 법하다. 국회도서관과 학술논문 검색 서비스를 뒤져봤지만 한 편도 찾을 수 없었다. 편집장을 키워드로 해 나라도 뭔가 글을 써볼까?

얼핏 그런 생각이 들기 시작했다.

편집장은 골치 아픈 일이다. '책임' 때문이다. 매체를 어떻게 꾸밀지 책임을 져야 한다. 기자들을 책임져 돌보고(?) 관리해야 한다. 잡무도 많다. 그늘이 있으면 빛도 있다. 자신의 뜻을 펼쳐갈 여지가 있다. 자신의 구상대로, 의지대로 매체를 움직일 수 있다. 다른 말로 하면, 하고 싶은 대로 할 수 있는 권력이다. 권력!

권력에 관해 여러 번 곱씹었던 말이 하나 있다. 고 정두언 의원이 했던 말이다. 2011년 3월 〈한겨레〉 대담 코너 직설 현장에서 직접 들었다. "권력을 잡는다는 건 두 가지 의미가 있어요. '한 번 누려보겠다'와 '한 번 바꿔보겠다'." MB정권 초기 최측근에서 밀려난 권력 실세로서 이명박 전 대통령을 비판하면서 나온 말이었다. 편집장도 같은 맥락에서 볼 수 있다. 한 번 누려보겠다는 의지로 임하는 편집장이라면 어떨까. 누린다니, 무엇을 누릴 수 있을까? 편집장의 지위를 이용해 사적인 이익을 누리거나 갑질을 한다? 특정 기업이나 세력을 조져 광고를 뜯어낸다? 매체마다 문화가 다르겠지만 그런 자세로 임하는 편집장의 리더십을 구성원들이 진심으로 따를 리 없다. 한 번 바꿔보겠다는 의지로 임하는 편집장이라면 그 기본 태도에 관해선 매체 구성원들과 독자들에게 신임을 얻는다. 바꾼다는 것은 혁신이자 진일보다. 지면과 콘텐츠는 도태되면 시든다. 편집장이 도태되면 매체는 시든다.

한국언론진흥재단에서 수습기자들을 대상으로 강의를 할 때 강의자료 맨 앞에 이런 제목을 써넣곤 했다. "당신의 1면을 상상해보라." 병아리 기자들은 취재 전부터 선배들의 깨알 지시를 받는다. 나름 열심히 쓴 기자가 데스킹 과정에서 뭉개져 전혀 다른 기사가 된 채 자신의 바이라인으로 실리는 경우를 목도할 때가 있다. "아, 이렇게 쓰는구나" 감탄하며 배우기도 하지만, "아, 이건 아닌데"라며 의문부호를 눈물과 함께 삼키기도 한다. 그런데 연차가 쌓이면서 보이기 시작한다. 남들이 쓴 기사의 허점이 눈에 밟힌다. 조금씩 '가정'의 세계에 빠져든다. "내가 인터뷰였다면 첫 질문부터 다르게 던졌을 텐데…." "나 같으면 리드문을 이렇게 썼을 텐데…." 더 나아가면 편집장 가정 놀이다. "내가 편집장이었다면 1면 제목을 훨씬 섹시하게 달았을 텐데." "내가 편집장이라면 저 표지는 '킬'시켰을 텐데."

내가 편집장이라면…, 내가 최종결정권을 쥐고 1면을 만든다면…. 그런 상상은 주인의식을 돋운다. 누군가의 지시에 따라 일하는 편집장이라면 자격이 없다. 편집장은 남들이 따라오게 해야한다. 여러 갈림길에서 마지막 결단을 해줘야 한다. 그런 점에서 편집장은 온전한 능동체를 지향하는 존재다. '내가 편집장이라면' 등의 가정을 한다는 것은, 피동적인 존재에서 조금씩 변신할 준비를 축적하고 있다는 성장의 증거이기도 하다.

기자 생활을 하며 여러 편집장과 함께 일했다. 과장을 조금 보태자면, 가장 멋진 편집장은 자기 멋대로 하는 편집장이었다. 멋대로 하는데, 결과가 멋시게 나오는 편집장이었다. 멋대로 하는데, 그게 독선으로 비치지 않는 편집장이었다. 멋대로 하면서도, 독하게 밀어붙이는 편집장이었다. 나도 그랬을까. 소심하여 결정 공포의 늪에서 헤어나지 못한 적이 많았다. 주변 환경으로 인해 좌절한 적도 있었다. 멋대로, 멋지게, 독하게 하려는 시늉만 내려다 말았다. 그래도 불편한 기억은 없다. 회한보다 보람이 많은 걸보면 내가 하고 싶은 대로 편집장 생활을 했던 모양이다.

앞으로의 글은 그런 어느 편집장의 풍경이다. 편집장이 되기전 나름 편집장 의식으로 일했던 기록이기도 하다. 여러 매체 중에서 토요판은 편집장으로 4년 4개월(2011. 12.~2016. 4.)을 몸담았다. 내 인생에서 가장 긴 편집장 임기였고 가장 압도적인 경험이었으며(신문부문장 등 다른 편집간부 일을 빼고는) 가장 최근의 일이었다. Part 1에서 토요판 이야기부터 꺼내는 이유다.

그러나…

당신이 편집장이라면, 당신은 더 멋지게 할 것이다.

토요판의

탄생

"이건 신문이 아니다"

우려를 우려먹기

우려가 폭발했다.

어느 정도 예상한 반응이었다. 격려와 응원만을 받으리라는 기대는 진작에 없었다. 우려의 시선은 이전부터 찔끔찔끔 받아오지 않았던가. 다만 이렇게 수위가 높을 줄은 몰랐다.

"신문이 아니다."

내 말이 끝나자마자 손을 든 선배들은 표현만 달랐을 뿐, 그렇게 이야기했다.

2011년 12월 초순의 어느 날 오후였다. 볕이 좋았다. 식사 직후였으니 졸릴 만도 했다. 잠이 오기는커녕 정신이 번쩍 났다. 초

27

장부터 이건 뭐지? 신문사 8층의 대회의실에서 프레젠테이션을 막 끝낸 직후였다. 긴 타원형의 테이블에는 회사에서 연배가 높은 축에 속하는 선배 그룹이 앉아 있었다. 부장 또는 부국장급 이상의 50대였다. 그만큼 부담스러웠다. 발표를 마쳤으므로 참석자들의 생각을 듣거나 질문을 받을 차례였다. 무슨 이야기가 나올지 가슴을 졸였다. 한 명이 손을 들고 일어났다. 10여 년 전 같은 부서에서 근무했던 선배였다.

"뭔가 다르긴 한데 콘셉트가 없어요. 기존 토요일자에 광고가 거의 없고 가독성도 떨어지고 관성화돼 있다는 말을 했는데, 그것이 지금 하려는 것과 무슨 관계죠? 합리적인 설명이 없어요."

뉴스가 빠졌다는 우려

나는 그날 토요판 준비팀장 자격으로 그 자리에 있었다. '토요판 신문'이란 세상에 존재하지 않았다. 존재하지 않는 새로운 것을 책임지고 선보여야 했다. 그 임무를 가진 팀장을 맡았고, 준비 상황을 설명하기 위해 빔프로젝터에 피피티(PPT) 파일을 띄웠다. 확정된 사항은 회사가 '토요판'을 발행하기로 했다는 것뿐. 나는 토요판의 기본 개념을 어떻게 잡을지를 비롯해 무엇을 어떻게 지면에 채울지 팀원들과 함께 고민하며 구체적인 그림을 그려나갔다. 그 중간 결과물인 1차 시안을 놓고 사내 구성원들의 평가를 들으며 의견을 수렴해야 했다. 이를 위해 편집국 부장단과 광고국, 독자서비스국, 임원실 등 여러 국·실과 부서를 돌며 설명회를 진행했는데, 그날은 세 번째 자리였던 것 같다.

"다시 말하지만 콘셉트가 없고, 아날로그 시대 접근이에요."

그 선배는 콘셉트가 없다는 말을 반복했는데 언뜻 이해되지 않았다. 아날로그적 접근이라는 말도 모호했다. 그걸 따질 계제는 아니었다.

"신문이라는 플랫폼의 특징이 정보 전달의 통로라는 것인데, 그 플랫폼을 통해 토요일자 정보를 수집하는 거잖아요. 스토리텔링도 좋고 파격도 좋은데 가장 기본적으로 신문 플랫폼은 그날의 정보를 간추려서 편리하게 전달하는 것입니다. 한데 이 계획은 신문의 의무를 위축시키는 거예요. 우리의 경쟁력과 제품 만족도가 확 떨어집니다."

갑자기 문장 하나가 음절 단위로 쪼개져 귓전에서 뱅뱅 돌았다. 경·쟁·력·과·제·품·만·족·도·가·확·떨·어·집·니·다.

"금요일에 사건이 많이 벌어지는데 토요판 팀원들이 모든 기사를 쓸 건가요?"

그는 계속 열변을 토하다가 못을 박듯 마지막 말을 마무리 지었다.

"이건 인력 낭비예요."

인·력·낭·비. 네 음절이 스테이플러 심처럼 가슴에 박혔다. 표정 관리가 안 됐다. 혼란스러웠다. 내가 설명 자료를 잘못 만들었나. 피피티 파일의 첫 페이지에는 다음과 같은 글이 적혀 있었다.

변화, 그 새로운 숨통

1 현재 토요일자는 열독률이 평일에 비해 크게 떨어지고 이에 따라 광고도 거의 붙지 않는 실정. 뉴스 소비가 온라인, 디지털매체로 급속히 옮아가는 상황에서 기존 평일자와 같은 체제로 토요일자를 계속 제작하는 게 바람직한가. 이에 대한 고민에서 토요일자 리뉴얼 방안 검토 시작.

2 내용적으로는 스트레이트 뉴스보다는 분석, 정리 및 지적 만족을 주는 쪽으로, 형식적으로는 기존 일간신문의 레이아웃에 변화를 주는 쪽으로, 또 인력과 물량 투입을 최소화하면서 주말 내내 독자들이 손에 들고 읽을 수 있는 신문으로.

3 추가 섹션이 아닌 최초의 본지 리뉴얼로 기존의 문법과 관행을 깨는 실험. 이를 통해 전체 지면의 혁신 가능성 탐색.

미디어 환경의 변화에 맞게 신문을 개조하려는 계획이었다. 첫 실험의 무대는 토요일자였다. 변화를 모색하기 가장 좋은 요일이었다. 스트레이트 뉴스(사실 전달 기사) 중심의 관성에서 벗어나 피처 뉴스(이야기 기사) 위주로 전체 지면을 뜯어고치겠다는 구상이었다. 이름은 '토요판'으로 정했다. 설명회를 갖기 전 사내 구성원들에게 설문조사도 했다. 95명이 응답한 이 조사에서 90.5%는 "토요판 실험이 필요하다"라고 했다. 이 중 38.9%는 "매우 필요하다"라고 했다. 68.4%는 "제호와 1면을 비롯해 전체 지면을 전면 개편해야 한다"라고 답했다. 지면 개편의 당위에 전폭적으로 힘을 실어준 셈이었다. 막상 세부적인 방향과 콘텐츠를 펼쳐 보이기 시

굿바이, 편집장

작하니 분위기가 싸늘했다. 편집국 간부들을 대상으로 한 처음 설명회 때부터 참석자들은 변화의 대의에는 찬성하면서도 고개를 갸웃거렸다. 뭔가 반응이 떨떠름했다. 그러다가 최악의 반응과 마주친 셈이었다.

느림보가 된다는 우려

다른 두 명의 선배도 손을 들어 발언을 청했다. 내용은 조금씩 달랐지만 모두 첫 번째 의견의 요지와 대동소이했다. 토요판의 지면 개편안은 일간신문의 중요한 기능인 뉴스를 포기한다는 거였다. 아무리 봐도 이건 신문이 아니라는 거였다.

"신문의 생명은 시의성일 수밖에 없잖아요. 내년 총선과 대선을 감안하면 금요일에 정치권 뉴스가 쏟아질 텐데, 그러려면 1면이 힘있게 가야 하지 않을까요? 근데 토요판에서 하려는 걸 보면 좀 기대만큼 못할 수도 있을 듯한데. 스트레이트 지면을 이렇게 확 줄여도 되는지 모르겠어요."

"설명을 들으니, 한마디로 종합일간지가 아니라 잡지를 만드는 거네요. 사실상 하나를 포기하고, 다른 걸 독자들에게 주는 거잖아요. 토요판이든 뭐든 종합일간지 기능을 하면서 하나 더 뭘 하는 것이 기본이 되어야 하는데, 이건 종합일간지 기능을 포기하는 겁니다. 뭐든 실험을 해볼 수는 있겠죠. 한데 뉴스와 해설, 오피니언 등의 일상적 면을 충분히 확보하고 가야 합니다. 기본 기능을 잃어서는 안 돼요."

내 피피티 자료에 따르면, 토요판 1면은 절반 넘게 사진과 기획물이 잡아먹었다. 전날 발생한 뉴스와는 직접적인 관계가 없을 공산이 컸다. 스트레이트 지면은 달랑 4쪽이었다. 평소엔 15쪽에 가까웠다. 책 기사가 실리는 토요일에도 10쪽은 되었다. 나는 토요판에 정치·경제·사회·국제·문화 등 전날 발생한 뉴스를 '오늘'이라는 이름으로 압축해 최소화하고 싶었다. 인터넷과 모바일로 뉴스를 보는 시대에 토요일만이라도 '속보'에 덜 집착해도 되지 않겠는가 싶었다. 나의 과신이었을까? 신문의 전통적인 문법에 익숙한 이들일수록 우려를 표명했다. 특히 다음 해인 2012년엔 큰 선거가 두 개나 있었다. 4월 11일은 국회의원, 12월 19일은 대통령 선거. 이런 때일수록 기동력 있게 지면을 꾸려야 한다고 했다. 토요판이 내세운 지면 콘셉트는 느림보처럼 비치는 모양이었다. 시의성, 즉 최신 뉴스와의 접점을 잃을 수 있다는 우려였다.

자리에 참석한 다른 선배들도 발언권을 얻어 일어섰다. 취지에는 공감하는데, 몇몇 지면은 현실성이 없고 막연하다는 지적이 나왔다. 거의 모든 말들에 우려가 묻었다.

신중할 필요는 있었다. 눈과 귀를 열어놓아야 했다. '내가 틀릴 수 있다. 지금 나오는 우려는, 나중의 우려를 불식시켜줄 약이다. 복잡한 사전검토 절차는 사후 실수를 줄여줄 수 있다. 신문사 밥을 20년 이상 먹은 경륜 있는 선배들의 조언에 귀 기울여야 한다.' 마음이 움직이지는 않았다. 그 조언의 알맹이는 토요판 설계도가 엉터리니 다시 그리라는 거였다. 논쟁이 필요한 부분이었다.

신문의 사명은 뉴스인가. 어제는 그랬지만 오늘도 그런가. 내가 하자는 대로 하면, 신문이 아닌 건가? 100% 동의하기 어려웠다. 상대를 설득할 자신도 없었다.

바람에 펄럭이는 우려

설명회를 마치고 7층으로 내려왔다. 7층 엘리베이터에서 내려 곧장 편집국으로 들어오자마자 바로 오른편이 토요판 팀이었다. 이곳에 둥지를 튼 지는 보름도 되지 않았다. 나는 본래 그해 3월부터 문화스포츠 에디터였다. 4월부턴 편집국 지면 개편 TFT(특별팀)의 비상근 위원으로 발을 담갔다가 토요판 발행 제안을 적극적으로 내놓았는데, 정말 토요판 발행 준비를 담당하게 되고 말았다. 10월 10일, 팀원 다섯 명과 함께 비상근 토요판 준비팀장으로 발령난 것이다. 11월 28일에는 문화스포츠 에디터를 그만두고 정식으로 토요판 준비팀장에 임명되었다. 토요판 에디터를 맡기 전 단계였다. 무에서 유를 창조해야 했다. 토요판이라는 자식을 낳아야 했다. 생일은 2012년 1월 중 하루로 정했다. 한 달 남짓 남았다. 가능할까? 어쩌면 회사는 토요판에 대한 악화된 여론을 고려하여 계획을 백지화할지도 몰랐다.

내 자리에 앉았다. 무엇을 해야 할까. 머릿속은 안개로 가득했다. 컴퓨터를 켰다. 한글 파일에 '憂(우)'라는 글자 하나를 써넣었다. 500포인트로 가장 크게 키웠다. 다음 장에 '慮(려)'라고 적

33

펄럭이던 憂慮.
이 종이를 보며 마음의 안정을 찾았다.

고 똑같이 했다. 한 장씩을 A4 용지로 출력했다. 지나가는 사람들이 보도록 토요판팀 뒤쪽 파티션에 스카치테이프로 붙였다. 憂慮. 우려에 둘러싸인 내 상황을 객관화해서 보는 느낌이 들었다. 한자로 써놓으니 은근해서 좋았다. 우려하는 사람들이 많다. 우려, 우려, 우려. 이 우려를 우려먹어야 한다. 파티션에 붙은 '憂慮'가 온풍기 바람에 펄럭거렸다. 괜스레 마음이 편안해졌다.

그놈의 스트레이트

파일명 ; 우려의 결정판

"엄청 두들겨 맞았다며?"

편집국장인 박찬수 선배가 웃으며 말했다. 나는 고개를 끄덕였다. 구구절절 답하기도 뭐해서 말끝을 흐렸다.

"아, 네…."

회사 내 선배 그룹으로 구성된 부서에서 진행했던 토요판 설명회의 싸늘한 풍경을 전해들은 모양이었다. 그날 자리에는 신문 콘텐츠를 총괄하고 조율하는 편집인과 토요판 아이디어를 함께 의논해온 편집국 지면 개편 TFT(특별팀) 위원장이 참석했던 터였다. 설명회 하루 뒤 편집국장은 토요판 준비팀장인 나를 국장실로 불렀다.

이미 그날 발언록은 문서로 작성하여 국장에게 보고한 상태였다.

"기죽지 말고 그냥 해."

편집국장은 잠시 생각에 잠기더니 한마디를 던졌다. 준비한 대로 토요판을 밀고 나가라는 거였다. 세부적인 내용들은 계속 가다듬되, 큰 틀에서는 원안을 유지하라고 했다. 신문사 내 지나친 기우에 너무 신경 쓰지 말라고 했다.

나는 11년 전 일을 떠올렸다. 정확히 2000년 6월 27일 일어난 사건이다. 〈한겨레21〉에서 베트남전 기사를 쓸 때였다. 베트남 민간인 학살 보도에 불만을 품은 고엽제후유의증전우회원 2000여 명이 회사 앞으로 몰려왔다. 회사에 난입해 차량과 기물을 부수고 폭력을 행사했다. 돌이 날아와 유리창이 깨지고 파편이 날아다녔다. 부상자가 속출했다. 8층짜리 신문사 건물은 폐허가 됐다. 총무부가 집계한 바에 따르면, 회사 피해액은 7000만 원어치였다. 오후 6시쯤 침입자들이 물러갔을 때, 최학래 당시 사장이 각 층을 돌아다니며 피해 상황을 살폈다. 5층 한겨레21부 입구로 들어서는 사장의 얼굴을 힐끔 보자 괜히 찔렸다. 보도 담당자로서 힐난이나 듣지 않을까 싶었기 때문이다. 내 자리로 다가온 사장은 어깨를 툭 치며 뜻밖에도 이렇게 말했다.

"인마, 너는 훌륭한 일을 한 거야. 잘했어!"

경우가 좀 다르긴 하다. 11년 전엔 외부자들의 침입 사태였다. 이번엔 내부의 의견 차이였다. 그럼에도 머리 위에 굵은 동아줄 하나가 사뿐히 내려온 느낌은 같았다. 이 줄을 잡으면 된다. 그냥 가는 거다. 우려를 뚫고.

〈뉴에스에이투데이〉모델

　사실 토요판에 첫 영감을 준 사람은 편집국장 박찬수 선배였다. 2006년 10월 내가 〈한겨레21〉편집장을 하다 주말판 준비팀장으로 발령 난 직후의 일이다. 당시 나는 회사의 전략적 판단에 따라 타블로이드판이나 잡지 형식의 토요일자 섹션을 준비하고 있었다. (이때의 주말판 계획은 5년 뒤 토요판과는 전혀 다른 성격이었고 나중에 백지화되었다.) 박찬수 선배는 3년간의 워싱턴 특파원 생활을 마치고 돌아와 국제부 기자로 근무 중이었다. 어느 날 식사 자리에서 그가 말했다.

　"미국에 〈유에스에이투데이〉라고 있거든. 그 신문은 독특하게 주말판을 만들어. 다른 외국 신문처럼 별도 섹션을 만들지 않고 1면을 커버스토리로 장식해. 스포츠 기사도 그날만은 긴 호흡의 피처 기사를 내보내고."

　내가 준비 중인 주말판에 참고하라는 거였다. 독특한 모델이라 머리에 새겨 넣었지만, 듣고 넘겼다. 당시엔 본지에 부속되는 별도 매체를 만들기로 돼 있었기 때문이다. 그리고 4년여가 지난 2010년 가을, 토요판 준비로 시끄럽던 시기로부터 1년 전 나는 다음과 같은 보고서를 만들었다.

토요판 기본 개념

1 당일 스트레이트 뉴스를 포함하면서도 기존의 토요일 신문을 대체하는 신개념 주말페이퍼. 한국 언론 시장의 새상품으로서 도발적이

37

미국 신문 〈유에스에이투데이〉 주말판은
토요판에 영감을 준 모델이다.

면서도 깊이 있는 기사로 새롭게 트렌드를 이끌어가야 함.

   2   캐치프레이즈를 '스토리가 있는 주말'로 가져가야 한다고 봄. 긴 호흡
         의 내러티브 기사를 콘셉트로 내세우는 차별화 전략. 과감하게 피처
         기사를 전면에 내세우고 스트레이트는 브리핑 형태로 압축. (하략)

'토요판'이라는 이름이 처음 등장한 문서다. 이 역시 박찬수
선배와 관련이 깊다. 그는 2010년엔 편집국 부국장이었는데, 그
해 11월 8일자로 '미디어 비전 연구 TFT' 상근 팀장 발령을 받았
다. 미디어 비전 연구 TFT란 "종이신문 독자 감소 등 미디어 환경
변화에 능동적으로 대처하고 오프라인-온라인 콘텐츠 생산시스
템 개편 전략의 실행 방안을 본격적으로 마련하기 위해 기자들은
물론 여러 국실 관계자들을 참여시킨(발령 문서 내용)" 특별팀이었
다. 나는 당시 오피니언넷 부문(현 여론미디어팀) 소속이었다. 박찬
수 선배와 그 '미디어 비전 연구 특별팀'에 관한 이야기를 나누다,
누가 먼저인지는 기억나지 않지만 주말판 이야기를 꺼냈다. 우리
는 2006년에 한차례 화제로 올린 바 있는 〈유에스에이투데이〉 모
델처럼 토요일자를 만들어도 좋겠다는 대화를 했고, 내가 간단한
보고서를 만들어보기로 했다. 물론 이 보고서는 보고서로만 끝났
다. 한데 네 달 뒤인 2011년 3월 박찬수 선배가 편집국장에 임명
되는 일이 벌어졌다. 나도 문화스포츠 에디터로 발령을 받았고,
새로 구성된 지면 개편 TFT에 참여하게 되었다. 말에 그친 토요
판 구상을 현실화시킬 조건이 갖추어졌다.

   나는 2011년 3월 문화스포츠 에디터로 임명된 직후부터 '토

요판' 이야기를 하고 다녔다. 지면 개편 TFT에 함께 참여한 최우성 기자(당시 경제부 차장)가 적극 찬동을 해주었다. TFT 위원장인 유강문 선배(당시 국제경제 에디터)도 지지와 격려를 해주었다. 편집국장이 된지 얼마 안 된 박찬수 선배한테는 "내가 토요판 에디터를 맡겠다"고 자원까지 했다. 국장은 실행 계획을 짜보라고 했다. 더불어 제작비용이 부담이 되지 않는다는 전제 아래 사장을 설득해주었다.

나는 2011년 4월 19일 이런 문서를 작성해 TFT 내부에 회람을 시켰다.

토요판(총 24~28면) 기본적인 사항들

1 신문시장에서 새로운 변화와 트렌드의 주역으로 나선다는 의의.

2 또 다른 섹션의 추가가 아니라, 토요판이 본지의 외피를 덮어쓰는 형식. (이를 통해 비용 문제 해결하면서 새로운 형식까지 창출. 2006년 일간신문에서 일제히 튀어나왔다가 숨어버린 주말판 논의의 대안이 될 수 있음.)

3 정치, 경제, 사회, 문화 등으로 구획된 기존의 틀을 넘어섬.

4 '지적인 토요일'을 콘셉트로. 사람과 지식의 다큐, 색깔 있는 지성.

5 기자뿐 아니라 전문가 활용을 통한 최고의 질 유지.

6 9월 론칭 목표로, 5월부터 준비팀 가동. 팀장 포함 1~2명을 꾸리고 진행 상황을 보아 인력 보강.

구체적인 지면구성안까지 써넣었다. 스트레이트 뉴스는 경제·사회·문화 등등의 이름 대신 새로운 문패를 달아 압축해 넣자고 제안했다. 뒷부분 피처 뉴스(이야기 기사)들의 문패도 낯설게 만들었다. '열광, 미래, 코칭, 다운로드, 그/그녀, 설렘, 깨달음.' 가령 '열광'이란 사람들이 좋아하는 트렌드나 콘텐츠에 관한 지면이었다. 미래는 인류의 미래에 대한 연구성과와 논쟁을 다루자는 거였다. 1면은 주인공과 이야기가 있는 커버스토리로 짰다. 아직은 거친 초안이었다. (열광, 미래 등의 문패는 첫 호를 내기 직전에 가족, 생명, 군사 등등으로 모두 바뀌었다.)

"섣부르다, 한가하다"

이렇게 토요판에 집착하며 보고서를 만든 이유는 따로 있었다. 신문을 혁신하겠다는 열망 때문만은 아니었다. 이에 관해서는 뒤에서 밝힌다.[1] 2011년 12월 초순, 국장은 토요판 일정을 예정대로 추진하라고 했다. 내 마음은 환해졌지만, 그렇다고 내부의 우려가 갑자기 잦아드는 건 아니었다. 파티션에 큰 활자로 붙여놓은 '憂慮'는 며칠째 펄럭거렸다. 한 팀원은 토요판에 관해 남다른 노파심을 지닌 선배와 저녁 식사를 하고 온 뒤 보고서를 올렸다.

○○선배가 지적한 내용은 다음과 같음. 경영진이 내년에 신문을 어떤 방향으로 끌고 나가겠다는 건지 알 수가 없다. 어떻게 신문콘텐츠 개발을 하겠다는 큰 그림이 그려져 있지 않은 상황에서 토요판을 덜컥 시작하는 건 섣부른 게 아닌가 하는 판단이다. 토요판을 하면서 esc(생활문화 섹션),

한겨레in(탐사보도 지면)은 그대로 유지한다는 거잖아. 우리 역량과 관계없이 너무 자원을 분산하는 거다. 내년은 시사에 좀 더 집중할 때다.

한 달도 채 남지 않은 2012년은 대선이 있는 해니, 기획물이나 피처 뉴스로 지면을 분산시켜 힘을 빼지 말고 스트레이트 지면에 온전히 역량을 투입해야 한다는 뜻이었다. 그 선배는 시사에 집중할 때라고 했다. 나는 스스로 질문을 던져보았다. '토요판은 시사가 아닌가?' 고개가 끄덕거려지지 않았다.

편집국의 몇몇 부서에서는 팀장들에게 토요판 피피티 자료를 돌려보게 하고 평가서를 쓰게 한 뒤 취합해서 보내왔다. 편집국장의 지시에 따른 거였다. 편집국장이 한 부서의 평가서를 프린트해 나에게 건네며 말했다. "토요판 하면 큰일 나겠다." 국장은 쓴웃음을 지었다.

건네받은 평가서의 내용은 대강 이러했다.

읽을거리 위주로 리뉴얼한 이 포맷은 처음엔 신선하겠지만 두세 달쯤 되면 금방 식상해지고 지루해질 수 있음. 포맷차림표는 익숙해졌고 거기 든 콘텐츠는 뉴스성에서 떨어지기 때문. 스트레이트 지면이 너무 비좁다는 생각임. 대선의 해임을 감안하면 다른 해보다 토요일자에도 스트레이트 기사가 늘어날 가능성 큼. 현 토요판 구성으론 유연하게 대처하기 불가능. 인터뷰가 없이 글발로 1면에 사람 이야기를 쓰는 것은 현실적으로 불가능. 우선 1면에 심도 깊게 다룰 수 있는 인물의 수가 극소수임. 현재 나와 있는 예시들은 별지 섹션 정도에서는 머리로 갈 수 있을지 모르겠으나 본지 1면 머리로는 지나친 배정임. 가장 중요한 1면을 전략적으로 다르게 만든다 해도 2~3면까지 한가한 내용으로 꾸미기는 불가능. 새 이야기를 다 싣기도 어려운 상황에서 지난주의 지나간 이슈를 다시 정리해주는 건 지면 낭비. 뒷면에 이어지는 가족, 생명, 의료, 군사 모두 문제가 있어 보임. 심층 취재물이 나가도 부족한데 의학과 무기에 대한 호사적인 궁금증을 풀어주는 지면을 이렇게 한 면씩 배치하는 것 이해하기 어려움.

불안의 정체

나는 문제의 평가서를 파일로 받아 컴퓨터에 저장했다. 파일명은 '우려의 결정판'으로 적었다. 그중엔 수긍이 가는 의견도 분명 있었다. 피피티 자료엔 추상적인 부분이 많으니 불길한 예단이 나올 만했다. 더 정교하게 가다듬어야 했다. 문제는 지난번 선배 그룹 설명회에서 나온 반응처럼 뉴스 기능 약화가 우려의 핵심이었다는 것이다. 그놈의 스트레이트. 스트레이트라는 말이 스트레스를 줬다. 스트레이트 뉴스를 이렇게 소홀히 대접해선 안 된다는 끊임없는 지적. 토요판 준비팀장인 내가 단 한 번도 스트레이트 부서에서 일한 적이 없다는 점이 우려를 더 심화시켰을까.

신문은 어제와 오늘의 뉴스를 알려주는 매체다. 스트레이트 뉴스 전달 기능을 가벼이 여길 순 없다. 독자들은 오늘 신문의 콘텐츠를 종이로, 인터넷으로, 휴대폰으로 본다. 그러곤 점심시간에

43

화제로 올린다. 기자는 오늘 사람들이 재잘거린 이야기를 매개로 내일 신문의 기사를 쓴다. 독자들에게 익숙한 이야기를 재생산하고, 수준을 높이고, 확장한다. 독자들이 오늘 점심은 물론 지난주에도 몰랐던 이야기를 내일 신문에 꺼내기는 불안하다. 가끔 한 번이 아니라 매주 꺼내기는 더더욱 불안하다. 토요판에 대한 비판의 맥락도 바로 이 지점에 있지 않은가 싶었다. 그래서 불안했던 것이다. 이해할 만했다.

그 불안을 불식시켜야 했다. 어제도 몰랐고, 지난주에도 몰랐고, 지난달에도 몰랐지만 내일 독자들의 입에서 입으로 전파될 콘텐츠를 생산하면 안심할지도 몰랐다. 그제와 어제와 오늘의 이야기 역시 디딤돌로 삼되, 다르고 참신한 방식으로 써야 했다. 그렇게 못할까 봐 불안했다. 2011년의 크리스마스가 지나갔다. 2012년이 왔다. 토요판 첫 호 발행은 조금 미뤄져 2012년 1월 28일로 확정되었다. 한 달도 남지 않았다.

백지냐 괴물이냐

잡종 탄생 전야

백지거나 괴물이었다.

2012년 1월 1일 아침, 잠에서 깨어 눈을 떴다. 얼굴이 떠오르지 않았다. 팔과 다리 등 몸체는 대충 갖췄는데 얼굴이 없었다. 눈과 코와 입과 귀의 형상이 하나로 잡히지 않았다. '너는 어떻게 생긴 거니. 아니 도대체 어떻게 생길 거니.' 잠자리에 누워 천장을 향해 질문을 던졌다. 아무리 상상을 해보아도 텅 빈 백지만이 어른거렸다. 머릿속에서 이런저런 그림을 그리다 보면 조잡한 괴물의 얼굴만이 컴퓨터 그래픽의 합성처럼 나타났다가 소멸했다. 희망차야 할 2012년의 새해 첫날, 막막함과 불안함이 가슴을 휩쓸고 지나갔다. 아침에 눈뜰 때마다 토요판 걱정을 하던 때였다.

　토요판 준비팀장으로 한고비를 넘기던 시절이었다. 잠시 위기에 놓였던 토요판 프로젝트는 기어이 살아남았다. 2011년 11월과 12월, 회사 안에서 창궐하던 여러 반대와 우려를 돌파했다. 대통령 선거의 해인 2012년에 기획기사를 축으로 설계된 토요판 지면이 신문의 현안 대처 능력을 약화시킬 수 있다는 반론은 가장 강력했다. 그럼에도 살아남았다. 스트레이트 뉴스를 중심에 놓는 미디어 패러다임은 과거의 것이었다. 편집국장은 초기 기획안에 가깝게 토요판 발행을 밀어붙인다는 결론을 내렸다. 첫 호는 2012년 1월 28일 내기로 했다. 시간은 채 한 달이 안 남았다. 진통 속에서 가슴앓이했던 만큼 망해선 안 된다는 강박은 두 배로 커졌다. 더 잘 만들지 않으면 비웃음을 살 것이다. 그 정점에 토요판의 얼굴이 있었다.

'독자 FGD'라는 알리바이

　얼굴 빼고는 상당 부분 진행이 된 상태였다. 몸통에 해당하는 본문의 주요 구성물인 스트레이트 뉴스는 '오늘'이라는 문패를 달아 4쪽으로 최소화하기로 했다. 당시 토요일자에 실리던 책면을 제외한 나머지 지면들은 완전히 새롭게 판을 짜야 했다. 킬러콘텐츠가 될 만한 외부 필자의 연재물은 이미 2011년 여름부터 섭외해놓은 터였다. 김두식 교수(경북대)의 인터뷰 코너나 김형태 변호사(법무법인 덕수)와 한홍구 교수(성공회대)의 현대사 시리즈, 히틀러를 소재로 한 김태권 작가의 만화, 신영복 석좌교수(성공회대, 2016년 1월 작고)의 그림 에세이, 평화학 연구자 정희진의 책 에세이, 문화칼럼니스트 이승한의 TV 칼럼, 축구선수 이청용의 편지글 등이 확정되었다.

내부에서 처리해야 할 고정 꼭지도 페이지 구성만 남겨놓고는 모두 이름까지 정해놓았다. 가족, 생명, 승부, 다음 주의 질문, 친절한 기자들, 키워드놀이, 한 장의 다큐, GIS 뉴스, 르포, 뉴스분석 왜? 등등이었다. 남은 것은 1면을 장식할 커버스토리였다. 화룡점정, 즉 용의 얼굴에 눈동자만 찍으면 되는 순간이었다. 그것을 어떻게 그려 넣어야 할지 가늠이 안 돼 고민이 깊었다.

신문의 얼굴은 1면이다. 잡지로 치면 표지다. 1면과 표지의 생김새는 해당 매체의 가치와 성격, 특성을 가장 극적으로 요약해주는 이미지다. 해당 매체 편집장의 미감이 그곳에 고스란히 드러난다. 신문의 1면은 대부분 텍스트(글)와 사진이다. 머리기사 제목과 사진의 선택, 편집 디자인의 조화가 결정적이다. 잡지 표지엔 긴 텍스트가 없다. 대신 짧고 함축적인 카피가 있다. 잡지의 표지 사진은 신문과는 달리 스트레이트 뉴스를 보여주는 경우가 적다. 커버스토리에 맞춘 인물 사진일 때도 있고, 일러스트나 유화, 만화, 클레이(점토) 등이 상황에 맞춰 다양하게 등장한다. 잡지는 신문보다 훨씬 자유로우면서 한 단계 높은 미적 감수성을 요구한다. 이러한 1면과 표지의 메시지는 해당 매체의 지적 수준과 품격, 완성도의 척도가 된다.

그렇다면 토요판 1면은 어떠해야 하는가. 일간신문이되 일간 신문일 수 없었다. 전날의 뉴스를 최우선 대접하는 관성을 넘어서 야 했다. 잡지의 짜임새를 빌리더라도 잡지일 수는 없었다. A4용 지만 한 잡지와 그보다 서너 배 큰 타블로이드 배판 신문의 분위 기가 같을 리 없었다. 종이 질감도 다르지 않은가. 내가 만들려는 토요판 1면은 긴 호흡의 기사와 당일의 스트레이트 뉴스가 기묘 하게 동거하는 '하이브리드'였다. 다르게 말하자면 '잡종'이었다.

잡종의 얼굴을 어떻게 탄생시킬지 조사하지 않은 바 아니었 다. 기획 초기 단계였던 2011년 11월 초순, 적잖은 비용을 들여 독자 FGD(Focus Group Discussion·심층그룹토론)라는 걸 진행했다. 한겨레 주주 남성 독자와 주주 여성 독자, 타 일간 매체 구독자 등 세 그룹(각각 7~8명)을 불러모아 주중 및 주말의 라이프스타일, 매체 접촉 형태, 토요일자 신문에 대한 기대 등을 집중적으로 알 아보았다. 토요판팀에서 세운 콘셉트와 기획 아우트라인을 제시 한 뒤 반응과 수용도를 측정했다. '독자들이 토요판에 기대하는 1 면'은 그 항목 중 하나였다. 당시 FGD 결과를 담은 보고서는 그 답변을 다음과 같이 정리했다.

"1면에 비주얼이 부각되는 것도 괜찮은 것 같아요. 〈한겨레〉 의 생각이나 시각을 좀 더 대중들에게 어필할 방식을 찾는 것이 필요하다는 의미에서 스트레이트가 아닌 심층기획기사를 싣는 것 에 대해서는 긍정적이에요. 하지만 스트레이트 기사가 토요신문 에서 완전히 배제되는 것에는 부정적인 편입니다."

원칙적이거나 추상적인 내용이라 큰 도움이 되지는 않았다.

최소한의 효용성이야 있겠지만, 본디 독자 FGD란 안팎으로 여론 수렴 절차를 꼼꼼하게 거쳤다는 일종의 알리바이에 가까웠다. 나는 1면 디자인과 아이템에 관한 좀 더 구체적인 콘셉트와 알맹이를 원했다. 독자 조사를 통해서도 그 갈증은 채워지지 않았다.

남의 떡

모델로 삼을 만한 매체가 없지는 않았다. 〈서울신문〉이었다. 〈서울신문〉은 2011년 3월 5일자부터 토요일 신문을 새로이 선보였다. 이른바 '리뉴얼(renewal)'. 바탕 색깔 없이 검은 글씨의 제호만을 쓰는 평일판과 달리 토요일자 제호는 빨간 바탕에 하얀 글씨로 처리해 악센트를 주었다. 그 밑엔 'Weekend(주말)'라는 표기도 했다. (무슨 이유에서인지 그다음 주부터는 빠졌다.) 1면 상단에는 커버스토리 기사를 올렸다. 아래에는 스트레이트 뉴스를 실었다. 새로 단장한 3월 5일자 커버스토리 주제는 1년 전 북한 포격을 받은 섬 주민들의 이야기를 다룬 '연평도의 봄'이었다. 2면, 3면까지 모두 채우며 이어진 잡지 커버스토리 방식이었다. 콘텐츠를 아기자기하고 예쁘게 꾸미려는 편집자의 마음이 와닿았다. 본문에서는 '주말기획'이라는 이름으로 심층기사의 절대량을 늘렸다. 〈서울신문〉은 한국에서 가장 먼저 토요일자를 바꿔보려는 실험에 나선 셈이었다. 노력을 평가해줄 만했다.

다만, 따라 할 마음은 전혀 들지 않았다. 선수를 빼앗겼다는 자괴감도 생기지 않았다. 〈서울신문〉 토요일자는 맛보기였다. 남의 떡이었지만 커 보이지는 않았다. 전복적이라고 보기는 힘들었다. 1면의 구성도 그동안 일간신문이 특별히 기념할 만한 날에 해오던 디자인의 연장선 위에 있었다. 편집은 화사했고, 콘텐츠에선 뭔가 색다른 주제를 써보려는 성의가 느껴지긴 했다. 나는 화사한 지면엔 큰 관심이 없었다. 화제성 커버스토리엔 감흥이 파도처럼 밀려오지 않았다. 〈서울신문〉의 시도는 칭찬받아 마땅했지만 '혁명'이라고 할 수는 없었다. 살짝 뜯어고친 '개량'이었다.

〈서울신문〉 토요일자는 미국 일간신문 〈유에스에이투데이〉 주말판에서 모티브를 얻은 것으로 보였다. 〈유에스에이투데이〉는 오래전부터 1면과 본문을 다르게 포장한 주말판을 토요일 대신 금요일에 통합·발행해왔다. 금, 토, 일 3일간 읽으라는 특별판이다. 앞선 밝혔듯, 나 역시 그 모델에 관해 귀동냥으로 전해 들은 적이 있다. 1면에 커버스토리 개념의 기획기사를 싣고, 안쪽에도 길게 읽을 만한 기사를 많이 배치한 것이 〈유에스에이투데이〉의 독특한 형식이었다. 여기서 한 걸음 더 나아가야 했다. 외국에서 수입해온 '주말판'이라는 말을 쓰지 않기로 한 건 그러한 의지의 표현이었다.

'주말판' 대신 '토요판'이라는 게 나의 지론이었다. 토요일 하루가 아닌 토요일과 일요일 이틀간 읽는다는 의미에서 '주말판'이 더 정확한 개념일지도 모른다. 그럼에도 굳이 '토요판'이라는 새 단어를 고집했다. 한국 신문 주말판의 역사와 전통 탓이었다. 주로 섹션으로 제작해온 주말판은 '휴식용 콘텐츠'의 함의를 품고 있다. 따라서 '주말판'이라는 용어는 독자들에게 '연성기사 지면'

이라는 선입견을 줄 수 있다고 확신했고, 그와는 다른 길을 가야 한다고 보았다.

연성기사란 이른바 한가한 기사다. 먹고 놀고 쉬기와 관련한 기사다. 맛집이나 레저, 패션 따위의 생활정보 등이 속한다. (한국 언론에서 많이 사용하는 연성기사—경성기사의 기계적 이분법은 기사의 가치에 관해 소재 중심으로만 접근한다는 점에서 폐기되어야 한다.) 토요판은 묵직한 시사 콘텐츠로 중심을 잡고 승부해야 한다는 게 나의 굳은 신념이었다. 정치·사회적 긴장감과 특색을 갖춘 심층 기사와 단독보도를 통해 단단한 저널리즘의 어떤 전범을 보이는 일이 더 급하고 막중하다고 생각했다. 얼굴인 1면은 특히 그래야 했다. 아, 말은 얼마나 쉬운가. 그걸 장담할 수 없어 암담했으니.

천장에 괴물 한 마리

2011년 12월 말의 어느 날이었다. 거리엔 크리스마스트리 불빛이 반짝였다. 한파가 몰려와 출퇴근하던 지하철이 자주 멈춰 서던 겨울이었다. 회사의 한 송년회 자리에서 편집국장을 지냈던 선배와 옆자리에 앉게 됐다. 선배는 잠시 한담을 하다 말고 정색을 하더니 토요판에 관한 걱정을 격정적으로 쏟아냈다. 선배는 토요판을 둘러싼 회사 안의 비판적 의견들에 관해 잘 알고 있었다. 20년이 넘게 한겨레에서 일하는 동안 지면 개편을 놓고 이렇게 여러 말들이 터져 나오는 경우는 처음 본다고 했다. 그러면서 토요판에 관해 꼭 해줄 이야기가 있다고 했다. 핵심은 1면 커버스토리였다. 지속가능성과 수준 유지를 감당하기 힘들다는 거였다.

"토요판 팀원이 여섯 명인데, 그중 고정 취재 인력은 네 명이 잖아? 이들만으로 일간신문 1면 머리기사로서 부끄럽지 않은 커버스토리를 매주 생산할 수 있을까? 이야기되는 기사들을 1면뿐 아니라 뒤쪽 두 면에 제대로 펼칠 수 있겠어? 편집국 내 다른 부서에서도 참여해야겠지만 얼마나 자주 가능할까? 정성을 들여 깊이 있는 취재를 하려면 시간이 필요한데 말이야."

그는 편집국장으로 선출되어 2년간 신문의 최고책임자 노릇을 해본 선배였다. 아무리 궁리를 해봐도 토요판 1면의 견적이 안 나온다고 했다. 잠자코 듣기만 했다. 그렇게 들으니, 견적이 안 나오기는 나도 마찬가지였다. 반박할 논리가 없었다. 지속가능성! 쉽지 않았다. 수준 유지! 나도 우려한 바였다. 한두 가지의 화끈한 실물을 지면으로 보여준다면 걱정을 잠재울 수 있겠으나, 토요판 1면은 아직 백지상태가 아닌가.

사실 완전한 백지상태는 아니었다. 토요판 1면 커버스토리 디자인의 윤곽은 얼추 정해져 있었다. 콘텐츠 콘셉트도 세웠다. 한데 불완전했다. 아이템을 확정하지 못했기 때문이다. 토요판 첫 호에 걸맞은 주인공을 찾지 못했다. 아무도 인터뷰하지 않은 누군가를 섭외해서 만날 날짜까지 박아놓아도 안심이 될까 말까 했다. 2012년 1월 1일은 일요일이었다. 아침에 눈을 뜨니 천장에 자꾸 괴물이 그려졌다. 이러다가 정말 괴물 같은 1면이 나오는 게 아닐까. 나 자신이 괴물로 변할 것만 같았다.

미스터리, 히스토리,
휴먼스토리

1면, 사람이 뉴스다

아무 종이신문이나 펼쳐놓고 1면을 본다. 그곳엔 늘 사람이 있다. 기사엔 누군가의 이름이 등장한다. 사진에선 누군가의 얼굴이 드러난다. '언제, 어디서, 무엇을, 어떻게, 왜'만 말한다면 자초지종은 안개에 덮여 몽롱할 뿐이다. '누구인가, 누가 얽혀 있는가?' 그것이 밝혀져야 시간과 장소와 이유와 방법의 맥락이 명쾌해진다. 사람이 뉴스다. 뉴스가 사람이다.

한때 '얼굴 없는 노동자 시인'으로 통했던 박노해가 1997년 구속 중에 펴낸 에세이집 제목은 《사람만이 희망이다》였다. 2012년 대통령 선거운동 기간 민주통합당 문재인 후보의 캐치프레이즈는 '사람이 먼저다'였다. 정말 사람만이 희망인가. 사람이 절망일 때는 없는가. 진짜 사람이 먼저인가. 먼저인 사람만 늘 먼저인세상은 아닌가. 사람은 사람에 살고, 사람에 죽는다. 사람에 환호하고, 사람에 위로받고, 사람에 슬퍼하고, 사람에 분노한다. 그리하여 사랑하거나 저주하거나.

— 윤이상. 최근 '통영의 딸' 건으로 재조명. 1995년 사망. 2006년 과거 사위 동백림사건 재심.

— 김현종/김종훈. 그놈의 FTA가 뭔지. 김현종은 최근 삼성에서 잘림. 김종훈은 〈한겨레〉와 송사 중.

— 남기춘. 2010. 1. 29. 한화 수사 도중 사퇴. '재벌 잡는 검객'. 4월에 학동사거리에 변호사 개업. 5월 오리온 비자금 사건(홍송원) 수임으로 화제.

— 홍송원. 서미갤러리 대표. MB, 한상률, 홍라희, 담철곤 등 두루 안 엮이는 데 없음. 10월엔 홍라희 고소 전격 취하. 배경?

— 박연차. 10. 13. 대법원 선고공판 파기환송. 변호인 접촉 중.

— 권혁. '선박왕'. 안강민, 천성관 등 호화 변호인단.

— 푸틴. 내년 3월 치러지는 대선에서 3선에 도전. 최근 그의 대선 행보와 관련해 러시아 내 민주화운동이 격화되고 있다는 점에서 박정희를 연상케 함.

— 최시중. '종편 도우미'. 종편 개국과 함께 역할 잃었다는 분석. 언론단체 등에선 종편 특혜와 방송 공공성 후퇴 등 책임 물어 물러나야 한다는 주장.

— 최고은. 내년 1월 29일이면 생활고 끝에 숨진 시나리오 작가 최고은
  의 사망 1주기가 됨.

뭔가 한 가지로 가자

위 메모가 담긴 내 컴퓨터 속 파일의 제목은 '1면 아이디어'
로 돼 있다. 토요판 발행을 앞두고 기획회의를 하며 여러 팀원이
낸 발제문을 취합한 것 중 일부다. 1면뿐 아니라 두 면 정도 안으
로 이어져야 할 커버스토리 아이템 후보로 회의 석상에 올랐다. 찬
찬히 읽어보면 한 가지 공통점이 보인다. 바로 사람이다.

2011년 12월이었다. 토요판 첫 호가 나오기로 한 날은 2012
년 1월 28일. 한 달여가 남아 있었다. 앞서 글에서 밝혔지만, 가장
큰 고민은 신문의 얼굴인 1면이었다. 토요판 전체에서 얼굴의 질
과 품격이 차지하는 비중은 거의 90%를 넘는다 해도 지나치지 않
았다. 한데 백지상태였고, 그 백지에서 괴물이 출현할까 잠 못 이
루던 나날이 꽤 흘렀다. 1면 머리를 평일자처럼 건조한 팩트 기사
로만 갈 수는 없다고 생각했다. 이성적이면서도 감성적으로 접근
하고 싶었다. 사실을 넘어 이야기를 전하고 싶었다. 〈한겨레21〉
같은 시사주간지처럼 표지를 다양하게 변주할 필요도 없었다. 토
요판이 잡지의 느낌을 차용한다 해도 기존 시사주간지와는 차별
점이 분명해야 했다. 타블로이드 주간신문처럼 정치 인물을 컴퓨
터 그래픽으로 합성해서는 더더욱 안 되었다.

일단 머릿속에 떠오른 1면 커버의 몇 가지 원칙은 다음과 같았다. 첫째, 뭔가 한 가지로 가야 한다. 고집스레 일관된 포맷이 필요하다. 둘째, 신문과도 잡지와도 달라야 한다. 어쩌면 그 경계에 있어야 한다. 셋째, 선이 굵어야 한다. 편집과 기사는 대담하게 가야 한다. 그러려면 가급적 여러 꼭지가 아닌 단일 꼭지의 커버로 가야 한다. 넷째, 이야기 기사로 흥미를 끌어야 한다. 네 가지 원칙을 어떻게 구현할 것인가. 고민과 팀 내 논의를 거듭한 끝에 내린 결론은 사람이었다. 구체적으로 말하자면 '인물 커버'였다.

다시 컴퓨터 속의 옛 자료를 뒤적여 본다. 회사 안에서 설명회를 하기 위해 작성한 피피티 파일이다. 1면과 관련해서는 다음과 같은 예시가 적혀 있다.

1 핫이슈형 : 커런트 이슈 속 인물(ex. 조광래, 김인주, 박태준, 황운하, 조현오, 박지원, 정명훈)

2 기획형 : 중장기 기획 피플 스토리(ex. 최시중, 김종필, 윤이상, 김현종/김종훈, 이헌재, 김근태, 에릭 홉스봄, 이수만, 서태지, 안철수, 이재용, 김어준, 미 공화당 대선후보, 제2의 최고은, ##총선, 대선용 아이템 포괄)

3 발굴형 : 아무도 주목하지 않던 무명 인물 소개, 또는 지나간 인물 중 뉴스거리 찾기(ex. 박연차, 대학 청소노동자(3월), FTA 농민, 하상률, 홍송원, 장영자)

4 틈새형 : 이면 스토리에서 새롭게 떠오른 인물(ex. 뿌리 깊은 나무 장태유 피디, 김진숙 크레인에 밥 올려주던 여성활동가)

2011년 대한축구협회와 갈등을 빚은 전 국가대표축구팀 감독 조광래든 한진중공업 크레인 위에서 고공농성을 하는 김진숙에게 밥을 올려준 활동가든 '주인공이 확실한 1면'이 목표였다. 대중들로부터 폭발적 관심을 끌고 있거나, 하나의 이슈를 대표하고 상징할 만하거나, 전혀 다른 측면에서 사안을 보게 해주는 한 명을 밀어주기로 했다. 이 시점에서 무어라 말할지 궁금한 사람, 제목에 박히는 이름 석 자만으로도 지면을 강렬하게 빛내줄 인물이면 더할 나위 없다고 보았다. 시각물도 인물 사진을 기본으로 잡았다.

히스테리 또는 판타스틱

왜 사람인가. 맨 앞에서 썼듯이, 사람이야말로 뉴스이기 때문이다. 그냥 뉴스가 아니라 가장 생동감 있는 뉴스이기 때문이다. 뉴스 인물의 입에서 나오는 말들은 그를 둘러싼 사건을 '보고서'가 아닌 '이야기'의 틀로 보여준다. 이것이 바로 서사다. 영어로는 '내러티브(narrative)'라고 한다. 나는 '서사'라는 말의 감촉을 더 좋아한다. 서사는 1면을 넘어 토요판 전체를 꿰뚫는 핵심 단어였다. 물론 사람은 불완전하다. 기억력도 엉성하다. 거짓말도 한다. 인터뷰 땐 맹신을 경계하며 인터뷰이와 일정한 거리를 둬야 한다. 사람을 취재하되, 사람만 취재하면 안 되는 이유다.

나는 2005~2006년 〈한겨레21〉 편집장으로 일할 때도 '인물 표지'를 선호했다. 일종의 '기획 취향'이라고나 할까. 2005년 가을 파리에서 이민자들의 데모가 터졌을 때 현지로 출장 가는 후배에게 전형적인 이민자 중 주인공을 찾아보라고 주문했다. 결국 알제리계 이민 2세대 청년을 인터뷰해 표지에 올렸다. 광복 60주년이던 2005년 8월에는 일본의 평범한 가족을 찾아 취재를 해보자는 제안을 했다. 일본 출장을 간 후배는 1940년대 태평양전쟁에 병사로 참전한 70대 할아버지, 1960년대에 대학생으로서 전공투(전국학생공동투쟁회의) 데모를 목도하고 경험한 50대 아들, 전쟁을 전혀 모르는 20대 손자로 구성된 가족을 섭외했다. 표지는 삼대가 함께한 사진으로 장식했고 제목은 그들의 성을 따 '시노하라의 8·15'로 뽑았다. 이들의 가족사는 일본 현대사를 압축한 재미있는 텍스트로 읽혔다.

이런 경험은 수년 뒤 토요판에서 1면을 비롯해 여러 연재를 현대사물로 꾸미는 단초가 됐다. 역사물이 과잉이라는 소리도 들었지만 개의치 않았다. 한 일본 학자는 "역사가 히스토리(history)라면 미래는 미스터리(mystery)"라고 정의한 적이 있다. 미래는 모른다. 비밀을 품은 내일이다. 그래서 '과거'라는 거울을 본다. 미스터리를 푸는 열쇠가 히스토리라는 얘기다. 그 히스토리의 심장부에서 불꽃을 일으키는 존재는 당연히 사람이다.

인터뷰 추진이 암초에 부딪치면 히스테리에 빠지지만, 끝내 성사되면 판타스틱하다. 사건이나 갈등의 한복판에 선 당사자의 내밀한 이야기는 특종 탐사보도의 싱싱한 재료가 된다. 설사 인터뷰가 안 돼도 방법은 있다. 가령 러시아 대통령 푸틴을 인터뷰하기는 어렵다. 가수 서태지를 인터뷰하기도 만만치 않다. 히스토리 속 인물을 만나려면 타임머신을 타야 한다. 핸드폰을 끄고 '잠수를 타는' 이도 있다. 그들이 품은 뉴스의 위력이 충분하다면 주변 취재와 자료 조사를 통해 인터뷰 없이도 인물 기사를 구성할 수 있다.

한국 종이 매체의 역사에서 인물 커버스토리의 전통은 연예인이나 정치인에 한정된 편이었다. 1991년까지 대중잡지로 사랑받았던 〈선데이서울〉 같은 매체는 유명 연예인의 얼굴을 표지에 담아 팔았고, 1980년대 〈주간한국〉, 〈주간조선〉 등의 시사주간지들은 정치인의 얼굴 사진을 내보냈다. 그 얼굴값을 뒷받침하는 심층기사는 없었다. 본문에 고작 한두 쪽의 관련기사가 실렸을 뿐이다. 표지 인물은 가판을 위한 마케팅용이었다.

1990년대 초반 〈시사저널〉과 〈한겨레21〉이 창간되며 시사주간지 저널리즘의 시대가 오자 정치 인물 표지는 구시대의 관성으로 밀려났다. 미국 타임워너사가 1974년 창간한 주간지 〈피플(People)〉을 벤치마킹한 듯한 1992년 시사주간지 〈뉴스피플〉이 서울신문사에서 창간되기도 했다. 사람 중심의 보도를 하려는 의욕이 높아 보였지만 콘텐츠의 긴장감은 눈에 띄지 않았다. 몇 년 뒤 폐간됐다. 그런 점에서 〈한겨레〉 토요판의 인물 커버스토리는 충분히 뜻깊은 시도가 될 것 같았다. 단, 어떤 주인공을 찾아 어떻게 쓰느냐가 문제였다.

지속가능성이 걱정되기는 했다. 사내 설명회 자리에서도 그런 지적이 나왔다. 일간신문 1면에 대문짝만하게 한 사람을 등장

시켜 스포트라이트를 줄 정도면 그만한 명망이나 그가 처한 사건의 무게감이 받쳐줘야 한다고 말이다. 인터뷰 섭외란 얼마나 피말리는 일인가. 그걸 매주 할 수 있을까. 섭외 없이 쓴다 해도 누구든 고개를 끄덕거릴 인물을 발굴해 이야기 기사로 풀어낼 수 있을까. 출입처의 끈 없이 취재하는 토요판 팀원들이 계속해낼 수 있겠냐고 걱정하는 이도 있었다. 2011년 12월 31일 자정이 다 되도록, 토요판 첫 회 커버 인물 섭외는 성공하지 못한 상태였다. 첫 회는 무조건 단독 인터뷰여야 했다. 속이 타들어 갔다.

〈디짜이트〉 모델

그 와중에 1면 디자인 컨셉이 결정되었다. 신문을 반으로 접으면 잡지가 되는 거였다. 요약하면 이렇다. 맨 위엔 '한겨레'라는 제호와 함께 '토요판'이라는 빨간 글씨가 작게 들어간다. 바로 밑엔 전체를 꽉 채운 사진(또는 그림)과 큰 제목이 조합된 커버 시각물이 잡지 형식으로 디자인된다. 신문을 펴면 숨어 있던 하단이 드러난다. 이곳엔 200자 원고지 기준 여섯 매가량의 커버 본문 기사가 전문으로 들어가고, 밑엔 당일 스트레이트 기사가 실린다. 평일자 신문이라면 1면 톱으로 걸릴 사건 발생 기사가 토요판에 한해서만 커버 사진과 기사 아래 자리 잡는다.

이 디자인 설계는 당시 디자인부문장이던 김경래 부장이 했다. 그는 독일의 전통 있는 고급 주간신문 〈디짜이트(Die Zeit)〉의

〈디짜이트〉의 디자인 포맷.
토요판 1면 구성에 힌트를 주었다.

1면에서 영감을 얻었다. 이 디자인 포맷은 커버의 기획기사와 스
트레이트 기사를 절묘하게 양분해주었다. 신문의 절반을 커버 시
각물이 잡아먹는 파격이었다. 비효율적 구도라는 비판이 쏟아질
지도 몰랐다. 의외로 편집국장단에서는 반대가 별로 없었다. 다만
이런 전제를 깔았다.

　"전날 발생한 스트레이트 뉴스가 대형 사안이거나 파급력이 큰
단독 취재일 경우 그 경중에 따라 융통성 있게 지면을 안배한다."

　예를 들어 수천 명이 희생된 2011년 3월의 일본 후쿠시마 지
진이나 5백여 명이 죽은 1995년 6월의 서울 삼풍백화점 붕괴사건

같은 것이 금요일에 터진다면 토요판에서 준비한 커버는 밑으로 내리거나 철수한다는 거다. 후쿠시마나 삼풍백화점은 논쟁의 여지없는 대형 재난이다. 한데 어떤 사건은 '초특급 뉴스'인지 아닌지의 평가 기준이 모호할 수 있었다. 뉴스 가치의 잣대란 대단히 주관적이니까.

2012년 1월 1일 새해가 밝고 일주일쯤 지나 첫 호의 커버스토리 주인공 섭외에 성공했다. 당시 보수신문으로부터 '통영의 딸' 논란으로 불쾌한 조명을 받던 고 윤이상 선생의 유족이었다. 부인 이수자 씨는 "자신의 처와 두 딸을 고 윤이상 선생이 북한에 보내 죽음에 이르게 했다"고 주장하는 독일 유학생 출신 오길남 씨를 명예훼손으로 검찰에 형사고발했다. 마침 2011년 12월 17일 사망한 김정일 국방위원장 조문을 위해 평양을 방문하고 통영 집으로 돌아온 직후였다. 수소문을 거듭한 끝에 윤이상 선생의 딸 윤정 씨와 연락이 닿았고, 이메일로 어머니 이수자 씨와 함께 인터뷰에 응해달라는 편지를 보냈다. 승낙한다는 답신을 받던 날, 식도를 막고 있던 큰 돌멩이 하나가 쑥 내려가는 기분이었다. 꼬여 있던 실마리가 드디어 풀린다는 감이 왔다. 자, 정말 사람만이 희망일까. 인물 커버는 토요판의 희망이 될까. 아직은 모르는 일이었다.

두려움의 끝, 새 DNA

거대한 반전과 환대

두려웠다. 살금살금 그날이 다가왔다.

2012년 1월 28일은 토요판 첫 호를 내기로 한 날이었다. 새
해가 밝은 뒤 1면 디자인 포맷과 커버스토리 아이템 등 중요한 매
듭을 지을 수 있었다. 필자를 정하지 못한 몇 가지 칼럼과 지면 조
정 등 엉켜 있던 실마리들도 하나둘씩 풀었다. 일주일여를 남겨놓
고는 아주 작은 빈칸들의 알맹이도 채웠다. 토요판팀 기자들은 취
재를 끝내고 기사를 작성해나갔다. 편집국 내 다른 부서 기자들과
외부 필자들의 원고도 들어왔다. 편집자는 제목을 뽑고, 사진기자
는 촬영한 사진들을 추리고, 디자이너는 그 재료들을 가져와 지면

의 모양을 잡아나갔다.

나는 원고 데스킹을 하며 각각의 면 작업 공정이 한눈에 들어오는 모니터링 화면을 확인하고 또 확인했다. 초기 진통이 워낙 컸기 때문일까. 발행을 눈앞에 두고선 모든 일정이 지나치게 순조로웠다. 작은 펑크 하나 없었다. 문제는 독자들이었다. 어떻게 반응할지 두려웠다. 최종 마감을 하루 앞둔 2012년 1월 26일까지 근심은 사라지지 않았다.

그날, 2012년 1월 28일

어쩌면 익숙한 두려움이었다. 2005년 4월 〈한겨레21〉 편집장을 맡아 대대적 지면 개편을 예고하고 추진할 때도 두려웠다.[2] 얼떨결에 매체의 책임자가 되었다. '내가 잘할 수 있을까' 하는 자기 의심에 살이 떨릴 때였다. 2007년 봄 편집국 매거진팀장으로서 'esc'라는 생활문화섹션을 〈한겨레〉에서 선보일 때도 두려웠다. 당시 회사 내 분위기는 토요판 발행 직전과 유사했다. esc는 '잘 놀고 잘 먹고 잘 마시자'를 모토로 신선한 삶과 재미를 추구했다. 내부에서는 "이런 성격의 섹션이 〈한겨레〉의 가치에 과연 부합하는가"라는 비판이 팽배했다. 눈에 보이는 퀄리티로 입증해야만 비판을 잠재울 수 있었다. 2008년 10월, 난데없이 〈씨네21〉 편집장 직에 부임해 콘텐츠를 물갈이할 때도 두려웠다. 영화 잡지를 한 번도 거쳐본 경험이 없었기에 주변의 눈초리가 부담스럽게 꽂혔다.

한 지인으로부터 "집을 하나 지으면서 10년은 폭삭 늙었다"는 말을 들은 적이 있다. 아파트를 팔고 그 돈으로 땅을 조금 사 단독주택을 지은 이였다. 최고의 건축책임자를 구해 설계부터 맡겼지만 계획대로 진행되지 않아 스트레스로 몸살을 앓았다고 했다. 공사 기간은 자꾸만 늘어져 비용은 늘어났고, 작업 과정에서 인부들은 말이 통하지 않았다고 했다. 문짝, 창문 등 소소한 무엇 하나 자기 뜻대로 되지 않아 툭하면 시비가 벌어졌노라고 했다.

매체를 '건축'하는 일도 다르지 않다는 생각이 들었다. 아니, 〈한겨레〉 같은 매체는 명확한 오너가 없다는 점에서 의견 조율이 더욱 까다롭다. 매체의 큰 구조물을 정하고 적재적소에 어떤 콘텐츠를 끌어다 쓸지 결정하는 과정은 피곤하다. 기존의 생각과 새로운 생각이 마찰을 일으키며 불꽃을 일으킨다. 더구나 새로운 생각이 옳다는 법도 없다. 최후의 마무리인 '디자인 마감재'까지 완성하고 나면 몸과 마음이 녹초가 된다. 순식간에 늙어버린 느낌이 든다. "다시는 하지 않으리라"며 이를 갈게 된다. 그럼에도 당사자는 뭔가 배운다. 성장한다. 더구나 멋진 집이 지어지면 훌륭한 보상이 된다.

마침내 2012년 1월 28일. 〈한겨레〉 토요판 첫 호가 독자들의 집집마다 배달되었다. 아침에 신문을 펼쳐 든 독자들은 무엇을 느꼈을지 궁금했다. '눈이 휘둥그레졌을까? 천만에! 눈 버렸다며 인상을 찌푸렸겠지.' 그런 잡념에 사로잡혀 있을 때 몇몇 지인들로부터 문자메시지가 왔다. 대부분 훈훈한 격려 문자였다. "지면을 보고 깜짝 놀랐다, 고생했다, 덕분에 오랜만에 신문을 오래 읽었다"는 요지였다. 그 수가 많지는 않았으나, 아침부터 저녁까지 꾸준히 왔다. 믿기지 않았다. 오래전부터 알고 지낸 사람들이라 냉엄한 평가는 아니었다. 트위터에 들어가 보았다. 새로운 〈한겨레〉를 본 소감들이 속속 올라오는 중이었다. 대충 이런 내용이었다.

"확 달라진 〈한겨레〉 토요판과 함께 아침을 맞았습니다. '통영의 딸' 논란 관련 윤이상 부인과의 단독 인터뷰, 풍성해진 읽을거리, 호흡이 긴 기사체, 정형화된 일간지를 벗어난 실험…. 어떻게 느끼실지 궁금."
"만화와 연재물이 많아졌고 문화, 역사비평, 칼럼, 르포 등 마치 문학책을 읽는 느낌이다. 〈한겨레〉 오래 봐서 슬슬 바꿔 보려고 했는데, 토요일 지면이 바뀌는 바람에 마음 고쳐먹었다. 앞으로 토요일이 기대되네요."

새 영토 진입, 일단 성공

그날 쉼 없이 올라오는 독자들의 트윗을 휴대폰으로 훑어보며 조심스럽게 확신할 수 있었다. 두려움의 강을 건너 새로운 영토에 비교적 성공적으로 도착했음을. 모습을 드러내기 전엔 우려의 시선을 한 몸에 받았지만, 이제 거대한 반전이 펼쳐질 수 있음을. 토요판 두 번째 호가 나온 직후 〈기자협회보〉에 실린 기사는 그 반전의 뚜렷한 징후였다.

일간지 토요일판 대변신 바람 부나

─ 〈한겨레〉 '토요판' 호평… 지속성 여부가 관건

한겨레신문이 지난달 28일 내놓은 〈한겨레〉 토요판'이 언론계에서 관심을 모으고 있다.

〈한겨레〉 토요판은 기존 신문의 섹션 지면이 아니라 본지 1면부터 편집과 내용에서 잡지 형태의 신문을 지향해 새롭다는 평가가 나오고 있다. 그동안 신문 섹션에서 주로 다뤄온 말랑말랑한 주제에서 벗어나 시사주간지 형태의 묵직한 내용으로 커버스토리가 전개되기 때문이다.

지난달 25일 첫 '토요판' 커버스토리로는 경남 통영 출신의 음악가 고 윤이상 선생의 부인 이수자 씨 인터뷰를 실어 윤이상을 둘러싼 논란을 다뤘다. 4일자에는 정수장학회 최필립 이사장을 만나 박근혜 새누리당 비상대책위원장을 둘러싼 논란과 파장을 실었다. 모두 1면과 3~4면에 걸친 기획기사였다.

편집도 바뀌었다. 제호 밑 가로선은 빨간색으로 바꿨고, 평일 6단 편집에서 5단으로 줄였다. 여백이 넓어져 글자가 시원하게 읽히는 게 장점이다.

내용에서는 코너의 짜임새가 돋보인다. 선임기자와 평기자들이 지난 한 주와 다음 주를 조망하는 '리뷰&프리뷰(2면)' 스포츠계의 맞수를 조명하는 '승부(10~11면)', '뉴스분석 왜?(12면)', '책과 생각(13~17면)', '최재봉의 공간(20면)', 만화 '히틀러의 성공시대(21면)', '김형태 변호사의 비망록(22면)' 등으로 꾸며졌다. 스트레이트 기사는 1면 하단과 5~8면 '오늘'면에 배치됐다. (중략)

또한 김두식, 서천석, 김형태, 한홍구, 신영복 등 내로라하는 필진이 참

2012년 1월 28일자
〈한겨레〉토요판 첫 호의 지면 구성.
새로운 흐름을 만들었다.

의 A4감옥

맨발의 청춘
개 발바닥의 비밀

한 겨 레 토요판
HANI.CO.KR

표로 | 어머니연합과 라면 한그릇, 그리고 참치캔   토요판 첫호 기획 | 어이구 어머나, 지면이 달라졌네   김두식 변호사의 비밀록 | 내가 검사면 나라가 망한다고?

간첩딱지 붙이기 놀이는 그만

'죽어서도 상처없을 용' 윤이상
부인 이수자씨 처음 입을 열다

측근 비리 때문? 최시중 돌연 사퇴

박근혜의 한나라당, 공천 물갈이 가능할까

다이아

한홍구의 유신과 오늘

유신의 몸과 광주의 마음을 가진 그대에게

그 사형 모델 20.30대였던
개 마친 북한동 발란 이야기

새로운 이야기 끄저리와
종신 0색석의 선악 압에서
70년대 전통 샤널 들어보다

더 친절한 기자들, 더 굵직한 연재물

뉴스 카페라는 '오늘'표 압축 신문 속 인지도 - 쪽 펴든 그대로

옛날 신문은 월요일에 쉬었다고?

금요일의 발표가 수상해, 수상해

산행길의 그림 사색 / 석과불식

碩果不震

비평이여, 제 꼬리를 삼켜라

고백

'무식한 구조조정' 후회합니다

르포

애국심의 또다른 이름은 외로움

왜?

모사드의 심리전, 암살을 넘어 공포를 노린다

대로 '책임' 모면할 수 없다

합법화해준 금융당국

왜, 한숨 날까요? 빨간날의 이 불편한 진실

가족

세번째 결혼을 했다
두집 살림을 차렸다

마이애미, 그대 3초 뿐이야

커버스토리

"북에서 힘들게 얻은 사진이 우리 잡아먹는

북한서 홀로나온 오길남씨
그 고통 이해는 하지만
마음은 음악을 팔려하네

집 앞으로 날아든 그림자와
고향서 처음 맞은 낯선 기일
제사도 결국 판산서 지내

김정은에 짧게 조의…김해공항 '자심검색'에 눈물

털어서 먼지 안 나는 세상 올 때까지

다 포기하고픈 A씨, 다시 하이킥을 날려봐요

• 〈한겨레〉 토요판이 나온 직후의 〈기자협회보〉.

•• 한국 신문사상 두 번째 토요판. 〈중앙일보〉 2012년 3월 17일자.

여해 기자들의 지면 부담을 덜었다. (중략)

이충재 〈한국일보〉 편집국장은 "기획기사와 인터뷰, 읽을거리 등이 적절하게 접목돼야 훌륭한 기사가 나올 수 있다"며 "콘텐츠 기획력 없이는 시도만으로 그칠 수 있지만 〈한겨레〉는 구성이 잘됐다. 향후 지속성 여부가 관건이 될 것"이라고 평가했다. 〈한국일보〉는 지면 개편 태스크포스를 꾸려 내달 1일자로 토요일자를 비롯한 지면 개편을 단행할 계획이다. (중략)

조선, 중앙, 동아 등 주말판 섹션을 발행해 온 신문들의 구체적인 움직임은 없는 가운데 〈한겨레〉의 '토요판' 실험이 타 신문들의 변화를 가져올 지 주목된다.

— 원성윤 기자, 〈기자협회보〉 2012년 2월 8일자

딱 두 번 보여주었을 뿐인데, 독자들은 물론 업계의 '선수'들까지 좋게 말해주니 감사할 따름이었다. 〈기자협회보〉는 '섣부른 예단'까지 했다. "〈한겨레〉의 토요판 실험이 타 신문들의 변화를 가져올지 주목된다"고. 일간신문 편집기자들의 단체에서 만드는 〈편집기자협회보〉는 두 번에 걸쳐 관련기사를 내보냈다. 먼저 2월 29일자 새 기획코너 '이게 편집이다'의 첫 회로 '〈한겨레〉 토요판의 비밀'을 다뤘다. 3월 30일자에서는 연재 칼럼 '내 마음속의 멘토'에 〈한겨레〉 토요판을 등장시켰다. 〈중앙일보〉 편집부 기자의 글이었다.

새 DNA 창조한 토요판의 파격

(앞 생략) 사람들은 익숙함에서 벗어나는 걸 두려워한다. 특히 눈으로 바

로 확인되는 시각적 형태가 변화된다면 더욱 그렇다. 그렇기 때문에 일단 변화가 되면 두려움만큼이나 놀라움도 크다.

1월 28일 토요일, 〈한겨레〉 토요판을 봤을 때 내 기분이 그랬다. 어제까지 한겨레신문의 포맷에 익숙하던 눈이 오늘 번쩍 뜨인 것이다. (중략) 화려하게 치장하거나 복잡하거나 아무리 단순하게 만든다 해도 고유의 DNA를 가지지 못한다면 그냥 잘 짜인 한 개의 지면일 뿐이라고 생각된다. 그런 면에서 〈한겨레〉 토요판은 한겨레만의 고유한 DNA 지도를 가진 신문으로 만들었다고 생각한다. 〈한겨레〉 토요판은 매일 레이아웃에 몰두하던 나에게 또 다른 생각의 문을 열어주었다. 과감하고도 치밀하게 디자인하고 결정한 에디터와 디자이너에게 내가 받은 감동과 놀라움을 담아 멋진 윙크를 날려보낸다.

— 중앙일보 김호준 기자, 〈편집기자협회보〉 2012년 3월 30일자

〈한겨레〉 토요판은 기존의 한국 언론 시장에 없던 '이상한 놈'이었다. "이상해서 못 봐주겠다"는 천대를 받지는 않을까 두려웠는데, 오히려 분에 넘치게 환대를 받았다. "고유의 DNA를 창조했다"는 말은 그중 최고의 상찬이었다.

DNA. 그렇다. 이 유전자에 매력이 없다면 얼마 못 가 생명을 다했을 텐데 오히려 '복제'되는 운명이었다. 〈한국일보〉는 3월 3일부터 1면에 자사의 영문 이니셜을 딴 'H'를 달고 커버스토리 기사를 실었다. 처음부터 끝까지 기획기사 중심으로 꾸미되 '토요판'이라는 말은 붙이지 않았다. 〈중앙일보〉는 3월 17일부터 〈한겨레〉처럼 1면 제호 옆에 '토요판'이라는 간판을 달았다. 한국 신

문사상 공식적으로 두 번째 '토요판'이 세상에 나온 셈이었다. 〈중앙일보〉 토요판은 노무현-김정일의 2007년 정상회담 뒷이야기를 담은 커버스토리 기사를 1면 머리기사로 실었다. 지면도 완전히 새로 단장해 인물과 르포 등 심층기획을 대거 늘렸다. 홍석현 회장의 지시에 따른 조처라는 소문이 돌았다. 〈한겨레〉 토요판이 발행되자마자 자사 편집국 간부들에게 비슷한 형식으로의 토요일자 지면 쇄신을 주문했다는 거였다. 나중의 일이지만 이후 〈경향신문〉(2012년 6월 16일), 〈국민일보〉(2012년 7월 7일), 〈동아일보〉(2013년 2월 16일), 〈부산일보〉(2013년 3월 9일), 〈세계일보〉(2013년 11월 2일)가 토요판 대열에 합류했다.

취해선 안 되었다

토요판 DNA의 핵심은 '스토리페이퍼'였다. 단발성 뉴스의 울타리를 뛰어넘는 스토리. 섹션의 차원을 넘어 하루치 신문 전체를 관통해 좀 더 깊은 이야기를 찾아내고 퍼뜨리는 고정 플랫폼. 이는 신문의 호흡을 바꾼다는 뜻이었다. 긴 호흡! 〈한겨레〉 토요판은 길게 숨 쉬는 뉴스 생산자의 어떤 원조가 되었다.

'스토리페이퍼'가 전부는 아니었다. 토요판 출발과 함께 잇따라 터뜨린 특종을 빼놓을 수 없다. 앞의 〈기자협회보〉가 언급했던 첫 호와 둘째 호의 이수자, 최필립 인터뷰는 모두 단독보도였다. 다른 언론들이 이를 인용해 보도했다. 토요판의 미덕이 형식 파괴

다른 신문들도 토요판을 만들며 따라왔다. 〈한겨레〉 토요판은 런칭 6개월 만에 "한국 신문은 지금 토요판 시대"라는 요지의 특집 기사를 내보냈다.

나 상대적으로 한가한 취재 뒷이야기에만 있지 않음을, 현실 세계에 자극과 파동을 주는 매체 파워가 작동함을 과시한 기사였다.

회사 내부의 부정적 여론은 쏙 들어갔다. 성공적인 작품을 출시했다는 평판이 지배적이었다. 반전이었다. 달콤한 평가에 취해선 안 되었다. 더 긴장해야 했다. 토요판을 둘러싼 모든 논란이 종식되지도 않았다. 세상은 그렇게 호락호락하지 않았다. 본격적인 논쟁은 이제부터였다. 살금살금 그날이 다가왔다.

그깟 돌고래 이야기

어색한가? 제돌이의 운명

어색한가?

어색함을 견디기란 쉽지 않다. 자연스럽지 않을 때다. 질서에 어긋나 보일 때다. 질서란 무엇인가. 오랫동안의 약속이다. 사람들 사이에서 으레 그렇게 하는 게 옳은 것으로 묵인되어온 방식이다. 어느 날 다르게 하면 어색하다. 잘못된 방향으로 가는 것 같다. "이상하다"는 평이 쏟아진다. 원래의 자리와 방식으로 돌아가면 마음이 편하다. 비난도 사그라진다. 미련하게 어색함의 강을 계속 헤엄치면 어떻게 되는가. 조심! 강 한가운데서 물귀신이 될 수 있다. 강을 무사히 건너 신천지의 뭍에 오르면 어색함은 참신함으로 바뀐다.

〈한겨레〉 토요판은 2012년 1월 28일 첫 호를 내자마자 언론계의 과분한 주목을 받았다. 만발하던 우려는 격려로 역전하는 분위기였다. 1면부터 끝까지 지면 구성을 과감하게 흔들었음에도, 어색하다는 비판은 별로 나오지 않았다. 여러 요인이 작용했지만, 초기의 연속 1면 특종 보도가 한몫을 했다. 문제는 1면의 정치·사회적 성격이 옅어지고 난 다음이었다.

깊은 태클

2월 11일자 커버 제목은 '푸틴의 나라'였다. 헌법을 고쳐 3선에 도전하는 '러시아의 박정희' 푸틴의 야망과 러시아 정세를 분석한 국제물이었다. 그다음 2월 18일 커버 제목은 '서태지와 아이돌'이었다. 서태지 데뷔 20돌을 맞아 그의 빛과 그림자를 아이돌 가수들만 살아남는 대중음악계 현실과 견줘 조명하는 기사였다. 그다음 2월 25일 커버 제목은 '조광래의 옐로카드'였다. 축구 국가대표팀 감독직에서 갑자기 경질 당한 그를 두 달 만에 처음으로 만나 축구계에 던지는 쓴소리를 보도했다.

어색한가? 어색하다는 말들이 나왔다. 한가해 보인다고 했다. 아무리 토요판이어도 일간신문 1면 머리기사에 어울리지 않는다고 했다. 이는 '교체 요구'로 이어졌다. '후보 기사'들은 즐비했다. 벤치에서, 아니 커버스토리 하단 스트레이트(이하 스트) 공간에서 몸을 풀고 있었다. 가장 먼저 말을 꺼낸 사람은 편집인이었다.

　당시 매일 오후 2시 반 신문사 8층 회의실에서 열린 대편집회의에서였다. 편집국장과 논설실장, 이 두 부문을 총괄하는 편집인 등 고위 편집간부들이 참석해 논조 등을 조율하는 자리였다. 2월 17일 금요일 대편집회의 때 편집인이 겨냥한 첫 표적은 '서태지와 아이돌'이었다. 나중에 편집국장에게 전해들은 바에 따르면 대충 이런 내용이었다고 한다.

　"서태지와 아이돌? 이런 아이템을 커버로 한다고? 1면에 '판사회의(서울 중앙지법 등 세 곳의 단독판사들이 현행 법관 연임제와 근무평정 제도를 투명하게 개선하라고 대법원에 촉구했다는 내용)' 기사가 잡혀 있던데 그게 더 중요하지 않나? 그게 톱이어야 하지 않나? 1면의 서태지 기사와 사진은 밑으로 내리고, 3·4·5면의 본문 기사는 8·9면쯤으로 돌리는 게 맞지 않나?"

　다음 주인 2월 24일 금요일 대편집회의에서도 태클이 들어왔다고 했다. 커버로 준비한 '조광래의 옐로카드'와 당일 발생한 정수장학회 주식반환소송(정수장학회 전신 부일장학회를 설립한 김지태 씨 유족이 빼앗긴 주식을 돌려달라고 낸 소송을 법원이 기각했다는 내용) 기사를 맞바꿔야 한다는 거였다. 편집국장은 편집인의 의견을 수용하지 않았다. 서태지와 조광래 두 가지 커버 모두 원래대로 내보냈다. 한겨레에서 편집국장은 기자들의 투표로 선출한다. 직급상 편집인이 편집국장보다는 높지만 지시가 일방적으로 먹히는 관계는 아니다.

　'판사회의'와 '정수장학회' 기사는 이미 다른 언론도 보도했다. 메가톤급 대형 사건이 아닌 한, 사전에 준비한 기획물을 우선한다는 게 편집국 에디터단에서 합의한 토요판 1면의 매뉴얼이었다. 시의성 있는 정치·사회 이슈에 맞춰 1면 커버 특종을 하면 금상첨화겠지만 항상 그러기는 쉽지 않았다. 서태지를 조명하는 글이 머리기사에 오를 수도 있었다. 러시아 대선이 아니어도 푸틴이, 당장 축구대표팀과 관련한 화제가 없어도 조광래가 나올 수 있었다. 그리고 또 하나. 동물이라고 안 되란 법은 없었다.

점입가경?

정말 동물이 등장했다. '조광래의 옐로카드' 다음 주인 3월 3일 자였다. 토요판 커버를 못마땅하게 보아온 이의 눈으로 볼 땐 '점입가경'이라는 말이 나올 만했다. 푸틴과 서태지와 조광래가 기존의 신문 편집 관행으로 볼 때 어색하다 해도, 누구나 아는 유명 인사임은 부인할 수 없었다. 한데 명망가도 아니고, 아예 사람도 아니다. 돌고래다. 제주도에서 왔다 하여 '제돌이'로 불린다는 이 돌고래는 과천의 서울대공원 공연장에서 훌라후프를 돌리는 묘기 사진으로 1면에 등장했다. 단 한 번도 언론에 나온 적 없는 '듣보잡'이었다. 제주 앞바다에서 불법 포획한 수족관 업자가 재판을 받고 있었다. 재판 여부에 따라 돌고래가 방사될 수 있는 상황이었다. 기사 제목은 '제돌이의 운명'.
편집국장에 따르면, 대편집회의에서 편집인은 더욱 강한 어

제돌이를 다룬 토요판 1면 1판●과 5판●●.
아래 스트레이트 기사 배치를 놓고 신경전을 벌였다.

조로 돌고래 기사를 밑으로 내리거나 뒤로 빼야 한다고 말했다. 대선의 해인 2012년에 스트를 강화해도 모자랄 판에 돌고래를 1면에 쓰면 웃음거리가 된다는 말까지 했다. 1면 커버를 바꾸라는 지적이 3주째 계속되자 편집국장도 슬슬 스트레스 지수가 높아지는 눈치였다. 에디터들과 각 부장들이 참여하는 편집회의에서도 돌고래 기사의 적절성에 관한 의구심이 고개를 들었다. 마침 '이명박 정부의 청와대 행정관이 민간인 불법사찰 증거인 컴퓨터를 부수라고 지시했다'는 스트 기사가 1면에 실리기로 돼 있었다. "이명박 정부의 민간인 불법사찰을 알리는 게 중요한가, 아니면 돌고래를 풀어주라는 재판을 알리는 게 중요한가." 선뜻 돌고래가 먼저라고 답할 사람이 얼마나 될까. 상식적으로는 그랬다.

그럼에도 불구하고, 나는 돌고래가 1면 머리를 꿰차는데 모자람이 없다고 생각했다. 첫째, 참신하고 재밌었기 때문이다. '돌고래 재판'이란 얼마나 새롭고 신기한가. 돌고래의 드라마와 한국 동물복지운동의 진일보를 한꺼번에 보여주는 기사였다. 돌고래가 일간신문 1면 머리기사로 나온 전례는 없었다. 전례가 없으므로, 우리가 전례를 만들 기회였다. 둘째, 차별성이 있었기 때문이다. 민간인 불법사찰 보도는 〈한겨레〉가 아니어도 다른 매체를 통해 접할 수 있는 사안이었다. 돌고래는 〈한겨레〉만 쓰는 기사였다. 셋째, 깊이를 갖췄기 때문이다. 한 나라의 민주주의를 넘어 문명의 흐름을 보여주는 기사였다. 기로에 선 돌고래는 인간과 동물의 미래지향적 관계를 묻고 있었다. 이 기사는 당시 사회부에서 환경을 담당하던 남종영과 토요판팀의 최우리가 썼다.

편집인은 한 번으로 그치지 않았다. 편집국장은 물론 야근 책임을 맡은 에디터에게도 전화를 해(당일 편집국장은 일이 있어 일찍 퇴근한 상태였다) "돌고래 기사를 내려야 하지 않겠느냐"고 압박했다. 대선을 앞둔 엄중한 시국에 돌고래 한 마리를 정권의 부도덕을 고발하는 기사보다 크게 넣는다는 판단을 답답하게 여기는 듯했다. 나는 버티다가 조금 물러섰다. 각각 저녁 6시 반경과 9시경 인쇄하는 1·3판에선 커버 사진 밑에 5단 가로로 실은 기사를, 10시 반경 인쇄하는 5판부터 오른쪽 2단에 세로로 싣기로 한 것이다. 그 결과 하단에 있던 청와대 행정관의 민간인 불법사찰 기사는 좀 더 위로 올라가 편집되었다. 그래 봤자 7cm가량이었지만.

돌고래 커버를 지키려는 고집은 지나쳤을까. 비단 편집인이 아니더라도 돌고래 1면 기사에 정서적 거부감을 느낀 편집국 구성원들은 적지 않았다. 몇몇 후배들에게도 "처음엔 그 기사가 조금 어색하고 불편했었다"는 고백을 나중에 들었으니까. 당장은 여러 사람의 동의를 얻기 힘들었다. 실제 제돌이 기사가 나간 당일 한 독자는 신문사에 장문의 항의 메일을 보냈다. 〈한겨레〉 시민편집인실에서는 3월 28일자 옴부즈맨난에 메일 내용을 요약해 다음과 같은 기사로 전했다.

| 독자 의견 |

토요판, 연성기사에 치우쳐 의제 설정에서 밀리는 것 아닌가

내학 시절부터 〈한겨레〉를 구독했다는 한 독자가 3일 전자우편으로 '토요판에 대한 의견'을 보내왔다. 그는 "요즘 총선과 대선이 있고 우리 사회가 어디로 가야 할지 (방향을 모색하는) 정말 중요한 시기"라며, 큰 이슈들이 토요판에서 너무 소홀히 취급되는 것 같다고 지적했다. 그는 "토, 일요일 이틀에 걸친 신문에서 (현안은 외면한 채) '푸틴', '서태지', '돌고래' 기사를 읽어야 하느냐"며 바쁜 독자들을 위해 한 주에 있었던 부문별 주요 이슈들을 심층적으로 짚어주고 전망하는 지면을 늘려줄 것을 주문했다.

이 독자는 읽을거리도 중요하겠지만 주제를 정할 때 의제 설정이나 가독성 측면도 고려해야 한다고 주장했다. 또 "정치, 경제, 사회, 문화 등 모든 면을 호흡이 긴 기획기사로 채우면 너무 신문이 무거워져 읽기에도 벅차다"고 지적했다. 그는 "독특하고 말랑말랑한 기사만으로 〈한겨레〉 독자층이 넓어질 것으로 보지 않는다"며 〈한겨레〉다운 기사로 한국 신문을 선도하고 사회적 이슈를 선점해줄 것을 부탁했다.

— 구세라 시민편집인실 차장

신문 콘텐츠를 비평하고 심의하는 사내 콘텐츠평가실에서는 3월 12일 '토요판 기획심의'라는 제목의 글을 작성해 편집국 전 구성원에게 이메일로 뿌렸다.

(앞 생략) 뉴스에 대한 기동성 있는 보도·분석·논평과 의제 설정은 언론의 핵심 임무다. 특히 보수언론의 목소리가 큰 우리 사회에서, 이런 요구는 디 크다. 진보적 언론으로서 〈한겨레〉 정체성의 핵심을 이룬다고 봐도 무방하다. 하지만 토요판에 관한 한 이런 기능을 사실상 방기하고 있다고 할 수 있다. 대신 그 자리를 '읽을거리'가 차지한다. 이런 기사들을 선호하는 독자가 있다고 하더라도, 그것만 고려해서는 〈한겨레〉의

기반을 스스로 잠식시킬 수 있다. 창간 이후 위기의식을 갖고 여러 차례 지면 개편을 했지만, 그때마다 확인한 것은 언론으로서 본분에 더 충실해야 한다는 점이었다. 국내외적으로 큰 전환기인 지금은 더 그렇다.

지금의 토요판 체제로는 이 문제를 해결하기가 어렵다. 개선 방안으로는 크게 두 가지를 생각해볼 수 있겠다. 예를 들어 3월 3일자에는 '제돌이의 운명' 대신 '민간인 불법사찰' 문제를 커버스토리로 하고, 2월 18일자에는 '서태지와 아이돌' 대신 '법관 심사' 문제를 집중적으로 다루는 식이다. 이렇게 커버스토리와 현안을 일치시키고 덧붙여 2면의 긴장성을 높인다면 일정한 효과를 볼 수 있을 것이다. 물론 이 경우에는 기동성 있게 커버스토리를 만들어야 한다는 보장이 있어야 한다.

둘째는 지면 배치를 바꾸는 것이다. 다른 요일에는 통상 8~9개 면의 종합면을 운영한다. 항상 그 정도의 뉴스가 있는 것이다. 토요일자임을 감안해 압축하더라도 최소한 여섯 개 정도의 뉴스·해설 면은 필요하다고 봐야 하므로, 1면에서 6면까지를 뉴스·해설 면으로 해 집중도를 높인다. 커버스토리는 7~8면으로 옮기되 1면에 적절한 크기의 사진과 기사의 일부를 싣는다. 물론 커버스토리의 뉴스성이 강하다면 지면 앞쪽에 배치할 수도 있겠다.

돌에 새길 '현안'

어색한가?

편집인과 일부 독자와 콘텐츠평가실은 한 목소리로 "어색하다"고 말한 셈이다. 그 말 속에서 키워드를 추리면 다음과 같았다. '대선, 현안, 읽을거리 노, 연성기사 노노, 한겨레 정체성 예스!' '현안'이라는 낱말을 돌에 새겨 사무실에 세워두기라도 해야 할 것 같았다. 독자의 비판적 의견이나 콘텐츠평가실의 의견에도 논리가 있었지만, 내 머릿속 서랍에 고이 모셔둘 마음은 전혀 들지 않았다. 콘텐츠평가실의 '기획심의'를 읽자마자 곧바로 그 자리에서 반박하는 글을 썼다. (고심 끝에 편집국장에게만 보냈다.)

(앞 생략) 가령 토요판에선 이런 논쟁거리를 이야기할 수 있다. 첫째, 신문의 생명은 뉴스라는 고전적 명제를 토요판에선 어떻게 해석할 것인가. 디지털 시대에 독자들은 종이신문을 통해 뉴스를 어떤 형식으로 소비하는가. 기존의 뉴스 편집 방식이 토요판은 물론 주중신문에서도 언제까지 유효할 것인가. 이는 신문의 미래와 관련해서도 의미 있는 질문이고 논쟁이 되는 사안이다. 둘째, 진보적 가치란 무엇인가. 제돌이의 운명보다 청와대 행정관의 민간인 사찰이 훨씬 더 진보적인가? (이 부분에 대해서 기획심의는 일방적 단정뿐이다.) 제돌이의 경우 진보의 최신 트렌드를 앞장서 보여주었다는 점에서 좋은 전범이 될 만하다고 생각한다. 청와대 행정관의 민간인 불법사찰 컴퓨터 파괴 기사가 제돌이 위에 톱으로 실리는 게 독자의 입장에서 좋을 뿐 아니라 진보적 의제를 선점하

고 이 문제와 관련해 〈한겨레〉가 강력하게 영향력을 행사하는 데 유리했다고 보아야 타당한가.

셋째, 시의성이란 무엇인가. '시의성'이란 말을 쉽게 쓰고, 신문에선 반드시 시의성을 먼저 존중해야 한다는 데 모두가 동의하는 듯 보인다. 한데 누구나 보도하는 뉴스를 따라가는 게 시의성인가? 아무도 보도하지 않던 뉴스를 우리가 먼저 보도하고 결국은 그게 시의성 있는 보도가 되도록 하는 건 시의성이 아닌가? 보통 "이게 웬 뜬금없는 뉴스야?" 하는 비판을 하는 경우가 있다. 그게 적절한 비판일 때도 있지만 부적절할 때도 있다. 가끔 '뜬금없는 뉴스'에서 힘을 느낀다. 첫발을 떼는 기사일 때가 많기 때문이다.

스스로 질문을 던져보았다. 현안이냐 현안이 아니냐, 연성이냐 경성이냐는 분류법은 맞는가. 아니라고 보았다. 콘텐츠를 두 가지로 나누려면 차라리 잘 썼냐 못 썼냐, 깊이가 있냐 없냐, 삶에 통찰을 주냐 못 주냐, 이야기가 풍부하냐 빈곤하냐로 구분하는 게 옳지 않은가? 또한 뉴스에 대한 논평과 의제 설정은 의미 있고, 이른바 '읽을거리'는 하찮은가? '그깟 돌고래'는 읽을거리에 불과한가? 읽을거리는 성찰거리가 될 수 없는가? 돌고래로는 의제 설정을 하지 못하며 이 문제는 〈한겨레〉의 정체성과 어긋나나? 아니 그 이전에 돌고래가 1면에 들어가는 게 그렇게 근본적으로 어색한가?

익숙함만으로는 세상을 바꿀 순 없다. 미디어도 마찬가지다. 변화는 어색함에서 출발하는 법이다. 어색함을 견디고 포용하는 열린 자세가 혁신을 부른다.

토요판은 제돌이 등에 올라타 어색함의 강에, 아니 바다에 뛰어들었다. 보도되기도 전에 사내 논쟁에 휘말렸지만 첫 고비를 넘겼다. 이제 또 다른 위기가 기다리고 있었다. 〈조선일보〉가 끼어든 2차 논쟁이….

제돌이를 탈출시키다

돌고래의 자유가
의미하는 것

제돌이는 2012년 3월 3일, 한국 신문 역사상 일간신문 1면 머리 기사를 장식한 최초의 동물이 되었다. 엄정한 잣대를 요구하는 신문 1면 머리기사를 놓고 벌어진 격렬한 논란을 돌파했다. 아무리 기획 중심의 토요판이지만 '그깟 돌고래' 한 마리를 어떻게 이명박 정부의 민간인 불법사찰 같은 정치적 사안보다 비중 있게 취급할 수 있느냐는 내부의 문제 제기를 힘겹게 넘어섰다. 지난한 과정이었다.

그 고집과 노력이 아깝지 않으려면, 보도가 여론의 화살에 업혀 표적을 뚫어야 했다. 1면 카피로 뽑았던 '제돌이의 운명'에 변화가 생겨야 했다. 그 변화란 곧 제주 비다로의 귀향을 의미했다. 서울대공원 쇼공연장에서 훌라후프를 돌리며 어린이들의 환호성을 받던 제돌이는 멸종위기 국제보호종인 남방큰돌고래다. 하루 수십km 바다를 헤엄치던 야성을 포기하고 길이 35m, 폭 7~9m, 깊이 3m의 좁고 얕은 수족관에서 '감금 생활'을 하던 중에 자유의 기회가 온 것이다.

당시 해양경찰청은 남방큰돌고래를 불법 포획해 거래한 제주의 돌고래공연업체 퍼시픽랜드 대표 등을 적발해 수사하는 중이었다. 해양경찰청의 수사는 이들에 대한 검찰의 기소로 이어졌고, 삼팔이, 춘삼이 등 여섯 마리가 몰수 대상으로 지목됐다. 제주지방법원에서 판결이 진행 중이었다. 이 역사적인 '돌고래 야생방사 재판'에 환경단체들의 시선이 쏠렸다. 퍼시픽랜드에서 바다사자와 맞교환돼 서울대공원으로 팔려간 제돌이는 정당 거래로 인정돼 몰수 대상에서 빠졌지만, 환경단체들은 "불법 포획된 모든 개체가 돌고래쇼를 중단하고 고향으로 돌아가야 한다"고 주장했다.

〈한겨레〉토요판은 가장 어리고 이름이 친근한 제돌이를 주인공으로 내세워 돌고래들의 처지를 알렸다. 제주도에서 왔다 하여 '제돌이'였다. 조련사들끼리 붙여 불렀지, 세상엔 전혀 알려지지 않은 이름이었디. 제돌이 보도가 돌고래들에게 즉각 자유를 선사하는 결과로 나아가리라고는 기대하지 않았다. 한국에서 동물권 이슈는 시작 단계에 불과하다고 보았다.

박원순의 '폭탄'

제돌이 기사의 탄생은 '생명'의 탄생과 궤를 같이했다. 여기서 '생명'이란 〈한겨레〉 토요판이 2012년 1월 28일자 첫 호부터 매주 내보낸 고정 지면 이름이다. 한 면을 털어 오로지 동물에 관해서만 다뤘다. 그렇다고 '동물의 왕국' 류는 전혀 아니었다. 동물과 인간의 관계에 질문을 던지는 내용이었다. 공장식 양계장, 소·돼지 도축 과정, 반려동물 키우기 등에 관해 기자들이 현장 르포를 쓰거나 전문가 기고를 받았다. 한국 언론이 끈질긴 관심을 갖고 접근해본 적이 없는 분야였다. 1면을 비롯해 3, 4, 5면까지 펼친 제돌이 커버스토리는 그러한 생명 지면의 특집판이었다.

일등공신은 당시 사회부에서 환경을 담당하던 후배 남종영이었다. 《북극곰은 걷고 싶다》,《고래의 노래》 등 다수의 환경 책을 쓴 남종영의 전문성이 아니었다면, '생명' 기획의 첫걸음은 물론 제돌이 보도를 할 엄두조차 내지 못했을 것이다. 당시 사회부장이던 김의겸 선배는 남종영이 토요판 생명면 취재와 기사 작성을 할 짬을 내도록 배려해주었다. 동물권의 미래 가치에 공감해준 덕분이었다. (남종영은 그해 5월 사회부에서 토요판팀으로 발령 났다.)

그렇다고 '생명 콘텐츠'가 현안 대접을 받는 건 아니었다. 돌고래들이 품격 있는 환경 기사의 소재라는 점에 이의를 달 사람은 없었지만, 뉴스 현안으로서 확장 가능성이 있는지는 단언하기 힘들었다. 한국 사회 동물복지의 현주소를 고발하는 색다른 일회성 기사로 그칠 공산이 컸다. 제돌이는 잠시 언론의 주목을 받은 뒤 곧바로 퇴장하고 말 것처럼 보였다.

세상일은 모른다. 예측하지 못한 '대사건'이 벌어졌다. 제돌이 커버스토리가 나간 지 10일째 되던 2012년 3월 12일 아침, 박원순 시장은 과천 서울대공원 돌고래 공연장 앞에서 '폭탄'을 터뜨렸다. 제돌이를 바다로 돌려보낸다는 '기자회견'이었다.

과천 서울대공원은 서울시 산하기관이다. 박원순 시장은 서울대공원 운영을 책임지는 자치단체장으로서 말했다. "제돌이가 한라산과 구럼비가 있는 제주 앞바다에서 마음 놓고 헤엄칠 수 있어야 합니다. 이는 동물과 사람, 자연과 인간의 관계를 재검토하고 새롭게 설정하는 문제입니다." 이날 서울시가 발표한 입장은 세 가지였다. 첫째, 돌고래쇼를 잠정 중단한다, 둘째 여론 수렴 절차를 거쳐 돌고래쇼 지속 여부를 결정한다. 셋째, 제돌이는 1년의 야생 방사 훈련을 거쳐 바다로 되돌려 보낸다. 간단히 말해, 돌고래쇼 중단, 제돌이 귀향!

나중에 안 사실이지만, 박원순 시장은 동물권에 관한 선각자였다. 1994년 대구지방변호사회가 펴낸 〈형평과 정의〉 9집에 '동물권의 전개와 한국인의 동물 인식'이라는 제목의 논문을 실은 적도 있다. 이 논문은 외국의 동물권 논의와 이에 관련한 국내 움직임을 다뤘다. 서론에서 그는 하와이대 해양생물학연구소에 실험용으로 들어왔다가 야생 방사된 돌고래를 예로 들며 이렇게 썼다.

"동물에게도 '권리'가 있는가? 이 질문에 적지 않은 사람이 웃을 것이다. 그러나 서양에서 개나 고양이에게 자신의 모든 사재를 상속시키거나 주인과 함께 나란히 묻히는 것을 보면서 그것이 단순히 웃을 일이 아니라는 것을 깨닫게 된다. 그뿐만 아니라 동물권의 확립을 위하여 수많은 논문과 저서들이 쏟아져 나오고 있는 사실은 결코 이 문제가 동물애호가의 헛소리가 아님을 알게 해준다."

1990년대는 국내에 '동물복지'라는 말이 생소하던 때였다. 박원순 시장은 2006년부터 서울시장이 되기 전인 2011년까지 동물복지 운동단체 카라의 첫 명예이사를 맡아 활동한 이력도 있다. 〈한겨레〉 토요판의 제돌이 기사가 나가자마자 야생 방사 정책으로 화답한 것은 우연이 아니었다.

정치적 동물로 급부상

모든 사람이 박수를 치지는 않았다. 찬성파만 있었다면 싱거웠으리라. 반기를 든 세력이 나타났다. 총공세를 펼쳤다. 덕분에 논쟁이 벌어졌고 판이 커졌다. 〈조선일보〉와 〈동아일보〉였다. 기자회견 직후인 3월 13일과 14일 〈조선일보〉, 〈동아일보〉 기사와 사설의 제목들을 보자.

— "박원순의 '돌고래 정치'"(조선, 3월 13일자 1면)
— "3년 전 불법 포획된 제돌이… 이젠 정치적으로 이용되나" "무리 떠난 지 오래돼 동료에 공격당할 수도"(조선, 3월 13일자 11면)
— "박원순 '과천 돌고래, 구럼비 앞바다에 풀어주겠다'" "이송-야생 적

응 비용 8억 넘어"(동아, 3월 13일자 17면)

― "'제돌이'를 바다로 돌려보내 죽으면 어떡할 건가"(동아, 3월 14일자 31면)

그들은 세 가지를 꼽았다. 첫째, 박원순 시장은 돌고래 문제를 제주 해군기지 건설 반대운동과 얽혀 있는 구럼비 바위와 연계시켜 정치화한다는 것. 둘째, 서울시가 제돌이 한 마리를 야생으로 돌려보내는데 책정한 비용 8억 7000만 원은 혈세 낭비라는 것. 셋째, 제돌이 야생 방사는 성공하기 힘들다는 것.

사실 반대하는 이유는 단순명료했다. 〈조선〉과 〈동아〉 입장에선, 그냥 박원순 시장이 꼴 보기 싫은 거였다. 제돌이 기사를

제돌이가 정치적으로 이용될까 봐 걱정했던 〈조선일보〉 지면.

굿바이, 편집장

쓴 남종영 기자의 반박 글에 따르면, 야생 방사 비용 8억 7000만 원은 (한 언론의 비판처럼) 저소득층 486가구의 한 달 최저생계비에 맞먹기도 했지만, 서울 강남의 30평대 아파트 한 채 값밖에 되지 않는 돈이었다. 또한 "제돌이를 바다로 돌려보내 죽으면 어떡할 건가"라고 비판하면서 "2년 이상 감금된 돌고래의 야생 방사는 성공한 적이 없다"고 했지만 이는 다양한 연구사례들을 검토하지 않은 결과였다.[3]

과학적 주장과는 거리가 먼 무리한 이야기가 판을 쳤다. 3월 14일자 〈조선일보〉 데스크칼럼이 대표적이다. 필자는 제돌이의 영혼에 빙의라도 된 듯 이렇게 썼다.

"차라리 지금처럼 서울대공원에 그냥 놔두는 편이 나을지도 모르겠다. 돌고래는 애초부터 정치인들이 아니라 어린이들의 친구였다. 돌고래도 특정 집단을 위한 정치쇼에 동원되는 쪽보다는 갇힌 상태일지언정 어린이들을 위한 쇼를 계속하고 싶어 할지도 모른다."

〈한겨레〉 안에서 제돌이가 불법사찰 같은 정치적 현안과 1면 머리기사 자리를 놓고 경쟁했다면, 〈한겨레〉에 등장한 뒤의 제돌이는 정치적 현안이 되었다. 제돌이는 '정치적 동물'로 급부상했다. 박원순을 싫어하는 언론의 맹공 덕분에 유명해졌다. 다른 신문과 방송들도 너나없이 제돌이 방사 논란을 소개하더니 나중에는 다큐멘터리의 주인공으로 섭외하기 시작했다. 이제 더는 〈한겨레〉 안에서 기사 경중을 둘러싸고 논쟁의 대상이 되던 그 제돌이가 아니었다. 제돌이는 좁은 토요판 지면의 가두리를 빠져나와 한국 여론의 바다를 헤엄치며 모두의 주목을 받기 시작했다. 한국 최고의 동물 스타가 탄생했다.

박원순 시장은 노련했다. '돌고래 정치'라는 논란을 민-관 협치로 뚫었다. 서울대공원의 돌고래쇼를 일방적으로 중단하지 않고 여론조사와 소셜미디어 의견조사, 시민 대표로 구성한 100인 위원회를 통해 결정하도록 했다. 야생 방사의 전권은 최재천 이화여대 석좌교수를 위원장으로 하는 '제돌이 방류를 위한 시민위원회'에 맡겼다. 조선과 동아 등의 공격은 얼마 안 가 힘을 잃었다. 제돌이는 순조롭게 야생 방사 일정을 밟았다.

비극과 해피엔드

2013년 7월 20일이었다. 그날의 〈한겨레〉 토요판을 기억한다. 1년 4개월 만에 제돌이가 토요판 1면 커버스토리에 오르는 감격스러운 날이었다. 2012년 3월 3일자 토요판의 제돌이가 자신을 감금한 서울대공원 공연장에서 훌라후프를 돌렸다면, 이날의 제돌이는 제주 앞바다를 자유롭게 유영했다. 나는 1면 제목을 간명하게 뽑았다. "자유." 그다음 부제는 한 줄이었다. "바다의 제돌이는 우리에게 무엇인가."

1면 사진 설명은 이렇게 쓰였다.

"18일 오후 4시 20~30분께 제주시 구좌읍 김녕리 목지곶 해안 인근 가두리 안에 있던 제돌이는 부리를 내밀고 서서 인사를

하는가 싶더니 곧 바다로 빠져나갔다. 허탈한 이별 뒤 고무보트를
타고 제돌이와 춘삼이를 찾아 나섰다. 서쪽으로 내달린 지 40여
분. 김녕항에서 서북방으로 약 2.5km 떨어져 있는 다리도 인근에
서 자유롭게 헤엄치는 제돌이를 발견했다."

2012년 3월부터 돌고래쇼를 그만둔 제돌이는 2013년 5월 고
향인 제주로 왔다. 바다로 나가기 전 성산항 가두리에서 야생 적
응 훈련을 하기로 했다. 제주 퍼시픽랜드 소속 돌고래로, 제주지

2013년 7월 20일자 〈한겨레〉 토요판. 제돌이가 자유를 찾아 떠나는 장면을 담았다.

PART 1 토요판의 탄생

방법원을 거쳐 대법원에 의해 야생 방사가 확정됐던 춘삼이와 삼팔이는 한 달 전 이곳에 와 있었다. 두 달간의 훈련을 마친 제돌이는 2013년 7월 18일, 마지막으로 이동한 김녕리의 목지곶 해안 가두리에서 드디어 춘삼이와 함께 찢긴 그물 사이를 유유히 빠져나가 바다로 갔다. (함께 있던 삼팔이는 한 달 전 가두리 탈출) 이들의 귀향을 축하하기 위해 '제돌이 방류를 위한 시민위원회' 위원들과 취재진 70여 명이 현장을 지켰다. 〈한겨레〉 토요판도 1년 전 첫 보도를 했던 남종영, 최우리와 사진기자 강재훈 선배를 제주에 보냈다. 제돌이를 비롯한 세 마리의 돌고래와 이별의 의식을 치른 김녕리에는 기념 표지석이 섰다. 돌에는 이런 글이 새겨졌다.

"제돌이의 꿈은 바다였습니다."

꿈. 그렇다. 제돌이의 꿈은 바다였다. 〈조선일보〉 칼럼 내용처럼 설마 "어린이들과 함께 쇼를 하는 것"이 제돌이의 꿈이었을까. 〈한겨레〉 토요판의 제돌이 커버스토리는 '꿈'을 실현해주었다. 나는 토요판과 관련해 미디어 강의를 할 기회가 있을 때마다 "4년여간의 토요판 에디터 재직 기간 중 최고의 보도를 하나만 꼽으라면 그것은 제돌이다"라고 말해왔다. 물론 빛나는 또 다른 특종과 기획이 있었다. 그런데도 제돌이 보도를 먼저 꼽는 이유는 아름답기 때문이다. 아름다워, 오래 남을 것이기 때문이다. 동물의 비극적 처지를 비판하고 폭로한 이 기사는, 자유를 쟁취하는 해피엔드로 승화되었다. 신문기사로 출발했지만, 동화와 전설의 요건을 갖춘 고유한 서사가 되어 100년 뒤 혹은 1000년 뒤에도 전승되리라는 예감을 한다.

해피엔드의 주인공, 제돌이는 2019년 10월 현재도 잘 있다. 고래연구자들이 수시로 확인한 뒤 보고하는 바에 따르면 그렇다. 암놈이었던 삼팔이와 춘삼이는 각각 2016년 4월과 8월에 새끼를 낳았다. "제돌이를 바다로 돌려보내 죽으면 어떡할 건가"라는 다른 언론의 걱정은 기우였다.

동물은 기계인가

다시 처음의 이야기로 돌아가 보자. 제돌이와 관련한 최초의 쟁점은 〈한겨레〉 안에서 동물 기사의 가치에 관한 것이었다. 긴장감이 떨어지는 한가한 뉴스 아니냐는 비판이 날을 세웠다. 제돌이가 꿈을 실현한 지금도 유효한 지적이다. 돌고래 몇 마리의 해피엔드가 인간들의 삶에 어떤 보탬을 주느냐는 것이다. 동물권과 인권의 관계에 관한 이야기다. 결국 동물과 인간의 관계를 묻는 근본적인 질문이다.

〈한겨레〉가 1면에 제돌이를 실은 건 동물권과 인권은 분리되지 않는다는 문제의식 때문이었다. 현실은 그렇지 않다. 근대는 이성의 시대였다. 인간만 이성을 가졌다는 인간 중심적 생각은 동물과 자연을 정복의 대상으로만 여겼다. 17세기 프랑스 철학자 데카르트는 "동물은 기계다"라고 정의했다. 영혼 없는 기계를 대우하는 대표적인 방식은 공장식 축산시스템과 동물원과 동물쇼다. 박원순 시장은 1994년 논문의 결론에서 "동물에 대한 잔혹한

대우는 같은 생명인 인간에 대한 동일한 인식으로 연결되게 마련
이다"라고 썼다. 동물을 기계로 취급하는 사회는 인간도 기계로
취급할 가능성이 높다는 것이다.

제돌이 보도는 '그깟 돌고래'의 '잉여 읽을거리'가 아니라 인
권 존중으로 확장하는 기초적 동물권에 대한 의미심장한 담론이
었다. 제돌이를 바다로 탈출시킴으로써 기어코 성공한 드라마를
완성해냈다. 제돌이는 동물과 인간을 기계로 여기는 세상에 구멍
을 낸 동물이 되었다. 또 어떤 동물이 구멍을 낼 것인가. 또 어떤
언론이 이런 보도에 앞장설 것인가. 또 어떤 언론이 기를 쓰고 반
대할 것인가. 비극 속에서도, 논쟁과 해피엔드는 계속되어야 한다.

에디터란 무엇인가

편집자?
부장? 편집장?

《유혹하는 에디터》는 나의 첫 책이다. 2009년 9월에 출간했다. 책이 나오자 어머니도 당신의 일처럼 기뻐해 주셨다. 어머니는 아들의 책을 매일 밤 머리맡에 두고 주무셨다고 했다. 처음부터 끝까지 다 읽으려 노력했다는 말씀도 하셨다. 다만 머릿속에 쏙쏙 이해되지는 않으셨나 보다. 아들의 얼굴을 마주하고선 이렇게 일갈하셨기 때문이다.

"얘, 네가 준 책을 읽는데 내용이 좀 어렵더라. 어려운 단어들이 많아."

나는 무슨 단어가 이해되지 않느냐고 여쭈었다. 어머니는 이

101

렇게 답하셨다.

"그 말이야. 에디터가 뭐냐?"

에디터(editor)는 본래 책이나 신문·잡지 분야의 편집자를 일컫는 영어 단어다. 그런 사전적인 뜻으로 책 제목에 넣었다. 다시 곱씹어보면 그렇게 단순하게 풀이할 단어가 아니다. 나는 한겨레 신문사에서 에디터로 일했다. 그 에디터는 책의 제목으로 써먹은 에디터와 같은 뜻인가? 다르다. 복잡하다. 간단하게 잘라 규정할 수 없어 머리가 아파온다. 아니 어쩌면 나도 꽤 오랫동안 에디터가 뭔지 모르고 에디터 일을 해왔다.

2016년 〈한겨레〉
편집국 풍경.

굿바이, 편집장

또 다른 패션 잡지 에디터

에디터가 편집자의 의미를 담고 있지만, 일간신문 편집부에서 편집기자를 에디터라고 부를까? 전혀 아니다. 기자, 또는 편집기자다. 출판사도 마찬가지다. 출판사 편집자는 그냥 편집자다. 나는 편집의 역할을 강조하기 위해 책 이름에 굳이 '에디터'라는 용어를 선택했는데, 적절한 용어였는지 회의가 들기도 한다.

한국에서 에디터라는 호칭을 쓰는 사람들은 따로 있다. 첫째는 〈GQ〉, 〈맥심〉 등의 외국계 라이선스 잡지 또는 패션 잡지의 일선 기자들이다. 둘째는 일간신문사의 어떤 직책에 있는 이들이다.

라이선스·패션 잡지에선 취재와 기사 작성 업무를 하는 이들을 기자라고 부르지 않는다. 에디터라고 한다. 기사에 글쓴이를 표기할 때도 그렇게 쓴다. 왜 에디터인가. 취재와 편집은 물론 촬영 섭외까지 담당하기 때문일까. 아니면 외국 본사의 관습을 따라 하는 것일까. 정확히 알 길이 없어 라이선스 잡지에서 10여 년간 편집장을 했던 이에게 문의를 했더니 이런 답이 돌아왔다.

"저도 자세히 모릅니다. 알아보겠습니다."

아니 그것도 모릅니까, 라고 타박할 처지가 아니다. 도대체 에디터란 무엇인가, 일간신문에서 에디터를 왜 에디터라 부르는

가, 역할과 권한의 범위는 어디까지인가. 이 글을 쓰며 비로소 에디터에 관해 본격 탐구해보았음을 고백한다.

일간신문 조직에서 에디터는 제도(editor system)의 문제다. 에디터 제도는 2000년대 중반 이후 대한민국 중앙일간지들의 화두였다. 여기서 에디터의 뜻은 '편집자'가 아닌 '편집장'에 가깝다. 〈한겨레〉의 경우 2006년 에디터제의 일종인 편집장제를 시행했고 조금씩 형태를 바꿔가면서 에디터제를 유지해오고 있다. 일도양단식 규정이 될 수도 있지만 〈한겨레〉의 경우 2006년부터는 부장이, 2011년부터는 부국장이, 2015년 10월부터는 다시 부장이 에디터 역할을 수행하고 있다. 그리고 이 책을 마감하던 2019년 10월엔 에디터가 또다시 부국장의 몫으로 돌아갔다.

각 언론사들은 2005~2006년부터 앞다퉈 에디터제를 시행했다. 종이신문이 새로운 디지털 환경에 맞춰 조직 변화를 최고의 혁신과제로 내세우던 시점이다. 독자들이 온라인으로 옮겨가고 종이신문의 열독률이 떨어지던 와중이었다. 위기를 돌파하기 위해 뉴스의 질을 높이려면 뉴스 생산 공급체계를 바꿔야 한다고 본 것이다. 이런 상황에서 한 명의 편집국장을 중심으로 중앙집권적 수직 위계 서열 구조를 갖춘 일본식 편집국 운영시스템은 청산해야 할 옛 모델로 지목됐다.

대신 서구식 에디터 제도가 글로벌스탠다드이자 새 모델로 떠올랐다. 서구의 에디터 제도란 편집국장이 각 분야를 책임지는 여러 명의 에디터를 두고 이들을 일정한 권한을 지닌 소편집국장(편집장)으로 분권화해 전문성과 자율성을 높이는 구조다. 예전의 부장이 기사만 출고하면 됐다면, 새로운 제도 아래서 에디터는 사진과 그래픽 등의 지면 요소는 물론 디지털 기사 출고까지 책임지는 식이다. 더불어 편집기자까지 관할해야 한다. 이를 통해 부서 간 장벽을 깨고 취재·편집의 분절적 구조를 넘겠다는 취지다. 여기서 핵심은 조직의 유연성과 뉴스의 고급화다.

그러나! 한국 언론의 에디터제는 초기 시행착오의 지난한 과정을 통과했다. 이에 관해서는 2006년 한국언론재단 연구위원 남재일 박사(현 경북대 신문방송학과 교수)의 연구 '신문뉴스 생산조직 합리화 방안 : 한국 신문의 에디터제 현황과 과제'가 있다. 남재일 박사는 〈한겨레〉, 〈중앙일보〉, 〈동아일보〉의 에디터제와 조직개편 사례연구 과정에서 각 언론사 기자들을 인터뷰해 에디터제 평가를 시도했다. 그 결과는 대부분 부정적이었다.

"솔직히 뭐가 크게 달라졌는지 잘 모르겠다. 편집부를 분산 배치한 것 이외에 부 중심제를 이름만 에디터제로 바꾼 것 같은 느낌이 지배적이다(〈한겨레〉 A기자)."

"편집장에게 전권을 주어서 책임감과 사내의 경쟁 관계를 유도하는 것이 관건이었는데, 실제로 편집장이 그런 권한을 갖지 못했다(〈한겨레〉 B기자)."

"에디터제 말 자체는 좋다. 그러나 준비 부족 때문인지 확실히 정착하지 못하는 상황이다. 성공하는 제도가 되려면 거기에 맞는 권한과 실력이 있어야 한다(〈중앙일보〉 A기자)."

"부국장에서 에디터로 이름만 바뀌었을 뿐 실제로 바뀐 것은 거의 없다(〈중앙일보〉 B기자)."

요약하면, 에디터 제도가 껍데기만 요란했다는 평이다.

잊을 수 없는 살풍경

남재일 박사의 연구는 13년 전이다. 그 뒤엔 에디터 제도가 뿌리를 내렸을까? 〈한겨레〉에서 일하는 나는 2011년 3월부터 문화스포츠 에디터로 일했는데, 그해 10월 회사 노동조합 미디어팀이 작성한 문건인 '한겨레 콘텐츠 생산과정의 문제와 그 개선점'을 보면 다음과 같은 제목이 눈에 띈다. "현행 에디터제는 시급히 수술해야 한다." 환부가 얼마나 위중하기에 수술까지 해야 한다는 말인가. 당시 에디터 제도를 둘러싼 논란은 한겨레 편집국에서 가장 핫한 이슈였다. 정치사회 에디터, 국제경제 에디터, 문화스포츠 에디터 등은 부국장급으로 편집국 편재상 각 취재부서장과 편집팀장 위에 놓였지만 이들을 이끌며 실질적인 영향력을 행사할 힘은 없었다.

당시 회사가 마련한 에디터제 시행 세칙에 따르면 각 에디터는 취재부서장과 지면의 출고 계획을 '협의'하고, 산하 편집팀장 및 편집기자를 '지휘'함으로써 관할 지면의 제작 과정을 전체적으로 '관리'하기로 돼 있었다. 협의·지휘·관리, 이 세 단어는 모호하다. "편집팀장을 지휘한다"는 규정이 개중엔 가장 명확해 보이지만, 지휘의 내용은 적시되지 않았다. 게다가 편집팀장은 에디터의 지휘권을 인정하려 하지 않았다.

잊을 수 없는 살풍경이 떠오른다. 편집국 인사 직후였던 2011년 5월경 편집국장은 에디터들과 편집팀장들끼리 이해도를 높이고 거리감을 좁혀보라며 저녁 식사 자리를 마련했다. 그날 몇몇 에디터와 편집팀장은 자리에 앉자마자 언쟁을 벌였다. 에디터가 편집팀을 '지휘'하는 문제에 관해 편집팀장들의 거부감은 컸다. 편집팀 입장에선 독립부서로 존재해온 자신들의 오랜 전통을 훼손하는 일이었다.

편집팀장은 편집 경험이 없는 대다수 에디터(나 역시 일간신문 편집팀에 적을 둔 적은 없다)가 편집팀을 지휘할 자격 또는 전문성이 있느냐고 따졌던 것 같다. 에디터들을 '취재 쪽 사람'이라 여기는 듯했다. 상호간의 격론은 상승작용을 일으켰고, 마침내 수위를 높이더니 고성과 삿대질로 이어졌다. 음식과 술이 입으로 들어가는지 코로 들어가는지 모를 정도였다. 자리가 파할 때까지 훈훈한 덕담은 거의 오가지 않았던 걸로 기억한다. 편집국장은 처음엔 설전을 중재하려다가 포기했다. 역할 분담이 명쾌하지 않은 제도 아래서 에디터와 편집팀장 모두 피해자였다.

에디터와 취재부서장 사이는 어땠을까. 평화로운 편이었지만 분명한 관계 정립이 안 되기는 마찬가지였다. 앞에서 언급한 2011년 10월의 노동조합 문건은 다음과 같이 적고 있다.

"회사는 지난 5월 1일 에디터가 취재부장을 상대로 업무 '협의'를 한다는 것을 뼈대로 한 '에디터제 시행 세칙'을 내놓으면서 사실상 취재부서에 대한 에디터의 권한을 무력화시켰다. 그에 따라 현재 에디터들의 역할은 크게 축소돼 애초 기대했던 취재와 편집 그리고 취재부서 사이의 의견 조율이라는 제 역할을 수행하지 못하고 있다. 에디터제를 정착시키려면 에디터 시행 세칙을 개정해 에디터들이 실질적으로 지면에 대한 최종 책임을 지는 쪽으로 제도를 개선해야 하고, 그게 아니라면 하루빨리 이 제도를 포기하고 다시 부국장제로 돌아가야 한다."

〈한겨레〉는 2015년 10월부터 2019년 9월까지 기사 출고 권한을 지닌 부서장들에게 에디터라는 이름을 주었다. (예전 하던 대로 부장, 즉 사회부장, 문화부장으로 부르면 안 돼? 뭘 복잡하게 에디터라고 불러? 그런 여론도 만만치 않았다.) 각 에디터는 지면 기사는 물론 디지털 기사의 출고까지 맡았다. 편집팀은 그 안에 속해 있지 않았다. 에디터제가 제대로 돌아가려면 취재와 편집이 결합된 상태에서 두 분야를 통합 관리하며 권한을 행사해야 하는데, 이런 점에서 보자면 부서장이 맡았던 에디터제 역시 여전히 치명적 한계를 지녔던 셈이다.

나는 왜 흥미를 잃었나

개인적으로는 에디터제의 명백한 한계가 다른 길을 꿈꾸게 했다. 에디터는 결국 편집장이라는데, 편집장 역할을 할 수 없었다. 그 이전엔 〈한겨레21〉과 〈씨네21〉과 'esc' 등 자기 완결성을 가진 조직에서만 일을 해보았기에 2011년 무기력하기만 했던 문화스포츠 에디터 역할에 흥미를 잃고 말았다. 하루하루가 지루했다. 결국 그후 나는 취재·편집·사진·디자인이 한 시스템에서 돌아가는 토요판을 편집국장에게 제안해 만들었고 에디터를 했다.

다시 어머니의 질문을 떠올려본다.

"에디터가 무슨 뜻이니?"

이렇게 글도 썼으니 다음엔 상세하게 설명을 드려야겠다.

"에디터는 편집자라는 뜻인데 좀 복잡하죠. 제목을 뽑거나 지면 따위를 편집·관리하는 일도 하지만 무수한 기삿거리 중에 무엇을 쓸지 취사선택하고 아이디어를 내는 게 편집자의 본령이에요. 라이선스 잡지에서 일선 기자를 에디터로 부르거나 일간신문이 에디터 제도를 운영하는 것도 그런 근본적 역할을 강조하려는 뜻일 거예요."

한데 또 이런 답이 되돌아올 것만 같다.

"뭔 말인지 하나도 못 알아먹겠구나."

1 Part 1 '에디터란 무엇인가' 참조.
2 프롤로그 '어느 봄날의 현기증' 참조.
3 이와 관련해서는 《잘 있어, 생선은 고마웠어》(남종영 지음, 한겨레출판, 2017)를 인용하거나 참고했다.

기획은

PART 2

별이다

그것은 귀찮은 일거리다

기획 본능에 관하여

나는 막내로 자랐다.

형제자매가 많은 집안의 막내는 아니었다. 사내아이만 달랑 둘이었다. 둘째이자 막내였다. 네 살 터울인 형을 떠올리면 초등학생 때부터 의젓했던 기억이 있다. 나는 정반대로 뭔가 칠칠 맞고 서툰 구석이 많아 보살펴야 하는 막내였다. 부모님으로부터 늘 물가에 내놓은 아이 취급을 당했다. 지금도 그렇다. 20대 자녀의 부모가 되었음에도, 80대인 노모는 아직도 나를 미성년자 대하듯 한다. "네가 뭘 알겠냐"는 투의 한심스럽고 불안한 눈길로 본다. 집안 대소사가 생겨도 나에겐 별 기대도, 요구도 없다. 언젠가부터 그게 편해졌다. 그저 형이 정한 지침을 따라 시키는 대로 한다. 자발적으로 나서서 무언가 해야겠다는 의지 자체가 없다.

회사에서는 막내였던 적이 별로 없다. 사회 초년생일 때 첫 직장의 부서에서 3년 중 2년을 최말단 후배로 지냈다. 〈한겨레 21〉로 옮기고 나서는 1년 6개월간만 팀 막내로 지냈다. 첫 직장에서는 만 26살에 후배가 들어왔다. 가족 안에서와는 달리 사회적으로는 일찍 선배가 된 것 같다. (특히 40대에도 막내를 못 면하는 요즘과 비교하면.)

태도도 적극적인 편이었다. 시키는 일만 한 게 아니라 시키지 않는 일을 찾아서 했다. 가령 처음 들어간 농업 전문 신문사에선 마감일이 아닌 날에 취재·편집 매뉴얼을 작성해 매주 선배 기자들에게 배포했다. 맞춤법과 우리글 바로 쓰기를 해야 한다며 시험문제를 내 매주 채점하기도 했다. 오로지 자발적으로 꾸민 일이었다. 쳇바퀴 도는 편집 마감만 하며 한 주를 보내기에는 지루하고 심심했던가 보다. 없는 일을 만들어서 했고, 회사에 이런 일 저런 일을 하자고 제안했다. 돌이켜 보면 어떤 본능이 있었고, 내가 다녔던 회사들의 개방적인 환경이 그 본능을 살려주었던 것 같다. 바로 기획 본능이다.

기획이란 본능이어야 한다고 생각한다, 라고 쓰다가 푸하하 웃는다. 본능 같은 소리 하고 앉아 있다. 닭살이 돋는다. 그러나, 사실이다.

아이디어가 있어야 살아남는다. 정해진 일만 하는 수동적 존재를 넘어 좀 더 주체적인 자기를 증명하려면 아이디어가 있어야 한다. 아이디어는 기획의 결정적인 한 부분이다. 미디어 기획 분야만 그런 게 아니다. 작은 구멍가게를 해도 남들과 다른 아이디어가 있어야 성공할 가능성이 높다. 미디어 종사자든 아니든, 직장인이든 자영업자든 본능적 아이디어는 생존의 필수요소다. 직장인들이 왜 회의 시간을 싫어하는가. 상사의 이런 주문 때문이 아닌가.

"뭐 좋은 아이디어 없어?"

편집자로서, 편집장으로서 내 기획의 논리를 찾아보려고 한다. 처음부터 어떤 공식이나 철학을 세우고 기획을 한 적은 없다. 내 기획의 역사를 되짚으며 사후적으로 분석해보았을 뿐이다.

이 글을 쓰기 위해 주변의 몇몇 지인들에게 "기획이란 무엇인가"라는 거창하고 추상적인 질문을 던져보았다. 대부분 미디어와 관계된 사람들이었다. 어떤 이는 "점을 선으로 잇는 것"이라고 말했다. 점점이 흩어져 있는 아이템을 수집하고 통합시켜 새로운 의미를 창조한다는 뜻으로 해석할 수 있다. 또 다른 이는 그 연장선상에서 "별자리"라는 답을 내놓았다. 점을 선으로 이은 것이 별자리다. 점은 선이 되어 스토리를 창조한다. 그런 점에서 기획은 이야기다. 또 다른 이는 "무에서 유를 창조하는 작업"이라고 했다. 이 세 가지 정의는 모두 일맥상통한다.

기획이란 무엇인가, 라고 누군가가 묻는다면 나는 이렇게 답하겠다.

"기획이란 귀찮은 일거리다."

기획이란 아이디어를 실현하고 완성하는 여정이다. 섬광처럼 갑자기 머리를 스쳤든, 치열한 학습과 토론을 통해 집단지성으로 머리를 쥐어짜낸 결과물이든, 그 아이디어라는 점을 선으로 뽑아 내려면 여러 디테일한 공정을 완수해야 하는 귀찮은 노력이 필요하다. 어물쩍 완성되는 기획이란 별로 없는 것 같다. 우악스럽게 달려들어 시간과 자원을 투여해야 하는 경우가 많다. 참을 인(忍) 자를 머릿속에 열 번 이상 그려 넣어야 할 때도 있다. 그렇게 공을 들였음에도 긴 선으로 뽑혀져 다른 점과 연결되다가 진공청소기 전기코드가 쑥 들어가듯 중간에 외로운 원점으로 돌아가는 아이 디어도 많다.

그 귀찮은 일, 즉 점을 선으로 아등바등 이어갔던 기획의 논리와 서사를 펼쳐보려고 한다. 어느 편집장의 간난신고 기획 이야기다.

영감자, 영감기

자극을 주는 사람과 시간

당신의 영감자는 누구인가.

영감자는 사전에 없는 말이다. 그 낱말은 심리기획자 이명수의 책《내 마음이 지옥일 때》(해냄, 2017)의 표지에서 처음 보았다. '지은이 이명수' 옆에 '영감자 정혜신'이 병기돼 있었다. 1년 뒤 나온 정신과 전문의 정혜신의 책《당신이 옳다》(해냄, 2018)엔 거꾸로 적혀 있었다. '지은이 정혜신' 옆에 '영감자 이명수'.

영감자란 영감(靈感)을 주는 사람이다. 이명수, 정혜신 두 사람은 대중들에게 유명한 부부다. 24시간 붙어 있으면서 끊임없이 대화를 나누는데 글쓰기의 모든 단상, 소재가 그 시간에서 나온다고 한다. 그들은 깊은 관계와 대화를 통해 쾌감, 희열, 만족감을 느낀다고 어느 인터뷰에서 밝힌 적 있다.[1] 쾌감, 희열, 만족감은 영감의 근원이 된다. 그래서 서로가 서로에게 영감자라는 호칭을 붙였을 것이다. 운명적 동반자로 알려진 그들은, 상호 운명적 영감자 관계다.

당신의 운명적 영감자는 누구인가.

그렇게 묻는다면, 즉답을 머뭇거릴 듯하다. 글쎄, 나에게 그런 영감자가 있었나. '운명'이라는 거대한 수사에 부담을 느끼며 몇 명을 떠올려본다. 고마운 영감자는 많았다. 순간순간 여러 사람들에게 받았던 영감이 쌓이고 쌓여 오늘의 내가 되었다. 영감자란 내 삶과 일에 힌트와 자극과 통찰을 주는 사람이다. 나를 돌아보게 하고 깨뜨려주는 사람이다. 그리하여 늘 깨어 있도록 하는 사람이다. 새로운 아이디어를 떠올리게 해주는 사람이다. 나를 어디론가에 뛰어들게 하는 사람이다.

"자, 여기 영감이 있으니까 가져가"라고 말하는 이는 없다. 영감자는 무심코 이야기하고 행동할 뿐이다. 누군가를 오랜만에 만나 식사를 하면서 나눈 대화가 즐겁고 재밌었다면, 게다가 기억하고 메모할 만했다면, 십중팔구 영감을 받았기 때문이다. 그의 말을 듣다가 어느 지점에서 내 머리에 불이 켜진다. 집에서 꼬마의 쓸데없는 푸념을 듣다가도 가슴속에서 살짝 불꽃이 튄다. 그러면 얕은 신음이 절로 나온다. "아아!"

창간이 주는 영감

매체 편집자이자 기자로서 내 인생을 돌이켜 보면 나는 복을 받았다. 영감자가 분에 넘치게 많았다. 대학시절 신문 편집에 벼락 같은 깨달음을 얻게 해준 선배가 있었다. 내 글쓰기 스타일을 어떻게 잡아야 할지에 관해 고요한 영감을 준 원로 문학가들이 있었다. 기획을 어떻게 해야 하는지에 관해 단 한마디 조언해준 적 없지만 소리 없이 영감을 준 회사 선배가 있었다. 나는 이들을 운명적 영감자라고 여기지는 않는다. 다만 결정적 영감자였다.

당신의 영감기는 언제였나.

영감기는 '영감자'에 영감을 받아 내가 만든 말이다. 집중적으로 영감을 얻는 시기다. 미디어 업계에 종사해오면서 최고의 영감기는 창간 때가 아니었나 싶다. 창간이란 어떤 혁명이었다. 가끔 부팅과 프로그래밍을 놓고 비유를 한다. 부팅은 컴퓨터를 켜기 위해 단추 하나만 누르면 되는 동작이다. 이에 비해 프로그래밍은 단순하지 않다. 처음부터 질서를 설계하는 일이다. 텅 빈 공간에서 새 집을 짓는다. 목표 지점에 도달하려면 곳곳에 허들과 지뢰가 있다. 후배 기자들을 상대로 미디어 교육을 할 때 꼭 덧붙인다. "회사 안에 창간팀이 있다면 자원해서 들어가 보시라."

창간기란 격동기다. 희망과 근심이 교차하는 때다. 응원의 박수를 받지만 그 박수는 언제 비아냥의 비수로 바뀔지 모른다. 책임자로서 자기 취향대로 실컷 일을 추진하다가, 공개적 반발과 뒷담화에 직면하기도 한다. 몸과 마음이 앓는다. 다행히도 그 고비들을 잘 넘겼다. 여러 차례 창간을 하면서 많이 배우고 단련되었다.

나에게서 가장 결정적인 영감기를 하나 꼽으라면 1994년 〈한겨레21〉 창간 때다. 2월부터 〈한겨레21〉 창간열차에 올라타 3월 중순에 하나의 역사적 잡지가 태어나는 감격의 순간을 함께했다. 행운이었다. 가끔 부질없는 가정을 해본다. '내 타임라인에 〈한겨레21〉 창간이 없었다면?' 언론인으로서의 길이 많이 달라졌을 것이다. 〈한겨레21〉 창간 경험은 나의 원형질을 형성하는 데 중요한 작용을 했다. 한참 시간이 흐른 뒤 한겨레 안에서 매체와 섹션을 기획하는 동력이 됐다. 그 힘이 없었다면 나중에 그 무엇이든 창간 작업에 뛰어들 용기와 엄두를 내지 못했으리라. 〈한겨레21〉은 늘 나의 기준점이었다.

〈한겨레21〉에서 얻은 그 영감이 무엇이었냐고 묻는다면 먼저 자유라고 답할 것 같다. 그냥 자유가 아니라 감당할 수 없는 자유였다. 처음엔 '이것은 후배의 자유인가, 선배의 무책임인가'라는 경계에서 헷갈려 했다. 본래 자발적인 에너지가 있는 편이었다고 자부했지만, 전 직장과 비교해 문화가 하늘과 땅 차이이다 보니 혼란을 느끼지 않을 수 없었다. 선후배간의 낡은 규율이 없었다. 아무도 출근시간을 체크하지 않았다. 밖에 나가서 놀든 말든, 특별한 일이 없으면 찾지 않았다. 그만큼 고정관념도 없었다. 잡지를 만드는 데 어떤 편견도 없었다. 무슨 일을 하든 선배가 교과서적인 지침을 갖고 간섭하지 않았다.

오히려 나는 '글쓰기든 편집이든 매뉴얼과 지침이 있었으면 좋겠다'고 생각하며 불안해했다. 어딘가에 얽매이고 싶어도 나의 목줄을 잡아 늘어뜨려 맬 기둥이 없었다. 그러면서 '무엇을 어떻게 해야 할 것인가'에 대한 영감을 스스로 체득한 것 같다. 누군가의 것을 따라 하거나 흉내 내면 절대로 안 되겠다는 생각이 자연스레 들었다. 선배들의 장점도, 단점도 모두 영감이 되었다.

이 글을 쓰며 생각해본다. 나는 누군가에게 영감을 주는 사람인가? 오늘도 우리는 수많은 영감자들에게 둘러싸여 있다. 내가 포착하지 못하면 영감자가 아무리 신호를 보내도 소용없지만 말이다.

아이디어에 관한 아이디어

가뭄 속 단비를 부르는 실마리

가뭄 대책이 필요하다.

비가 안 오는 가뭄이 아니다. 아이디어 가뭄이다. 회의를 했는데 발제가 없다. 무슨 발제인가. 기획 발제다. 이렇게 되면 다 쓴 치약통에서 마지막 치약을 짜내듯 기획거리를 억지로 쥐어짠다. 최악의 경우엔 회의를 다시 소집한다. 아이디어가 나오지 않아 옆 사람 눈치만 보는 회의 시간의 침묵은 정말이지 견디기 힘들다.

1996년 여름의 어느 날에도 그랬다. 그날 편집장은 매주 정기적으로 열리는 기획회의를 진행하지 못했다. 부서원들이 낸 발제는 양도 형편없이 적었고 그나마 건질 게 없었던 모양이다. 아이템이 완전히 바닥난 것이다. 편집장은 갑자기 기자들에게 종이를 한 장씩 나눠주었다. 30분을 줄 테니 커버스토리나 특집 아이디어를 최소 세 개씩 간단한 설명과 함께 적으라고 했다. 나중에 꼭 한 번 했으면 싶은 게 있으면 좋고, 아니면 억지로라도 그 자리에서 뽑아내라고 했다. 말이 되든 안 되든 상관없다고 했다. 당장 써먹을 게 아니어도 좋다고 했다. "바로 아이디어를 쥐어짜서 내놓지 않으면 가만두지 않겠어"라고 조용히 겁박(?)하는 분위기였다.

기이했던 어떤 편집회의

아무도 대들지 못했다. 회의 시간에 변변한 물건을 못 내놓았으니 순순히 따를 수밖에. 다들 낑낑거리며 숙제를 마치자, 편집장은 각자의 종이를 옆으로 돌리라고 했다. 남이 적어낸 것 중에서 쓸 만하다고 여기는 아이템에 표시를 하라는 거였다. 그렇게 종이를 계속 옆으로 하나씩 돌렸다. 다른 기자들이 낸 아이템을 보며 괜찮겠다 싶은 것에 표시를 했다. 일종의 집단지성 투표였다. 편집장은 종이를 모두 거둬들여 가장 많이 표시된 '당첨작' 서너 편을 발표했다. 그리고 한 3개월간 그 아이템들을 잡지에 잘 써먹었다. 20년도 지난 일이라 희미한 기억 속에 있지만, 내가 경험했던 가장 희한한 아이디어 수집 방법이었다. 처음이었고, 마지막이었다.

아, 아이디어에 관한 아이디어는 없을까? 아이디어는 어떻게 구해야 하는가. 나는 그 체계적인 방법론에 관해 말할 자신이 없다. 다만 실마리를 찾아보려고 한다.

아이디어란 말은 범위가 무한대로 넓다. 어떤 아이디어인가. 방금 앞에서 묘사한 회의 시간의 기획기사 아이디어인가, 아니면 연재물 필자에 관한 아이디어인가, 아이템을 글로 구성하는 아이디어인가, 이름 짓기에 관한 아이디어인가, 콘텐츠 개편에 관한 아이디어인가. 꼭 매체가 아니더라도 새로운 비즈니스에 관한 아이디어인가, 아니면 오늘 점심에 무엇을 먹을지 메뉴에 관한 아이디어인가. 아이디어는 잘 떠오르지 않는다. 늘 부족하다. 주기적으로 아이디어를 생산해야 하는 사람들은 자주 아이디어 보릿고개에 시달린다.

흔히들 "하늘에서 뚝 떨어지는 순도 100%의 새로운 아이디어는 없다"고들 한다. 우주적인 진리다. 하늘 아래 새것은 없다. 나의 아이디어는 늘 누군가의 아이디어에 빚지고 있다. 내 아이디어는 다른 사람의 아이디어로 개조되고 변형된다. 아이디어의 연쇄 사슬 속에서 세상은 돌아간다.

지금 이렇게 아이디어에 관해 따로 한 꼭지를 쓰게 된 일은 우연이었다. 기획에 관한 글을 준비한다고 하자 후배 한 명이 책한 권을 소개해주었다. 그 책을 구해 읽으며 아이디어에 관해 짧게 한 편 다뤄봐야겠다는 아이디어를 얻었다. 제목은 '아이디어에 관한 아이디어'로 정해야겠다는 아이디어로까지 이어졌다. 그 후배는 아이디어를 주었고, 나는 그 아이디어에 기반해 또 다른 아이디어를 얻었다.

"새로운 아이디어란 존재하지 않는다. 그것을 느끼는 새로운 방식이 있을 뿐이다. 일요일 아침 7시에 살아 있다는 건 어떤 느낌인지, 격렬한 사랑을 나누는 동안은 어떤 느낌인지, 전쟁을 한다는 건 어떤 느낌인지, 아이를 낳는다는 건 어떤 느낌인지, 죽은 이들을 애도한다는 건 어떤 느낌인지를 성찰하는 새로운 방식이 있을 뿐이다. 그러면서 우리는 오래된 갈망에 고통스러워하고, 해묵은 경고, 침묵, 무기력, 외로움의 공포와 씨름하게 되겠지만, 또 한편으로는 새로운 가능성과 힘을 맛보게 될 것이다."

오드리 로드(Audre Lorde, 1934~1992)는 미국의 작가이자 페미니스트이며 시민운동가였다. 그녀는 흑인 레즈비언 페미니스트 시인으로서 1970~80년대 백인 주류 페미니즘, 흑인 민권운동과는 다른 목소리를 냈다. 위 문장은 그녀의 저작《시스템 아웃사이더》(후마니타스, 2018)의 한 구절이다. '시는 사치가 아니다'라는 제목의 챕터에서 느낌을 강조하는 대목이다. 모든 개인은 차이가 있다. 인종, 성별, 성적 정체성뿐 아니라 종교, 가족, 재산 정도, 이념, 교육과 문화적 배경, 생각하고 일하는 스타일이 저마다 다르다. 그 차이에서 서로 다른 에너지가 나온다. 느낌도 그렇다. 느낌의 차이는 에너지다. 그 에너지가 아이디어를 만든다. 상대방이 어떤 사안을 놓고 자신의 생각을 이야기할 때, 그 생각은 그만의 느낌이다. 나의 느낌은 또 다르다. 똑같은 문제를 두고 남들은 고차방정식 해법을 묻는 듯한 어려운 질문을 던질 때, 나는 유치원 어린이의 시선으로 쉽고 기초적인 질문을 던질 수도 있다. 나의 느낌, 나의 의견에 당당할 필요가 있다. 나는 당연히 다르다. 나는 나니까, 네가 아니니까.

오드리 로드는 또 이렇게 말한다.

"새로운 아이디어가 가만히 서서 기다리고 있지는 않다. 있는 거라곤 우리 안에 존재하는 오래된, 그동안 잊고 있던 아이디어들, 새로운 조합들, 추론과 깨달음뿐이다. 또 그것들을 새롭게 시도해보겠다는 용기도 있다. 따라서 우리는 우리의 꿈이 나타내는 이단적인 행동들을 시도해보라고 계속해서 스스로에게 그리고 서로에게 용기를 줘야 한다."

시에 관한 용기를 말하는 이 부분은, 역시 아이디어에 관한 잠언이 될 만하다. 잊고 있던 걸 환기하고, 조합하고 추론하고 깨닫고, 그것들을 새롭게 시도해보는 게 아이디어다.

조합, 깨달음, 용기

페이스북 포스팅을 보거나, 신문이나 잡지를 읽거나, 취재원과 대화를 하거나, 거리를 지나며 상점 간판을 힐끗 보거나, 밥상머리의 반찬에 눈길을 주거나, 아무튼 숨 쉬는 모든 순간에 우리의 오감은 세상 만물을 스캔한다. 그러다 어느 순간 예전에 스캔해두었던 그 무언가를 불러오고, 연결점을 찾으면 둘 사이를 조합하게 되며 작은 깨달음 속에 나만의 새로운 이야기를 만들어낸다. 여기서 그 아이디어의 예를 들 필요는 없을 듯하다. 다음 장부터 그에 관한 이야기들이 펼쳐지니까.

그러나 용기를 내기 쉽지 않을 때가 있다. 내 아이디어에 자신감이 생기지 않으면 주저하게 된다. 그럴 때는 나를 존중해주거나 가장 덜 비웃을 만한 사람에게 넌지시 의견을 물어보는 게 좋다. 나에게 맞장구를 쳐줄 수도 있고, 안 그럴 수도 있다. 하지만 그가 성의를 갖고 내 이야기에 귀 기울인다면 솔직한 평가를 해줄 것이다. 나와 같을 수 없는 그만의 느낌은 내 아이디어를 보완해주거나, 새로운 추론과 조합을 추동한다.

예전에 했던 미디어 강의자료 폴더를 뒤져보았다. 무식하다면 용감하다고 했는데, 아이디어를 잘 떠올리는 법이라며 감히 몇 가지를 적어놓았다. 그중 세 가지를 소개한다. 첫째, 옛날 신문을 보라. 둘째, 전문지를 보라. 셋째, 쓸데없는 생각을 해보라.

옛날 신문은 경이로움을 준다. 요즘은 네이버 뉴스 라이브러리와 국사편찬위원회 홈페이지 한국사 데이터베이스에서 1920년대 〈동아일보〉는 물론 1906년 〈대한자강회월보〉까지 쉽게 찾아 읽을 수 있다. 오늘의 현실에서 감을 잡지 못할 때 그 뿌리가 되는 과거 역사를 촘촘히 들여다보면 도움이 된다. 신문은 역사의 순간순간을 가장 디테일하게 보여준다. 세상에서 처음 벌어지는 일이란 별로 없다. 가령 2010년 3월의 천안함이나 2014년 4월의 세월호 침몰 같은 사건이 처음이었을까? 1967년 1월엔 해군56함이, 1970년 12월엔 남영호가 침몰했다. 그땐 어떤 이야기와 논란이 있었을까. 지금 마주 보아야 하는 사건에 관한 기획을 두고 길을 잃을 때면 타임머신을 타고 옛 신문지면을 비행해보라.

전문지에서도 디테일을 얻을 수 있다. 소설가 김훈은 소방관을 제대로 묘사하기 위해 소방전문지를 탐독했다는 이야기를 한 적이 있다. 소설 속의 묘사가 아닌 매체 기획의 측면에서도 전문지는 참고할 구석이 많다. 전문지는 한 분야를 가장 깊고 넓게 꼼꼼히 보여주는 매체다. 그들이 해당 분야의 사안에 접근하는 경로를 따라가면서 작은 것이라도 하나 건질 수 있다.

사실 아이디어는 무턱대고 떠오르지 않는다. 탐색하고 노력한 만큼 떠오른다. 한 분야에 대해 끈덕지게 취재하고 자료를 찾고 사람을 만나면서 몰랐던 사실들을 밝혀나갈수록 새로운 의문거리가 생겨나고, 그 자체가 기획 아이디어가 된다. 제보자들이 나타나 뜻하지 않은 아이디어를 주기도 한다. 무엇인가에 꽂히면 꽂힐수록 아이디어가 벌떼처럼 내 머리를 공격한다.

공복의 아침, 또는 전철

그리고 쓸데없는 생각. 그러려면 멍한 시간을 보내야 한다. 가끔 내 머릿속을 백지상태로 만드는 멍때림은 아이디어 채굴을 위한 명상이 아니다. 그냥 목적 없는 순수한 멍이다. 뭔가 좋은 생각을 하지 말고 터무니없는 망상에 빠져도 좋다. 그때 갑자기 찾아오는 아이디어는 결과물일 뿐이다. 그 시기는 사람마다 다르다. 나는 푹 자고 난 다음 날 공복의 아침, 졸음이 달아난 새벽이 좋다. 공간은 흔들리는 전철이나 고즈넉한 화장실이다. 비행기도 좋다. 마늘 까기, 시금치 다듬기 같은 반복적인 단순노동을 할 때도 괜찮다. 어느 IT업체 대표는 샤워를 할 때가 적기라고 말한 적이 있다. 나는 캔맥주를 마시면서 글을 쓸 때도 집중이 잘된다. 잠자리에 들었는데 잠이 오지 않고 쓸데없는 생각이 끝없이 떠오를 때도 있다. 거기서 상상의 궤도에 오른 기획 아이디어가 표지 비주얼과 제목까지 뚝딱 만들어 낼 때도 있었다.

어쩌면 다 필요 없다. 가장 큰 힘은 절박성이다. 나는 지인과 동료에게 새로 오픈하는 매체나 코너의 이름과 제목, 또는 캐치프레이즈를 지어달라는 부탁을 종종 받았다. 거절하지 못하면 한두 개라도 만들어줘야 할 것 같아 잠깐 머리를 써보지만 잘 지어지지 않는다. 내가 지은 이름이 채택된 적도 있으나, 그렇지 못한 때가 더 많았다. 왜냐하면 '잠깐' 생각했기 때문이다. 책임에서 비켜 있고, 내가 해도 되고 안 해도 되는 일이기에 머리를 쥐어뜯고 잠을 못 자면서 생각하지는 않았다. 절박하지 않았다. 그게 온전히 내 일일 때는 달랐다. 24시간을 오로지 그것만 고민하고 또 고민했다. 절박하게 매달렸다. 'esc'라는 신문 섹션명이나 '22세기미디어'라는 회사 이름은 그렇게 나왔다.

흐르는 강물처럼, 아이디어가 당신의 두뇌혈관으로 흐르기를!

언제 차나 한잔? 제기랄

기획자의 기초

"차나 한잔하러 가실까요?"

《차나 한잔》은 소설가 김승옥의 1964년 단편이다. 신문에 자기 만화가 실리지 않아 애간장을 태우는 어느 만화가의 하루를 그렸다. 오늘도 과연 실릴까 하는 걱정 속에 만화를 들고 신문사를 찾아간 날 아침, "오늘치 만화 좀…"이라는 문화부장의 말에 그는 "안 가져왔다"고 둘러댄다. 자신의 만화가 이제는 불필요할 거라는 예감을 했기 때문이다. 문화부장은 "그럼 알고 계셨군요"라는 대답으로 그의 마지막 기대를 부숴버린다. 그리고 말한다. "차나 한잔하러 가실까요?"

미지근한 비극

실망한 그는 만화를 실을 만한 다른 신문사를 찾아 만화연재를 제안해보지만 또 거절당한다. 결국 거리를 방황하다 엊저녁에 술을 사준 선배 만화가 김 선생을 전화로 불러 이렇게 푸념을 늘어놓는다. "차나 한잔. 그것은 일종의 추파다. 아시겠습니까, 김 선생님?" 아침에 차나 한잔하자고 했던 문화부장은 다방에 앉아 "만화 그릴 때 사람을 웃게 하는 법칙이 있냐"고 묻더니 그가 프로이트를 들먹이며 답하기 시작하자 말머리를 잘라 입을 닫게 만들었다. 그러고는 그가 미역국을 먹었음을 통보했다. 게다가 찻값을 앞질러 내버려 한 번 더 무안하게 했다. 만화가는 자기 술잔을 가득 채우며 혀가 꼬인 목소리로 김 선생 앞에서 넋두리를 계속한다.

"차나 한잔, 그것은 이 회색빛 도시의 따뜻한 비극이다. 아시겠습니까? 김 선생님, 해고시키면서 차라도 한잔 나누는 이 인정, 동양적인 특히 한국적인 미담…말입니다."

잔인하게 일감을 끊으면서 "차나 한잔하자"며 커피를 사주는 한국적 풍속. 소설 속 주인공인 만화가의 말대로 그것은 회색빛 도시의 따뜻한 비극인지도 모른다. 이 단편소설 주인공의 안쓰러운 하루를 지켜보다가 소설 제목을 변주해보았다. 《차나 한잔》에서 《언제 차나 한잔》으로.

'언제'라는 대명사가 앞에 붙는 '차나 한산'의 시제는 머나먼 미래다. "언제 차나 한잔." 차를 마시자는 것인가 말자는 것인가. 이 말은 "차나 한잔. 언제?"와 명백히 다르다. "언제 차나 한잔"은

'언제'를 묻지 않는다. 그것은 기약 없는 기다림이다. '언제 밥이나 한번'이라는 말도 비슷하다. 스쳐 지나가듯 만날 때마다 이 말을 되풀이하는 사람들이 우리 주변엔 있다. 나도 그러지는 않았는지 되돌아본다. 언제 밥이나 한번, 언제 점심이나 한번…. 이것은 회색빛 도시의 따뜻한 비극이 아니라, 미지근한 비극이다. 찬물도 아니고 더운물도 아니어서 느낌표가 붙지 않는 비극이다. 동양적이고 한국적인 미담이 아니라, 침묵이 어색한 자들의 무의미한 미끼일 따름이다. 불확실, 불투명, 시점을 알 수 없는 공허한 약속.

서론이 길었다. 기획자에게 가장 중요한 미덕은 무엇일까. 나도 잘 모르겠다. 다만 한 가지. 기획자는 '언제 차나 한잔', '언제 밥이나 한번'이라고 묻는 사람이어서는 곤란하다고 생각한다. 언제 차를 마시면 좋겠냐고 당장 묻고, 밥 먹을 날짜를 바로 정하는 사람이 기본기를 갖춘 기획자다. 나이키의 유명한 광고카피를 비틀어 이런 말을 던져본다.

"저스트 트라이 잇(Just try it)!"

〈한겨레〉생활문화섹션 esc 팀장을 지내던 2008년 4월, 티브이를 보다가 갑자기 꽂혀 다음 날 아침 막무가내로 만든 제안서로 어떤 일을 일사천리로 진행한 적이 있다. 조선민주주의인민공화국(북한) 축구대표팀 정대세 선수의 연재물 집필 프로젝트였다. 나의 기획 원칙은 이렇다. 꽂히면 즉각 한다.

물론 자기 직관에 대한 믿음이 있어야 한다. 내가 보던 티브이 프로그램은 〈SBS스페셜〉이라는 다큐멘터리의 '안녕하세요 인민루니 정대세입니다'편이었다. 북한 축구대표팀 정대세의 복잡한 인생(자이니치 3세로 어머니는 조선적, 아버지는 한국적, 조부모는 한반도 남쪽 출신, 본인은 한국적임에도 조선학교를 다니고 북한축구대표팀을 선택)과 싱싱한 감성(음악에 조예가 깊고 패션 트렌드에 관심이 많은)을 접하며 그에게 연재를 맡겨야겠다고 결심했다. 하지만 회의감의 수렁에 빠질 만한 아이디어였다. 경기를 비롯해 각종 스케줄에 쫓기는 축구 국가대표, 그것도 섭외가 쉽지 않은 북한팀 선수가 남한 신문에 연재를 해? 게다가 집중되는 스포트라이트를 받으며 몸값이 높아진 와중에 각종 언론의 제안이 쇄도할 텐데?

그럼에도 나의 직관은 '가능할 것'이라고 알려주었다. 실제로 그에게 인터뷰 요청은 쏟아졌지만 연재물 집필을 제안한 사람은 내가 유일했다. 호기심이 많은 정대세의 캐릭터로 볼 때 남쪽 언론의 연재 기고 요청에 분명히 흥미를 느낄 거라고 판단했고 이는 적중했다. 연재를 성사시킨 최고의 힘은 머뭇거림 없는 시도였다. 티브이를 보자마자 다음 날 출근하여 일본 에이전시 수소문, 제안서 작성 뒤 일본어 번역, 이메일 발송, 에이전시 관계자 접촉, 원고료 협상, 연재 내용 조율, 오케이! 이에 따라 정대세는 2008년 6월의 어느 날 평양의 한 호텔에서 첫 원고를 (일본어로) 작성하게 되는데, 그렇게 하여 esc의 격주 연재물 '멋쟁이 정대세의 즐거운 프리킥'이 시작됐다. 직관이고 나발이고, 해야 한다. "언제 차나 한잔"이 아니라 "차나 한잔해요. 언제가 좋으세요"라고, 기다리지 말고 물어야 한다.

일단 해본다

〈한겨레21〉에서 한국군에 의한 베트남전 민간인 학살 미국 쪽 문서를 발굴하는 과정도 그랬다. 2000년이었다. 베트남 학살 피해자들의 육성을 보도하고, 참전군인들의 증언도 내보낸 뒤였다. 마지막 작업은 미군 문서 같은 객관적 자료를 확보하는 일이었다. 당장 미 국립문서보관소에서 자료를 뒤져야 하는 사안이지만 그럴 상황과 조건은 아니었다. 미군 문서를 찾는 경로에 대한 별 정보와 지식이 없는 상태에서 무식하게 달려들어 외부의 힘을 이용했다. 약 3개월 뒤 수많은 경로를 거쳐 거짓말처럼 미군 문서가 내 앞으로 왔다.[2] 확신이 없었지만, 두들겨볼 창구는 죄다 두들겨본 덕분이었다. 맨 땅에 헤딩을 해도 골이 들어간다는 사실을 그때 알았다. 미군 문서를 찾고 싶은 절실한 마음이 강했기 때문이기도 했지만.

너무 거대한 기획물의 예만 들었는지도 모르겠다. 거대하든 소박하든 그 밖에도 나의 대부분 기획물은 '일단 연락해보자', '일단 만나보자'에서 출발했다. 지금도 아이디어가 생기면 먼저 핸드폰 메모장에 기록한다. 되도록 그다음 날 컨택 포인트를 찾아내 대시한다. 늦어도 최소한 일주일 안에 성사 가능성 여부를 확인한다. 해볼 만하면 고, 아니면 일찌감치 스톱. 물론 좀 두고 봐야 하는 경우도 있다. 뒤에서 예를 들겠지만 성급한 타이밍이 화를 부르기도 한다. 전반적으로 보면, 묵힌 기획은 똥이 된다.

〈시사IN〉 출신의 주진우 기자도 비슷한 이야기를 한 적 있다. 《주진우의 정통시사활극 주기자》(푸른숲, 2012)라는 그의 자전적 책에 나오는 내용이다.

"내 취재 기법은 단 한 가지다. '일단 가본다. 그리고 일단 해본다.' 누구를 만나야 하면 택배나 선물 배달원은 기본이고, 빚을 내서라도 해외에 나가고, 내곡동 땅이 문제라면 외제차를 빌려서 직접 땅을 보러 다닌다. 심지어 소개팅 자리를 만들어 취재원과 만나기도 했다."

이 말에 깊이 공감했다. 내 평소 지론과 같아서였다. 나도 이렇게 말할 수 있다.

"내 기획 기법은 단 한 가지다. '일단 해본다. 전화한다. 되도록 만나서 이야기한다.'"

오늘도 회사 엘리베이터에서 한 선배를 만난다. "오랜만이네. 잘 지내지? 언제 한번 밥이나 먹을까." "네, 한번 연락 주세요." 하지만 지켜지지 않을 약속일 때가 많다. 서로의 멋쩍은 말과 웃음만 오가고 끝나면 깊이 없는 관계다. 정말 밥 먹고 싶은 상대라면 사무실에 들어와 바로 핸드폰 문자나 톡을 보낸다. "약속 잡죠. 좋은 날 후보 몇 개 주실래요?" 이것은 기획자의 마인드 이전에 인간관계의 기초 매너가 아닌가.

촉이란 무엇인가

나의 역사, 나의 관계

촉이란 무엇인가.

촉이 중요하다고들 한다. 사전을 찾아보면 촉(燭)이란 촉광(燭光)에 붙어 불의 빛 또는 그 세기를 나타내는 단위 의존명사다. '촉광이 좋다'는 불의 빛이 세다는 말이고, 결국은 밝다는 뜻이다. 여기서 비롯되어 '전구에 환한 불이 들어오듯 아이디어 센스가 좋은 사람'을 촉이 좋은 사람이라고 칭하는 게 아닌가 싶다. 다른 해석도 있다. '燭'이 아닌 '觸'이다. 즉, 뿔을 뜻하는 '각(角)'자와 벌레가 앞에 들러붙어 있는 모습을 의미하는 '촉(蜀)'자가 합쳐진 것으로, 몸으로 느껴 직감한다는 뜻으로 보는 것이다.[3] 곤충의 더듬이나 하등동물의 촉수를 '촉'이라고 줄여 부르기에, 결국 "촉이 발달했다"는 말은 직관이나 감각이 뛰어나다는 의미라고 한다. 동물적인 통찰력에 방점을 찍은 셈이다.

사소한 것은 없다

매체에 국한해서 말하자면, 촉이 가장 필요한 사람은 편집장이다. 유능한 편집장이란 곧 촉이 좋은 편집장이다. 다른 말로 하면 기획의 감, 곧 기획력이다. 그 기획의 촉은 어디서 오는가. 고신영복 선생의 고전 인문학 강의를 엮은 책 《담론》(돌베개, 2015)의 한 대목을 발췌해서 인용해본다.

추상력은 복잡한 것을 간단하게 압축하는 것이고, 상상력은 작은 것으로부터 큰 것을 읽어내는 것입니다. 우리가 복잡한 문제에 직면했을 때 가장 필요한 능력이 바로 이 추상력입니다. 학창 시절의 경험입니다만 장황하게 많은 것을 나열하기만 하는 사람이 없지 않았습니다. '그래서 어쨌다는 거야? 문제의 핵심이 뭐야' 이런 핀잔을 듣게 됩니다. 우리가 공부하는 것은 핵심을 요약하고 추출할 수 있는 추상력을 키우기 위한 것입니다. 추상력과 나란히 상상력을 키워야 합니다. 작은 것, 사소한 문제 속에 담겨 있는 엄청난 의미를 읽어내는 것이 상상력입니다. 작은 것은 큰 것이 다만 작게 나타났을 뿐입니다. 빙산의 몸체를 볼 수 있는 상상력을 키워야 합니다. 세상에 사소한 것이란 없습니다. 다만 사소하게 나타났을 뿐입니다. 한 마리의 제비를 보면 천하에 봄이 왔다는 것을 알아야 합니다.

신영복 선생은 "우리가 공부하는 이유는 추상력과 상상력을 유연하게 구사하고 적절히 조화할 수 있는 능력을 기르기 위해서"라고 말한다. 그의 말처럼 복잡한 문제의 핵심을 단순명료하게 압축하고 사소해 보이는 현상에서 거대한 의미를 꿰뚫어 보는 능력은 오랜 공부를 통해 닦을 수 있다. 공부가 쌓이고 쌓인 사람의 촉이 좋을 것임은 더 말할 나위가 없다.

추상력과 상상력의 근육은 오랫동안 뉴스 콘텐츠를 기획하며 성공과 실패를 두루 겪어본 이들도 기를 수 있다. 시사주간지 편집자로서 10년 넘게 잡지의 광고카피를 쓰면서, 또 10년여간 편집장으로 여러 매체의 기획을 책임지면서 늘 던졌던 질문이 "한마디로 뭐냐"였다. '한마디'가 멋지고 새롭게 잘 빠져야 기획에 자신감이 붙었다. 신문의 1면이나 잡지 표지의 카피를 뽑을 때도 묻고 또 물었다. "한마디로 뭐지? 한마디로 말해 봐." 강박에 가까운 주문이자 주술이었다. 신영복 선생은 이를 '추상력'이라고 표현했다.

추상력과 짝을 이루는 상상력은 '지적인 눈치' 또는 '확장력'이다. 신문 1단 크기 정도로 실릴 만하다고 남들이 평가하는 기사를 원고지 100장짜리 잡지 커버스토리로 기획할 용기다. 1996년 〈한겨레21〉 초창기에 편집장 선배가 '방학숙제 없애자'는 화두를 커버스토리로 제안한 적이 있다. 깜짝 놀랐다. '고작 이게 커버거리라고?' 사실 학업성취도를 무시하고 획일적으로 떠맡기는 초중고생의 '부담보따리 숙제'는 아이는 물론 부모도 괴롭게 한다. 잘 뜯어보면 피부에 와닿는 교육 이슈다.

2005~2006년 〈한겨레21〉 편집장 시절에 커버스토리로 기획한 '국기에 대한 맹세 없애자'도 비슷했다. 효창운동장에서 열린 〈한겨레〉 주주·독자 체육대회 행사장에서 근엄하고 장중하게 울려 퍼지는 맹세문, "나는 자랑스러운 태극기 앞에 조국과 민족의 무궁한 영광을 위하여"로 시작하는 그 스피커 음성을 들으며 의문이 머리를 쳤다. '왜 우리가 몸과 마음을 바쳐 국가에 충성을 다짐해야 하지?' 그것은 국가주의에 대한 촉이었다. 초기엔 내부 반응이 썩 좋지 않았다. 내가 1996년 방학숙제 기획에 관해 처음 느꼈던 감정처럼 말이다. 현재 그 국기에 대한 맹세문 문안은 순화되었고 '정의' 등의 단어가 추가되었다. 2006년 〈한겨레21〉의 지속적인 보도와 일부 국회의원의 개정 노력 덕분이었다.

촉은 개인의 정체성과 관계가 깊다. '나를 낳고 키워준 부모와 내가 만난 친구와 선후배, 스승, 내가 속한 공동체, 내가 본 것, 내가 들은 것, 내가 느낀 것, 내가 읽은 책, 내가 쓴 글, 내가 본 영화, 내가 들은 음악, 내가 시도해본 것'의 총집합이 바로 나이고, 그것은 나의 촉의 원형을 이룬다. 촉은 단기적인 공부가 아니라 인생을 관통하는 긴 여정에서 우러나온다는 말이다. 여기서 중요한 것은 그 과정을 통해서 얻은 내 삶의 역사적 결론이다. 나의 애착과 나의 지향이다.

나의 촉을 키운 것은…

가령 나는 1960년대 말에 태어나 보수적인 집안에서 자랐다. 1980년대 중반부터 대학 생활을 했다. 1990년대 초에 언론사 생활을 시작했다. 2000년대 중반 이후엔 주로 편집장 직을 맡았다. 대학 때부터 학생운동과 사회운동을 접했으며 전공보다는 학보사 일에 열중했다. 엄청난 다독가는 아니었으나 적당히 소설과 사회과학 서적을 읽었다. 글쓰기의 어려움 때문에 좌절했다. 그러면서 글은 쉽게 써야 하고, 어떤 글이건 일단은 재밌어야 한다, 무조건 재밌어야 한다는 깨달음을 얻었다. 목소리를 높여 주장을 하기보다 어깨에 힘을 빼고 친구에게 말을 걸듯 글을 쓰는 편이 더 설득력 있음을 익혔다.

첫 직장은 작은 신문사였다. 대학에 이어 마이너리티 마인드를 몸에 새길 기회였다. 한겨레에 와서는 이미 해오던 일보다는 남들이 한 번도 하지 않았던 일을 해보려고 했다. 새로운 일이 피곤한 줄 알면서도 마음이 동했다. 국가주의, 베트남전, 동물권 등 주기적으로 어떤 분야에 꽂히면 지하터널을 파듯 매달렸다. 베트남전을 매개로 현대사에 관심을 가졌다. 매체를 만들면서 얌전하게 안주하기보다는 공격적으로 치고 나가는 태도를 선호했다. 이것이 내 삶과 신문사 생활을 통해 얻은 감각이다. 내 촉이다.

편집자와 편집장을 거치며 나의 촉을 키운 것은 8할이 바람이었다. 그럴 리가. 8할이 사람이었다. 내 촉은 내가 만난 사람을 통해 질량 측면에서 훨씬 풍부해졌다. 예전에도 그랬고, 지금도 그렇다. 한 사람을 만나 이야기하면 반드시 한 가지 이상 내가 모르던 걸 알게 되고 딴 생각을 품게 된다.

　내가 누군가를 굳이 만나봐야겠다고 판단하는 것도 촉이다. 우연도 있지만, 대부분 선택하고 의도한 만남이었다. 대수롭지 않은 대화 속에서 툭 튀어나오는 한마디에도 늘 직업적 안테나를 세웠던 것 같다. 언제부터인지는 모르지만 그것이 습관화됐다. 열린 감각으로 다른 이의 말을 수용하고 그 말에서 무언가를 감지하고, 때로는 걸러내는 능력이야말로 촉임을 알게 됐다. 누군가는 나에게 '직업병'이라고 말한다. 내가 만난 수없이 많은 사람들이 기획의 힌트를 주었고, 제안자가 돼주었고, 콘텐츠 생산의 당사자로 등장해주었다. 아이디어가 필요할 때, 적시에 머리에 전구가 켜지게 하는 직관의 힘을 주었다. 내 촉의 근원은 나의 역사이자 나의 관계였던 셈이다.

접근하는 법

기획하는 자의 각도

창가의 한 소녀가 사색에 잠긴 듯 포즈를 취했다. 오른쪽 다리를 의자 위에 올리고 오른쪽 팔꿈치를 오른쪽 무릎에 괴었다. 오른손으로 턱을 받치고 있다. 오른편으로는 가구와 접시 등의 소품, 화분, 도자기가 보인다. 뒤로는 커튼을 쳐 놓았다.

　종종 매체 편집과 기획에 관한 강의를 할 때 빔프로젝트에 이 그림의 원 사진을 띄운다. 굳이 제목을 달자면 '접근하는 법' 정도 되겠다. 대상에 어떻게 다가설 것인지를 추상화해서 보여주기 위한 용도다. 심오한 이야기 따위는 없다. 아주 단순하고 상식적인 원리를 설명할 뿐이다.

　앞에서 사진 속의 소녀를 둘러싼 풍경에 관해 묘사했다. 틀린 점은 없지만 평이하다. 대강의 정보만 있다. 만약 이 상황을 좀 더 취재해서 전한다고 가정하면 어떤 방식이 효과적일까. "하얀 터틀넥스웨터에 청바지를 입고 파란 줄무늬의 하얀 양말을 신은, 긴 머리에 머리띠를 맨 소녀가 어느 집의 창가에서 사색에 잠긴 듯 포즈를 취했다. 그 오른편으로는….". 좀 더 구체적이지만, 역시 밋밋하다.

　평소 절대로 인용하고 싶지 않은 유명한 경구가 하나 있다. 전설적인 사진가 로버트 카파(Robert Capa, 1913~1954)가 했다는 말이다. "만약 당신의 사진이 충분하게 만족스럽지 않다면, 당신은 충분히 가까이 다가가지 않은 것이다." 이 말만 들으면 손발이 오그라든다. 젠체하는 느낌도 싫거니와, 너무 많은 사람들이 인용해왔다. 그 말을 피하려 했지만 나도 인용하고 만다.

사진을 찍을 때 물리적으로 한 발짝 다가가지 못하면 줌렌즈라도 바싹 끌어당겨야 한다. 와이드 숏으로는 볼 수 없는 장면들이 보인다. 클로즈업이다. 네이버 지식백과의 영화사전은 '클로즈업'에 관해 이렇게 설명한다.

"권투 장면을 촬영한다고 할 때 두 사람의 권투 장면을 롱 숏(long shot)으로만 찍으면 경기의 진행을 알 수는 있겠지만 등장인물이 겪는 고통과 격렬함을 충분히 표현할 수 없는데 이때 피에 젖은 인물의 얼굴, 전율하는 관객의 표정, 평정심을 잃은 코치의 모습, 작열하는 주먹 등을 클로즈업 화면으로 삽입하면 더욱 박진감 있는 장면을 구성할 수 있다."

로버트 카파의 말을 이렇게 바꿔본다. "당신의 기획과 글이 마음에 들지 않는다면 가까이 접근하라. 다르게 접근하라." 오른쪽 위 그림들에서는 소녀의 얼굴을 끌어당겼다. 그 아래 그림에서는 소녀의 발과 화분에 포커스를 맞췄다.

클로즈업된 소녀의 얼굴과 발과 화분에서 새로운 이야기가 나올 수도 있다. 아닐 수도 있다. 이번엔 다시 전체를 담은 그림으로 돌아가본다. 여러 요소를 골고루 보여주는 사진은 지루하고 특징 없는 글을 닮았다. 모든 상황이나 정보, 주장을 나열한 글, 개성이 별로 드러나지 않는 글이 그렇다.

기존의 프레임에서 집중할 만한 포인트를 찾지 못할 때, 각

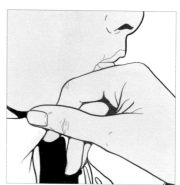
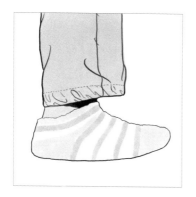

도를 달리하는 것이 곧 기획이다. 어떻게 볼 것인가. 무엇을 볼 것인가. 특정 부분에 집중해 볼 것인가, 모두 볼 것인가. 남들이 다 보는 곳을 볼 것인가, 남들이 안 본 곳을 볼 것인가. 위 그림과 같이 각도를 틀어본다.

전혀 다른 부분이 보인다. 소녀를 측면에서 찍은 사진에는 무언가 숨어 있었다. 각도를 바꾸니 막대 사탕이 나타났다. 소녀는 사색에 잠겼던 게 아니라 막대 사탕에 심취해 있었던 말인가.

그다음에는 '포착'이다. 더 가까이 다가간다. 오른쪽 그림처럼 소녀의 입 바깥에 나온 막대 사탕 속으로! 소녀가 사탕에 어떻게 탐닉하는지, 이를 쟁취하기 위해 부모에게는 자주 떼를 쓰는지, 사탕의 브랜드는 추파춥스인지, 딸기맛인지 초코맛인지 콜라맛인지를 분석한다. 군것질을 좋아하는 소녀의 취향과 성격을 캐내면서 막대 사탕을 매일 빨다가 충치가 생기지는 않았는지도 탐구한다. 이런 방식이 소녀와 집 안 정물을 둘러싼 전체 구성 요소를 다 건드려 병렬적으로 늘어놓는 그림보다는 호기심을 끌지 않을까. 기획과 글쓰기를 사진에 적용한다면 말이다.

각도를 틀어서 다가가기, 그것은 기획이다.

어떻게 하면 사람들의 마음을 잡아당길 수 있도록 새 각도를 찾는 일이 가능할까. 그게 쉽지 않아서 문제다.

그럼에도 불구하고

후회가 아닌 자부심을 위하여

할까 말까.

그 갈림길에 설 때가 있다. 해야 하나, 말아야 하나. 그럴 때
마다 나는 거실 서가에 꽂힌 책 한 권을 꺼내 든다. 문화심리학자
김정운 전 명지대 교수의 《나는 아내와의 결혼을 후회한다》(쌤앤
파커스, 2009)다. 내가 볼펜으로 표시해놓은 대목은 다음과 같다.

> 살아 있는 이상, 우리는 반드시 후회하게 되어 있다. 그러나 어차피 후
> 회해야만 하는 것이라면 가능한 한 짧게 하는 게 좋다. 그래야 심리적인
> 건강을 유지할 수 있다. 짧게 후회하려면 '행동'해야 한다. 확 저질러버

리는 편이, 고민하며 주저하다가 포기하는 것보다 심리적으로 훨씬 건강하다. 후회가 오래가지 않기 때문이다. 시작도 하지 않고 포기한 일은 반드시 오래, 아주 집요하게 나를 괴롭히게 되어 있다. 그래서 어른들은 결혼을 망설이는 이들에게 한결같이 이렇게 이야기했던 것이다. '하고 후회하는 편이, 안 하고 후회하는 것보다 낫다'고.

LGBT 기획 논란

하고 나서 후회하면, 그 후회는 짧고 상쾌하다. 안 하고 후회하면, 그 후회는 가늘고 길게 찜찜하다. 나 역시 이론적으로는 같은 생각이지만 현실에서는 쉽지 않다. 매체를 만들면서 새로운 기획을 할 때 종종 그런 경험을 한다. 스스로 쉽게 결단하지 못하거나 그 결단이 논란의 도마에 오를 때 말이다.

그까짓 글 하나가 뭐라고, 새 칼럼 연재를 맡을지 여부를 놓고 밤을 하얗게 새우며 고민한 적이 있다. 2001년 1월과 2004년 3월, 두 번에 걸쳐 그랬다. '내가 그걸 감당해낼 실력이 있을까?' 2008년 봄에는 이직 여부를 놓고, 같은 해 가을에는 매체를 옮기는 문제를 놓고 머리털이 빠질 뻔했다. 나 혼자만이 아니라 여러 사람이 개입된 터여서 더욱 신경이 쓰였다. '과연 자격이 있을까. 내 선택이 옳을까.' 할 것인가, 말 것인가.

하려고 마음먹으려니, 수십 가지 '하면 안 되는 이유'가 상자 속의 복권 추첨 공처럼 머리를 콕콕 찌르며 튀어 오르기를 반복했다. 안 하려니, 쪼르륵 소리를 내며 배수구로 빨려 들어가는 욕조 속의 물처럼 내 자신이 무력하게 느껴졌다. 넷 중 한 번은 끝내 포기하고 말았지만, 나머지 세 번은 뻔뻔한 결론을 내고 결행했다.

"해보지 뭐, 죽기야 하겠어?"

모험처럼 보이는 길 앞에서 뒤로 도는 사람들이 있다. 과감히 쭉 앞으로 나가는 사람들도 있다. 직진하는 힘은 어디에서 나올까. 나는 '그럼에도 불구하고'가 아닐까 생각한다. 그럼에도 불구하고! 내가 가장 사랑하는, 멋진 접속사다. 무모한 일에 덤벼들 땐 겁이 난다. 슬슬 뒷걸음질하는 게 최상책일 때도 있다. 안전을 바란다면 깨끗이 마음을 접는 편이 좋을 것이다. 하지만 위험 요소가 눈에 보이면서도 충분히 뛰어들 만한 가치에 더 큰 방점이 찍힐 때가 있다. 대다수가 무모하다고 평가하지만(물론 이는 주관적이다), 지레 겁먹을 필요가 없다는 판단이 확고히 서는 경우 말이다. 이럴 때 위로와 힘을 주는 말이 '그럼에도 불구하고'다.

2012년 초, 〈한겨레〉 토요판 첫 호를 내기 직전까지도 그랬다. 기획물 중심의 신문을 만들면 대통령 선거의 해에 스트레이트 뉴스 기능이 약화한다는 등 회사 내에서 반대 목소리의 볼륨이 최대치까지 올라갔다. 어느 순간 이러한 대대적 반대의 포화가 영광이라는 기분이 들었다. 그럼에도 불구하고, 극적인 평가의 역전이 나를 기다리고 있으리라는 확신이 들었기 때문이다.

사사건건 '그럼에도 불구하고'를 외치면 고집쟁이로 비치기 십상이다. 권한의 한계 등 여러 조건때문에 자신의 의견을 후퇴시킬 수밖에 없을 때도 있다. 이럴 때 '그럼에도 불구하고'는 멘탈

(정신) 관리용이다. 2015년 가을께였다. 토요판을 낸 지 4년 차 되는 해였다. 팀 내부에서 몇 가지 기획연재를 시작하기로 했는데, 그중 하나가 LGBT 지면이었다. 레즈비언(lesbian), 게이(gay), 양성애자(bisexual), 성전환자(transgender) 들의 삶과 이야기를 다채롭게 펼쳐 보기로 한 것이다. 연재 주기는 격주. 코너 이름도 'LGBT'로 정했다. 아직 일간신문 매체에 이런 테마의 고정 지면은 없다.

새로운 기획안을 국장에게 보고했다. 보통 형식적인 보고만 하고 넘어가곤 했는데, 이번엔 강력한 제동이 걸렸다. 재고하라는 거였다. 혹시 반대의견이 나올지 모른다는 예상을 했지만 이 정도일 줄은 몰랐다. "아이 키우는 부모들이 교육상 안 좋다며 신문을 끊을지도 모른다"는 우려가 핵심이었다. 나름의 근거를 지닌 주장이다. 통계청이 발표한 '한국의 사회동향 2015'에 따르면 당시 한국인의 56.9%가 동성애에 대한 부정적 시선을 갖고 있었으니까. 어느 나라에나 동성애를 변태 또는 변종 취급하며 이에 따가운 시선을 보내는 이들이 있다. 반면 미국의 경우엔 2015년 7월 미국 연방대법원이 동성 커플 결혼 합법화를 결정했다.

LGBT 기획안은 결국 좌절됐다. 내가 반대 논리를 수긍하지 않자 편집국장은 편집회의에서 각 부장의 의견을 공개적으로 묻기도 했다. 너무 앞서 나갔다는 반대가 나왔고, 조심스럽고 고급스럽게 쓰면 이 분야에서 새 지평을 열수도 있다는 지지도 나왔다. 거의 반반이었다. 국장이 단안을 내렸다. 기획 유보!

전례가 없어 더 좋다

동성애는 좋고 나쁘고의 문제가 아니다. 삶의 단면이며, 존재하는 현실이다. 여기까지는 LGBT 기획을 반대하는 이들과 나의 생각이 일치했다. 나는 아이의 교육을 걱정하는 부모라면, 역설적으로 남녀로만 구분되지 않는 성의 다양한 풍경을 보여주는 LGBT 관련기사 읽기를 아이들에게 권장해야 한다고 보았다. 반대하는 쪽에서는 독자들의 평균 눈높이와 거부감을 무시할 수 없다고 보았다. 나는 독자들 눈높이에 안주하는 게 독자들을 존중하는 건 아니라고 보았다. 일부 독자들이 악플을 달겠지만, 그럼에도 불구하고 인간의 몸과 성소수자를 깊이 이해하는 고정 지면으로 보여줄 만하다고 생각했다. 반대하는 쪽에서는, 그럼에도 불구하고 아직은 동성애에 대한 일반 독자들의 시선을 고려해야 한다고 신중한 판단을 내렸을 것이다.

기획이 유보된 뒤 가장 열성적으로 반대의견을 냈던 선배와 대화를 나눴다. 평소 합리적이어서 내가 좋아하고 따르는 선배 중 한 명이었지만 이 문제만큼은 타협이 없었다. 그 선배는 "시기상조"라고 했다. 이런 말도 덧붙였다. "그때그때 성소수자 인권 이슈 등이 발생하면 거기에 대응해 기사를 쓰면 되는 거 아니겠어?" 나는 "고정 지면을 만들면 우리가 LGBT 이슈를 선점할 수 있다"고 말했다. 남들이 우리를 따라오게 하면 된다. 내가 우리 사회와 독자들의 평균 수준을 너무 앞질러 나갔는지도 모른다. 선배는 더 큰 책임을 지닌 편집국 간부로서 독자 이탈을 염려했을 수도 있다.

선배가 말한 '시기상조'라는 단어를 읊조려보았다. 시·기·상·조. 상조회사 이름 같은 그 사자성어를 곱씹으며, 지금은 고인이 된 선배의 책 한 권을 떠올렸다. 고 성유보 선생의 유고집《미완의 꿈》(한겨레출판, 2015)이다. 1975년 〈동아일보〉 해직 기자 출신으로 자유언론운동에 매진하다 1988년 창간한 〈한겨레〉에 와 편집국장을 두 번 지냈던 분이다. 1991년 퇴사해 평생 언론개혁과 평화통일운동에 헌신했고, 2014년 10월 지병으로 세상을 떠나셨다.

선생께 죄송하지만, 내가 주목한 글은 본문 내용이 아니었다. 책 뒷부분에 그보다 선배인 언론인 임재경 선생(전 〈한겨레〉 부사장)이 쓴 발문이었다. 내용은 이러했다.

> 신문 제작을 포함한 세상사에 서로의 생각이 엇갈렸던 적은 한두 번이 아니었으나 기록해두지 않아 여기서 일일이 열거하기는 힘들다. 하지만 공공성이 짙은 한 가지 일은 꼭 소개하고 싶다. 성유보가 논설위원, 내가 편집인·논설주간일 때의 일이다. 노태우 정부가 조각을 앞둔 어느 날 제1사설의 주제를 '국방부 장관 군인 출신이 아닌 문민(文民)'으로 하자고 내가 발의했다. 그런데 예상과는 달리 성유보가 시기상조를 내세워 반대하는 것이었다. 이 문제를 놓고 설왕설래하는 것이 오해를 불러일으키지 않을까 두려워 더 이상 거론하지 않았지만 내 주장을 관철하지 않은 것이 지금껏 후회스럽다. 이 글을 쓰면서 〈한겨레〉의 논설위원과 편집인을 지낸 곽병찬에게 확인한 결과 성유보가 신문사를 떠난 뒤에도 '국방부 장관 문민 기용'을 표제로 내건 사설이나 기명 칼럼은 나간 적이 없다고 했다.

두 분 모두 존경하는 〈한겨레〉 대선배다. 임재경 선생은 후배인 고 성유보 선생의 유고집에 글을 기고하면서도 찬양과 치하로만 일관하지 않았다. 글쓴이와 관련해 후회되는 대목까지 적었다. 1990년대 초반, 당시 금기시하던 사회적 사안에 관해 사설로 밝힐지 여부를 놓고 의견이 갈렸으나 괜한 오해를 부를까 하여 끝내 자신의 고집을 관철하지 못했다는 아쉬움. 임재경 선생이 언급한 부분은, 내가 가끔 고민하는 지점과 맞닿았기에 인상적이었다. 바로 '시기상조'라는 우려였다. 이는 '전례가 없다'는 두려움과 일맥상통한다. 국방부 장관의 민간인 기용은 유럽 선진국에선 일반적이다. 이른바 군에 대한 문민통제다. 오히려 군 출신이 국방부 장관에 기용되는 것을 민주주의에 대한 도전으로 여길 정도다. 한때 육사 출신 장군들이 돌아가며 대통령을 지낸 분단국가 한국에선 턱도 없는 일이었다. 1960년대 이후 한 번도 없었다. 30여 년 지난 지금에도, 한국 언론에서 국방부 장관을 민간인으로 기용하라는 주장을 편 적은 없다. 내가 볼 땐 사설뿐 아니라 기획 연재로 펼칠 만한 아이템이다.

'시기상조'에 관하여

LGBT 기획도 영국 일간신문 〈가디언〉 등 유럽 매체들의 인터넷판에는 등장하지만, 보수적인 문화가 지배적인 한국의 일간신문에서는 아직 시도한 적이 없다. 둘 다 한국에선 전례가 없다.

정말 시기상조인가. '그럼에도 불구하고'는 이런 틈바구니를 비집고 나온다. 전례가 없다는 두려움 속에 기회의 서광이 비친다. 다 두려워할 때, 내가 먼저 하면 된다. 전례가 없어서 얼마나 고마운가. 전례가 많다면 굳이 기를 쓰고 할 이유가 없다.

물론 전례가 없다고 능사는 아니다. 앞에서 사례로 든 LGBT 기획안이 통과됐다면 반드시 성공했을까? 모르는 일이다. 내실이 지속가능성을 보장한다. 파격적인 발상이라는 이유만으로 또는 기획의도가 번지르르하다고 열렬한 환호성이 메아리로 보장된다는 법은 없다. 알맹이가 받쳐주지 않으면 두 배로 욕을 먹는다.

현실은 다이내믹하고 다층적이다. 어떤 의도가 어떤 결론으로 이어질지 모르므로 선택은 본인의 몫이다. 나는 가급적 '그럼에도 불구하고'에 기대 중심을 잡아왔다. '하던 대로'보다, 모험을 하더라도 '하지 않던 대로' 하려고 했고, 그렇게 하여 새 길을 트는 일에 보람과 재미와 자부심을 느껴왔다. 후회는 짧고 굵을수록 좋다고 했다. 자부심은 그 자체로 길고 굵다.

다시 《아내와의 결혼을 후회한다》를 펴본다. 글쓴이는 후회론을 설파하면서 미국의 시인 로버트 프로스트(Robert Frost, 1874~1963)의 〈가지 않은 길〉 마지막 연을 인용해놓았다. 진부한 면이 없지 않지만, 삶에 뼈 있는 지침을 주는 시다.

훗날에, 훗날에 나는 어디선가 한숨을 쉬며 이야기할 것입니다.
숲속에 두 갈래 길이 있었다고.
나는 사람이 적게 간 길을 택하였다고.

그리고

그것 때문에 모든 것이 달라졌다고.

한 번쯤이라도 가지 않은 길을 가보자. 떨리지만, 그럼에도 불구하고!

1 김두식의 고백, '정혜신·이명수 부
   부의 사랑(상)', 〈한겨레〉 토요판,
   2012. 2. 11.

2 이 과정엔 당시 〈한겨레〉 정연주
   워싱턴 특파원, 뉴저지 길벗교회
   김민웅 목사, 한림대 아시아문화연
   구소 객원교수 및 역사학자 방선주
   선생, 숙명여대 이만열 교수, 성공
   회대 한홍구 교수가 등장하는데 여
   기에 관한 자세한 이야기는 《한마
   을 이야기 퐁니·퐁넛》(고경태 지음,
   보림, 2016)에 기록해놓았다.

3 《촉 : 미세한 변화를 감지하는 동
   물적 감각》 이병주 지음, 가디언,
   2012.

재미와

PART 3

충격

세기말, 괴상한 장르의 탄생

쾌도난담 1.
김규항과 김어준의 만남

"김어준 씨 아니세요?"

식당 사장이 아는 척을 했다. 어? 아! 김어준이 셀러브리티임을 나만 몰랐을까. 나만 몰랐는지도 모른다. 그 무렵이었다. 김어준은 초셀러브리티의 반열을 향해 달리고 있었다.

2011년 7월의 어느 날이었다. 개인적인 일로 2주 휴가를 내 집에서 쉬던 중이었다. 친하게 지내는 한 출판사 부사장과 전화 통화를 하다가 그날 점심을 먹기로 했다. 일산의 집에서 20분 거리인 파주의 출판사 사무실로 들어서니 뜻밖에도 김어준 〈딴지일보〉 총수가 와 있었다. "웬일로 여길?" 서로 깜짝 놀라며 악수를

했다. 출판사 부사장은 김어준과 선약이 돼 있었다며 같이 밥을
먹자고 했다.

나꼼수, 2011년

세 명이 승용차를 타고 근처 식당으로 향했다. 그날의 화제
는 석 달 전인 2011년 4월 세상에 나온 '나꼼수'였다. 김어준, 김
용민(시사평론가), 주진우(〈시사IN〉 기자), 정봉주(17대 국회의원) 네
사람이 인터넷 딴지라디오에서 제작한 시사 팟캐스트 '나꼼수(나
는 꼼수다)'가 사람들의 입길에 막 오르내리던 초반부였다. 정치와
사회문제에 관심을 끄고 살던 이들조차 출근길 귀에 이어폰을 낀
채 나꼼수 출연자들의 입담에 키득거릴 때다. 김어준은 나꼼수의
청취자들 반응이 얼마나 폭발적인지, 왜 그럴 수밖에 없는지 등에
관해 조금은 들뜬 목소리로 한참을 이야기했다. 밥을 다 먹고 나
와 승용차를 타려는데 식당 앞에서 누군가 말을 걸었다.

"김어준 씨 아니세요?"

식당 사장이 악수를 청하며 "기념사진을 찍자"던 그날의 풍
경은 왠지 생경한 장면으로 뇌리에 박혀 있다. 〈딴지일보〉를 창간
했던 1998년부터 덥수룩한 머리와 콧수염으로, 알 만한 사람들에
게는 이름과 외모가 알려진 김어준이었다. 이제는 알 만한 사람들
만 알던 김어준을 넘어 일약 대중스타로 한 단계 도약 중이구나
하는 인상을 받았다.

• 1999년 10월 14일자 쾌도난담 첫 회.

•• 2000년 8월 전주에 내려가 강준만 교수를 만난 김어준과 김규항.

예상대로 그날 이후 김어준은 더 잘나갔다. 2011년 10월 그 파주의 출판사에서 나온 김어준 대담집《닥치고 정치》(지승호 엮음)는 그해 인문사회 분야 최고의 베스트셀러를 기록하며 대박을 쳤다. 2012년 4월 총선을 앞두고 시민들의 정치적 판단에 관해 익살스러우면서도 적나라하게 지침을 주는 책이었다. 나꼼수 역시 회를 거듭할수록 다운로드 기록을 갈아치웠다. 1천만 건이 넘기도 했다. '국내 유일 가카 헌정 방송'을 표방한 나꼼수는 풍자와 조롱이라는 무기로 이명박 정부의 각종 꼼수를 잘근잘근 씹었다. 정치적 중립지대에서 무관심하게 지내던 이들까지 블랙홀처럼 빨아들였다.

나꼼수 이후의 김어준은, 더 이상 내가 오래 알고 지내던 나꼼수 이전의 그 김어준이 아니었다. 옴진리교 교주 아사하라 쇼코처럼 생겼다는 농담을 듣곤 하던 그는, 열광적 팬들에게 진짜 교주 같은 존재가 되었다. 나꼼수와 김어준을 불편해하는 이들도 존재했다. "너저분하다", "무책임하다", "마초다" 같은 식의 비판이었다. 특히 미투 운동 음모론이나 세월호 침몰 원인에 관한 가설의 과학성 여부를 놓고 김어준의 메시지와 태도를 불신하는 이들이 생겨났다. 안티팬의 증가는 그만큼 김어준의 영향력이 커졌음을 반증했다. 이건 다 2011년 대한민국에서 나꼼수라는 괴상한 장르가 출현했기 때문이다.

1999년, 김규항과의 인연

"김어준 씨 어떤가요?"

뜻밖의 제안이었다. 어? 김어준? 내가 퍼뜩 떠올리지 못한 인물이었다. 몇 명의 후보를 제시했더니, 전화기 너머에서는 김어준부터 섭외했으면 좋겠다는 답이 돌아왔다. 최초의 기획의도와 부합할지 걱정이 됐지만, 재미있을 것 같았다. 김어준의 연락처를 알아내 전화를 걸었다.

1999년 가을이었다. 김어준이 총수를 자임하며 만든 인터넷신문 〈딴지일보〉가 창간 1주년을 조금 넘겼을 때다. 〈딴지일보〉는 패러디 열풍의 원조였다. 성인잡지의 전설 〈선데이서울〉을 유일한 경쟁지로 내세운 이 매체는 정치권과 재벌, 주류 언론을 향해 경쾌한 어조로 딴지를 걸었다. 〈딴지일보〉는 시종일관 〈조선일보〉를 '좃선일보'로 뒤틀어 불렀다. '정곡만 찌른다'는 카피 아래, 벌거벗은 꼬마 엉덩이 뒤에서 두 손을 모은 '똥꼬 찌르기' 사진은 그들의 정신을 압축한 이미지였다. 〈딴지일보〉는 창간 한 달만에 조회수 12만을 넘겼다고 했다. 새로운 미디어 문법을 창조한 김어준은 비교나 참고의 대상을 찾기 힘든 인물이었다. 당시나는 시사주간지 〈한겨레21〉 기자로 일하고 있었다. 가을 지면 개편을 앞두고, 편집장의 지시로 새 연재물을 기획하다 뜻하지 않게 김어준과 조우하게 되었다.

김어준을 소개한 이는 출판인 김규항이었다. 그는 영화주간지 〈씨네21〉에 격주로 '유토피아 디스토피아' 칼럼을 쓰며 이름을 알리고 있었다. 내가 〈한겨레21〉의 새 연재물로 기획한 것은 한 주간의 주요 관심사를 일상적인 대화로 풀어내는 대담 코너였다. 딱딱하지 않은 구어체 형식으로 이슈를 점검해보자는 취지였다. 진행자로 가장 먼저 김규항을 점찍었다. 이유는 단순했다. 일면식도 없었지만, 칼럼이 좋았다. 글의 밀도와 불온한 매력에 끌렸다. 진부한 이야기를 떠들 사람처럼 보이지 않았다. 김규항에게 전화를 해 연재물의 기본 방향을 이야기했고, 진행자로 참여해달라고 했다. 거절 의사가 없음을 확인한 뒤엔 함께할 대담 파트너 추천을 요청했다. 김규항은 한 사람을 찍었다. "김어준 씨 어떤가요?"

김어준은 흔쾌히 수락했다. 김규항과 김어준은 오래전부터 친숙한 사이가 아니었다. 두 달 전 민가협(민주화실천가족운동협의회)에서 주최한 하루감옥체험에서 '감옥 동기'로 만나 짧은 대화를 나눠본 게 전부였다. 김규항의 증언에 따르면, 그날 김어준은 김규항의 팬임을 고백했다고 한다.

'출소' 뒤 〈한겨레21〉을 통해 재회한 두 사람은 첫 만남부터 죽이 잘 맞았다. 여섯 살 많은 김규항은 '서열과 가오'를 중시하는 척하는 형님이었다. 다만 김어준 앞에서는 스타일이 자꾸만 무너졌다. 김어준은 말 잘 듣는 동생 같았지만 김규항만큼 불온했다. 툭하면 형님에게 딴지를 놓으며 특유의 폭소를 터뜨렸다. "씨바!"는 트레이드마크였다. 농담이 빠지면 대화의 흐름이 끊겼다. 둘은 그날 이후 매주 만났다. '김규항 김어준의 쾌도난담'이 시작되었다.

쾌도난담은 국어사전에 없다. 내 멋대로 지은 코너 이름이다. '쾌도(快刀)'는 잘 드는 칼이다. '난담(亂談)'은 어지럽되 자유로운 말이다. 이 이름을 짓기 위해 2주간 변비 환자처럼 끙끙거렸다. 다들 이름이 괜찮다고 했다. 문제는 이름값이었다. 잡지 맨 앞쪽에 매주 세 쪽씩 실리는 연재물. 무게감이 결코 작지 않았다.

쾌도난담을 할 때마다 두 사람은 낄낄거렸다. 녹음 테이프가 돌아가는 대담 현장은 산만하고 소란하고 정신없었다. 그들의 낄낄거림은 얼핏 불량하고 저속하게 들렸다. 중요한 것은 웃음에 섞인 말의 수준과 내용이었다. 독자들은 함께 웃을 수도, 인상을 찡그릴 수도 있었다.

〈한겨레21〉 1999년 10월 14일자에 첫선을 보인 쾌도난담의 반응은 즉각 나타났다. 쾌도난담 때문에 〈한겨레21〉 정기 구독을 신청하는 독자가 생겨났다. 기고와 강연 요청을 한다며 두 사람 연락처를 묻는 전화가 쇄도했다. 회를 거듭할수록 팬은 늘어났다. 김규항과 김어준은 조금 더 유명해졌다. 불편해하는 이들도 존재했다. "저급하다", "상스럽다"고 했다. 쾌도난담 때문에 낯뜨거워 〈한겨레21〉을 못 보겠다며 절독을 선언하는 이들이 등장했다. 두 사람은 가끔 말로 사고를 쳤다. 논란은 그들의 영향력을 입증했다. 이건 다 세기말인 1999년 대한민국 언론계에 쾌도난담이라는 괴상한 장르가 탄생했기 때문이다.

미디어 탐구 대상으로서 팟캐스트 나꼼수가 대표하는 장르의 뿌리를 더듬어본다. 그다지 많이 알려진 편은 아니지만, 시사잡지 연재물 쾌도난담은 괴상한 장르의 어떤 출발이었다. 이제 그 쾌도난담에 관해 이야기해보고자 한다.

"니 입장은 뭐야?"

쾌도난담 2.
웃기는 질문의 역사적 가치

"니 입장은 뭐야?"

이 질문이 역사적이라고 말한다면, 웃는 사람이 있을지도 모른다. 의견을 묻는 단순한 질문에 거창한 의미를 부여한다고 말이다. 나는 그 질문에 역사적 가치가 있다고 생각한다.

이렇게 도발적으로 틀을 깨는 질문은 이전의 언론 역사에 없었다. 예의와 격식을 갖춰야 할 대담의 상대 출연자에게 "니 입장은 뭐야"라고 반말로 지껄이다니. 원래는 이렇게 물어봐야 했다. "어떻게 생각하십니까?" 또는 "의견을 밝혀주시겠어요?"

김규항 니 입장은 뭐야?

김어준 뭐… 있겠지.

김규항 이왕이면 나랑 반대쪽으로 말해봐라. (웃음)

'엄근진' 문화를 깨다

1999년 10월 14일 〈한겨레21〉(278호)에서 주간 연재의 첫걸음을 뗀 '김규항 김어준의 쾌도난담' 첫 대목이다. 거칠게 말하자면, 농담 따먹기 하는 것처럼 보인다. 그렇다. 가볍기 짝이 없는 시시껄렁한 농담. 이런 대담 코너가 독자들에게 파격으로 다가오던 시대가 20세기였다.

'김규항 김어준의 쾌도난담(이하 쾌도난담)'은 20세기 끄트머리에 기존의 대담 형식을 해체하며 새로운 전형을 선보였다. 그만큼 당시 한국 언론은 호두껍질처럼 딱딱했다. 권위주의 시대의 상징인 군사정부가 물러나고 민간 정부가 들어섰지만, 여전히 언론의 엄숙주의, 경건주의, 권위주의의 물은 빠지지 않았다. 요즘 말로 치면 '엄근진(엄숙, 근엄, 진지)'의 문화가 강력한 주류로 자리 잡고 있었다.

가령 당시 종이 매체에서 생산하는 대담 기사의 99.9%는 이런 정중한 말로 끝을 맺었다. "오랜 시간 좋은 말씀 감사합니다." "오늘 좌담회가 ~를 위한 좋은 계기가 되기를 바라마지 않습니다." 쾌도난담은 그런 형식적인 인사말을 배격했다. 김규항은 항

171

상 이런 질문으로 대화를 마무리 지었다. "어준아. 오늘 결론은 뭐냐?"

쾌도난담은 대놓고 '잡담'이라고 공언했다. 담당 편집자였던 나는 연재 첫 회 앞머리에 이렇게 썼다. "'잡담'입니다. 그러나 단순한 잡담은 아닙니다. 어지럽게 뒤얽힌 한 주간의 사건들을 번뜩이는 검으로 시원스레 꿰뚫는 '쾌도난담'입니다. 만약 독자 여러분께서 어떤 술자리에 낀다면 이와 똑같은 화제들을 안줏거리로 올릴 지도 모릅니다. 한 주, 한 주 정신을 차리고 치열하게 살고 싶다면 이 기획을 주목해주십시오."

'잡담'이란 저속한 어감을 준다. 어쩌면 위악적이다. 고상한 척하지 않겠다는 다짐이다. 김어준은 연재 시작의 변을 통해 "갑빠는 없다"고 썼다.

"엄숙 이두박근과 경건 대퇴부로 신체를 지탱하며, 깁스를 한 정도가 아니라 아예 목근육 자체에 '갑빠'가 있는 사람들이 있다. 난 그들을 '갑빠맨'이라 부른다. 많은 분야에서 이들 '갑빠맨'들이 맹활약하고 있다. 난 '안갑빠맨' 할란다. 천성이 '안갑빠'다. '안갑빠맨'이 본 세상 이야기를 조금 해보고 싶다."

김규항   아, 홍석현 사장 구속?

김어준   이건 '훼밀리마트에서 오뎅을 팔므로 해서 중소기업 영역을 침범한 것에 대한 응징'이라고. 소규모 포장마차 업자늘의 탄원에 의한.

김규항   뭔 소리야?

김어준   24시간 편의점 '훼밀리마트'가 보광 거잖아요. 홍석현 사장은 보광 대주주이고. 어쨌든 오뎅 팔지 말라 말이야. 세금 제대로 내고.

김규항 이 멘트는 〈한겨레21〉 버전이 아닌데, 〈딴지일보〉 버전인데…. 근데 오뎅을 훼밀리마트에서만 파나? 다른 편의점에서도 파는데…. 그리고 정확히 말해 '오뎅'이 아니라 '어묵'이야.

— 1999년 10월 14일자(278호) '쾌도난담'

쾌도난담 첫 회에서 두 사람은 그 주의 화젯거리들을 두서없이 이야기했다. 동티모르 파병, 중앙일보 홍석현 사장의 탈세 혐의 구속, 한가위 시즌 지상파의 홍콩영화 재탕, 전 MBC 앵커 백지연을 둘러싼 가짜 뉴스 등. 위의 대화는 중앙일보 홍 사장의 구속에 관해 언급하다 나왔다. 김어준의 멘트가 발칙했다. 제목도 여기에서 뽑았다. '훼밀리마트서 오뎅 팔지 마!' 설마 진심으로 훼밀리마트 어묵 판매를 반대하랴. 하지만 빈말도 아니었다. 홍 사장이 대주주인 편의점 보광 훼밀리마트의 오뎅은 중앙일보의 탈선에 관한 은유이자 희화화, 비틀기였다.

첫 회의 반응은 신선하다는 호평이 지배했다. 김어준의 표현대로 목근육의 '갑빠'를 풀었다. 어깨에 힘을 빼자 전혀 다른 대담물이 탄생했다. 솔직해졌다. 너무 솔직해지면 탈이 난다.

김규항 변호사가 우글거리는 메이저 시민 단체 하나를 두고 말한다면…. 그 단체가 사법시험 정원 늘리는 거에 대해 적극적으로 입장 표명하는 걸 난 본 기억이 없거든. 자기 업종의 문제도 공평무사하게 말하지 못하면서 어떻게 남을 비판하고 개혁하겠냐는 거지. 운동

173

이라는 게 두 가지가 있어. 첫째는 근본적 시스템을 건드리는 개혁적인 거고, 둘째는 쬐금 더 낫게 개량하는 건데 인권운동사랑방 같은 데를 뺀다면 90년대 중반 이후 시민운동은 대개 후자에 속해. 아, 나는 90년대 시민운동의 성과를 무시하는 건 아냐.

김어준 마지막 멘트는 꼭 넣어야지 안 그럼 시민 단체한테 큰일나겠다 (웃음).

김규항 개량적 운동의 특징이 뭐냐면… 운동 주체가 자신들의 안락함을 포기하지 않아도 된다는 거야. 교수, 의사, 변호사의 지위나 거기서 이어지는 생활수준을 유지할 수 있다면 좌파를 왜 못해? 폼 나잖아. (중략) 결국 지금의 시민운동 구도엔 어딘가 기만적인 데가 있다는 거야. 사실 소액주주운동도 그렇지. 한국 사회에서 주식 투자가 뭐겠어. 합법적인 노름이야. 베팅이지. 그 이상도 이하도 아니야.

— 1999년 10월 21일자(279호) '쾌도난담'

김규항 김지하가 좌충우돌하고 있지. 난 김지하를 보면 그게 생각나.

김어준 피에로?

김규항 아니, 상이군인…. 앵벌이 하는 상이군인.

김어준 우와… 형이 여태 한 말 중에 가장 촌철살인이긴 한데 너무 처절한 비유다.

김규항 내게 인상적인 기억이 있어. 중학교 때던가. 전철을 탔는데… 앵벌이가 집게 손을 철컥철컥거리면서 내가 탄 칸에 들어왔어. 이 사람이 "내가 융니오 때 어쩌고" 하면서 잘린 팔을 내보이면서 반협

박을 하더라고. 전철 안이 싸늘해지고…. 그 분위기에 눌려 모두들

두말없이 돈을 내더라고. (중략)

김어준   위대한 선조가 남겨놓은 과거를 팔아 오늘을 먹고 사는 그리스 장

사꾼…. (중략)

김규항   김지하는 요즘 아이들 말로 왕자병이야. 자기한테 너무 지나친 부

담을 갖는 거지. 자기가 이 민족의 미래 비전을 뭔가 확실하게 제

시해야 한다. (중략) 누가 그 양반한테 그걸 해달라고 했냐는 거지.

— 1999년 10월 28일자(280호) '쾌도난담'

앵벌이 하는 상이군인?

누군가에게는 속이 시원한 비판일 수 있으나, 누군가에게는
불편한 험담이었다. 술자리 뒷담화로는 얼마든지 할 수 있지만,
공개적으로 기사화하기에는 망설여지는 내용. 그러나 잡담 또는
수다 같은 쾌도난담에서는 가능했다. 다만 책임이 따른다. 그 책
임자는 쾌도난담을 진행하고 지면 발행을 승인한 〈한겨레21〉의
편집장이나 그 위의 임원일 수도 있고, 발언을 한 당사자일 수도
있다.

"변호사가 우글거리는 메이저 시민 단체"에 관한 쾌도난담이
나간 뒤 김규항은 씩씩거렸다. 그 시민 단체의 수장(현재 차기 대통
령 후보로도 언급되는)이 직접 전화를 걸어와 "우리 단체를 모욕했
으니 사과하라"고 했기 때문이다. 쾌도난담에 실린 문제의 한마디,

한마디를 따지면서 언성을 높였고, 결국 대화는 곱게 끝나지 않았다. 김규항은 "그가 자신이 헌신하고 봉사하는 사람이라는 믿음에서 오는 권위 의식을 갖고 있었다"면서 더욱 화를 참지 못했다. 쾌도난담에서 표적이 됐던 또 다른 인물, "앵벌이 하는 상이군인"으로 공격당한 시인은 직접 항의 의사를 표명하지는 않았다. 〈한겨레21〉로 독자들의 격렬한 반응이 포착됐을 뿐이다. '비열한 인신공격', '운동권 원로에 대한 결례', '여과되지 않은 표현'이 불쾌하다는 우려, '아무도 나서서 조지는 사람이 없던 차에' 통쾌하게 읽었다는 정반대의 격려. 쾌도난담 2회와 3회가 나간 뒤 벌어졌던 소동이었다. 출발과 동시에 부담스러운 스포트라이트가 쏟아졌다.

어김없이 4회가 이어졌다. 쾌도난담은 4회부터 가급적 회마다 게스트(초대 손님)를 한 명씩 모시려고 했다. 인권운동가 박래군, 방송인 백지연, 영화배우 트위스트 김 등이 초반부에 얼굴을 내밀었다. 게스트는 지명도와 그가 지닌 이야깃거리에 따라 차이가 있었지만, 대담의 단조로움을 줄이고 활력과 흥미로움을 높이는 요소였다. 쾌도난담은 쌓이고 쌓였다. 회에 따라 독자들의 만족도에 편차가 있었다. 또 크고 작은 설화를 겪기도 했다. 전북대 교수 강준만, 경희대 강사(현 오슬로국립대 교수) 박노자, 소설가 황석영, 버마민족민주동맹 한국지부장 모조, 롯데호텔 성희롱대책위원장 박정자, 출소한 '대도' 조세형 등이 게스트로 뒤를 이었다. (김어준이 섭외해달라고 노래를 불렀던 당시 열아홉 살의 톱스타 전지현은 끝내 섭외하지 못했다. 여기엔 진행 담당자의 저질 섭외력과 함께 김규항의 반대도 한몫했다.)

김규항과 김어준은 게스트의 예리한 통찰과 혜안에 감탄 섞인 신음을 하기도 했고, 게스트의 거침없는 입담에 배꼽을 쥐고 엎어져 일어나지 못하기도 했다. 쾌도난담은 가볍게 읽으면서 핵심을 건드리는 재미가 있었다. 김규항, 김어준은 "쾌도난담 때문에 〈한겨레21〉의 웹사이트 조회수가 늘고 서점에서 〈한겨레21〉이 날개 돋친 듯 팔린다고 하니 출연료를 더 높여달라"고 농담 섞인 떼를 쓰기도 했다. 물론 한편에선 눈살을 찌푸리는 사람이 있었다. 다음과 같은 독자 편지처럼.

> 정제되지 않은 반자본주의적 시각(김규항)과 시종일관된 농담의 수준(김어준)으로 정작 그들이 말하고자 하는 본래의 의도도 제대로 전달되고 있지 못하다고 본다. 〈한겨레21〉이 항상 진지하고 무거운 기사를 다뤄야 한다고는 생각하지 않는다. 그러나 진지한 현실 분석에 기반한 패러디라고 보기엔 너무 재미없으며 깊이도 없다. 한마디로 저급한 농담이다.
> — 1999년 11월 4일자(281호) '독자와 함께'

그럼에도 쾌도난담의 인기는 식지 않았다. 다른 매체에서도 비슷한 형식의 연재물이 나오기 시작했다. 점잔을 빼던 인쇄매체들이 유연하고 말랑말랑한 텍스트를 미디어 상품으로 내놓는 것에 용기를 내는 눈치였다. 지금은 사라진 진보적인 월간지 〈길〉에서는 술집에서 술 마시며 이야기하는 콘셉트의 고정 인터뷰 코너를 내놓았다. 〈동아일보〉는 아예 '쾌도난담'과 똑같은 이름의 고정물을 만들었다. 여러 매체들이 유쾌하고 발랄하고 격의 없는 대담을 시도했고, 그럴 때면 자주 '쾌도난담'이라는 간판을 달았다. 쾌도난담은 사전에 없는 고유명사였지만, 대명사처럼 쓰이기 시작했다.

쾌도난담은 20세기말에 태어난 21세기형 인터뷰이자 대담이었다. 기자들이나 대담의 출연자들이 '나'를 숨기며 뻣뻣한 자세를 유지하던 20세기가 저무는 중이었다. 21세기 벽두는 개인의 시대를 향하고 있었다. '나의 이야기'가 활짝 드러나고 폭발하기 직전이었다. 쾌도난담은 종이 매체와 인터넷, 올드미디어와 뉴미디어의 경계선에서 새로운 물결을 이끌었다, 고 나는 주장한다. 저무는 세기와 새로운 세기의 길목에서 매체를 만드는 이들에게 문법 파괴에 관한 어떤 영감의 실마리를 제공했다, 고 나는 역시 주장한다. 소셜미디어가 압도하는 2019년의 시점에서 보면 대수롭지 않게 보이지만, 포털조차 존재감이 미미하던 당시엔 혁명적이었다. 쾌도난담 첫 회의 그 첫 질문은 새 물결의 기원으로서 충분히 역사적 가치가 있었다.

"니 입장은 뭐야?"

그러나 김규항은 쾌도난담 초반부터 괴로워했다. 김어준을 대담 파트너로 추천한 이도 그였고, 김어준과의 대화를 누구보다 즐겨한 이도 그였지만, 자신의 캐릭터가 점점 '웃기는 사람'으로 고착되는 게 아닌지 걱정했다. 순전히 내 멋대로 추리해보면, 그는 (의도하든 안 했든) 쿨하고 세련된 좌파 지식인으로 자신을 위치시키고 있었다. 쾌도난담을 시종일관 감싸는 낄낄거리는 분위기는 그가 지금까지 형성한 이미지와 불일치를 빚을 수 있었다.

김규항은 2000년 2월 22일자에 실린 〈씨네21〉 칼럼 '유토피아 디스토피아'에서 '쾌도 변명'이라는 제목 아래 이렇게 썼다.

그런 대로 진지한 얘기들을 무겁지 않게 전한다는 장점도 있지만, 사적 톤으로 발언하고 공적 톤으로 읽히는 쾌도난담의 작동 원리는 나를 늘 불편하게 한다. 쾌도난담은 마치 내가 어느 카페에서 친구와 편하게 나눈 대화를 수많은 사람에게 생중계하는 텔레비전 프로그램 같은 것이다. 쾌도난담을 읽는 사람들은 나를 실제보다 조금 더 경박한 인간으로, 실제보다 조금 더 방자한 인간으로 짐작하는 듯하고, 그것은 사람들에게 나를 실제보다 조금 더 기품 있는 인간으로, 실제보다 조금 더 진지한 인간으로 인상 지우고 싶은 내 욕망과 충돌한다. 처음 만난 사람들은 내게 말하곤 한다. "생각보다 점잖은 분이군요." 빌어먹을.

우리가 장소팔·고춘자냐?

그는 쾌도난담 진행 담당자인 나에게도 자조적으로 말하곤 했다. "우리가 장소팔, 고춘자냐?" 장소팔, 고춘자는 해방 직후 공연장과 티브이에서 기지 넘치는 만담으로 서민들을 웃기고 울렸던 유명한 만담가 콤비다. 쾌도난담을 통해 본인이 남을 웃기는 만담가 이미지로 비쳐지지는 않을까 고민했을 것이다. 그는 1999년 11월의 어느 날, 나에게 전화를 걸어 비장한 목소리로 말했다. "나 정말 그만할란다." 수용할 수 없었다. (나의 부추김에 넘어간)

김규항은 쾌도난담의 출발선에서 김어준을 부추겨 함께 자전거에 올라탔다. 이미 자전거는 쾌속으로 달렸고, 멈출 수 없었다. 자전거에 오르자마자, 김규항이 충동적으로 혼자 뛰어내리려고 하니 말릴 수밖에. 쾌도난담은 2000년에도 쭉 이어졌다.

2000년 9월 초였다. 쾌도난담이 1주년을 맞이하기 한 달 전. 〈한겨레21〉 기자들은 지면 개편을 앞두고 서울 강남의 한 연수원에서 워크숍을 했다. 내가 기억하는 가장 큰 논쟁점 중 하나는 쾌도난담의 존폐 여부였다. 잡지의 재미를 높이는 코너로는 찬사를 받았지만, 부정적 의견도 존재했다. '식상해졌다', '늘 준비 없이 즉흥적으로 한다', '잡지의 품위를 떨어뜨린다' 같은 비판이었다. 독자들 사이에 뚜렷했던 찬반 의견은, 〈한겨레21〉 기자들 내부에서도 마찬가지였다. 워크숍에서 결론은 나지 않았다.

2000년 9월 말, 김어준이 홀로 작별을 고했다. 쾌도난담 시즌 2가 시작되었다.

김훈이 말했다.
"김훈, 너 집에 가라"

쾌도난담 3.
〈시사저널〉 편집국장
사표 사건

재미있는 대형 사고 이야기를 해보자.

한 주간의 갈무리를 대담 코너로 해보자는 아이디어를 냈을 때, 편집장은 좋다고 했다. "한번 해보지 뭐." 바로 고정 출연자를 물색해보라고 했다. "헉, 정말요?" 아이디어를 낸 나도 '이게 말이 되는지' 긴가민가할 때였다.

1999년 늦여름으로 다시 돌아가 본다. 편집장은 지면 개편을 위한 부서회의를 앞두고 기자들을 닦달했다. 의무적으로 복수의 새 코너안을 내야 했다. 나는 한 주간의 국내외 인물 및 사건, 주요 통계 등을 긁어모은 맨 앞의 '간추린 한 주'라는 꼭지를 없애

181

고, 대신 사람들이 나와 매주 그 주의 이슈에 관해 떠들어보면 어떻겠냐고 제안했다. 사실은 막 던져본 거였다. 통과할 거란 생각은 못했다. 그런 점에서 기자는 편집장을 잘 만나야 한다. 아무리 근사한 기사나 기획안도 편집장이 취지를 이해하지 못하거나 받아들이지 않으면 휴지통으로 간다. 편집장의 마인드는 열려 있었다. 어떤 실험이든 후배들의 뜻을 존중해 추진하려고 했다. 쾌도난담의 시작이다.

어? 어? 이게 아닌데?

1년이 지났다. 쾌도난담은 살아남았다. 지면 개편 회의에서는 격렬한 논쟁 끝에, 분위기를 바꿔보자는 결론을 내렸다. 김어준 대신 최보은이 등판했다. '김규항 최보은의 쾌도난담'이었다. 최보은은 1988년 〈한겨레〉 공채 1기 기자 출신이다. 1기에서 몇 안되는 여성 기자였다. 2000년 9월 최보은은 직전에 일했던 〈씨네21〉을 거쳐 〈케이블TV가이드〉 편집장을 맡고 있었다. 칼럼과 인터뷰에서 정치와 여성 등 주제를 가리지 않고 도발적인 문제의식과 글쓰기로 이름을 알리던 그녀였다. 바야흐로 시즌2, 새로운 커플의 쾌도난담이었다.

2회 게스트 섭외를 앞두었을 때다. 최보은의 등장 이후 첫 손님이었다. 그녀는 소설가이자 에세이스트인 김훈 〈시사저널〉[1] 편집국장을 모시면 어떻겠냐고 말했다. 쾌도난담의 특기는 남을 씹는 건데 한 번도 〈한겨레〉 스스로를 씹은 적이 없다는 거였다. 경쟁지 편집국장을 모시고 〈한겨레〉를 씹어 돌려보자고 했다. 전례가 없기도 하지만, 타 시사주간지를 책임지는 수장이 우리가 원하는 대로 이야기를 해줄지도 의문이었다. 아니, 게스트 초청을 받아들일지 여부도 불투명했다. 나는 전화를 건 뒤 깜짝 놀랐다. "무서운데." 괜스레 엄살만 떨면서도, 선선히 응하는 거였다. 기자는 편집장을 잘 만나야 한다는데, 경쟁지 편집장도 잘 만나야 하는 건가?

〈시사저널〉 김훈 국장의 퇴사를 부른 2000년 9월 27일자 '쾌도난담' 지면.

서울 중구 정동의 레스토랑에서 오후 시간에 만났다. 서대문 근처 〈시사저널〉 사옥에 다른 일로 갔을 때 스쳐 지나간 적은 있지만, 마주 앉기는 처음이었다. 김훈 국장 혼자 먼저 와 있었다. 김규항, 최보은, 그리고 사진기자는 아직 도착하지 않았다. 어떻게 '얼음'을 깨야 하나 어색했는데 김훈 국장이 먼저 몇 마디를 꺼냈다. 아직도 그 질문을 잊을 수 없다. "본관이 어딘가?" 예비 사위가 장인 앞에서 면접 보는 느낌? 곧 다른 사람들이 도착했고, 본격적인 이야기의 물꼬가 터졌다. 한데 물길이 이상하게 흘렀다. 어? 어? 어? 이게 아닌데?

최보은 여성 팬들이 많기로 사계에 소문이….

김 훈 여자는 예쁘잖아. 근데 내가 여자를 보고 예쁘다고 말하는 건 산에 가서 나무나 풀을 보고 예쁘다고 말하는 거하고 하등 차이가 없어. 풍경으로서 아름다운 거지. 믿기 어렵겠지만 정말 믿어줘.

최보은 단도직입적으로 '안 선다' 이거죠. (웃음)

김 훈 수많은 여자들한테 '아름답다' 그래도 잠자는 건 좋아하지 않아.

최보은 절대 여관까지는 안 간다?

김 훈 아니 뭐 꼭 그런…. (웃음) 난 여관엔 안 가지만 여관에 가는 놈보다 내가 도덕적으로 우월하다고 생각하지는 않아. 그걸 장려하는 것도 아니지만.

김규항 좋은 말씀이라고 생각합니다. (웃음)

최보은 대학원 졸업한 딸을 두신 걸로 아는데 페미니즘 기질은 없나요?

김 훈 우리 딸? 그런 못된 사조에 물들지 않았어요.

최보은 어쩌다 김훈 선배는 그런 못된 사조에 물드셨어요. 마초…. 〈시사
        저널〉엔 여성 기자들도 많은데 그렇게 말하세요? 페미니즘 같은
        것에 물들지 말라?

김 훈 걔들은 가부장적인 리더십을 그리워하는 것 같더라고.

최보은 네? (웃음) 이런 말 기사화해도 상관없으세요?

김 훈 괜찮아. 아무 상관없어. (웃음)

김규항 근데 왜 그렇게 생각하세요?

김 훈 여자들한테는 가부장적인 것이 가장 편안한 거야. 여자를 사랑하
        고 편하게 해주고. (웃음) 어려운 일이 벌어지면 남자가 다 책임지
        고. 그게 가부장의 자존심이거든.

김규항 최 선배 열받네.

최보은 지금 반어법이에요? 진심이에요?

김 훈 난 남녀가 평등하다고 생각 안 해. 남성이 절대적으로 우월하고,
        압도적으로 유능하다고 보는 거지. 그래서 여자를 위하고 보호하
        고 예뻐하고 그러지.

최보은 그런 이야기하면 〈시사저널〉 부수 떨어져요.

김 훈 괜찮아. 이제 떨어질 것도 없어. (웃음)

김규항 후천적인 노력이 아닌 선천적인 요인으로 사람을 나누는 건 대단
        히 위험합니다. 남성이 여성보다 선천적으로 우월하다는 얘기는
        백인이 흑인보다, 독일인이 유대인보다 우월하다고 보는 인종차
        별하고 다를 게 없죠. 모든 사람이 평등하다고 보는 게 근대적 사
        고방식의 기본 아닌가요?

20년 뒤에도 웃음을 주는

나는 이 글을 쓰며 웃고 있다. 무슨 코미디 장르와 만나는 느낌이다. 왜 이렇게 한 사람은 엉뚱해서 웃기고, 나머지 두 사람은 진지해서 웃기는가. 나는 지금 책상 위에 머리를 박고 흐느끼며(!) 웃는다. 쾌도난담은 처음부터 탁 트인 대화를 지향했다. 하나마나 한 공자님 말씀은 하지 말자고 했다. 문제는 너무 솔직한 걸 넘어 갑자기 난데없는 진실게임을 했다는 것이다. 김훈 국장의 돌출 발언이 이어지자 쾌도난담 현장의 공기는 착 가라앉았다. 김규항과 최보은은 뭔가 반박을 쉼 없이 하다가 어느 순간 포기했다. 둘의 표정은 딱딱해졌다.

김훈 국장은 80년대 신군부가 집권하고 기자들이 쫓겨날 때의 이야기도 했다. 신군부에 대한 용비어천가는 자신이 모조리 썼다고 말했다.

"내가 안 썼으면 딴 놈들이 썼을 테고… 난 내가 살아남아야 한다고 생각했어. 그때 나를 감독하던 보안사 놈한테 이런 얘기를 했지. 내가 이걸 쓸 테니까 끌려간 내 동료만 때리지 말아달라."

기자들을 다른 직종의 사람들과 비교하며 비하했고, 〈조선일보〉를 극찬하기도 했다. 그날 헤어지고 난 뒤에도 초연했다. 내용을 정리한 초본을 보내주며 "수정하거나 뺐으면 하는 부분 말씀 해달라. 반영하겠다"고 했다. 〈한겨레21〉 담당 기자인 나와 편집장이 더 조심스러웠다. 경쟁지 현직 편집국장이었으니 괜한 오해를 살 수 있었다. 초본 데스킹 과정에서 얼마든지 가감하거나 톤을 낮출 수 있었다. 그러나 김훈 국장은 전화를 통해 딱 한마디로 반응했다. "정리 참 자알~했네." 다시 쾌도난담 내용을 보자.

김 훈   〈한겨레〉 기자들은 거대 담론을 하지 말아라. 제발.

최보은   일상에서 출발하라는 얘기죠?

김 훈   거대 담론, 가치판단, 선악, 정오… 이런 거 매일매일 판단하잖아. 이것도 시건방진 수작이고. 일단 '존재'를 판단해야 해. 이것이 옳다 아니다를 판단하기 전에 "이것은 무엇이냐"에 대한 판단을 먼저 해야 한다고. What is this! 존재판단이 확실하지 않을 때는 가치판단을 유보해야 하고…. 무엇보다 거대 담론을 하지 말아야 해. (중략)

김규항   오늘의 결론을 내릴 때가 됐습니다.

최보은   김훈 국장님의 생각은 저의 견해와 일치하지 않습니다!

김규항   김훈 국장님도….

김 훈   김훈, 너 집에 가라. (웃음)

"김훈, 너 집에 가라." 본인이 내린 그 결론이 예사롭지 않다. 우려했던 대로, 기사가 나간 뒤 본인이 재직 중인 〈시사저널〉에서부터 시끄러운 소리가 들려왔고, 일부 기자들이 김훈 국장에게 집에 가라고 압박하는 상황이 펼쳐졌다. 그 강도는 애초의 예상을 뛰어넘었다. 〈미디어오늘〉에 실린 관련기사를 보자.

〈시사저널〉 김훈 편집국장이 파문을 일으키고 있다. 시사주간지 〈한겨레21〉(9월 27일자)의 '쾌도난담 – 위악인가 진심인가'에 등장해 그의 '지론'을 펼친 후 인터넷에 그의 발언을 비난하는 글이 폭주하고, 〈시사저널〉의 한 기자는 항의 사표를 쓰기도 했다. 인터넷 게시판에는 "그만큼 순수하다는 반증일 수도. 모든 이들이 저항적 투사가 되어야 한다는 기대감은 일상적 파시즘의 변종이 아닐까. 잘못된 것이 아니라 다를 뿐이다"(조준환) 등의 옹호성 발언도 있지만 비난 의견이 더 많다. "그 같은 유형의 인간들이 남한사회에서 자칭 지식인이고 엘리트로 자처하며 여론주도층으로 행세하려 한다는 사실이 섬뜩하다"(최정민), "그는 최근의 김영삼을 닮아가고 있다. 애독했던 〈시사저널〉과 《자전거여행》을 미련 없이 폐지 수거함에 버릴 것이다"(박종훈) 류의 비난이 주를 이룬다. 〈시사저널〉 여기자의 남편이라고 신분을 밝힌 홍명수(35) 씨는 한겨레 게시판에 올린 글을 통해 "글을 덮고 난 다음 저나 아내가 무엇보다 힘들었던 것은 동시대인으로서의 모욕감이었습니다. 최소한 다른 생각에 대한 존중과 애정을 그에게서 기대했습니다"라고 토로했다. 또 〈시사저널〉의 박모 기자는 김 국장의 쾌도난담을 읽고 나자마자 "창피해서 일을 못하겠다"며 사표를 던진 것으로 알려졌다. (중략) 상식적으로 여론의 뭇매를 벌 것이 분명한 발언을 왜 했을까 하는 의구심에 쾌도난담에 참여했던 패널과 담당 기자에게 "쾌도난담의 발언이 그의 말을 정확히 정리한 것이냐"고 물었지만 돌아온 대답은 뜻밖이다. 담당인 고경태 기자와 패널 김규항 씨의 말을 빌면 김 국장의 발언은 최대한 정화되어서 실린 것이라고 한다. 더한 말도 있었지만 최대한 '정리'한 게 쾌도난담의 내용이란다.

김규항 씨는 "김 국장이 평소 그런 생각들을 갖고 있었다는 것을 알고 있었지만 공식적으로 이야기한 것이 처음이라 여파가 큰 것 같다"고 평가했다. 김 국장의 말도 다르지 않다. 그는 "더도 덜도 아닌 내 생각 그대로다. 더 이상 언급하고 싶지 않다"고 했다. 하지만 독자와 네티즌들은 지금도 그를 운위하고 있다.

— 김현정 객원기자, 〈미디어오늘〉 2000년 10월 5일자

일주일 뒤인 〈미디어오늘〉 10월 12일자에는 김훈 국장이 사표를 제출했다는 기사가 실렸다. 맨 마지막 문장은 이렇게 사표 이유를 전했다.

"김 국장은 본지와의 인터뷰에서 '개인적 자아의 진실을 동시대의 전체 이름으로 칼질하는데 절망했다'고 말했다."

'개인적 자아의 진실'이라는 말은 수긍이 간다. 김훈 국장이 했던 "페미니즘은 못된 사조", "여자는 식물이자 풍경" 따위의 발언들은 정치적 올바름 여부와 관계없이 그의 자아에 자리했던 말이었고, 최보은이 여성 문제에 대한 생각을 물었을 때 위선이나 거짓을 보태 답하지 않았을 뿐이다. 어쩌면 한남(한국 남자)의 객관적인 상태를 잘 보여주고 현실을 진단하게 해주는 언어였다. 그것이 감염된 언어라 할지라도. 스스로 욕먹을 여지가 있는 발언이라는 생각을 못 했을 리 없다. 그는 끝내 가식적으로 자기를 치장해서 말하지 않았고, 바른 말을 하는 멋진 사람으로 보이려는 욕심을 포기했다. 나는 김훈 국장의 행동이 일종의 '자폭'처럼 보였다. 한 번 뱉은 말을 구차하게 삼키지 않았다. 말의 득실을 놓고 계

산기를 두드리지 않았다. 변명하지 않았다. 그건 남들이 따라 할 수 없는 그만의 '가오'였다고 생각한다. 그래서 많은 사람들이 정치 성향과 관계없이 그의 매력을 인정하고 좋아하는지도 모른다.

김훈 국장을 잘 아는 한 출판사 대표는 이런 이야기를 들려주기도 했다. "욕을 좀 먹고 싶었을 거예요. 그때가 그럴 때였어요. 욕먹고 넘어가자 생각했는데 욕의 수위가 그 정도일 줄은 몰랐던 거지."

김규항과 최보은의 3개월

김훈 국장은 정말 집으로 갔다. 아니 목포로 내려가 소설을 집필했다. 그리고 1년 뒤 《칼의 노래》가 탄생했다. 나는 쾌도난담이 그 소설의 산파라는 농담을 하곤 했다. 그리고, 쾌도난담도 종을 쳤다. '김규항 최보은의 쾌도난담'은 3개월 만에 막을 내렸다. 아니 3개월 만에? 이렇게나 짧게?

김규항, 최보은 두 사람은 죽이 맞지 않았다. 김훈 국장 때는 예외였지만, 게스트 섭외를 둘러싸고 취향과 의견이 달랐다. 한 사람, 한 사람 정하는 과정에서 툭하면 찬반이 엇갈렸다. 이전 김어준의 경우 순순히 김규항의 뜻을 따르는 편이었다. 쾌도난담을 할 때마다 형 김규항을 놀려 먹었지만, 게스트 섭외 등 중요한 의사결정 과정에서는 자기주장이 강하지 않아 마찰이 거의 없었다. 최보은은 김어준과 달랐다. 김규항은 선배인 최보은에게 예의를 갖추었지만 의견은 잘 굽히지 않았다. 때로는 내부 논쟁이 발전적 계기가 되지만, 둘의 논쟁은 발전적이지 않았다. 소모적이었다. 쾌도난담을 진행할 때마다, 섭외 게스트를 결정할 때마다, 초고를 나눠주고 의견을 취합할 때마다 담당 기자는 난처한 식은땀을 흘리기 일쑤였다. (2010년 10월부터 나는 쾌도난담에서 손을 뗐고 후배 김은형이 이어받았다.) 코너의 주인장끼리 유쾌하게 합이 잘 맞아도 잘 돌아갈까 말까인데, 긴장감이 흐를 정도였다. '죽'이 안 맞으니 죽도 밥도 안 될 것 같았다. 쾌도난담이 산으로 가려고 했다.

쾌도난담은 2001년 1월 4일자 〈한겨레21〉 마지막 회를 통해 퇴장을 선언했다. 그 기념으로 김규항, 최보은, 김어준 셋이 마지막 난담을 했다. 회사 인근 식당에서 저녁을 곁들여 이야기를 마치고, 한겨레신문사 3층 현관 옆 4층 주차장으로 올라가는 계단 앞에서 셋이 함께 사진 촬영하던 모습이 잔영으로 남아 있다. 21세기형 유쾌한 대담의 시조 쾌도난담이 쓸쓸히 끝을 맺는 순간이었다. 빡빡하고 경직된 인쇄매체에 충격파를 던지며 미래에 출현할 수많은 팟캐스트 대담의 원형이 되었던 어떤 모델이 독자들로부터 잊힐 준비를 하는 시간이었다. 그리고….

김규항과 최보은의 어긋나던 '죽'은 필연이었을까. 2002년 봄, 두 사람은 〈씨네21〉 웹게시판과 지면을 통해 '페미니즘 논쟁'을 벌였다. "중산층 인텔리 부르주아 여성", "마초" 등의 날 선 언어가 날아다녔다. 나는 어떤 살벌함을 느꼈다. 논리 속에 숨어 있는 '감정'이 보였다. 논쟁의 불똥은 〈월간 말〉 등 다른 매체로 옮겨 붙었다. (궁금한 분들은 인터넷을 검색해보시라.) 그때 김훈 국장은 뜻밖에도 〈한겨레〉 사회부 현장기자로 뛰고 있었다. 2002년 1월 한겨레신문사에 (홍세화 선생과 함께) 입사해 화제를 불렀던 그는 그해 12월 대선과 함께 사표를 내 또 한 번 사람들의 궁금증을 자아냈다.

희극… 동시에 비극

쌍욕의 추억, 직설 사태

기생충.

그렇다. 기생충이라는 말을 처음 들었다.

"야, 이 개만도 못한 기생충 같은 새끼야."

"고경태 이 XX놈아."

아침에 출근해서 메일함을 열자, 원색적인 두 가지 제목이 눈을 찔렀다. 뒤의 제목으로 메일을 썼던 독자는 화가 덜 풀렸는지 오후에 추가로 하나 더 보내면서 이렇게 제목을 달았다.

"고경태 이 XX놈아 다시 보거라."

그날 내 회사 메일 계정에는 하루 종일 분노에 가득 찬 독자

야 이 개만도 못 한 기생충 같은 새끼야. 2010-06-11

한마당 기념티셔츠(ALL THE REDS) 오늘 받아가세요 2010-06-11

한겨레21 구독자가 고경태기자님께 질문 드립니다. 2010-06-11

고경태 씨발놈아 다시 보거라 2010-06-11

한홍구 서해성의 직설을 보고 2010-06-11

Fw: 어리석은 한겨레.. 뭐 '놈현'이라고? '관장사'? 2010-06-11

관장사요? 2010-06-11

　 2010-06-11

한홍구-서해성의 직설 2010-06-11

고경태 이 씨발놈아 2010-06-11

"놈현" 관장사라고 표제를 뽑은 담당자가 사과 안하면 신문 끊습니다. 2010-06-11

한겨레
THE HANKYOREH
5판 | 6945호 | www.hani.co.kr | 1968년 5월15일 창간 | 대표전화 1566-9595

4대강 **강행 불변**

민심의 요구에 비해 불완
의원는 얘기가 나올 정
견설은 '6·2 민심'과는 동
을 받고 있다. 이 대통령은
적 자세한 밝힘을 뿐구

1안 없는 원칙뿐

받아들인다"며
너무 다른 해법

점이 정해지는 대로 밝힐
뒤로 미뤘다. 8·15 광복

을 갓임도 분명히 했다.

당잠의 정책 현안에 대해서도 기존 태도
에서 크게 벗어나지 않았다. 정치권 안팎
에서 한나라당 패배의 원인으로 꼽는 핵심
현안인 4대강 사업에 대해 이 대통령은 "더
많은 의견, 지방자치단체들의 의견을 수렴
하겠다"면서도 강행 의지를 밝혔다. 오히려
이 대통령은 경부고속도로, 인천국제공항,
고속철도 등이 반대에 부딪혔던 점을 거론
하며 "바로 그 사업들이 대한민국 발전의
견인자가 됐다. 4대강 사업도 분명히 그렇
게 될 것"이라며 변치 않는 '4대강 소신'을
보여줬다.

이 대통령은 세종시 수정 문제는 "국회

독자 여러분께 사과드립니다

지난 5월 창간 22돌 지면개편에서 〈한겨레〉는 '한홍구-서해성의 직설' 난을 신설
했습니다. 우리 사회의 정치·사회적 쟁점, 특히 민주·진보 세력의 당면 과제를 에둘
러 얘기하지 않고 정면에서 솔직하게 다뤄보자는 것이 이 기획의 목적이었습니다.

첫번째 〈한겨레〉 나는 누구냐를 시작으로, 광주항쟁 시민군 이야기, 진보와 보
수의 안보적 문제에 이어 네번째로 전성배 의원을 초청해 민주당 문제를 놓고 토
론했습니다. 지난 11일치 33면에 보도된 이 토론의 전반적인 취지는 민주당과 국민
참여당 인사들이 김대중 전 대통령과 노무현 전 대통령을 뛰어넘는 비전과 힘을
보여줘야 하고 새로운 정책을 제시해야 한다는 것이었습니다.

그런데 토론 내용을 전하면서 노무현 전 대통령을 비하하는 표현이 기사와 제
목에 여과없이 그대로 보도됐습니다. 당사자는 "험박받던 노 전 대통령을 상징하
기 위해 그런 표현을 그대로 사용했던 것'이라고 합니다. 그러나 그런 표현을 신문
에서 정리하고 편집할 때는 좀더 신중하게 처리하는 게 그렇게 하지 못했습
니다. 그 표현을 그대로 제목으로 삼았고, 이에 대해 많은 독자들이 불쾌감을 전달
해 왔습니다. 저희의 불찰입니다.

부적절한 표현을 사용해 노 전 대통령을 아끼고 사랑하는 분들과 독자 여러분
께 마음의 상처를 드린 데 대해 편집국을 대표해 깊은 사과의 말씀을 드립니다.

〈한겨레〉 편집국장 성한용

- 내 메일함을 물들였던 욕, 욕, 욕.
- 편집국장은 신문 1면에 사과문을 썼다.

의 편지들이 차곡차곡 쌓였다. 차분한 내용도 있었지만, 대부분 공격적이었다. 나와 〈한겨레〉를 저주했다. 내가 벌을 받을 것만 같았다. 나에게 회사를 그만두라는 독자도 있었다. 신문을 끊겠다는 위협은 가장 얌전했다.

전화벨은 거의 1분 단위로 울렸다. 내가 받기도 했고, 옆 동료가 받기도 했다. 다짜고짜 욕이었다. 정상적인 소통이 불가능한 호통이었다. 그렇게 신문을 만들지 말라고 했다. 그렇게 살지 말라고 했다. 독자들이 이렇게 흥분한 거로 봐서는, 내가 무언가 잘못한 게 확실했다. 〈한겨레〉도 큰 실수를 저지른 게 틀림없었다.

2010년 6월의 '직설' 사태에 관해 쓴다. '노현 관 장사' 사태에 관해 쓴다.

'직설'은 2010년 5월 지면 개편과 함께 1년간 매주 금요일 〈한겨레〉에 한 면씩 실렸던 대담 코너다. 정확한 이름은 '한홍구 서해성의 직설'. 나는 그해 봄부터 한홍구 성공회대 교수와 문화기획자 서해성 작가를 부추겨 연재를 시작한 기획 담당자였다. 한홍구 교수는 재미있는 역사 칼럼의 필자로 이름을 날리던 역사학자였다. 서해성 작가는 워낙 다방면으로 박학다식해 '여러가지문제연구소장'으로 불렸다. '직설'은 입담으로는 누구에게도 뒤지지 않을 두 사람이 우아 떨지 않고 직설적인 구어체로 사회 전 분야에 걸쳐 성역 없이 이야기해보자는 취지로 기획했다. 그 중심엔 이른바 진보세력이 집권했던 10년(1997~2007)에 대한 성찰과 교훈 찾기가 있었다. 이명박 정부 집권 3년 차였다. 5월 21일자 신문에서 첫발을 뗀 '한홍구 서해성의 직설'은 4회에 민주당 천정배 의원을 초대해 함께 이야기를 나눴다. 직설이 문을 연 뒤 처음으로 섭외한 손님이었다. 보수에 정권을 내준 야당의 무능과 실책을 따지는 자리였다. 대담 현장에서 녹취와 정리를 했던 나는 그날의 자리가 엄청난 사건으로 확대되는 시초일 줄은 상상도 못했다.

독자들의 꼭지를 돌게 한 주범은 제목이었다. 맨 앞에서 두 명의 독자가 나에게 원색적인 제목을 달아 보낸 메일에는 '그런 식으로 제목을 달면 당신은 기분 좋겠냐'는 뜻이 숨어 있었다. 어쩌면 〈한겨레〉 역사에서 길이 남을지 모르는 제목은 이러했다.

"DJ유훈통치와 '놈현' 관 장사를 넘어라."

제목을 고르던 시간

2010년 6월 10일 오후, 한겨레신문사 7층 편집국 현장으로 가보자. 나는 오피니언넷 부문에서 일하고 있었다. 〈한겨레〉 esc 팀장에서 독립법인 〈씨네21〉 편집장으로 옮긴 때가 2008년 10월. 1년 3개월 만인 2010년 1월 〈씨네21〉을 그만두었다. 그리고 2월 중순 다시 〈한겨레〉로 복귀했다. 한 달 반가량 문화부 부편집장을 맡다가 4월 정기인사 때 오피니언넷 부문으로 발령받고 2개월여가 흐른 뒤였다. 오랜만의 평기자 생활이었다.

6월 10일, 나는 민주당 천정배 의원이 참여한 제 4회 직설의 지면 기사를 마감 중이었다. 대담을 200자 원고지 기준 30매 이내로 정리하고 제목까지 달았다. 이제 한홍구, 서해성 두 사람에게 차례로 보여주어 손을 보게 한 뒤 편집국 기사 집배신 프로그램에 올려야 했다. 오전에 둘 중 한 사람에게 이메일로 초고를 보냈다. 그 초고에는 이런 제목이 달려 있었다.

"무능한 지주의 자식, 농사짓게 해야 하나."

제목을 달아서 보냈지만 확신이 들지는 않았다. 밋밋하기 짝이 없다고 생각했다. 따로 문자를 보내 "더 좋은 제목이 없을지 고민해달라"고 했다. 두 시간여 뒤 그는 내가 뽑은 제목 옆에 슬래시(/) 표시를 한 뒤 이런 제목을 추가해 돌려보냈다. "DJ의 유훈통치와 '놈현'의 관 장사를 넘어서라." '놈현'과 '관 장사'는 본문 속에 있는 다음과 같은 서해성 작가의 발언에서 뽑아낸 것이었다.

"이명박이 가진 폭압성을 폭로하는 데는 '놈현'이 유효하겠지만, 이제 관 장사는 그만둬야 해요. 국참당(국민참여당) 실패는 관 장사밖에 안 했기 때문이에요. 그걸 뛰어넘는 비전과 힘을 보여주지 못한 거예요."

대담 현장에서 가장 귀에 쏙 들어온 말이었다. 한홍구 교수와 천정배 의원은 이 말에 동의하면서 다음 대화를 이어나갔다.

한 사람이 다듬은 제목과 본문을 이메일로 받아 다른 한 명에게 토스했다. 역시 따로 문자를 보내 "더 좋은 제목이 없겠냐"고 물었다. 두 시간여 뒤 그는 두 가지 제목 후보를 보내왔다. "민주당은 민주당에서 배우라/ 민주당의 스승(싸부)은 민주당이다."

딱 이거다 싶은 제목은 없었다. 출고된 직설의 본문과 제목이 오피니언넷 부문 편집장의 데스킹과 교열을 거치는 동안 생각은 뒤집히고 또 뒤집히기를 반복했다. '민주당은 민주당에서 배우

197

라', 아 이건 너무 얌전해. '민주당의 스승은 민주당이다', 이건 무슨 말인지 모를 수도 있겠다. 차라리 원래 것이 낫겠는데? '무능한 지주의 자식, 농사짓게 해야 하나', 이건 너무 돌려 말하는 것 같고 세련되지도 못했어. 차라리 직설이라는 코너 이름처럼 직설적인 제목으로 가는 편이 좋을 수도 있겠다. 놈현 관 장사? 그래도 너무 자극적이지 않을까?' 아마도 머리 회로는 이렇게 돌아갔던 것 같다.

교열 대장이 나왔다. 나는 직설적인 제목안을 최종 채택했다. 거기서 몇 가지 조사만을 뺐다. "DJ유훈통치와 '놈현' 관 장사를 넘어라." 대장을 검토하는데 편집국장이 지나가다가 옆으로 다가와 지면에 눈길을 주었다. 제목을 혼자 소리 내어 읽고는, 그냥 지나갔다.

그날 마감이 끝난 초저녁, 편집국장이 주재하고 부국장들과 각 부서 부장이 참여하는 초판 회의. 누군가 직설 제목을 거론했다고 한다. 모든 면의 대장을 출력해 1면부터 문제가 없는지 차례대로 점검하고 넘어가는 회의였다. 제목이 걸리지 않냐는 지적이었다. 또 다른 누군가는 반대로 말했다. "기사 재밌네요. 제목도 좋은데요?" 이럴 때 제3의 인물이 "제목을 바꾸는 게 좋을 것 같은데요"라는 식으로 한마디 반대의견을 내면 분위기가 역전되기도 한다. 그날은 그러지 않았다.

그날 밤 홍대 인근에서 저녁 식사를 하다 한홍구 교수의 전화를 받았다. 8시 반경이었던 것 같다. 다음 날자 신문 초판을 본 천정배 의원이 자신의 발언 내용을 좀 수정해달라는 요청을 해왔

다는 거였다. 들어보니 지엽적인 문장 하나였다. "디제이를 따라
다녔던 사람들"이라는 표현이 조심스러웠는지 "민주당 사람들"로
바꿔달라고 했다. 그러겠다고 하고, 신문사 편집국에 있는 야근자
한테 전화해 수정사항을 전달했다. 천정배 의원 역시 제목에 관해
서는 한마디도 안 했다. 그날 밤은 아주 고요했다. 다음 날 폭풍이
기다리고 있을 줄은 꿈에도 몰랐다.

1면 사과 논란

군중의 거대한 돌팔매질, 이라는 표현이 적절하겠다. 6월 11일
아침이 밝자마자 그 돌팔매를 맞기 시작했다. 맨 앞에서 밝혔다시
피, 무시무시한 이메일이 오고, 전화벨이 쉬지 않고 울렸다. 새벽
12시 33분 유시민 작가(당시는 전 복지부 장관으로 호칭)가 트위터
에 올린 글 하나가 공격 신호를 알리는 깃발이었음을 나중에 알
았다. 그는 "'놈현'은 저주가 담긴 단어… 한겨레, 어둠 속 등불이
던 그 신문이 더 이상 아닌 것 같다"[2]라는 요지의 글을 쓴 뒤 절
독 선언을 했다. 뒤이어 6월 11일부터 18일까지 8일간 총 260명
이 '지면/논조 불만'을 이유로 〈한겨레신문〉 절독을 신청했다. 이
중 109명은 직설을 절독의 이유로 삼았다. 인터넷한겨레에는 직
설을 비난하는 댓글 561건이 10일간 집중적으로 달렸다. '놈현'과
'관 장사'라는 제목 표현이 "죽은 전직 대통령에 대한 조롱"이라며
불쾌감을 나타내는 내용이었다.[3]

한홍구 교수와 서해성 작가는 몹시 억울해했다. 노무현의 죽음에 '너무 슬퍼하고, 너무 분해하고, 심지어 복수를 다짐하던' 자신들이 '노무현을 넘어서자'는 메시지를 던지는 과정에서 택한 '쎈 단어'가 불필요한 오해를 샀다고 보았다. 그래서 직설팀(한홍구, 서해성, 고경태) 명의로 '본의를 전달하는 해명서'를 쓰자는 의견도 나왔다. 서해성 작가가 작성을 했지만,[4] 신문에 실리지는 않았다. 대신 '직설이 사과드립니다'라는 제목의 짧은 사과문을 밤늦게 만들어 6월 12일자 신문 5판 오피니언 면에 실었다.

"(앞 생략) 〈직설〉은 '쥐를 잡기 위해 만든 난'인데, 제대로 쥐 잡기 전에 독부터 깨버린 것 같아 송구한 마음 금할 길이 없습니다."

'쥐 잡기'는 직설을 시작할 때 비유적으로 밝힌 단어로 MB(이명박)를 암시했다. 부적절한 사과문 형식이었다. 오버였다. 헛발질이었다.

인터넷 댓글과 트위터 등 SNS 등에는 〈한겨레〉를 욕하고 조롱하고 저주하면서 절독을 부추기는 글들이 계속 떠돌아다녔다. "〈한겨레〉에 항의 전화를 걸거나 절독 신청을 하라"고 강권하는 문자메시지도 수많은 이들에게 전파됐다.

〈한겨레〉 사내 게시판과 노조 게시판에는 직설에 대한 여러 의견이 올라왔다. "찌라시도 아니고 중앙일간지인 〈한겨레〉가 이런 표현을 제목으로 달다니 유감이다. 정중하게 사과하라"거나 "자극적인 제목뿐 아니라 밑도 끝도 없는 떠벌림이 견디기 무척 힘들었다. 통쾌감이 아니라 불쾌감만 든다. 독자들의 비판을 노빠들의 아우성으로 치부할 일이 아니다"라거나 "신문이 나오기 전 편집위원들이 왜 직설 제목에 문제 제기를 하지 않았는지 〈한겨레〉의 관성과 불감증을 되돌아볼 일"이라거나 "노빠든 누구든 독자는 고객이고 고객이 분노했다면 우리가 잘못한 것"이라는 의견은 직설을 비판하는 쪽이었다. "표현이 과했다고 얘기할 순 있어도 잘못했다고 사과할 일은 아니다"라거나 "저들은 노무현 전 대통령을 빌미로 '감정정치'를 하고 있다. 독자가 반발하면 무조건 사과해야 하는가. 사안의 경중과 시비를 정확히 따지고 나서 사과해야 한다"라거나 "직설 연재 중단을 요구하는 행태는 피디수첩 폐지를 거론하고 김제동 하차를 종용하는 (MB정권의) 외압과 무엇이 다른가"라는 의견은 반대쪽이었다.

신문사 편집국 부장단에서도 제대로 된 사과문을 신문에 실어서 이 사태에 종지부를 찍어야 한다는 입장과 그게 과연 석고대죄해야 할 사안이냐는 반론이 공존했다. 마침내 편집국장이 결심했다. 6월 15일자 신문 1면에 편집국장 이름으로 사과문을 내보냈다. 〈한겨레〉 창간 이후 처음으로 신문 1면에 나가는 편집국장 명의의 사과문이었다.

"(앞 생략) 당사자는 '핍박받던 노 전 대통령을 상징하기 위해 그런 표현을 그대로 사용했던 것'이라고 합니다. 그러나 그런 표현을 신문에서 정리하고 편집할 때는 좀 더 신중하게 처리했어야 하는데 그렇게 하지 못했습니다. 그 표현을 그대로 제목으로 실었고, 이에 대해 많은 독자들이 불쾌감을 전달해 왔습니다. 저희의 불찰입니다. 부적절한 표현을 그대로 사용해 노 전 대통령을 아끼고 사랑하는 분들과 독자 여러분께 마음의 상처를 드린 데 대해 편집국을 대표해 깊은 사과의 말씀을 드립니다."

편집국장의 사과문으로 사태가 수습되는 듯했으나 여기서 그치지 않았다. 〈한겨레〉 출신 언론인 김선주는 6월 28일자 〈한겨레〉 오피니언 면의 '김선주 칼럼'에서 "이 사건의 발단에서 마무리까지 적절했다고 볼 수 없다"고 썼다. "(직설의) 제목은 너무했다는 비난도 동의하기 어렵다"고 밝힌 그는 "편집국장 명의의 1면 사과문이 적절했는지 내부 논의를 해야 한다"고 했다. 이 칼럼이 전날 오후 〈한겨레〉 기사 집배신망에 띄워지자 편집국 분위기는 흉흉해졌다. 다시 화난 독자들의 사나운 공격이 재개될 게 뻔해 보였기 때문이다. 예상대로였다. 해당 칼럼이 실린 다음 날 신문이 배달되자 항의 전화가 다시 불을 뿜었다. 인터넷한겨레뿐만 아니라, 언론인 김선주의 후배들이 만들고 관리해온 '김선주 학교' 홈페이지에는 쌍욕 댓글들이 줄줄이 달렸다. 〈한겨레〉를 향한 절독 공격이 1차 융단폭격이라면 이건 2차 융단폭격이었다.

한겨레 노동조합(노조)은 편집국장 사과에 비판적이었다. 한겨레 노조는 내부비평지 〈진보언론〉(6월 23일자)에서 '직설 사태와 편집국장의 사과'에 관해 다뤘다. 1면 제목은 "1면 사과, 논쟁을 가로막다"였다. "편집국장이 한겨레를 대표해 사과한다는 발상의 기저에는 신문이 독자에게 '하나의 정답'을 내놓아야 한다는 강박이 깔려 있다. 하지만 이번처럼 사내 의견이 극명하게 갈리는 사안에서 이러한 강박은 실현 불가능하다. (중략) 다급하게 1면 사과라는 '정답'을 독자들에게 내놓으면서 〈한겨레〉는 토론과 논쟁의 가능성을 스스로 닫아버렸다."

'직설 사태와
편집국장의 사과'를 다룬
한겨레 노동조합의
〈진보언론〉 1면.

한홍구 교수는 6월 18일자 직설 5회 강기갑 민주노동당 대표
편에 실린 '직설잔설' 칼럼에서 이렇게 쓰기도 했다.

(앞 생략) 단언하건대 슬픔과 분노는 한홍구나 서해성이나 마찬가지다.
우리는 그래서 '직설'을 만들었다. 노무현처럼 거침없이 말하자고. 그리
고 깨달았다. 노무현의 죽음을 슬퍼하는 방식이 사람마다 다르다는 것
을. 이번 일로 상처받은 분도 많지만, 이 문제를 '표현의 자유' 문제로 받
아들인 분도 많았다. 그리고 이 문제와는 다른 차원에서 노무현 유산 계
승 문제가 남아 있다. 나는 분명히 노무현의 유산을 계승해야 한다고 믿

PART 3 재미와 충격

지만, 그의 유산을 계승하려 한다면 그가 남긴 부정적인 유산까지도 책임져야 한다.

공포의 독자 군단

직설은 한 달 만에 사고를 치면서 폐지 위기를 맞았다. 한편으로는, 욕을 먹으면서 너무 유명해졌다. '노이즈 마케팅'이 돼버렸다. 당시 내게 조언을 해준 사람들은 세 부류였다. 첫째, "내 그럴 줄 알았다. 보수적인 종이신문에서 그런 잡지스러운 대담 코너를 만든 것 자체가 말이 안 된다. 당장 집어치워라." 둘째, "직설은 충분히 할 만한 이야기를 던진 거다. 그런 날것의 제목도 신문에서 실험할 수 있다. 일부 독자들의 과도한 흔들기에 쫄지 마라. 불쾌해하는 독자들에게 예의를 갖춰 해명하되 1면 사과까지 할 일은 아니다." 셋째, "품위 없는 제목이 빌미를 줬다. 노무현 전 대통령에 특별한 감정을 가진 독자들이 상처받을 만했다. 1면 사과는 잘한 거다." 세 의견 중 첫째가 10%였고, 둘째와 셋째가 각각 나머지 반반쯤 됐던 것 같다.

그리고 10년 가까운 세월이 흘렀다. 지금 차분히 돌이켜 보면, 그저 한 편의 거대한 희극이었다는 생각뿐이다. 직설 제목부터 희극이었다. 놈현, 관 장사…. 다시 제목을 뽑으라면 나는 그 낱말을 선택할까? 아마 그러지 않을 것 같다. 아름답고 기분 좋은 말은 아니다. 불온한 B급 언어다. 상징성과 비유와 메시지가 강렬하지만 아무래도 거친 명령문이다. 왜 그 단어와 문장을 선택했는지, 어떤 문제의식이 숨어 있는지 설명할 수 있겠지만, 굳이 무리를 해가며 누군가는 불편해할 그 제목을 고집할 이유는 없을 것 같다. 애초에 '목에 칼이 들어와도 사수해야 하는' 제목은 아니었다. 사전에 누군가가 문제 제기했다면 다듬거나 폐기했을 수도 있었다. 〈한겨레〉의 한 후배는 어느 글에서 문제의 직설 제목을 언급하며 "소비자의 수준을 낮춰본, 실패한 언어 상품"이라고 썼는데, 글쎄… 그렇게 정색을 하고 정의한다는 게 어색하게 느껴져나 역시 정색하고 반박하고 싶지는 않다.

직설이 받은 돌팔매도 희극이었다. 동시에 비극이었다. 우격다짐과 조리돌림이라는 두 단어가 떠오른다. 독자들에게 빙 둘러싸여 귀싸대기를 맞고, 정강이를 걷어차이고, 입에 담을 수 없는 욕설로 인신공격을 당하면서 "어서 무릎 꿇고 미안하다고 사과하라"고 요구받는 느낌. 아, 환청이 들리는 것 같다. "이런 글을 쓰는 걸 보니 너 아직도 반성 제대로 안 했지? 더 맞아야겠구나." 직설 제목이 실패한 언어 상품이라고 백번 양보한다 쳐도, 그 정도의 융단폭격을 받는 게 온당했는지에 대해서는 세월이 갈수록 더더욱 고개를 젓게 된다. 헛웃음만 나온다.

직설 사태에 대한 대응 역시 '현자의 해법'은 아니었다. 초기 직설팀 차원에서 사과할 것이냐 〈한겨레〉 편집국 차원에서 사과할 것이냐를 놓고 판단을 내리지 못하다가 초기 대응에 실패했다. 사태를 부른 당사자의 한 사람으로서 책임감을 느낀다. 〈한겨레〉의 우군이라고 믿었던 사람들이 집단적인 신문 구독 중단으로 압력을 가하는 초유의 비상 상황에서 신문사는 초연하지 못했다. 그런 현실에서 사태를 하루라도 빨리 수습하려 한 편집국장의 1면 사과 결단은 불가피한 측면이 없지 않았다. 다만 그와 함께 한겨레 노조가 주장했던, 좀 더 발전적인 토론과 논쟁의 기회는 차단되었다.

친분이 있는 한 언론학자는 2010년 7월경 개인적으로 만난 자리에서 직설 사태가 대학원 논문감이라고 말했다. 그는 "특정 세력이 자신의 정치적 신념 또는 이익을 위해 어떻게 미디어를 통제하는지, 이를 통해 어떻게 여론조작과 현실 왜곡이 이뤄지는지를 '직설'을 통해 보여줄 수 있다"고 했다. 당시 언론대학원을 수료한 뒤 논문을 미뤄두던 때였다. 나보고 써보라는 권유였다. 《노암 촘스키의 미디어 컨트롤》을 추천해주며 독려해주었는데, 결국은 쓰지 못했다.

또 다른 언론학자인 강준만 전북대 교수도 2015년 〈미디어 오늘〉의 대담 코너에서 직설의 '관 장사 사태'로 인한 사과를 '빠'의 폐해와 연결시킨 적이 있다.[5] 특정인에 대한 '빠'가 정치발전에 도움이 안 된다고 하면서 나온 말이었다. 이는 결국 '빠'의 미디어 컨트롤에 대한 경계였다. 문재인 정부 들어서도 논란이 되었던 '빠'는 부비트랩 같은 단어다. 건드리면 무섭다. 터진다.

직설은 폐지되지 않았다. 초반의 극적인 진통을 이겨내고 이후엔 순항을 했다. 1년을 꼬박 채운 뒤 책으로 묶었다. 직설팀은 2010년 12월엔 환경재단에서 주는 '세상을 밝게 만든 사람들'에 선정됐다. 나는 가끔 미디어 강의 시간에 내가 받은 욕설 이메일

화면을 캡처해 수강생들에게 보여준다. 그러면서 사태의 전말을 들려주곤 했다. 수강생들은 화려한 욕설의 향연에 신기해했다. 쌍욕 이메일은 강의 자료로 남았다.

더불어 트라우마와 낙인도 남았다. 누군가는 지금도 나를 '그때 그 더러운 기자'로 기억할지도 모르겠다. 참고로 2010년에 '기레기'라는 말은 없었다.

어느 역사학자의
역사 칼럼의 역사

한홍구, 파워라이터의 탄생

2001년 세계 최고의 뉴스는 9.11사건이었다. 그날 미국에서 항공기 납치 동시다발 자살테러가 발생했다. 2001년 한국 최고의 뉴스는 잘 기억나지 않는다. 내가 몸담고 있던 〈한겨레21〉 최고의 뉴스는 두 개 댈 수 있다. 그중 하나만 말해본다. 그해 1월, '한홍구의 역사이야기' 첫 회가 시작되었다.[6]

'한홍구의 역사이야기'는 격주로 실렸는데, 저널의 역사 연재물로서는 한국 최초가 아니었나 싶다. 아닐 수도 있다. 내가 다 뒤져보지 않았으니 성급한 단정일 수 있다. 한 발짝 물러서 다시 말해본다. '한홍구의 역사이야기'는 언론의 역사 연재물 시대를 본격적으로 연 첫 작품이었다. 한홍구 교수와의 긴 인연에 대해서 쓰려고 한다. 어떤 역사 연재물의 탄생 설화에 관해서 쓰려고 한다.

2000년, 1988년

2000년 1월의 어느 날, 서울 종로구 명륜동에 있던 '국제민주연대'라는 시민 단체 사무실에서 그를 만났다. 그날 그곳에는 회의 때문에 갔다. 나는 당시 〈한겨레21〉의 베트남전 민간인 학살 보도 담당 기자였다. 국제민주연대는 이 문제를 시민운동 차원에서 확산하기 위해 '베트남전 양민학살 진상규명위원회[7](이하 베트남전 진실위)'라는 범시민운동기구를 띄우는 중이었다. 그날은 준비모임 회의였는데, 한 교수도 회의에 참석차 왔다.

그를 부른 이는 국제민주연대 차미경 사무국장이었다. 그녀는 베트남전 진실위 집행위원장을 맡아 베트남전 민간인 학살 문제를 위한 시민 단체 네트워킹을 주도하고 있었다. 그 과정에서 한 교수를 '포섭'해서 오게 한 셈이었는데, 그날이 첫 회의 참석이었다. 한 교수와 차 사무국장은 1987년 6월항쟁 때 민주화운동청년연합(민청련)의 기관지 〈민중신문〉을 함께 만든 인연이 있다고 했다. 한 교수는 10년 가까운 기간 미국 시애틀의 워싱턴 대학에서 유학하고 귀국한 지 1년 남짓 될 때였다. 성공회대 교양학부 교수로 수개월 전에 임용됐다고 했다.

베트남전 진실위는 대략 2주에 한 번 회의를 했다. 나는 틈틈이 참석했다. 한 교수 역시 거의 빠지지 않고 나왔다. 그 회의에서 얼굴을 자주 대면했던 이들을 떠올려보니 강정구 동국대 교수, 김현아 '나와 우리' 대표, 한상진 인권활동가 등이 있었다.

사실, 나는 이미 한 교수와 구면이었다. 1988년 대학 4학년생으로 교지편집위원장을 맡던 시절, 그에게 북한 문제와 관련한 기고를 청탁한 적이 있었다. 그가 서울 서대문의 경기대 근처에서 '청년학교'라는 통일운동교육기관을 운영할 때였다. 운동권에서 전략가와 이론가로 명성을 날렸는데, 글 역시 타의 추종을 불허한

2001년 1월 '한홍구의 역사이야기' 첫 회.

굿바이, 편집장

다는 평판을 여러 경로를 통해 전해 들었던 터였다. 1988년에는 나의 원고 청탁을 거절했다. 여러 번 전화를 하고, 청년학교에 직접 찾아가서 거듭 부탁을 했는데도 써주지 않았다. 그 직전엔 내가 다른 필자에게 글을 청탁하는 자리에 그가 우연히 동석한 적도 있다. 한 교수는 나와 구면이라는 사실을 모르는 듯했다. 12년 전의 어리바리했던 학생 기자는 존재감이 없었으리라.

2000년 봄이 되면서 베트남전 진실위는 바빠졌다. 4~5월엔 〈한겨레21〉이 베트남전 참전군인들의 증언을 연이어 특종보도했다. 베트남전 진실위는 그동안의 〈한겨레21〉 보도를 토대로 정부의 진상규명과 공식사과를 촉구하는 기자회견을 했다. 6월 27일에는 고엽제후유의증전우회원 2,000여 명이 〈한겨레21〉 보도에 불만을 품고 서울 마포구 공덕동 한겨레신문사에 난입했다. 7월 4일에는 베트남전 진실위가 '사이공, 그날의 노래'라는 제목의 대중공연을 숭실대 한경직기념관에서 열었다. 참전군인들은 공연장에 가스통을 터뜨리겠다는 협박 전화를 걸었다.

베트남전이라는 공통분모 때문에 한 교수와 접촉할 기회가 잦았다. 그는 어느덧 베트남전 진실위의 중추적 인물이 되어갔다. 그는 역사학자로서 베트남전 민간인 학살 문제의 중대성을 꿰뚫고 있었다. 이야기를 해보면, 내공이 느껴졌다. 베트남전을 비롯해 그 어떤 사건을 화제에 올려놓아도 탄탄한 지식과 논리를 드러냈다. 주장을 앞세우는 사람은 아니었다. 베트남전 진실위의 활동 방향에 관해서도 마찬가지였다. 베트남전 보도를 할 때마다 원고를 부탁하지 않을 수 없었다.

베트남전 '전우'

2000년 5월과 6월, 그는 두 차례에 걸쳐 베트남 파병과 민간인 학살의 역사적 배경에 관한 글을 〈한겨레21〉에 썼다. 글을 받아 편집하며 뭔가 다르다고 느꼈다. 그는 '팩트 부자'였다. 그 팩트들은 유기농산물처럼 신선했다. 가령 베트남 파병 과정을 이야기하며 김일성의 밀사 황태성과 박정희의 운명적 관계를 끄집어냈고, 필리핀군이나 타이군 소위보다 적었던 한국군 사단장의 달러 급여를 통해 파병에 관한 경제업적 찬양의 논리를 뒤엎었다.[8] 한국군의 베트콩 소탕작전을 일제의 유격대 토벌부대인 간도특설대와 연결시키기도 했다. '현대사 칼럼을 연재하자고 해볼까?' 그런 생각이 고개를 들었다. 나는 6월부터 한 교수에게 연재 이야기를 꺼냈다. "한국 현대사 사건들에 관해 자유롭게 쓰면 된다"고 말했다. 그는 웃고 말았다. 다음에 만날 때 또 연재 이야기를 꺼냈다. 또 웃고 말았다. 만날 때마다 역사물을 연재하자고 말했다. 또 또 웃고 끝내지는 않았다. 그다음 만날 때쯤 그는 각 회별로 다룰 주제를 정리해왔다. 편집장은 내가 한 교수에게 연재를 시켰으면 좋겠다는 아이디어를 구두로 전하자 별말 없이 추진해보라고 했다.

8월에는 한 교수가 갑자기 전화를 걸어와 기고를 해도 되겠냐고 했다. 8월 15일부터 3일간 이뤄진 북한 이산가족 방문단의 방문에 맞춰 북쪽 단장이었던 류미영 조선천도교 중앙지도위원장과 그의 남편 최덕신 전 서독(독일 재통일 전의 서부 독일) 대사의 기구한 가족사에 관한 글이었다. 이 글이 〈한겨레21〉에 실린 직후 〈한겨레〉 정치부에 있던 한 선배가 내 자리로 와서 말했다. "류미영 기사 정말 재밌게 읽었어. 도대체 한홍구가 누구냐?" 필자에 대한 확신이 생겼다.

처음엔 2000년 9월부터 연재하기로 정했다. 지면 개편 시점에 맞췄다. 한 교수에게 급작스런 개인 사정이 생기면서 무기한 연기가 됐다. 그 뒤엔 왠지 의욕을 잃은 기색이 엿보였다. 그러거나 말거나 만날 때마다 연재 이야기를 하면서 압박했다. 2000년 가을과 겨울에도 베트남전 진실위는 우여곡절과 해프닝이 많았다. 10월에 시민 단체 주도로 '베트남전쟁과 한국군 파병에 관한 심포지엄'을 개최하려다가 참전군인들의 행패로 무산되는 일을 함께 겪었다. 나는 10분 늦게 현장에 도착했는데, 그 사이 한 교수가 참전군인들한테 구타를 당하는 불상사가 발생했다. 11월에는 미국 국립문서보관소에 있는 베트남전 한국군 관련 문서를 협업을 통해 입수했다. 12월에는 전투복을 입은 베트남전 참전군인 200여 명이 방청석에서 욕설을 퍼붓는 가운데 열린 '베트남 참전 재조명 대토론회'의 패널로 함께 섰다. 그는 농담 삼아 "우리는 베트남전 전우"라고 했다. 그 와중에도 연재를 하자는 '설득과 회유'를 했다. 돌이켜 보면 나는 왜 그렇게 집요했을까. 이제는 기억도 잘 안 나지만, 뭐든 하기로 마음먹으면 끝장을 보는 내 성정과 관련이 있지 않았던가 싶다. 한 교수는 결국 손을 들었다. 2001년 1월부터 연재!

'한홍구의 역사이야기'라는 간판을 달았다. "당장 눈앞에 벌어지는 사건들에 대해 근현대사의 맥락에서 재해석하고 개입하는 것"⁹이 연재의 기본 정신이었다. 이 연재물에 대한 반응은 기대 이상이었다. 독자들은 한국전쟁에 대해, 보수에 대해, 박정희에 대해, 김일성에 대해, 맥아더에 대해, 김두한에 대해, 국방의 의무에 대해 흥미진진하게 이야기를 펼쳐나가는 필자에게 경외심마저 느끼는 듯 했다. 관점과 기준도 뚜렷했다. 누구 편에서 역사를 볼지에 대한 입장이 분명했다는 말이다. 가령 수구와 보수의 차이를 똥과 된장으로 비교하며 쓴 적 있는데, 이런 식의 글에 독자들은 후련함과 통쾌함을 느꼈다. 말발 센 지식인이 자기 편이 된 듯한 만족감을 주었다고나 할까. 한 교수는 연재 시작과 동시에 〈한겨레21〉의 '파워라이터'로 등극했다. 당시 그와 같은 주마다 인터뷰 칼럼을 연재했던 한울노동문제연구소 하종강 소장(현 성공회대 노동아카데미 주임교수)은 "내 글을 한홍구 선생과 같은 주에 싣지 말아달라. 기가 죽는다"며 엄살을 부리곤 했다. 〈조선일보〉 편집국장을 지낸 자신의 할아버지 사연과 함께¹⁰ 1920년대 조선일보사의 만주동포 의연금 부정사건을 다룬 글은 당시 편집장에 의해 지면 맨 앞자리에 배치되는 특별대우를 받기도 했다.

데드라인 파괴자

'한홍구의 역사이야기'에선 역사가 꿈틀거렸다. 읽는 이의 가슴에 북을 울리는 글이라고 해야 할까. 텍스트로 된 역사 기고물은 독자들의 시선을 끌기 힘들다는 통념을 뒤집었다. 그 비밀은 무엇이었을까. 앞에서 밝혔듯이 '신선한 팩트'였다. 고대에서 현대까지 그 어떤 사건이든 관련된 인물과 그 인물의 발언, 파장, 연도 등이 깨알같이 정확했는데, 대중들이 전혀 모르는 이야기인 경우가 많았다. 게다가 그 신선한 팩트들은 늘 다른 역사적 사실로 연결되며 외연을 넓혔다. 술자리에서 그의 말을 듣다 보면 이런 리액션이 자주 나왔다. "와, 그런 역사가 있었어요?" 단순히 팩트를 나열한다고 재미가 생기지는 않는다. 중요한 것은 팩트의 편집 능력, 즉 이야기 구성력이다. 같은 말을 하더라도 어떻게 해야 더 재밌을지를 아는 사람이었다. 누군가는 그를 가리켜 "별 걸 다 기억하는 역사학자"라고 했다. 이를 증명하듯 그의 서재엔 별 희귀한 책들이 다 있었는데, 집과 대학 연구실 책꽂이로는 모자라 돈을 들여 제3의 장소에 책을 위탁보관하기도 했다. 그의 서가에 꽂힌 책들을 일별하는 행위 자체가 즐거운 공부였다. 책 제목들을 훑다 보면 '이 서재에서 길러져 나온 글은 특별할 수밖에 없겠다'는 생각이 절로 들었다.

한 교수는 〈한겨레21〉에 글을 쓰면서 유명해졌다. 덕분에 〈한겨레21〉도 성가를 더 높였다. 유명해진 만큼 그는 극도로 바빠졌다. 초기에 참여했던 베트남전 진실위를 모태로 사단법인 평화박물관 건립추진위원회 발족을 주도했다. 한 교수는 상임이사를 맡았다. 또 양심적 병역거부 문제 공론화를 위한 시민 단체 조직화에도 열심이었다. 양심에 따른 병역거부권 실현과 대체복무제도 개선을 위한 연대회의 공동집행위원장을 맡았다. 한국 사회 인권 이슈의 최전선에서 모든 현안을 챙기는 마당발이 된 것이다. 성공회대에서 학생들을 가르치는 일은 아예 부업처럼 보였다. 그러다 보니 원고 마감에 관한 한 가장 문제적인 인물이 돼 버렸다. 자정을 넘겨 원고를 넘기는 필자는 그가 거의 유일했다.

한 교수는 결국 2003년 1월 과중한 대외활동을 이유로 연재를 잠시 쉬기로 한다. 그리고 1년 2개월 뒤인 2004년 3월부터 다시 연재를 재개한다. 이를 '역사이야기 시즌 2'라고 명명해본다. 시즌 2라고 해서 마감 습관이 바뀔 리 없었다. 그래도 펑크를 낸 적은 한 번도 없으니 기적이었다. 시즌 2를 쓰는 동안엔 국가정보원 과거사건 진실규명을 통한 발전위원회 상근위원까지 맡게 되면서 1년 만인 2005년 봄 다시 연재를 그만두겠다는 의사를 피력하려는 찰나, 내가 〈한겨레21〉 편집장에 부임한다. 마음 약한 한 교수는 나의 간곡한 연재 지속 요청을 뿌리치지 못한다. 대신 '마감의 밤'은 더욱 엉망이 되어갔다. 그때 출현한 것이 분할 마감이었다. 카드결제로 치면 일시불이 아닌 할부였다. 드라마 작가가 쪽대본을 보내오듯, 한 번이 아니라 여러 번으로 나누어 원고를 보내오는 식이었다.

〈한겨레21〉 제작진의 스트레스 지수는 날로 높아갔다. 정색을 하고 마감 시간 준수를 요청하다가 하소연도 해봤지만 별 소용이 없었다. 사실 주간지의 데드라인은 고무줄 같은 측면이 있다. 일간지처럼 엄격하지는 않다. 다음 날 새벽 5시에 마감해도 잡지는 나온다. 배달에 차질이 조금 생길 뿐이다. 한 교수의 마감이 지연되다 보니 해당 편집자(초반에는 나였고, 나중에는 유현산 기자)가 계속 가망 없이 기다려야 하는 일이 발생했다. 교열 담당자도 새벽까지 기다린다. 사진기자도 기다린다. 디자이너도 기다린다. 인쇄소도 대기 상태다. 자정 이전에만 보내도 다행인데, 그는 늘 새벽 2, 3시를 넘긴다. 기다리다 보면 필자에 대한 신경질이 늘고 증오심(!)이 들끓는다. 인권운동한다면서 가까운 사람들 인권은 내팽개치느냐는 푸념이 나온다. 다른 기사는 다 마감됐는데, 오직 그 연재물 때문에 모조리 대기 상태가 되는 것이다. "그래, 이제 연재 그만합시다"라는 말이 목구멍까지 차오른다. 인내심이 바닥날 무렵 최종 원고를 이메일로 받는다. 한 번 쭉 읽는다. 원고 완성도가 높으면, 늦은 마감이 슬그머니 용서가 돼버린다. 그런 원고일수록 더 큰 사회적 반향을 일으키기도 했으니 아이러니였다. 그렇게 〈한겨레21〉 내부 구성원들의 애를 먹였던 한홍구의 역사이야기 시즌 2는 2006년 8월에 막을 내렸다.[11]

다시 보고 싶은 글

'한홍구의 역사이야기'는 대중적 역사 연재물의 시조가 되었다. 그 뒤 수많은 신문과 잡지들이 앞다퉈 유사한 연재물을 내보냈다. 나 역시 〈한겨레21〉을 떠난 뒤 다른 매체에서 다른 필자들의 역사 연재물을 기획하고 내보냈다. 개성이 강한 훌륭한 글들이 많았다. 그래도 아직 의미와 재미의 두 가지 날개로 한 교수만큼 독자들의 인기를 끈 글은 만나지 못했다.

'한홍구의 역사이야기'가 끝난 뒤에도 한 교수와의 만남은 계속됐다. 한겨레출판에서 《특강》, 《지금 이 순간의 역사》라는 책으로 묶여져 나온 그의 대한민국사 공개 강좌를 제안하는데도 참여했고, 〈한겨레〉 연재 대담 '직설'의 기획자로서 1년간 고락을 함께했다. 2012년 〈한겨레〉 토요판 에디터를 맡은 뒤에는 '한홍구의 유신과 오늘'을 1년간 연재했다. '한홍구의 유신과 오늘' 역시 '한홍구의 역사이야기'만큼이나 독자들의 입에서 회자되었다. 박근혜 후보의 당락 여부가 초미의 관심사였던 대선 직전에는 특히 인터넷에서 초유의 조회수를 기록했다. 2012년 8월 '장준하는 밀수 왕초 박정희를 경멸했다'는 제목의 글에 대한 토요판 디자이너 담당자의 반응이 떠오른다. 신문 편집 디자이너는 본능적으로 텍스트 크기는 줄이고 사진 크기를 키우고 싶어한다. 한 교수는 늘 계획보다 초과된 분량을 보내와 글을 쳐내는 게 편집자의 일이었다. 그런데 디자이너 후배가 글을 읽은 뒤 나에게 말했다.

"선배, 글을 빼기 너무 아까워요. 제가 알아서 사진을 최소한으로 줄여볼게요."[12]

2012년 12월 대통령 선거의 승자는 박근혜였다. '한홍구의 유신과 오늘' 연재도 끝났다. 나는 한 교수를 계속 붙잡아뒀다. 이슈가 생길 때마다 '한홍구의 역사'라는 부정기 타이틀을 달고 글을 쓰게 했다. 2014년에는 그가 상임이사로 있는 평화박물관 건립추진위의 또 다른 프로젝트였던 '손잡고(노동자 파업에 대한 보복성 손해배상과 가압류에 대응하는 연대운동)'를 위해 〈한겨레〉 토요판 지면을 상당 기간 내주기도 했다. 나는 판단이 잘 서지 않는 이슈가 생기면 그에게 전화해 의견을 경청했고, 그걸 판단기준으로 삼기도 했다. 참고만 하려고 했던 코멘트가 너무 좋으면, 말로만 하지 말고 당장 원고로 써달라고 떼를 썼고, 그러면 못 이기는 척하고 글을 써줬는데 그렇게 받은 글이 너무 좋아 〈한겨레〉 토요판 커버스토리로 키우기도 했다.

한 교수와의 인연은 매체 기획자로서 내 인생에서 중요한 순간이었다. 그는 단순히 한 사람의 필자가 아니었다. 역사와 사회를 보는 눈높이를 키우는 데서, 더 나아가 에디터로 콘텐츠를 기획하는 데서 큰 영감을 준 어드바이저였다.

여기까지 쓴다. 2016년 여름 이후로는 만나지 못한 한 교수와의 소중한 인연을 기록으로 남겨둔다. 여기에 다른 이야기를 덧붙이려는 사람들도 있을 것이다. 나는 좋은 기억들만 새겨 넣었다. 한홍구 교수의 빼어난 역사 연재물을 더 이상 볼 수 없어 안타깝다. 다시 보고 싶다. 진심이다.

주

1 이때의 〈시사저널〉을 현재의 〈시사저널〉과 구분해 '원(源)시사저널'로 부르기도 한다. 6년 뒤인 2006년 〈시사저널〉 기자와 직원 28명은 금창태 사장의 '삼성 기사 삭제'에 항의하며 파업을 하다 더 이상 경영진과 타협이 불가능하다고 판단하고 모두 퇴사했다. 새로운 잡지 창간을 준비하면서 모금운동을 벌였고, 2007년 9월 〈시사IN〉을 창간했다.

2 정확한 트위터 글 내용은 다음과 같다. "놀라워라 〈한겨레〉. 민주당과 참여당더러 '놈현' 관 장사 그만하라고 한 소설가 서해성의 말을 천정배 의원 대담 기사 제목으로 뽑았네요. 분노보다는 슬픔이 앞섭니다. 아무래도 구독을 끊어

야 할까 봅니다. 인간에 대한 최소한의 예의, 그것이 지나친 요구일까요? 벌써 23년째 구독 중인 신문인데…. 정말 슬프네요." 유시민 작가는 이를 시작으로 직설과 관련해 여섯 건의 트윗을 올렸다.

3 한겨레 노동조합 〈진보언론〉 2010. 6. 23.

4 '놈현'에 대하여
'직설'은 진보진영 내부를 비판적으로 말해보고 거기서 길을 찾아 새로운 방향을 모색해보자는 취지로 기획되었습니다. 제1화 주제로 〈한겨레신문〉 '한겨레, 너는 누구냐'을 삼은 까닭은 먼저 자기비판을 한 뒤 숨김없이 진보를 말해 보자는 뜻이었습니다. 당초 세 사람(한, 서, 고)은 이를 위해서 꼭지 제목에

서 알 수 있듯 말을 돌려 하지 말고 곧장 구어체로 풀어가는 게 좋겠다는데 생각을 모았습니다. 이 방식은 문제에 접근해서 일차적 진단을 하고 또 옆에서 듣기(읽기)는 좋지만 때로 완전히 정제되지 않은 언어가 튀어나와 본뜻과 달리 오해를 불러일으킬 수도 있는 맹점이 있습니다.

한홍구 서해성 고경태는 노무현 전 대통령의 삶과 죽음에 깊은 존경심을 갖고 있습니다. 더구나 현 정권의 십자포화를 맞고 길을 달리한 일에 대해 한없는 연민과 분노를 함께 가지고 있습니다. 서해성은 여기에 대한 글('국상이 아니라 민상이다', 〈한겨레21〉)과 '담배 한 대 주소'(〈프레시안〉, KBS TV 뉴스)란 조시를 쓰기도 했습니다. 따라서 '놈현'이란 표현이 평소 품고 있던 이러한 생각이 달라지거나 한데서 나온게 아니란 걸 밝혀둡니다.

실무적으로 이는 노무현 전 대통령에 대한 구어체화된 표현을 택하는 과정에서 일어난 일입니다. 노 대통령에 대한 언급이 아니라 그를 정치적으로 어떻게 계승(선거 등)하느냐에 대한 일종의 비판적 평가에서 몇 가지 말들과 함께 사용된 것입니다. 그렇기 때문에 '노짱', '노간지'라는 말을 쓰기는 어려웠습니다. '놈현'이라고 따옴표를 한 건 이 말의 제한적 의미와 이해를 밝혀둔 셈입니다. 악의적으로 쓸 이유는 어디에도 없습니다.

글 전체적 맥락을 살펴보면 앞으로 정치인 등이 노무현을 진짜로 닮아가야 한다는 의미를 강조하고 있다는 걸 알 수 있습니다. 노 대통령의 가치 훼손이 아니라 창조적 계승을 뜻합니다.

말이란 그 사회적 의미를 갖고 있습니다. '놈현'이란 표현이 노무현 전 대통령을 깎아내리는 의도로 더 널리 사용되고 있음에도 불구하고 철저하지 못한 판단으로 일어난 일로 상심한 분들이 전해준 말씀을 새겨 깊은 성찰의 기회로 삼겠습니다. 이번 일로 노무현 전 대통령이 남긴 유산과 가치가 크다는 걸 새삼 깨닫고 있습니다.

앞으로도 '직설'에 보내주는 채찍을 마다하지 않겠습니다.

5 "〈한겨레〉는 작고, 잘못하면 경제적 타격을 크게 입어요. 가령, 유시민처럼 '관 장사'란 표현 때문에 절독 운동하겠다고 하자 편집국장이 1면에 사과해야 했어요. 저는 그거 보고 충격 받았습니다. 세상에 말이 됩니까. 그런 이유 때문에 1면에 사과문을 싣는 신문이 어디에 있어요? 기가 막히더라고요. 잡힌 거죠. 다른 이야기를 못해요. 그래서 저는 앞에서 얘기했듯이 특정 인물 중심의 무슨 무슨 사모들은 정치 발전에 도움이 안 된다고 생각합니다. 안 돼요. 그러니까 참여를 얘기할 때 분명하게 선을 긋고 이야기

해야 합니다. '청년들이여, 정당으로 쳐들어가라', 그런데 OO사모할 거면 절대 하지 마라. 이슈 가지고 싸우라. 이렇게 말하고 싶어요."

('관 장사' 절독 협박에 굴복, 〈한겨레〉도 잡혔다, 이철희의 論과 爭, 강준만 편 두 번째, 〈미디어오늘〉 2015. 9. 12.)

6 또 하나는 그해 2월 7일자(345호)에 실리면서 한국 사회에 양심적 병역거부 문제를 처음 제기한 신윤동욱 기자의 여호와의 증인 관련기사 '차마 총을 들 수가 없어요'다. 양심적 병역거부의 역사에서 기념비적 기사다.

7 '베트남전 민간인 학살 진실위원회'를 거쳐 '베트남전 진실위원회'로 이름을 바꾼다.

8 이 부분은 〈기획회의〉 138호(2004. 10. 20.)에 기고했던 '이 저자가 팔린 이유-한홍구, 현대사를 새롭게 해석하다'의 한 대목에서 재인용했다. 이 글 다른 부분에서도 〈기획회의〉 기고문을 필요에 따라 재인용하거나 발췌했음을 밝힌다.

9 '역주행의 시대, 다시 마음을 다지며', 《특강-한홍구의 한국 현대사 이야기》, 한겨레출판, 2009.

10 널리 알려졌다시피 한홍구 교수는 독립운동가 한기악의 손자이자, 일조각 출판사의 창업주인 언론인 한만년의 4남이며, 제헌헌법을 만든 법학자이자 교육자인 유진오의 외손이다.

11 2006년 8월, '한홍구의 역사이

야기'를 끝낸 것은 한 교수의 채근 탓이었다. "힘들다, 더는 못 쓰겠다"는 소리를 입에 달고 살았기 때문이다. 원고 마감 전선이 더욱 힘겨워지면서 담당 기자의 짜증과 신경질이 늘어나는 모습도 모른 체할 수 없었다. 그럼에도 독자들을 고려하면서 한 교수만 괜찮으면 계속 연재를 맡기고 싶은 욕심이 있었다. 하지만 한 교수가 계속 연재 중단을 이야기하는 통에 결국 내가 손을 들었다. 한 교수에게 내가 항복을 한다고 생각했다. 한 교수에게 시한을 정한 뒤 연재를 중단하자고 했고, 그도 별 이의가 없는 듯 답했다. 5년 뒤쯤 한 교수가 말했다. "그때 연재 중단을 하자고 하니 일말의 섭섭한 감정이 생기더라"고. 그렇다. 필자의 내면은 복잡한 세계다.

12 당시에도 한 교수는 지각 대장이었다. 다만 반드시 정해진 시간에 인쇄를 해야 하는 일간지의 특성상 〈한겨레21〉 때처럼 무한정 끌지 못했다. 〈한겨레〉 토요판에 연재할 때 한 교수는 원고 집필의 집중도를 높이기 위해 아르바이트를 고용해 구술로 글을 작성하곤 했다.

메뉴판의

비밀

"뭐 그냥 어쩌다 보니" 너머

나는 어떻게 메뉴판을 짰나

"뭐, 그냥."

〈한겨레〉 토요판 에디터 시절, 연재물 기획을 어떻게 하느냐
는 질문을 받을 때면 그렇게 답했다. 글쎄, 뭐라고 해야 하나. 딱히
길게 할 말이 없었다. 가장 간편한 답이 "뭐, 그냥"이었다. 한마디
더 덧붙이면…. "어쩌다 보니!" 아주 훌륭한 답이라고 생각한다.

뭐 그냥, 어쩌다 보니. 반은 진담이고 반은 농담이다. 정말 어
쩌다 보니 때로는 기대 이상의 반응을 얻는 연재물을 기획하고
유치하게 되었다. 거기에 맞는 기자나 필자가 나에게 스르륵 왔
고, 내가 스르륵 그들에게 갔다. 예측 못한 우연이 많았다. 물론

우연을 필연으로 바꾸기 위한 의식적인 노력이 없지 않았다.

주방장의 자존심 중 하나는 메뉴다. 편집장의 자존심 중 하나도 메뉴다. 차림표를 일별하며 그 식당의 맛을 짐작한다. 차림표를 훑어보며 그 매체의 맛과 신선도를 추정한다. 〈한겨레〉 토요판 시절 차림표를 중심으로 이야기를 해보고자 한다. "뭐 그냥, 어쩌다 보니" 너머에 관해 쓰려고 한다. 굳이 토요판을 중심에 놓은 이유는 내가 마지막으로 취재·편집·사진·디자인 부문을 아우르며 매체를 만들었던 때라서다. 어떤 마음, 어떤 계산으로 기획을 했는지와 가장 기억에 남는 연재물, 거기에 얽힌 에피소드를 전하고자 한다. 뒤에서는 토요판 이후 신문부문장 시절에 했던 기획과 '폭망'했던 어떤 프로젝트에 관해서도 다룬다.

〈한겨레〉 토요판의 취재·편집 인력은 에디터 포함 여섯 명밖에 되지 않았다. 그 밖에 사진과 디자인 인력이 각각 한 명이었다. 매주 토요판팀 소속 기자들이 커버할 수 없는 분야의 빈 구석을 편집국 내 스트레이트 부서의 기자들과 외부 필자들에 의존하지 않을 수 없는 구조였다. 지면을 안정적으로 운용해 나가기 위해선 특히 장기 연재물 기획에 신경을 써야 했다. 짧게는 3개월이나 6개월, 길게는 1년 이상 써줄 필자를 잘 정해놓고 연재를 안착시켜야 그만큼 매주 토요판팀 기자들이 생산하는 커버스토리 기사와 시의성 있는 콘텐츠에 온전히 집중할 수 있었다.

외부 필자의 매력적인 고정 연재물은 매체의 브랜드 가치를 과시하고 독자들의 이탈을 막아줄 무기였다. 그러나 편집장 입장에서 볼 때 글을 잘 쓰는 사람이 많지 않았다. 글을 쓰겠다는 사람은 늘 많지만 말이다. 필자와 연재 아이디어는 하늘에서 뚝 떨어지지 않아 걱정이었다. 하늘에서 떨어지지 않으면 내가 하늘로 점프를 해서라도 어떻게든 따와야 했다.

연재기획물의 탄생과 출현은 출판 편집자가 책 한 권을 기획하는 일에 견줄 만하다. 실제 〈한겨레〉 토요판에 실렸던 상당수 연재물이 나중에 책으로 묶여 출간되었다. 지면도 광활해 보통 200자 원고지 기준 30매까지 소화할 수 있었다. 출판사 편집자들이 눈독을 들일 만한 공간이었다. 출간 계약을 맺은 필자들에게 지면 연재 기회를 줄 경우, 책 완성을 위한 원고 집필의 안정성과 강제성이 부여된다. 사전 홍보의 효과를 누리고, 연재 원고료도 부수입으로 챙겨줄 수 있다. 매체 편집자로서도 손쉽게 연재 아이템을 얻을 수 있는 기회다. 실제로 외부 출판사로부터 이런 제안을 꽤 받았지만 거의 응하지 않았다. 개별 아이템에 마음이 움직이지 않기도 했지만, 왜 내가 할 일을 남에게 맡기냐는 자존심도 작용했던 것 같다.

사실 어떤 원칙을 가지고 연재물 기획을 했던 적은 없다. 그때그때 닥치는 대로 했다. 앞에서 밝힌 대로, 뭐 그냥 어쩌다 보니! 물론 때로는 길고 짧은 계획이 있었다. 이 글을 쓰면서 그 원칙과 기준은 무엇이었는지를 새삼 돌아봤다. 커버스토리를 포함해 토요판의 모든 콘텐츠를 기획할 때도 비슷했다. 뒤의 글에서는 〈한겨레〉 토요판 에디터 재직 때인 2012년 1월부터 2015년 3월까지의 연재기획물 중 기억에 남는 것들을 추려 1부터 10까지 넘버링을 해보았다. 필자와의 인연도 담았다.

민망합니다,
일간신문 역사상 최…

나의 토요판 연재물 10

단독.

단독을 좋아한다. 오로지 우리 매체만 홀로, 단독으로 쓰는 기사는 얼마나 황홀한가. 한데 무턱대고 기사 앞에 붙이는 '단독'은 때로 혐오 대상이다. 2019년 7월 전남편 살인범 고 아무개 씨의 옛날 화장한 얼굴 사진이 단독이라고 한 인터넷 매체가 있었다. 비슷한 시기, 지하철에서 몰카를 찍다 입건된 전 앵커의 실명을 언론사마다 언제 밝힐까 고민하고 있을 때 지체없이 단독이라며 특종을 한 것처럼 으스댄 연예 매체도 있었다. 무책임하고 염치없는 편집자들에 의해 죄 없는 단독이 공해물질 취급을 받게 되었다.

토요판을 만들 때 지면에서는 단독이라는 이름을 절대 안 썼다. 단독 인터뷰, 단독 취재 같은 제목을 달지 않았다. 대신 '첫'이라고 했다. 첫 인터뷰, 첫 만남, 첫 고백, 첫 증언, 첫 취재. 그게 더 품격 있다고 여겼다. 요란을 떨기보다 잔잔하게 "사실 우리가 처음이거든"이라고 목소리를 낮추며 속삭이는 게 더 승자의 느낌에 가까웠다.

〈한겨레〉 토요판에서 기획했던 연재물 목록을 만들고 설명을 쓰면서 '대한민국 일간신문 최초'라는 수식을 자꾸 하게 될 것 같다. 인터넷 매체들이 '단독'을 남용하는 일이 생각나 민망하다. 그래도 사실은 사실이라, 여러 번 쓰게 될 것 같다. 관용을 베풀어 꾹 참고 봐주시기 바란다.

1 **구자범의 제길공명**(2014. 8. 9.~12. 13.)
2 **노환규의 골든타임**(2013. 2. 16.~6. 22.)

두 연재물은 모두 4개월이라는 짧은 기간 동안 연재되었다. '구자범의 제길공명'(격주 총 9회)은 예정에 없이 단명하게 된 비운의 연재물이다. 그럼에도 4년 4개월간의 토요판 에디터 생활에서 가장 강렬한 기억을 남겼다. '노환규의 골든타임'(격주 총 10회)은 애초에 단기간 연재로 기획했다. 폭풍처럼 화제를 불렀고 삿대질도 받았다. 그래서 역시 잊을 수 없는 연재물이다.

'구자범의 제길공명'은 음악가인 필자가 오페라극장에서의

박수가 모자란 건 마녀 때문이야?

그러나 아이는 죽지 않았다

가장 짧은 기간(4개월) 연재됐지만 깊은 인상을 남긴
'구자범의 제길공명'*과 '노환규의 골든타임'**.

지휘자 경험을 토대로 세상과 소통하려고 했던 연재물이다. '노환규의 골든타임'은 흉부외과 전문의 출신 의료인인 필자가 생사를 가르는 최후의 제한된 시간, 즉 골든타임과 싸우는 의사들의 현장 이야기를 들려준 연재물이다.

기획 아이디어는 가끔 적군이 매설한 지뢰처럼 밟힌다. 생각지도 못한 엉뚱한 곳에서 발원한다. 우리는 누군가와 어떤 주제로 대화를 나누다가 이야기가 곁길로 새는 경험을 한다. 이로 인해 김이 빠지기도 하지만, 뜻밖의 세계가 열리기도 한다. "아니, 네? 뭐라고요?" 호기심을 더 품을 수도 있고, 무심하게 넘길 수도 있다.

2014년 3월, 나는 한겨레교육문화센터에서 '자전적 글쓰기'라는 8주짜리 강좌를 진행중이었다. 수강생들에게 글쓰기 과제를 주고 매주 이를 코멘트해줬는데, 도리어 나에게 숙제를 안겨준 어느 40대 수강생의 글이 하나 있었다. 콘서트 장면에 관한 이런 문장들이었다. "객석과 무대의 경계를 허물어 관객과 연주자가 하나되는 감동을 안겨주었다." "남성 중창단의 중저음 하모니가 잔잔한 감동을 자아냈다." "관객들의 큰 호응을 받았다." 감동이라는 낱말이 감동을 주지 못하는 글이었다. 안타까운 마음이 가슴에 차오를 정도로 관성적 표현이었다. 문제는 내가 진부함을 타파할 구체적인 팁을 제시할 수 없다는 갑갑함이었다. 미사여구로 채울 성질의 것이 아니었다. 그것은 입안의 생선 가시처럼, 못다한 숙제로 마음에 걸렸다.

그 수강생에게 제대로 된 코멘트를 들려주고 싶었다. 그래서 지식이 너무 많아 뇌를 비집고 나온다고 놀리던 서해성 작가를 만난 자리에서 지나가듯 자문을 구했다. 음악회 장면을 잘 그린 글이나 문장을 어디서 구할 수 있겠냐고. 엉뚱하게도 그의 입에서 구자범이라는 이름이 튀어나왔다. 구자범은 오케스트라 지휘자였다. 블로그 말고는 공개적으로 글을 쓴 적 없는 이였다. 서해성 작가는 그날 구자범의 특이한 이력과 캐릭터에 관해 여러 이야기를 해주었다. 뒤늦은 독일 만하임대 유학, 15년간의 독일 오페라극장 지휘, 광주시향과 경기필하모닉 오케스트라 지휘, 그리고 휘말리게 된 어떤 사건, 사건들.

나는 그 자리에서 구자범을 필자로 영입해야겠다고 결심했다. 그 정보를 전해준 서해성 작가의 입담에 홀렸을 수도, 내 귀가 얇아서였을 수도 있다. 바로 전화번호를 구했고, 며칠 뒤 전화를 걸었다. 몇 주 뒤인 2014년 4월 16일(세월호 침몰 그날!) 토요판 팀장이었던 후배 이형섭과 그가 칩거 중이라는 부산에 내려갔다. 검은 셔츠, 검은 재킷을 입고 검은 선글라스를 낀 채 약속 장소 앞에 나타나던 그의 모습이 떠오른다.

2012년 여름의 어느 날, 나는 지강헌에 관해 인터넷 서핑을 하고 있었다. "유전무죄, 무죄유죄"라는 유명한 말을 상처받은 짐승의 단말마처럼 남긴, 1988년 10월 16일 서울 북가좌동 민가 총기 인질극 사건의 주인공 그 지강헌 말이다. 인터넷서점 예스24의 웹진 〈채널예스〉에 연재하던 '아버지의 스크랩'[1]을 위해 자료를 찾던 중이었다. 누군가의 블로그에 들어갔다가 어떤 문장에 확 꽂혔다. 사건 당일 복부와 무릎에 총상을 입은 지강헌이 서울 신촌세브란스병원으로 실려왔고 흉부외과 과장과 일반외과 과장이

서로 수술 책임을 미루던 와중에 처치도 못 받고 숨졌다는 내용이었다. 블로그 주인은 자신이 그때 신촌세브란스에서 흉부외과 전공의(레지던트) 1년 차였다고 했다. 이름은 노환규. 무심코 검색해봤다. 아니, 현직 대한의사협회장이었다. 후배 남종영을 불러 노환규 회장 연락처를 수배해 접촉한 뒤 지강헌 사건에 관한 인터뷰를 해보라고 했다. 총기 인질극 사건이 벌어졌던 10월이 얼마 남지 않아 시의성도 맞출 수 있을 듯했다.

남종영은 노환규 회장을 만나고 왔다. 결론은, 당시 신촌세브란스병원 과장들이 생존해 있는 상황에서 정식 인터뷰는 곤란하다는 것. 대신 다른 이야기를 들려주었다고 했다. 흉부외과 의사로서의 생생한 경험담이었다. 흉부외과 의사는 폐와 심장을 다룬다. 의사들 사이에선 '가슴을 여는 사람'이라고도 불린다. 그만큼 위중한 순간에 칼을 쥐고 고난이도의 수술을 한다. 남종영은 토요판 연재를 요청해보자고 했다. 다만 한 가지 걱정을 보탰다. 젊은 의료인으로 구성된 보수 의료단체 전국의사총연합(전의총) 대표 출신이라, 필자 기용 자체에 비난의 칼날이 겨눠질 가능성이 높다고 했다.

구자범은 연재를 통해 '천재적 이야기꾼'의 기질을 드러냈다. 이전에는 언론으로부터 '천재적 음악가'라는 수사를 얻은 그였다. 오페라극장을 주무대로 글을 전개해나가면서도 극장에만 갇히지 않았다. 지휘자와 성악가, 음의 높이와 템포와 음감, 평균율을 소재로 우리 사회의 터부, 품격과 신뢰, 지도자와 민주주의에 관한 신랄한 소신을 쏟아냈다. 특별한 체험이 살아 있고, 종횡무진하는 비유와 유머가 빚어내는 그의 글은 '관능적인 연주'를 연상케 했다. 그렇다. 대한민국에서 가장 관능적인 글이었다. 이름부터 재미있었다. 제길공명(諸吉共鳴)은 '모두가 좋은, 함께하는 떨림'이라는 뜻이라고 구자범이 밝혔지만, 나에게는 "제기랄, 공명하자"는 위트 있는 외침으로 읽혔다.

노환규의 글(1~3회까지는 남종영이 인터뷰 후 정리했고, 4회부터는 직접 집필)은 인터넷한겨레와 포털에서 높은 조회수를 기록했다. 그 제목들을 다시 본다. '총에 맞은 지강헌은 왜 수술도 못하고 죽었나', '손가락으로 환자 심장을 막고 뛰어라', '인공호흡기를 떼고, 나는 지옥을 빠져나왔다', '그 45분간, 할머니의 영혼은 어디에 있었을까', '특별히 신경을 써드렸더니… 운명하셨습니다', '신만이 안다, 튜브를 뽑아야 할 그 순간은'. 죽느냐 사느냐의 현장을 여과 없이 보여주며 흥미만을 유발하는 글은 아니었다. 환자의 회복을 위해 끝까지 최선을 다한 의사의 분투기였다. 이는 '환자와 의사 모두 보호받을 수 있는 의료제도'의 문제와 연결되었다.

연재 초반 트위터 등 SNS에는 노환규 회장과 〈한겨레〉를 비난하는 글이 올라왔다. "의아한 필자." "무슨 거래가 있었는지 모르지만 도저히 이해하기 어려운 상황." "〈한겨레〉 절독을 고려 중." "강용석에 동조해 박원순 시장 아들의 MRI 사진이 가짜라고 주장하고 무상의료를 복지포퓰리즘이라고 주장한 사람." 예견된 공격이었다. 연재 여부를 확정하기 전 남종영은 나에게 여러 번 확인하고 또 확인했다. "연재해요? 진짜 해요? 괜찮겠어요?" 진보지로 분류되는 신문에 보수 의료단체 대표가 글을 실으면 안 되나? 비난의 내용도 팩트가 부정확했고, 과장된 인신공격에 가까웠다. 글에 나오는 의료 상황과 의사의 선택에 관해 시비를 거는 이는 없었다. 노환규 회장의 의료 공공성에 대한 태도와 소신은 오히려 진보에 가까웠다. 보수단체 전력만으로 질타하는 일은 부질없었다. 연재가 중반에 이르자 SNS의 비난 글은 자취를 감추었다.

3 토요판 창간기획들(2012. 1. 28.~) + α

김두식의 고백(~2013. 5. 25.), 정희진의 어떤 메모(~2017. 9. 9.), 김형태 변호사의 비망록(~2013. 2. 2.), 이진순의 엄마의 콤플렉스(~2013. 5. 18.), 이승한의 몰아보기(~2103. 3. 9.), 김태권의 히틀러의 성공시대(~2013. 3. 9.), 한홍구의 유신과 오늘(~ 2013. 6. 1.)

2012년 1월 28일은 〈한겨레〉 토요판 첫 호가 발행된 날이다. 위 필자들은 그날자 신문에 주요 필자로 소개되었다. 이들 덕분에 토요판은 가벼워 보이지 않았다. 중량감이 실렸다.

이 연재 대부분은 토요판 발행이 확정되기 전인 2011년 가을, 내가 문화·스포츠 에디터를 하던 시절에 필자들로부터 약속 받았다. 토요판 계획이 물거품되었다면 나는 공수표를 날린 무책임한 편집장으로 기억되었으리라. 의뢰 시점은 2011년 여름부터였다. 토요판의 기본 틀은 내 머릿속에만 있었다. 회사에서는 그때까지 공식적으로 토요판을 내겠다고 결정하지 않았기 때문이다. 잘되리라 긍정적으로 내다보고 혼자 뭔가 열심히 작업을 해

둔 셈이었다. 그러면서도 반신반의했다. 과연 될까?

토요판 필자군의 원천은 '훅'이었다. '훅'을 기억하는 이들이 얼마나 있을지 모르겠다. '훅'은 한겨레신문사가 2010년 5월 20일부터 선보였던 온라인 오피니언 사이트의 이름이다.[2] 나는 2010년 4월부터 1년간 〈한겨레〉 오피니언 부서에서 일했다. 이곳에서 독자투고 '왜냐면'을 비롯한 신문의 오피니언 지면 운영과 필진 구성에 참여하고,[3] '훅' 창간에도 관여했다. '관 장사 사태'를 부른 '직설'을 기획한 것도 이때다. '훅'에서 가장 중요한 일은 필자 모으기였다. 나는 내가 아는 필자, 모르는 필자를 총망라해 텔레마케팅을 하듯 열심히 전화를 돌리며 '훅' 필진 참여를 권유했는데, 윤태호, 정희진, 이진순, 이승한 등 30여 명 넘게 섭외한 그때의 필자들 중 상당수가 이후 토요판에 등판했다.

인터뷰 코너 '고백'을 연재한 김두식 교수부터 이야기해보자. 《헌법의 풍경》(교양인, 2004), 《불편해도 괜찮아》(창비, 2010)에서

〈한겨레〉 토요판 첫 호에 실린 '새 필진 소개'.

신영복	김형태	한홍구	김두식	김태권	정희진	송규봉
신영복의 그림사색	김형태 변호사의 비망록	한홍구의 유신과 오늘	김두식의 고백	히틀러의 성공시대	정희진의 어떤 메모	GIS 뉴스

《법률가들》(창비, 2018)까지 빛나는 저작들을 남긴 그의 호는 '고사(固辭)'다. 수많은 원고와 인터뷰이 요청에 하도 '고사'를 한 탓에 내 맘대로 지어봤다. 칼럼 필자가 아닌 인터뷰어 역할로의 유인은 효과적인 빈틈 노리기 기술이었을까. 당시만 해도 그가 유일하게 해보지 못한 것이 인터뷰어였으니까. '김두식의 고백'은 독자들로부터 가장 사랑받은 토요판 코너 중 하나였다. 다른 매체 편집장들의 시샘도 한 몸에 받았다. 2012년 연말 시사주간지 〈시사IN〉의 설문조사에서 그는 '출판사 편집자들이 가장 일하고 싶은 필자'로 뽑혔다.

김두식 교수는 소심함이 몸에 밴 필자였다. 인터뷰를 진행한 뒤엔 마치 결재를 받듯 인터뷰이에게 미리 인터뷰 초고를 보여주고 확인을 구하는 조심성을 보였다. 그러나 본인에게 낯선 분야의 엉뚱한 인터뷰이를 소개해줘도 별 두려움이나 거부감 없이 수락할 때가 많았고, 인터뷰이가 선을 넘는 간섭을 할 때면 몸을 낮

김성윤
김성윤의
덕후감

이승한
이승한의
몰아보기

이청용
이청용의
편지

이진순
엄마의
콤플렉스

김보경
달콤한 통역
왈왈

박정윤
P메디컬센터

서천석
내가 사랑한
그림책

김두식의 고백

천개의 조각을 꽉 맞춰온 관계

토요판에서 사랑받은 연재물 중 하나인 '김두식의 고백'.

추면서도 "자신은 대필 작가가 아니다"라며 단칼에 잘랐다. 소심한 척했을 뿐이었다. 내가 볼 때 김두식 교수는 대한민국 필자 중에 가장 자기 관리 노선(본인의 전략이 아니더라도 결과적으로는)이 곧고 확실한 인물이기도 했다. 그는 '고백' 인터뷰 진행 이후 책 이외에는 그 어떤 언론의 참여 요청에도 응하지 않았다. 그 긴 '고사'의 시간은 언제 끝날까.

'정희진의 어떤 메모'는 《페미니즘의 도전》(교양인, 2005)으로 잘 알려진 여성학자 정희진이 자신이 읽은 책에 관한 아이디어와 메모를 공유하는 칼럼이었다. 2015년 2월부터 평화학 연구자로 소개된 것은 우연이었다. 그가 한 가지 정체성 대신 '평화학 연구자', '녹색당원', '건강 약자' 등 다양한 포지션으로 자기소개를 하고 싶다고 제안하여, 처음 평화학 연구자로 나갔는데 이게 엉뚱한 화근이 되었다. 페미니스트들로부터 '변절'했다는 항의를 수없이 받았다고 한다. 그는 학제 간 경계를 넘나드는 필자다. 페미니즘을 성별 관계를 넘어 인식론, 사유방식으로 보는 연구자라 개의치 않았고 이후 계속 평화학 연구자로 소개되었다.

'어떤 메모'는 토요판 첫해인 2012년에는 안쪽에 격주로 연재했다. 2013년 3월 30일부터 매주 토요판 2면 한 단에 걸쳐 길게 세로로 들어갔다. 고정팬이 단단한 칼럼 중 하나였다. 내가 토요판을 떠난 뒤 2017년 9월 스스로 그만둘 때까지, 5년 6개월 동안 마감 훨씬 전에 원고를 보내서, 담당 기자의 체크를 요구하는 성실한 필자였다. 그는 여성학 연구자로 알려졌지만, '어떤 메모'에는 국가, 계급, 성, 젠더, 평화, 전쟁, 국방, 폭력 같은 사회 담론

한겨레

2012년 02월 04일
21면 (기타)

정희진의 어떤 메모

내 수첩을
공유합니다

이곳은 내 수첩을 공유하는 쑥스러운 자리다. 책을 읽다가 책갈피나 포스트잇을 사용하거나 페이지를 접어놓는 경우가 있다. 나는 메모하면서 읽기 때문에 연필을 끼워둔다. 나는 책을 많이 읽거나 책읽기를 좋아하는 타입은 아니다. 이렇게 말하면 좀 수다스러운 느낌이 있지만 '목숨을 부지하려고' 읽는다. 내가 책을 읽는 이유는 두 가지다.

생계 문제와 병치레로 최근 몇년간 여섯 차례 이상 이사를 했다. '간이 이사'를 포함하면 셀 수 없을 정도다. 그때마다 청소에 진력이 났다. 이제는 청소가 겁나 이사를 하느니 어디든 받아주는 '시설'로 들어가 생을 마칠 생각이다. 엄마에게 "인생은 청소인가 봐" 하소연했더니 엄마가 말씀하셨다. "그걸 인제 알았냐" 청소를 심각하게 생각하게 된 나는 인생에서 피할 수 없는 노동 목록을 만들어 보았다. 취업, 요리, 사랑, 공부, 육아, 이별, 글쓰기… 그리고 "사랑은 아무나 하나, 그 누가 쉽다고 했나" 태진아의 가사를 대입시켰다. "돈은 아무나 버나", "애는 아무나 키우나, 그 누가 쉽다고 했나"… 만만한 일이 하나도 없다. 죽 적다 보니 "공부가 제일 쉬웠어요"라는 나와 어울리지 않는 결론에 이르렀다. "책은 아무나 읽나, 그 누가 쉽다고 했나." 그나마 이 말에 마음이 가벼워졌다.

누구는 아니었겠냐마는 나는 한때 문학소녀였다. "입시가 먼저"라고 다짐하면서 책읽기를 참다가(?), 대학에 들어가자마자 811.3(한국 소설 분류) 계열을 읽어대기 시작했다. 첫 학기가 끝날 무렵 이문열의 〈금시조〉를 접하게 되었는데, 이 소설을 읽고 문학의 꿈을 접었다. 19세 소녀의 눈에 그의 문장이 어찌나 위대해 보였던지, "나는 안 되겠다"는 확신이 들었다. 하도 기가 죽어서 포기에 미련이 없었다. 그런데 몇해 전 이문열이 어느 매체에서 다음과 같은 요지의 말을 했다. "(내게도) 글쓰기는 고통이다. 글을 쓸 때 가장 덜 외롭기 때문에 쓴다." 아, 이문열도 외롭구나.

사람마다 사는 이유가 있을 것이다. 인생의 의미라고 해서 거창한 건 아니고 추운 겨울날 아침 따뜻한 잠자리에서 나오려면 상당한 수준의 동기가 필요하다. 근데 나는 여전히 방황중이다. 이와 더불어 내 인생고 중 하나는 외로움인데(생활고를 제쳐둔다면), 외로움은 내가 나랑 만날 때, 나랑 놀 때, 내게 몰두할 때 다소 견딜 만해진다. 그것이 내겐 책읽기다. 내가 책을 읽는 이유를 요약하면, 삶이 힘든데 책읽기는 그중 '쉬운' 일, 덜 외로운 일이어서다. 책과 삶 사이에는 거리가 있다. 책은 현실이 아니라 현실의 재현이기 때문에 고단한 삶을 우회할 수 있게 해준다.

나는 어딜 가나 펜과 종이를 가지고 다니며 메모하는 버릇이 있다. 어두운 극장에서도 대사를 적어가며 영화를 본다. 감동적인 노래 가사, 거리의 간판, 지하철역, 식당 액자의 언어도 적어둔다. 하지만 이 지면의 텍스트는 출판된 책으로 국한한다. 책을 읽다 보면 누구나 밑줄을 긋게 되는 구절이 있다. "나는 더 이상 맑스주의자 아니다, 맑스", "정치는 전쟁의 연장이다, 푸코", "전쟁은 정치의 연장이다, 클라우제비츠", "베의 맛을 알고자 한다면 베를 변화시켜야 한다. 즉, 입속에 넣

고 씹어야 한다, 마오쩌둥", "남을 억압하는 사람은 자신을 해방시킬 수 없다, 파농", "어이, 거기, 알튀세르", "차이의 기호가 될 때 여자는 끔찍해진다, 브라이도티", "모성은 본능이 아니라 경험이다, 나혜석", "어둠은 결코 빛보다 어둡지 않다, 최명희", "좌절은 소비를 부른다, 〈토지〉", "모든 곡식은 오래 씹으면 단맛이 나지요, 〈태백산맥〉"…

역사를 바꾼 말도 있고 나를 상담해준 글귀도 있다. 이들은 시대와 학문을 함축한다. 이 지면에서 내 꿈은 한 문장에 대해 저자가 말하고자 한 의미, 역사적 맥락, 지식 전반에 미친 영향을 최대한 '객관적으로 분석'한 뒤, 이를 글로벌 자본주의와 후기 국민국가가 좌충우돌하는 이 시대 '동아시아 여성(나)의 시각에서 재해석해보는 것이다. 이 지면을 통해 나 자신이 성장하기를 기대한다. 설레고 긴장된다

여성학 강사

은 물론 앎과 무지, 외로움, 사랑, 증오 등에 관한 명민한 통찰이 담겼다. 세상을 어떤 관점에서 볼 것인가 고민하는 독자들에게 독특한 관점을 보여주었고, 독자들은 그런 그녀의 글에 밑줄을 그었다. 정희진은 토요판을 준비하기 전부터 가장 많은 대화를 나누며 교감한 필자다. 토요판 런칭을 둘러싸고 스스로조차 회의감에 빠질 때도 "좋은 기획"이라며 용기를 주었다. 내 허약한 지식과 관점을 돌아보도록 해준 최고의 컨설턴트이기도 했다.

김형태 변호사(법무법인 덕수)와 이진순 교수(당시 골드미니언대 교수, 현 와글 대표)는 대한민국에서 가장 깐깐하고 까다로운 필자 중 한 명이다. '김형태 변호사의 비망록'은 내가 언젠가 꼭 해보고 싶었던 현대사 연재물이었다. 1980년대 공안사건들과 황우석·송두율 사건, 광우병 PD수첩 사건, 치과의사 모녀 살해 사건 등 현대사의 굵직한 현장들을 변호인으로 목격했던 그를 조르고 또 졸라서 마침내 지면에 등장시켰다. 내가 꼽는 최고의 글은 '양평 생매장 사건 ; 스물하나 여자는 그렇게 무너져 갔다'(2012년 2월 18일자)이다. 인터넷 검색으로 읽어보시기 바란다.

이진순 교수는 토요판 초기 '엄마의 콤플렉스'에 이어 2013년 6월 15일자부터 인터뷰 코너 '이진순의 열림'을 연재했다. '김두식의 고백' 후속이었다. 2014년 1월 4일자에 실린 채현국 선생 인터뷰는 그해 〈한겨레〉 콘텐츠 중 최고의 SNS 공유건수를 기록하며 채현국과 이진순이라는 이름을 널리 알렸다. 특히 어르신 인터뷰에 강한 그의 글은 첫 회 초고만 제외하면(서로 마음에 둔 콘셉트가 달랐는지 나는 두 번이나 재작성을 요구했고 그 과정에서 팽팽한 신

김형태 변호사의 **비망록**

스물하나 여자는 그렇게 무너져 갔다

이진순의 **열림**

"노인들이 저 모양이란 걸 잘 봐두어라"

현대사 연재물 '김형태 변호사의 비망록'●.
채현국 선생 인터뷰로 2014년 〈한겨레〉 최고의 SNS 공유 기록을 세운 '이진순의 열림'●●.

경전이 벌어졌다), 언제나 품질 100%였다. 내가 토요판 에디터를 그만둔 뒤에도 연재를 계속했고 2018년 8월 4일자에서야 끝났다.

이승한 평론가는 재기와 날카로움을 모두 지닌 토요판 최장수 필자다. 최연소 필자이기도 했다. 그를 처음 보았을 때도 대학생이었고, 마지막으로 보았을 때도 대학생이었다. 물론 나이에 관계없이 학적을 유지하고 있었다는 말이다. '훅'으로 연을 맺은 뒤 토요판 런칭과 함께 '몰아보기'라는 작은 TV 칼럼을 맡겼다. 2013년 3월 16일자부터는 '술탄 오브 더 티브이'라는 대중문화 비평 칼럼을 집필해 지금까지도 연재중이다. 그는 진정성이 깃든 이야기도 솔깃하게 들려주는 대중문화 비평가다.

김태권 작가는 대한민국에서 가장 지적인 만화가다. '히틀러의 성공시대' 주간 연재 뒤에도 토요판에 남아 현대사 인물 클레이를 선보이는 '인간극장'(2013. 6. 15.~2016. 6. 25.)을 매주 실었다. 그러다가 〈한겨레〉 1, 2면으로 옮겨 2016년 6월 말부터 '나는 역사다'를 매일!(토요판 제외) 연재했다. 1면 제호 옆에 그날의 역사적 인물을 클레이로 빚거나 일러스트(만화가 오금택이 담당)로 그리고 2면에 관련 글(김태권 작가가 작성)을 쓰는 대한민국 일간신문 역사상 최초의 실험이었다. 2016년 4월, 내가 토요판을 떠나 신문부문장으로 옮기면서 기획한 연재물이다. 반대가 꽤 많았다. 〈한겨레〉 제호를 죽인다는 지적이었다. '나는 역사다'는 2017년 내가 신문부문장을 떠난 뒤에도(편집국장도 바뀌었다) 10개월을 지속하다가 결국 1면에서 퇴장했다. 현재는 오피니언 면에 주간으로 연재된다. 인내는 전통을 창조한다. 뚝심은 새로운 역사를 만든다.

그런 점에서 뒤편 지면으로 쑥 빠진 김태권 작가의 '나는 역사다'가, 나는 아깝다.

그리고, 한홍구 교수. 〈한겨레21〉에서 편집자와 필자로 호흡을 맞추었던 그는 누가 뭐래도 대한민국 최고의 역사 칼럼니스트다. 그의 글에 관해선 다른 지면에서 언급했으므로 생략한다.[4]

4 문유석의 미스 함무라비 (2015. 5. 16.~2016. 3. 5.)

"요즘 뭐 관심 있으세요?" "무슨 책 읽어요?"

필자 그룹에 속한 이들과 만날 때면 이런 질문을 한다. 그런 자리에서 소개받은 책은 꼭 구입해 읽는 버릇이 있다. 모르던 필자까지 소개받는다면 금상첨화다. 실제로 좋은 필자는 좋은 필자가 잘 안다. 가령 2001년 〈한겨레21〉 편집자 시절 인터뷰어를 찾고 있을 때 당시 '역사이야기'를 연재하던 한홍구 교수가 하종강 한울노동문제연구소장(현 성공회대 노동아카데미 주임교수)을 소개해주었다. 당시 하종강 이름 석 자를 처음 알았다. 몇 가지를 알아본 뒤 과감하게 하종강 이름을 단 인터뷰 연재(하종강의 휴먼포엠, 하종강의 진짜 노동자)를 시작했다. 그 결과는 또 다른 스타 필자의 탄생이었다.

앞에서 언급했던 '고사' 김두식 교수도 좋은 필자들에 관한 정보를 알려주는 일은 고사하지 않았다. 그는 엄마 칼럼과 인터뷰 코너를 맡던 이진순 선생을 필자로 적극 추천해주었다. 1990

대표전화 1566-9595 1988년 5월15일 창간
hani.co.kr
8판 8808호 2016년 7월1일 금요일

조카 비서·6촌 운전기사·동생 비서관·5촌 보좌관…

여의도 보좌관 열흘새 수십명 '증발'

속속이 드러나는 '국회의원 가족 채용'

국회 사무처, 면직 신청 줄이어
새누리 장석진 등 7명 '가족 채용'
더민주, 서영교 의원 중징계 결정

당 이완영 의원도 6촌 동생7급 비서를 면직 처리했다. 이 의원 측은 "운전기사와 6촌 동생을 채용했으나 어제 면직 처리했다"고 말했다. 박대출·송석준 의원도 조카를 각각 5급 비서관 수행비서로 채용했다는 사실이 드러났다. 지난 28일에는 엄용수 의원 4급 보좌관으로…

경력을 돕고 받고자 채용했다던 …나서 실장을 안기도했다고 말했다. 사유는 …

천인적 보좌진 채용은 정실주의와 폐쇄…

당·정·군 '김정호 시대'

제3기 4차 최고인민회의(29일)를 계기로 '김정은 유일영도체제' 구축에 필요한 당·정·군 조직 개편이 일단락됐다. 김정은 위원장은 최고인민회의에서 "조선민주주의인민공화국 최고영도자'인 국무위원회위원장 추대됐고, '신군장치재 핵심기구'인 국방위원회를 …

기존'으로 국무위원회를 신설했다. 당 외곽기구인 조국평화통일위원회를 국가기구로 바꿔, 남북 통일부자 방심상부반 협상 상대로 내세울 선망이다.

22

문유석 판사의 미스 함무라비/요정카덴스신

성추행범 잡은 그녀가 그때 그 왕녀?

- 김태권 작가는 토요판 런칭 4년 뒤부터는 평일 신문 1면 제호 옆에
클레이로 그날의 역사적 인물을 빚었다.
- ●● 현직 판사의 연재 소설 '문유석의 미스 함무라비'.

년대의 역사문화적 키워드를 풀어나간 '응답하라 1990'(2013. 8. 17.~2014. 12. 20.)의 김형민 PD, 유혹에 기반을 둔 소통과 배려에 관해 감각적인 문체로 쓴 '유혹의 학교'(2014. 10. 4.~2015. 7. 25.)의 이서희 작가 역시 김두식 교수가 눈여겨보라고 일러준 필자들이었다. 문유석 판사도 김두식 교수의 간접적인 귀띔으로 처음 알게 되었다. 몇 차례 전화 통화와 문자메시지로만 교우하다가 직접 만나게 되었고, 연재까지 하게 됐다.

'미스 함무라비'는 대한민국 최초로 현직 판사가 일간신문에 연재한 소설이다. 두 번째 만났을 때 그가 당시 인천지법 조정부 소속으로 시민 간 분쟁을 조정하고 합의하는 일을 한다는 말을 듣고 '우리 이웃의 분쟁'이라는 콘셉트로 제안을 해보았다. 일본 소설가 미야베 미유키의 추리소설 《우리 이웃의 범죄》에서 단어 하나만 바꿔보았다. 조정부에 올라오는 다양한 사인(私人) 간의 분쟁과 해결 과정을 보여주자는 취지였다. 그는 사건 당사자의 사생활 보호를 위해 실제 사건 내용을 그대로 쓰기 힘들다며 사양했다. 그러면서 농담 삼아 "차라리 픽션인 소설이라면 몰라도"라는 말을 덧붙였다. 나는 기회를 놓치지 않고 "그러면 소설을 쓰시라"고 했다. 소설을 한 번도 안 써본 그였다. 무모한 도전이라며 여러 차례 거절했지만, 거듭되는 권유에 그는 결국 마음을 바꿨다. 그리곤 '미스 함무라비'라는 주인공 이름이 들어간 연재물 제목까지 정해 왔다. 대학 법학과 시절부터 법학은 공부하지 않고 실컷 놀다가 나중에 공부를 해 법관이 됐다는 그의 끼와 문화적 고갱이가 글에 오롯이 담겼다. 어떤 필자보다 경쾌했다. 그러면서도 종국에는 슬품을 자아냈다. '미스 함무라비'는 책으로 출판됐고, 이어 2018년 JTBC 드라마로 탄생했다.

문유석 판사는 완벽을 추구하는 필자였다. 마감 시간 준수와 맞춤법 분야에서 다툴 자가 없었다. 토요판에서 단 한 번도 마감을 재촉해보지 않은 필자가 서너 명 있었는데 그중 한 명이 문유석 판사였다. 한 번 원고를 보낸 뒤 계속 수정과 재수정을 하려고 해 문제였지만.

5 윤태호의 만화 인천상륙작전(2013. 3. 30.~2014. 8. 23.)

'인천상륙작전'은 대한민국 최초로 일간신문 두 쪽을 통으로 장식한 만화다. 윤태호 작가는 〈씨네21〉 편집장 때 안면을 텄고, 2010년 '훅'을 만들 때 만화 연재를 제안해 연재한 바 있다. 그 작품이 영화로도 나온 '내부자들'이다. 그때 나눴던 이야기 중 하나가 "나중에 기회되면 신문에 대하역사만화를 연재하자"였다. 윤태호 작가는 인천상륙작전을 만화로 그려보고 싶다고 했다.

나는 잊지 않았다. 꼭 하고 싶었으니까. 그 열망의 힘이 컸다. 2년 뒤 토요판을 시작하면서 지면에 대한 재량권이 생겼다. 기회가 될 때마다 당시 〈미생〉 연재로 바쁜 윤태호 작가에게 환기를 시켰다. 인천상륙작전에 '돌입'하자고….

오늘의 대한민국은 한국전쟁의 무덤 위에 있다. 인천상륙작전은 한국전쟁의 가장 결정적인 변곡점이었다. 그 작전이 없었

일간신문 두 쪽을 통으로 장식한 윤태호의 만화 '인천상륙작전'.

다면 오늘의 대한민국은 소멸했을지도 모르고 한반도 질서는 달리 재편됐을 것이다. 만화의 의미는 더 설명할 필요도 없다. 2013년 1월부터 연재하기로 했다. 처음에는 박명림 연세대 대학원 교수의 글과 함께 싣는 방향으로 추진하다가 여의치 않아 만화로만 가기로 했다. 〈한겨레〉 토요판 지면에 먼저 싣고 인터넷포털 네이트에 올리는 형식이었다. (여기엔 원고료 문제가 영향을 끼쳤다.) 그러나 연재 시작이 계속 미뤄졌다. 마지막으로 정했던 데드라인을 며칠 앞두고 윤태호 작가가 길고 긴 장문의 메일을 보내왔다. "웬만하면 막판에 인물에 대한 상이 맺히는데 이번에는 전혀 그게 안 된다"고 했다. 어쩌면 만화가를 놓아주는 게 순리였다. "알겠습니다. 다음 기회에 하시죠." 다시 생각해도, 그게 순리였다.

메일을 받은 날, 윤태호 작가에게 전화를 걸었다. 그날 오후 광화문의 한 카페에서 만났다. 이야기를 나눴다. 만화를 연재하고 싶었다. 포기하기 싫었다. 그 마음을 어떻게 포장해 전달했는지는 가물가물하다. 계획된 만화가 연재되지 않으면 내 처지가 곤란해진다고 엄살을 부렸을까? 아무튼 윤태호 작가는 고집을 꺾었다. 네이버에 〈미생〉을 연재 중이었기에 그의 전체 작업량은 살인적이었다. 미안하고 고마웠다. 이 만화가 2015년 한국만화영상진흥원이 주는 부천만화대상을 수상했을 때 내 일처럼 기뻤다.

토요판 두 쪽 만화의 전통은 작가 김보통으로 이어졌다. 탈영병의 목소리를 담은 'D.P'(2014. 11. 15.~2015. 12. 19.)로.

250　　　굿바이, 편집장

6 조세영의 외교클럽(2016. 3. 19.~2017. 2. 25.)

'외교클럽'은 일간신문에서 대한민국 최초로 연재된 전직 외교관의 회고록이다.

토요판 에디터 2년 차 때의 일이다. 알고 지내던 일본의 한 신문기자로부터 전화를 받았다. 동서대 조세영 교수(특임교수)를 인터뷰하고 싶은데 연락처를 알아봐 줄 수 없겠냐고 했다. 처음 듣는 이름. 조세영이 누구지? 〈한겨레〉 외교담당 후배 기자에게

30년 경력 외교관의 회고록
'조세영의 외교클럽'.

물었더니 단박에 안다고 했다. 전화번호를 구해 일본 기자에게 전해주면서 '조세영이 누구길래'라는 작은 의문을 품었다.

그는 30년 경력의 외교관 출신이다. 그때는 외교통상부 동북아시아국장을 끝으로 30년간의 외교관 생활을 마무리한 직후였다. 일본, 중국, 예멘, 미국 샌프란시스코의 대사관과 총영사관에서 일했다. 김영삼, 김대중 대통령의 일본어 통역을 담당하기도 했다. 그러고 보니 한국 외교관 출신이 쓴 글을 본 적이 없었다. 마침 36년간 일본 외무성에서 근무한 마고사키 우케루의 《미국은 동아시아를 어떻게 지배했나》(메디치, 2013)를 재밌게 읽은 뒤였다. 일본 외교관의 이런 저작은 많다는 이야기를 들었다. 왜 한국 외교관의 글은 없을까, 라는 문제의식을 머리 한 편에 저장해두었다.

2016년 봄, 문유석 판사의 '미스 함무라비'가 끝나갈 무렵, 후속 연재물을 준비하면서 조세영 교수를 1순위로 점찍었다. 집중해서 글을 쓸 만한 개인적 여건이 된다는 정보를 포착했다. 여러 라인을 통해 평판을 조회해보니, 신뢰할 만한 필자였다.

그를 광화문 교보빌딩의 1층 빵집에서 만났다. 외교관들이 못한 현장 이야기가 정말 많을 텐데 쓴 사람이 아무도 없다고 말하자, 전적으로 동감하며 그런 글이 필요하다고 화답했다. 다만 본인이 필자가 되는 문제에 관해서는 머뭇머뭇했다. 연재를 수락하기는 했는데, 나한테 얼떨결에 넘어갔다는 느낌을 받았다. 그와 헤어진 뒤 이런 메일을 보냈다.

"교수님께서 연재물에 부담 느끼시는 것 충분히 공감합니다. 자기확신을 갖고 글 쓰시는 분들 별로 없습니다. 글이란 게 본래 어렵잖아요. 연재하기 전 불면의 밤을 보내면서 머뭇거리는 건 당연합니다. 저는 조세영 교수님께서 자기 글에 대해 그런 자기 의심과 경계를 하는 모습을 보면서, 오히려 바람직하고 당연하다고 생각했습니다."

그는 정말 글쓰기를 두려워했고, 그 두려움에 맞서기 위해 글감과 자료를 열심히 찾았다. 그만큼 글쓰기에 경외감을 갖고 임하는 필자를 보지 못했던 것 같다. 그러나 그가 2회분 연재를 쓰자마자 나는 토요판을 떠났다. '외교클럽'은 내가 토요판에서 마지막으로 기획한 연재물이 됐다. 조세영 교수는 2018년 문재인 정부 출범 이후 국립외교원장에 임명됐다. 2019년 현재 외교부 제1차관이다.

7 군사(2013. 8. 17.~2014. 9. 13.), 김종대의 군사(2014. 12. 6.~2017. 12. 9.)

몇몇 언론사엔 군사전문기자가 있다. 〈한겨레〉는 없다. 그래도 '군사' 면은 〈한겨레〉 토요판이 대한민국 최초다. 군사는 대한민국에서 가장 의미심장한 주제다. 안보와 직결돼 있기에 가장 신성시하지만 병역비리, 무기 뺑튀기 수입 등 사기꾼이 득시글댄다. 대중들도 '안보 장사'에 뻔질나게 속아 넘어왔다.

토요판 첫 호부터 군사 면을 신설하고 싶었지만 사정이 허락하지 않았다. 대신 국방전문 월간지인 〈디펜스21플러스〉 김종대

군사 / 차기전투기사업(FX)의 미래

'돈 먹는 하마' 최첨단 스텔스기 야망의 추락

조장된 공포, 추악한 거래, 국제호갱의 탄생

군사는 분단국가인 대한민국에서 가장 의미심장한 주제다.

편집장(현 정의당 의원)에게 관련 글을 의뢰해오다가 1년 6개월 뒤부터 '군사' 지면을 만들어 조금 더 빈번하게 집필을 요청했다. 나중에는 아예 '김종대의 군사'라는 기명 연재물을 쓰게 했다.

김종대 편집장은 이론과 실제를 겸비한 군사전문가 중의 전문가다. 국회 국방위 소속 의원실 보좌관, 청와대 국방보좌관실 행정관, 국방부장관 정책보좌관을 지냈다. 그가 이전에 〈한겨레〉 오피니언 면에 쓰는 칼럼을 보면서 국방 문제의 지표와 현장에 관한 철두철미한 팩트에 깊은 인상을 받았는데, 이후 그를 전속 필자로 생각하고 토요판에 코너를 만들었다. 그가 쓴 기사가 나가고 나면 국방부는 촉각을 곤두세우곤 했다. 나는 '김종대의 군사'와 관련하여 국방부와 방위사업청 관계자를 언론중재위원회 중재부에서 자주 만나야 했다.

8 시(2016. 1. 9.~2017. 1. 14.)

그동안 언론이 분류해온 콘텐츠 카테고리를 바꾸고 싶었다. 정치, 경제, 사회, 문화라는 간판들을 해체하고 싶었다. 문화란 무엇인가. 거대한 덩어리다. 문화는 문학, 영화, 연극, 미술 등으로 또 분화되는데, 각 분야 또한 쪼개진다. 바야흐로 분화와 융합의 시대다. 문학이라는 카테고리도 육중하다. 시, 시조, 소설, 에세이, 희곡…. 나는 신문의 지면 꼭지 이름을 더 깊이 들어가 특화시키고 싶었다.

꽃잎2

꽃을 주세요 우리의 고뇌를 위하여
꽃을 주세요 뜨거운 입술 위하여
꽃을 주세요 아름다운 두 눈 시간을 위하여

2015년 12월 26일자 시 예고편. 매주 신문 가운데 두 쪽을 할애했다.

대형 시 기획을 하자고 했다. 시와 시에 관한 콘텐츠를 토요
판 총 지면 24쪽 한가운데 면인 12, 13면 두 쪽에 광고 없이 매주
싣자고 제안했다. 2015년 가을의 어느 날 기획회의 때의 일이다.
2016년 첫 호부터 실으면 좋을 것 같았다. 후배들은 "글쎄요"라고
말을 흐리며 적극 찬동을 하지는 않았다. 팀원들 입장에서는 이렇
게 큰 프로젝트를 누군가 담당해야 할 테고, 자칫하면 본인한테
돌아올 폭탄이 될지도 몰랐다. 그때 용감하게 손을 들고 "그거 좋
네요, 제가 할게요"라고 나섰던 이가 박유리였다. 시 대형지면의
취지에 열렬히 공감하며 본인이 면의 설계부터 맡겠다고 했다. 지
금은 작고하신 문학평론가 황현산(1945~2018) 선생을 위원장으
로 이 주의 시인 선정위원회를 구성했다. 성기완, 신형철이 쓰는
미문의 칼럼들이 힘을 보탰다.

9 몸(2013. 5. 18.~2014. 8. 16.),
생명(2012. 1. 28.~2016. 5. 28.), 별(2014. 5. 31.~2017. 7. 23.)

정치, 경제, 사회, 문화만큼 건강, 환경 같은 카테고리도 재미
없다고 여겼다. 새로운 단어는 새로운 접근을 부른다. '건강'은 평
일판에서 소화하는 상황이기도 했다. 토요판에서는 '몸'이라 이름
붙였다. 건강해지는 법이나 의료 정보가 아닌 인간의 신체에 대
한 인문학적 접근을 모색했다. (토요판을 준비할 때는 '의학'이라는
코너를 만들려다 말았다.) 산악인 박정헌의 손, 정인영 아나운서의

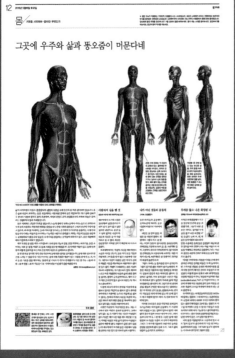

- 건강 대신 '몸' 면을 만들었다.
- '별' 면을 과학적이면서 낭만적인 콘텐츠로 만들고 싶었다.

12

별 / 기획을 반짝이며

별에서 온 그대, 별을 잊어버린 그대에게

화성탐사 로봇 큐리오시티가
여러분에게 편지를 보내요
인간은 왜 별을 보고 동경할까
외계생명체를 찾아다닐까
우주는 우리에게 무엇일까

밤하늘을 운행하는 별은
시간과 방향을 알려주고
상상력과 영감을 주었죠
모든 물질은 별에서 왔다고
우린 작은별이고 소우주라고

"왜 사람들은 하늘이 한계라고 말할까/ 나는 달에 찍힌 인간의 발자국을 봤는데/ 나는 하늘이 높은 줄은 알고 있어/ 하지만 그렇게 정말로 높은 것만은 아니야/ 나는 화성이 먼 것은 알고 있어/ 하지만 그렇게 먼 것만은 아니야/ 함께 별로 가보자."

안녕하세요. 〈한겨레〉 독자 여러분. 저는 지구로부터 5억6300만㎞나 여행한 끝에 무사히 화성에 도착해 탐사작업을 벌이고 있는 로봇 큐리오시티입니다. 위의 가사는 미국 가수 윌아이엠이 인류 역사 최초로 지구가 아닌 다른 행성에서 발표한 노래 '리치 포 더 스타스'(Reach for the Stars)의 가사입니다. 미국 항공우주국(NASA·나사)에서 전송된 이 노래는 제게 달려 있는 스피커로 화성에 방송됐습니다. 벌써 2년 가까이 흐른 2012년 8월28일의 일이네요. 저는 그해 8월6일 화성에 도착했습니다. 만약 화성에 청각을 가진 생명체가 있다면 웅장한 오케스트라와 전자음악이 조화된 이 노래를 들었을 겁니다. 이 노래의 아름다움도 이해했을까요?

"총총한 별들이…마치 거대한 양떼처럼"

저는 지금 화성의 게일 분화구에 있습니다. 처음에 저는 '브래드버리 착륙지'라고 이름붙여진 곳에 내렸어요. 〈화성연대기〉로 유명한 에스에프(SF) 소설가 레이 브래드버리의 이름을 딴 장소지요. 착륙지 주변에는 이른바 '샤프산'이라고 불리는 산이 있어요. 제 임무는 다양합니다. 화성의 대기와 지질을 탐사하고, 화성에 물이나 생명체가 있었는지를 조사하기도 합니다. 이런 임무를 위해서 화학광물분석기, 카메라, 로봇팔, 환경 모니터기, 방사선 측정 검출기 등 다양한 장비를 갖추고 있습니다. 아쉽게도 아직까지 화성에 생명체가 있었다는 증거는 발견해 내지 못했어요. 저는 플루토늄238을 이용한 핵발전으로 전기를 만들어 쓰고 있는데 4.8kg의 연료가 다 될 때까지 찾을 수 있을지 모르겠어요. 하지만 제 덕분에 과학자들은 화성에 대해서 많은 것을 알아가고 있답니다.

여기는 매우 춥고 황량해요. 제가 전송한 화성 사진을 보신 분들은 알겠지만 붉은 토양의 사막 같은 모습이에요. 화성의 대기 온도는 평균 영하 23℃예요. 대기는 매우 희박하며 대부분이 이산화탄소예요. 뭐, 저는 숨을 안 쉬니 별 상관은 없지만요. 저는 애초 2년간 활동할 것으로 예정돼 있었는데 지금은 활동이 멈출 때까지 무기한으로 바뀌었습니다. 앞으로 얼마가 될지 모르는 기간 동안 저는 혼자서 화성에서 생명의 신비를 풀기 위한 모험을 계속할 것입니다. 나사와 계속 송수신을 하지만 이 거대한 별에 저 혼자 있으니 굉장히 외로워요. 그러나 밤이 되면 정말 숨막힐 정도로 아름다운 수많은 별들이 저를 조용히 위로해 줍니다. 여기서 지구는 그냥 밝게 빛나는 하나의 별처럼 보입니다. 저는 사람들이 별을 보듯 여기서 지구를 보고 꿈을 꿉니다.

왜 제가 화성에 왔냐고요? 화성은 옛날부터 외계인이 살 가능성이 높은 행성으로 꼽혀 왔습니다. 오슨 웰스의 〈우주 전쟁〉이 화성인이 지구에 침공하는 내용이라는 것은 굳이 말하지 않아도 아시겠지요. 화성은 지구에서 그 표면을 관측할 수 있는 가장 가까운 행성입니다. 얼음으로 뒤덮인 극관이나 하늘에 떠 있는 구름, 흙먼지를 일으키는 광풍, 계절에 따라 변하는 지표면, 심지어 하루가 24시간(정확히는 24시간37분23초)인 것까지 지구와 닮았죠. 한평생 화성을 연구했던 퍼시벌 로웰은 화성이 커다란 운하로 얽혀 있고, 이 운하가 극관에 있는 물을 전 화성에 수송해주는 용수로 시스템이라고 믿었습니다. 그러니까 화성에 인간 못잖은 지적 생명체가 있다고 믿은 거죠. 이러한 그의 견해는 1900년대 초 대중들에게 큰 인기를 끌었습니다. 지금은 화성에 아무것도 없을 가능성이 높다는 것을 인간은 잘 알고 있습니다. 다만 화성에 예전에 물이 있었던 흔적이 있는 만큼 생명체가 존재했을 가능성은 여전히 남아 있죠. 저는 인간의 우주 탐사, 그 최전선에 서 있습니다. 인간은 왜 별을, 우주를 이토록 궁금해하는 걸까요.

'나는 그 잠든 얼굴을 지켜보며 꼬박 밤을 새웠습니다. 가슴이 설레는 것은 어쩔 수 없었지만, 그래도 내 마음은, 오직 아름다운 것만을 생각하게 해주는 그 밝은 밤하늘의 비호를 받아, 어디까지나 성스럽고 순결함을 잃지 않았습니다. 우리 주위에는 총총한 별들이 마치 헤아릴 수 없이 거대한 양떼처럼 고분고분하게 고요히 그들의 운행을 계속하고 있었습니다. 그리고 이따금 이런 생각이 내 머리를 스치곤 했습니다. 저 숱한 별들 중에 가장 가냘프고 가장 빛나는 별님 하나가 그만 길을 잃고 내 어깨에 내려앉아 고이 잠들어 있노라고."

알퐁스 도데의 〈별〉의 마지막 장면은 문학사에서도 가장 아름다운 장면 중 하나로 꼽힌다죠. 프로방스의 스무살 목동은 별자리에 대한 이야기를 듣다가 자기 어깨에 기대 잠든 아름다운 스테파네트 아가씨를 바라보며 별이 내려앉았다고 생각합니다. 목동은 막 '목동의 별'이라고 불리는 마글론에 대한 이야기를 하던 참이었지요. 마글론은 바로 직녀성입니다. 목동은 "새벽에 양떼를 몰고 나갈 때나 또는 저녁에 다시 몰고 돌아올 때, 한결같이 우리를 비추어 주는 별"이라고 표현합니다. 이 별은

키, 인체 수집의 역사, 키스의 역사, 소믈리에 이제훈의 혀, 침, 인터섹슈얼 등 소재는 무궁무진했다. '몸' 연재가 끝난 뒤에는 좀 더 범위를 좁혀서 '눈'에 관해서만 1년간 연재했다. 과학작가 이은희 씨가 쓴 '하리하라 눈을 보다'(2014. 8. 30.~2015. 8. 8.)가 그것이다. 독자의 관심을 더 깊은 곳으로 끌고 들어갈 필요가 있다. '털', '똥', '콧잔등', '새끼발가락' 같은 이름을 단 지면이 나오지 말라는 법도 없다.

'환경'이나 '과학'이라는 이름도 안일하게 느껴졌다. 환경이 빨아들이는 모든 분야를 전부 건드릴 필요도 없다. 문제는 선택과 집중과 과감한 포기다. 나는 제1의제로 동물을 택했다. 〈한겨레〉 토요판에서 동물권 문제를 본격적으로 다룬 '생명'(2012. 1. 28.~2016. 5. 28.)이라는 지면을 대한민국 언론 최초로 만들었다는 사실에 자부심을 느낀다. 개나 소나 권리가 있다. 최소한의 존엄할 권리가 있다. 개나 소를 대하는 태도는 결국 인간을 대하는 태도로 귀결된다. 동물 전문가 남종영 기자에게 모든 공을 돌려야 하는 지면이다. 남종영이 토요판에서 기획했던 흥미진진한 생명 연재물 중엔 '긴팔원숭이박사 김산하의 탐험'(2013. 6. 1.~2014. 3. 8.), '박정윤의 P메디컬 센터', '박정윤의 동병상련'(2012. 1. 28.~2016. 5. 28.), '황윤·김영준의 오! 야생'(2014. 5. 31.~2015. 6. 27.)도 빼놓을 수 없다. 생명 기획은 현재 〈한겨레〉 섹션 '애니멀 피플(애피)'로 계승되고 있다.

그리고… 2019년에 환경 이슈 연재물을 만든다면 나는 '플라스틱'이라는 이름을 택하겠다. 아니다. 늦은 감이 있다. 플라스틱에서 한 단계 더 들어가야 할 수도 있다.

'별'(2014. 5. 31.~2017. 7. 23.)은 보통 과학 지면으로 분류된다. 내가 택한 과학의 제1의제는 '별'이었다. '별'은 토요판에서 최고로 멋진 꼭지명이었다고 자평한다. '별' 면을 가장 과학적이고 낭만적이면서 스케일이 큰 우주적인 지면으로 만들고 싶었다. 초반에 이형섭이 힘을 쏟았고, 과학전문가 파토 원종우 씨의 도움이 컸다.

10 인터뷰 ; 가족(2014. 10. 11.~2016. 4. 30.)

가족이란 무엇인가. 나는 이렇게 말하겠다. 사랑하면서도 화나는 관계다. 갈등의 용광로다. 때로는 전쟁터다. 아니 서로 지구 언어가 통하지 않는 외계다. 극단적인 비유인가?

가족 내부의 소통의 장을 '억지로' 만들어 본 인터뷰 연재물이었다. 손자가 할머니를, 아버지가 딸을, 남동생이 누나를 인터뷰해서 정리했던 연재물이었다. 나는 가족 간에 정색하고 인터뷰할 기회가 필요하다고 오래전부터 생각해왔다. 인터뷰는 상호 이해의 도약대가 된다고 보았다.

'인터뷰 ; 가족'의 모태는 '가족'(2012. 1. 28.~2014. 9. 27.)과 '연애'(2013. 5. 25.~2014. 9. 20.)였다. 가족 면은 토요판 초기 이정애의 제안으로 탄생했다. '가족'이 가지를 뻗쳐 '연애' 면을 만들었다. 독자투고로 진행한 두 꼭지는 인터넷에서 폭발적인 조회수를 기록하곤 했다. 은밀한 사생활 이야기까지 가감없이 드러내는

지면이었기에 실명이 아닌 익명으로 자주 기사가 실린다는 점은
핸디캡이었다. 그런 탓에 악플도 많이 달렸다.

"대화가 필요해, 인터뷰가 필요해." 인터뷰 ; 가족.

굿바이, 편집장

재미냐, 정의냐

재미냐 정의냐. 우문(愚問)이다. 둘 중에 하나를 고르라면 무엇을 택해야 할까. 나는 재미다. 이것은 우답인가 현답인가. 우문에 우답이라 해도 좋다.

정의란 무엇인가. 남에게 피해나 상처를 주지 않고, 힘없고 억울한 사람의 손을 잡아주는 것이 나에게는 정의다. 그런데 깊이 따지다 보면 각자 추구하는 가치와 신념에 따라 정의의 정의는 복잡해진다. 진보냐 보수냐 하는 진영논리에 의해 정의를 실현하는 논법이 다르게 작동하기도 한다. 정의라는 말에는 괜히 힘이 들어간다.

재미란 무엇인가. 끌리는 모든 것이다. 마음을 사로잡는 것이다. 그 취향은 사람마다 다르다. 신문과 잡지를 만드는 사람에게 재미란 참신한 접근과 처음 만나는 팩트다. 정의로운 가치를 전파한다 하여 같은 이야기만 계속 늘어놓으면 지겨울 뿐이다. 정의를 말할 때도 어떻게 효과적일지를 고민하는 것이 재미다. 재미라는 말에는 호기심의 이슬이 맺힌다.

4년 4개월간 편집장으로서 총 213번 만들었던 〈한겨레〉 토요판 1면을 다시 본다. 어떤 기사가 지금 봐도 재미있는가. 가치를 앞세운 '정의 과잉' 기사가 은근히 많이 눈에 띈다. 재미없다. 나도 어쩔 수 없나 보다. 시의성에 목을 맨 기사도 그렇다. 총선이나 대선, 그 밖의 그때그때 발생 사건에만 맞춰 적당히 구색을 맞춘 기사들은 다시 보니 시시하다. 당시엔 난데없는 기획이라고 타박을 받았던 기사들이 몇 년이 흐른 뒤에 다시 봐도 빛난다.

내가 만든 토요판 기사 중에서 의미와 사연을 지닌 커버스토리 열 개를 골라보았다. '지금도 스크랩해서 보관하고 싶은' 기사들을 중심으로 뽑았다. 전적으로 토요판에서 함께 일한 '평범하지 않은' 기자들의 공이다.

1 최필립의 비밀회동(2012. 10. 13.), 정수장학회, 부산이 술렁인다(2012. 2. 4.)

어떤 언론도 최필립이라는 인물에게 눈길을 주지 않았다. 토요판 후배 최성진만 주목했다. 새해 벽두부터 그에게 전화를 걸고, 사무실을 찾아갔다. 인터뷰를 했다. 그가 응한 첫 인터뷰였다. 정수장학회 최필립(1928~2013) 이사장은 이 자리에서 너무 솔직한 이야기를 해버렸다. "장학회가 지분을 가진 〈부산일보〉를 팔아버릴 수도 있다"는 놀라운 발언까지. 이 인터뷰가 화제가 되며 최이사장은 뉴스메이커의 자리에 올랐다. 정수장학회와 떼려야 뗄수 없는 인물 박근혜의 그해 대선 출마를 앞둔 민감한 시점이라서 더했다.

다수의 언론들이 그의 말 한마디를 더 따려고 달려들었다. 최성진도 달려들었지만, 계절이 세 번 바뀌어도 이제는 쉽지 않았다. 전화는 받아주었으니 그나마 다행이었다. 그해 10월 8일 그가 최성진의 전화를 받지 않았다면, 아니 그날 핸드폰의 통화 종료 버튼만이라도 확실히 눌렀다면 특종은 없었을지도 모른다. 그러니까 통화 뒤엔 핸드폰 종료 버튼을 반드시, 반드시 꾹 눌러야 한다는 교훈을 남긴 역사적 사건이다.

박정희의 정, 육영수의 수를 딴 정수장학회는 유신의 어두운 그림자가 드리워진 장학회다. 문화방송(MBC) 지분 30%와 〈부산일보〉 지분 100%를 지니고 있기에 경제·사회적 파워도 막강했다. 전신 부일장학회 강탈 및 사유화 논란이 계속되는 상황이었다. 박근혜 후보는 자신이 정수장학회와 아무런 관련이 없다고 했지만 사람들은 믿지 않았다. 최필립 이사장은 최성진과 통화를 마치자마자 정수장학회 사무실에서 이진숙 문화방송 기획홍보본부장과 회동이 예정돼 있었다. 두 사람은 문화방송과 〈부산일보〉 지

2012년 〈한겨레〉 최대의 스트레이트 특종은 토요판의 최필립 보도였다. 역설이었다.

분 매각에 관해 이야기하기 시작했다. 매각 대금으로 대규모 복지 사업을 벌이는 문제까지 나왔다. 실제 추진될 경우 대선을 겨냥한 선심성 후원사업으로 받아들여질 여지가 컸다. 최필립 이사장은 종료 버튼을 누르지 않았으므로, 그 모든 비밀스런 이야기들이 몽땅 최성진의 핸드폰으로 실황 중계되며 녹음됐다. 양쪽 모두 상상하지 못한 일이었다.

우연이었지만, 우연만은 아니었다. 최성진은 최필립을 끈질기게 밀착방어한 기자였다. 틈만 나면 전화하고 접촉을 시도했다. 그 끈질김이 우연을 필연으로 바꾸었다. 이 기사는 세상에 나오자마자 거의 모든 언론에 인용 보도됐다. 최성진은 그해 언론노조가 주는 민주언론상 보도 부문 특별상과 한국신문협회가 주는 뉴스취재보도 부문 한국신문상을 수상했다. 이듬해 미디어공공성포럼이 주는 언론상 본상도 받았다. 그러나 남의 대화를 몰래 들었다는 이유 때문에 통신비밀보호법 위반 혐의로 검찰에 기소돼 법원으로부터 징역 6월 자격정지 1년의 선고유예형을 받았다.

이 특종은 토요판의 초기 우려를 말끔히 씻어내는데 결정적 공을 세웠다. 토요판에 관한 핵심 반대 논리는 대선을 앞두고 신문의 시의성을 약화시킬 수 있다는 거였다. 그런데 2012년 〈한겨레〉 최대의 스트레이트 특종은 토요판에서 나왔다. 역설이었다.

2 제돌이의 운명(2012. 3. 3.),
자유-바다로 돌아간 제돌이(2013. 7. 20.)

언론에게 비극은 상품이다. 무게감 있는 특종기사들을 유심히 관찰해보라. 누군가의 죽음, 또는 아픈 사연들이다. 돌이킬 수 없거나, 개선의 길이 있다 해도 아득하기만 한.

제돌이 보도 역시 비극이었다. 제주도 앞바다에서 헤엄치며 자유롭게 살던 제돌이가 어느 날 그물에 걸린 뒤 사람들에게 납치돼 과천의 서울대공원까지 흘러왔다. 그곳에서 훌라후프를 돌

영원히 남을 해피엔드의 서사 '제돌이의 운명'.

굿바이, 편집장

리며 쇼를 했다. 돌이킬 수 없는 비극은 아니었다. 이 구조를 꿰고
있는 남종영이 커버스토리로 발제를 했다.[5]

〈한겨레〉 토요판 보도를 계기로 유명해진 제돌이는 1년 4개
월 뒤 자유를 찾아 고향에 돌아왔고, 토요판은 다시 이를 1면 커
버스토리로 보도했다. 영원히 남을 해피엔드의 서사. 나는 이 해
피엔드가 사랑스럽다.

3   열다섯 살 조장 태길이(2014. 8. 30.),
박인근 영원히 단죄할 수 없는가(2014. 9. 13.),
악행의 말로-출소 이후 박인근의 행적(2014. 10. 11.)

박유리는 대륙형 기자다. 취재와 기사 작성을 할 때도 적당
한 선에 안주하는 법이 없다. 지평선 저 너머 끝없이 뻗어 나가려
한다. 형제복지원 대하 3부작이 딱 그랬다. 1984~1987년 부산 형
제복지원에서 가해자와 피해자의 역할을 모두 경험했던 박태길의
삶을 추적해 소설 형식으로 써낸 첫 회 기사는 200자 원고지 기
준 120매였다. 대한민국 일간신문 역사상 하루치 분량으로 그보
다 더 긴 기사는 없었다. 형제복지원 원장 박인근의 기억과 행적
을 추적한 2, 3회의 분량도 1회에 육박했다. 그럼에도 이 기사는
신문 지면과 인터넷에서 잘 읽혔다. 흡인력은 분량의 한계를 뛰어
넘기도 한다. 나는 이 기사의 장점으로 1. 자신만만하게 긴 분량
2. 스토리페이퍼로서의 새로운 전형 3. 형제복지원 특별법안이 탄

한 겨 레 토요판

hani.co.kr

5면 6045호 2014년 8월30일 토요일

대표전화 1566-9595 1988년 5월01일 창간

| 르포 >>> 13면 | 뉴스분석 왜? >>> 14면 | 하리하라 눈을 보다 >>> 19면 |
| 서촌 옥상화가 김미경이 사는 법 | 바바리맨에게 말을 건네다 | 눈, 눈, 눈이 있으라 |

형제복지원 대하3부작 제1회 | 커버스토리 3·4·5·6면

열다섯살 조장 태길이

사랑의 불씨마저 짓밟은 3년의 기억
소설보다 더 소설같은 지옥의 실화

지난 12일, 박태길씨가 형제복지원의 감금되기 전까지 가족들과 살았던 부산 영도구 청학동 3층짜리 아파트의 29층 옥상에 올라가 바다를 내려다봤다. 옥상에 올라서면 앞쪽으로 바다가, 뒤편으로는 산이 보인다. 어릴 적 놀았던 150만t 규모 무척 낚시고, 뒤들인 옥상도 크고 작음마다. 신기한듯 옥상을 올라서면 박태길씨 눈가에 웃음이 맺혔다. 30년 전 이곳에 살았던 한 아이는 아직도, 지옥에 입구 식욕을랐다. 그렇듯이 아이를 아이아, 는 30년 전에 당은 이름에서 박태길이를 알아보지 못했다.

부산/김태홍 선임기자 khan@hani.co.kr

형제복지원은 알려진 사건이다. '감금, 가족 행위, 노동력 착취, 성적 학대, 인권 유린이 전 복합되어 말웅하던 실체한 참상이 벌어지 사업이기도 했다. 1975~1986년 형제복지원에서 숨진 사람수는 513명이다.' 우리가 형제복지원에 대해 아는 사실이다.

1987년 한 해에 형제복지원에 수용됐던 원생은 3000여명이다. 1960년대 형제육아원으로 시작해 성립한 박인근씨가 특수감금 행위로 인해 구속된 1987년까지 이곳에 감금된 수만명에서 살림이 대한민국에서 오늘을 살아가고 있다.

박인근씨의 특수감금 행위는 대법원의 파기환송을 대구고법의 불씨를 거치었어 7번의 판결 끝에 1989년 무죄를 받았다. 형법 음이 없어야 온리로 인정했다. 형제복지원 법 인정을 수수해 바꾸어 오늘날에 이야기다. 국가는 1975년 내무부 훈련 410호를 만들어 부랑인을 복지원 들어 감금하는 것을 합법화했다. 1986년 단속으로 수용된 부랑인 수 만 1만6125명. 거리를 배회하는 자들은 신체와 자유를 가지지 밤을 일제히 쓸어서 아니라 없는는 체포·구금되지 않는다는 헌법과 사회로 부터 배제된 국민이였다. 군사정권 시기에 민주화 운동의 아닌, 부랑인이라는 이유만으로 감금을 당할 수 있는 것에 대한 역사적 이 에 대한 물가는 거의 전무하다.

형제복지원 사건은 누구나 알고 있음에도 아무도도 체겸하지 못했다. 전상 규명을 위한 형제복지원대책의 세영지빈주민합 전신 미 허용 등 50명여 유체 지난 3월 발의하봤던아 국회 보적인 안전행정부에 보건복지부난 서울 포함하는 발안은 일단 보건복지위원회에 배정가 됐다고 철회봤고, 지난 7월 안전행정

위원회에 재배정됐다. 보건복지위에 배정이 되면 국가 복학이 아닌, 복지행정에 따른 단순 사건으로 치워질 가능성이 높고 전상 조사 권한이 약하다는 이유앤다. 법안은 아직 통과되지 못했다.

형제복지원 3부작 시리즈는 부랑인이라는 이름으로 국민을 배제하고 감금을 합법화했으며 전지 대법원과 주요 정치단체가 부속된 박인근씨를 풀어주는 위해 도왔던, 부조리한 한국에 1987년을 풀어본다. 그러나 사회적 관심에서난 기록되지 않았다. 인간

이 감금된다는 것, 가두어진 공간에서 번쩍 가는 것들을을 주목했다. 형제복지원의 대가수 관리자는 감금された 김동어지 원장어 채려앤 건들과 만났던 사람들이다. 형제복지원에 수 용되었다가 탈출해 실体했던 박태길(나)씨 등 3명을 지난 4월부터 8월까지 만난다. 피해 자인 박태길씨는 수용 기간 가운데 어느 시 장애인 가해자가 되었는 형제복지원에서 시 간을 일어나만 수많은 사람들의 이야기를 1 부에 싣는다. 우리는 형제복지원을 정말 알고 있는 것일까.

박유리 기자 nopimu@hani.co.kr

처음부터 끝까지 소설 구조로 보도한 '형제복지원 대하 3부작' 첫 회.

력을 받게 해준 사회적 영향력을 꼽은 적이 있다.

토요판팀은 박유리의 기사를 그해 관훈언론상 저널리즘 혁신부문상 후보에 올렸다. 추천서에는 이렇게 써 있었다.

"형제복지원은 모두가 알고 있음에도 아무것도 해결되지 못한 한국판 아우슈비츠 사건입니다. 〈한겨레〉는 형제복지원을 단일 사건이 아니라 내무부 훈령 410호에 의한 '국가 폭력'이라는 관점에서, 국가와 박인근 원장 그리고 피해자의 30년 행적을 추적했다는 시점에서, 내러티브 양식을 일부 도입하지 않고 기사를 처음부터 끝까지 소설 구조로 보도한 글쓰기의 방식에서 저널리즘의 혁신을 보여주었습니다."

경쟁작들을 따돌리고 이 보도는 그해 관훈언론상 저널리즘 혁신부문상을 수상했다. 더불어 그해 한국여기자협회가 주는 올해의 여기자상 기획부문상도 수상했다.

4 어느 재력가의 죽음(2014. 8. 2.), 오사카 ; 어떤 범죄의 기원 (2014. 9. 27.)

고나무는 섬세하고 독특한 글을 쓰는 스타일리스트에 속한다. 이 기사 역시 그러했다. 그 어떤 신문에서도 보지 못했던 새로운 범죄 기사가 태어났다.

죽은 사람에 주목했다. 그는 2014년 3월 3일 새벽 3시, 서울 강서구 내발산동에 있는 한 건물 3층 관리사무실에서 주검으로

범죄의 큰 그림을 보여준 현대사 다큐멘터리. '강서구 재력가 피살사건'의 이면보도.

발견된 송 아무개 씨다. 이 사건은 속칭 '강서구 재력가 피살사건'
으로 불렸다. 범죄 용의자인 팽 아무개 씨는 5월 중국에서 검거되
고 6월 한국으로 인도됐는데, 충격적인 사실은 현직 새정치민주
연합(현 더불어민주당) 김형식 서울시 의원이 살인 교사범이라는
거였다. 고나무는 살인사건 가해자가 아닌 피해자 송 아무개 씨의
삶을 추적해, 그의 치부(恥部)를 깊이 파고 들어갔다.

　　그는 본래 부자가 아니었다. 그렇다면 어떻게 부자가 되었는
가. 각종 민형사 재판 관련 판결문과 재판 기록을 뒤지며 그의 치
부사(致富史)를 뒤졌다. 여기엔 사문서 위조와 뇌물, 정치인 청탁
이 동원됐다. 이 과정에서 그는 자신의 죽음을 사주했다는 살인
교사 용의자 김형식 의원과 손을 잡았다. 결국 재일동포 이순봉
씨가 맡긴 건물과 토지의 소유권은 그에게 넘어왔다.

　　한 달 뒤에는 송씨에게 재산을 빼앗긴 이순봉 씨의 삶을 커
버스토리로 보도했다. 그들의 흔적을 쫓아 오사카 현지 취재를 했
다. 송씨로부터 재산을 빼앗긴 재일동포 이순봉-이초지 부녀의
재산 형성 과정도 흥미로웠다. 차별받는 자이니치로 그들은 악착
스럽게 돈을 모았다. 이순봉 씨는 1970년 부동산·대금업 회사를
차려 돈을 벌었고, 그 돈으로 한국의 부동산을 매입했다. 송씨가
죽은 채 발견된 빌딩도 그즈음에 산 것이었다. 딸 초지 씨는 아버
지의 재산을 물려받는 과정에서 탈세 혐의로 일본 경찰에 체포됐
었고, 뇌물 범죄 혐의를 받기도 했다.

　　두 커버스토리는 검경의 수사 속보에서 벗어나 범죄의 큰 그
림(whole picture)을 보여준 현대사 다큐멘터리였다. 2014년 어느

하루에 벌어진 살인사건을 제대로 보기 위해 일제 식민지시대까지 거슬러 올라갔고, 부동산 개발의 역사를 더듬은 것이다.

5 간첩 조작 특별판(2014. 3. 22.)

스트레이트 뉴스 면을 제외한 모든 면을 간첩 조작 사건과 연관시켜 제작했다. 김민경이 제안한 기획이었다. 박근혜 정부 아래서 유우성 씨 등 간첩 증거 조작 사건이 사회적으로 물의를 일으킬 때였다. 허재현이 쓴 '탈북 여간첩 1호' 원정화 씨의 고백을 1면에 실었다. 그녀는 "의붓아버지 김동순이 북한 보위부 남파간첩"이라고 증언해 아버지와 함께 간첩 혐의로 구속된 인물이다. 한데 검찰이 조사 때마다 폭탄주를 먹여 조서와 지장을 대충 처리했다면서 초기 증언을 처음 뒤집었다.

가족 면도, 몸 면도, TV 면도, 이진순의 열림도, 정문태의 제3의 눈도, 한홍구의 역사도 모두 '간첩 조작 특별판'이라는 띠를 둘렀다. 이른바 '몰빵'. 당시 토요판에서 허재현은 간첩 조작 전문 취재기자였다. 허재현은 토요판 지면을 통해 서울시 공무원 간첩 조작 사건 등 관련 사건을 한없이 물고 늘어졌고 덕분에 2015년 앰네스티 언론상을 수상했다. 허재현은 지금 순탄치 않은 기자의 길을 걷고 있다.

'간첩 조작 특별판'. 스트레이트 뉴스 면을 제외한 모든 면을 간첩 조작 문제와 연관시켜 제작했다.

6 당신은 목격자다(2015. 12. 19.)

탈영병을 잡는 헌병 군탈체포조(D.P) 이야기를 모티브로 20대 청춘의 자화상을 풀어낸 김보통 작가의 만화 'D.P'가 56회 연재를 끝내는 주였다. 그 기념으로 독자들에게 '탈영, 그 유혹의 순간'을 주제로 공모전을 했다. 수상 작품들은 다양했고, 저마다의 저릿저릿한 사연이 지면을 물들였다. 나는 무엇보다 1면 그림이

PART 4 메뉴판의 비밀

하이세탄
에쓰-오일경유
대표전화 1566-9595 | 1988년 5월15일 창간

한겨레 토요판

hani.co.kr

5판 | 8646호 | 2015년 12월19일 토요일

커버스토리 3·4·5·12·13면

당신은 목격자다

현실의 거울에 비춘 만화 〈D.P〉
'탈영, 그 유혹의 순간' 속으로

만화 'D.P'의 주인공 안준호가 물끄러미 독자를 바라본다.

좋았다. 김보통 작가에게 토요판 1면용으로 따로 그려달라고 했던 그림이다. 만화 'D.P'의 주인공인 헌병 군탈체포조 안준호가 물끄러미 독자를 보는 그림이다. 그 얼굴엔 메시지가 없다. 표정을 확 놓아버렸다. 그래서 오히려 무언의 메시지가 손에 잡힐 듯하다. 아직도 끝나지 않는 병영의 시대, 탈영의 시대, 그 갑갑한 청춘의 초상들에 관한.

7 파이 찌우 짝 니엠(2016. 3. 5.)

나에게는 특별한 기획이 아니었다. 오랫동안 집중했던 베트남전 민간인 학살에 관한 기사다. 박기용이 학살 50주년을 맞은 베트남 중부 빈딘성 빈안사 등 민간인 학살 지역을 평화기행단의 일원으로 참여해 취재하고 왔다. 희생자 위령제에서 생존자들도 만나 증언을 들었다. 생존자의 증언이 새로울 건 없었다. 다만 이제는 한국 정부가 이를 수용하고 사과와 배상에 돌입해야 할 단계였다. 일본 정부가 위안부 문제와 강제징용 문제에 관해 책임 있는 태도를 보여야 하는 것처럼, 한국 정부는 베트남전 시기 한국군에 의한 학살과 강간 행위에 관해 책임져야 했다. 생존자들은 그것을 요구했다. "파이 찌우 짝 니엠"은 "책임져라"는 뜻의 베트남 말이다. 생경한 외국어 제목이 효과적인 경우가 바로 이런 때다. 나는 무엇보다 사진이 좋았다. 빈안학살 생존자 런의 표정이다. 평화기행에 동행했던 프리랜서 조우혜 씨가 촬영했다. 앞의 김보통 그림처럼, 사진 속의 얼굴에 너무 많은 이야기가 담겨 있다.

8 나는 김정은이다(2016. 1. 30.)

북이 핵실험을 하면 비슷비슷한 기사가 쏟아진다. 미사일 기술이 어느 수준인지, 북한의 의도가 무엇인지, 국제사회의 대응이 어떻게 펼쳐질지, 남북 관계에 어떤 파장이 있을지, 추가 실험은 또 언제일지 등등. 미사일 실험이 있을 때마다 실속 없이 유난만 떠는 건 아닌가? 어느 순간 이런 의문이 들었다. '김정은은 도대체 왜 이렇게 핵미사일로 국제사회를 놀라게 하는 거지? 그가 불장난이나 폭죽을 좋아하는 아이도 아니고 뭔가 의도가 있을 테다.' 그와 협상을 한다고 상상해보았다. 역지사지다. 협상을 해야 한다면, 상대의 역사와 이해관계를 둘러싼 논리를 이해해야 한다. 협상을 한다고 치고 가상으로 김정은에게 마이크를 쥐어주었다. 나중에 〈한겨레〉 편집국장을 지낸, 외교통일부를 출입하는 북한 문제 전문가 이제훈 기자에게 어렵게 부탁을 했다. 명작이 나왔다.

9 강은 정말 행복한가(2012. 8. 4.)

차윤정은 논쟁적인 인물이다. 그는 굴착기들이 4대강의 바닥

한겨레 토요판
hani.co.kr

특집 >>> 10·11면
위대한 서정시인, 동주가 돌아왔다

르포 >>> 14면
초등학교 1학년 병아리들의 교실

이진순의 열림 >>> 20·21면
개성공단 전 법무팀장 김광길

커버스토리 3·4면

파이 찌우 짝 니엠
(phải chịu trách nhiệm·책임져라)

50년만에 한국정부 책임 촉구한 생존자 런
1004명 죽은 베트남 빈안학살 위령제 기행

한겨레 토요판
hani.co.kr

뉴스분석 왜? >>> 11면
당신도 '저성파자'로 찍힐 수 있다

르포 >>> 18면
스키장의 의미심장한 불황

정재승의 영혼공작소 >>> 18면
테스토스테론과 월가의 관계는?

커버스토리 3·4면

나는 김정은이다

왜 '경제·핵무력 병진노선'인가
협상 위해 그의 말 들어본다면

● 생경한 베트남어를 1면 제목으로 뽑았다.

●● 김정은의 입장과 처지를 이렇게 자세하게 다룬 기획은 처음이었다.

안 봐도 결론이 뻔한 기사보다 논쟁의 여지가 있는 기사가 좋다.

을 파내면서 논란이 되던 2010년 5월 국토해양부소속 4대강살리기추진본부 환경부본부장으로 임명되며 논란을 빚었다. 경력 때문이었다. 그녀는 《신갈나무 투쟁기》, 《식물은 왜 바흐를 좋아할까》, 《숲의 생활사》 등의 대중적 저술과 숲 해설 강의를 통해 생태전문가로 알려졌던 인물이다. 그런 그가 생태를 파괴하는 4대강사업의 대변인이 되다니. 〈한겨레〉 환경전문기자 조홍섭 선배에게 부탁해 그녀와 4대강 문제를 놓고 이야기판을 벌이기로 했다.

아침 편집회의 시간에 "왜 이런 인물을 〈한겨레〉 1면에서 키워주느냐"는 문제 제기가 나왔다. 신문 초판이 나온 저녁에도 같은 지적이 반복됐다. 〈한겨레〉 독자들이 토요일 아침 이 신문을

굿바이, 편집장

들자마자 이맛살을 찌푸릴 게 뻔하다고 했다. 나는 그녀의 현재 자리가 어떠하든 논쟁의 가치가 있다고 보았다. 4대강을 비판하는 결론이 뻔한 기사보다는 한 인물의 극적인 변신이라는 흥미로운 지점 위에서 4대강 문제에 관한 논리적 공방을 벌여보는 게 독자들의 이해를 돕는데 더 유익하다고 보았다. 편집회의에서 나의 입장에 동조하는 편집위원은 절반 정도 되었다. 몇몇 선배들은 집요하게 1면 커버스토리를 다른 스트레이트 기사로 바꾸거나 밑으로 내리는 게 어떠냐고 종용했다. 나는 고집을 꺾기 싫었다. 논쟁이 불충분한 면은 있겠지만, 그렇다고 1면 머리 자격이 없는 기사는 아니었다. 애초의 계획대로 토요판을 제작하고 퇴근한 뒤 다음날 깨어보니 한 선배로부터 문자메시지 한 통이 와 있었다. 딱 두 글자. "아집." 눈치를 보아하니, 마감 끝나고 자정 넘어 한잔하다가 엉겁결에 보낸 모양이었다.

10 고생 많으셨습니다 (2012. 12. 29.)

토요판이 창간되던 해의 송년호 1면이다. '고생 많으셨습니다'는 2012년 한 해를 살아낸 모든 독자들에게 건네는 인사였다. 어떤 숭고한 가치를 위해 함께 연대한 특정 독자들에게만 보내는 인사가 아니었다. 박근혜를 찍었든 문재인을 찍었든 진영을 가려 보내는 인사도 아니었다. 묻지도 따지지도 않고 그냥 한 해의 세상살이를 우직하게 견뎌낸 모든 이들에게 던지는 심심한 인사였다. 제목이 좋아서 꼽았다.

범위를 좁혀 의미를 부여하자면 그해 새로운 토요판 신문 실험을 함께하며 1년을 버텨온 강재훈, 김경래, 최우성, 최성진, 남종영, 천복귀, 이정애, 최우리, 홍종길을 향한 작은 위로이기도 했다. 고생은 헛되지 않았고, 토요판팀은 창간기념일이 있는 2012년 5월에 신문사 안에서 한겨레상을, 2013년 5월엔 한겨레대상을 탔다.

"고생 많으셨습니다."

한 해를 마치는 감격 때문인지 스스로 뭉클했다. '2012, 〈한겨레〉 토요판이 만난 인물과 동물'이라는 작은 제목도 기분 좋았다. 남들은 올해의 인물만 뽑는다. 그러나 우리는 올해의 동물도 뽑는다는 프라이드.

한겨레 _{토요판}

hani.co.kr

대표전화 1566-9595 1988년 5월 15일 창간   6판   7726호   2012년 12월 29일 토요일

콜포 >>>11면
'유치장 탈주범' 최갑복을 면회하다

김두식의 고백 >>>20~21면
기자 이상호가 용감한 이유

김형태 변호사의 비망록 >>>22면
용산참사, 어느 말단형사의 눈물

커버스토리 3·4·5면 **고생 많으셨습니다**   2012, 〈한겨레〉 토요판이 만난 인물과 동물

〈한겨레〉가 지난 1월28일 '토요판' 첫 호를 낸 이래 수집은 인물은 0면 커버스토리의 지리를 차지했다. 첫 회의 주인공이었던 고 윤이상씨 부인 이수자씨를 비롯해 지난 1년간 한겨레 토요판이 만난 주요 인물 10명을 골랐다. 원특 워부터 시계 방향으로 이수자씨, 최철립 정수장학회 이사장. 지난해 모친을 살해한 지아무개군, 문정현 신부, 김어준 〈딴지일보〉 총수, 표창원 경찰대 교수, 리퍼트씨 산수 손연재, 전주의 버스노동자 정입회씨, 김재철 〈문화방송〉 사장, 이명박 대통령의 친형 이상득 전 의원.

토요판 실험 2012년의 마지막을 장식한 1면.

그 밖의 인상적인 1면 커버스토리 12

○간첩 딱지 붙이기 놀이는 그만 (2012. 1. 28.) (by 최우성, 최우리)

└토요판의 역사적인 첫 호. 특종으로 출발했다.

○앗, 김재철 사장님? (2012. 5. 26.) (by 최성진)

└육감 추적. 목욕탕까지 쫓아가 머릿속으로 녹음하며 인터뷰를 따내다.

○연재의 첫 번째 올림픽 (2012. 7. 14.) (by 최우리)

└틈만 나면 스포츠스타 인터뷰, 이런 귀여운 지면이라니.

○또 하나의 한국 시리즈 (2012. 11. 3.) (by 최우리)

└가을야구가 아닌 가을 기사. 잔잔한 휴먼스토리의 백미.

○"나는 모른다" (2013. 6. 29.) (by 최성진)

└박근혜 이름 한 줄 안 나간 박근혜 이야기. 다음 날 트위터 난리 나다.

○개처럼 벌면 그냥 개다 (2014. 9. 20.) (by 곽정수)

└노구에도 의욕 충만한 선임기자, 재벌 회장님도 불러내다.

○강준만 인터뷰 (2014. 12. 13.) (by 윤형중)

└정희진과 강준만의 만남, 그것만으로도 인상적인.

○깡통주택 사기단과 보낸 넉 달 (2015. 2. 14.) (by 윤형중)

└그래 어쨌든 사람을 찾아내야 한다. 깡통주택 같은 어려운 기사에서도.

○아침이슬, 그 사람 (2015. 4. 4.) (by 이진순)

└인터뷰어를 화나게 한 인터뷰이. 화제를 부른 전설의 주인공.

○그 이름 배봉기 (2015. 8. 8.) (by 길윤형)

└특파원의 주체할 수 없었던 탐사 정신에 헌사를.

○1994년 9월 8일-지존파 납치생존자 이정수의 증언 (2015. 9. 12.) (by 고나무)

└생존자가 도저히 맨 정신으로는 하기 힘들었을 이야기.

○수원대왕 이인수 (2016. 2. 13.) (by 오승훈)

└사학 왕국의 성채에 위험한 노크를 시작하다.

(사진은 강재훈,[6] 김정효, 신소영)

그 밖의 인상적인 기사 10

○르포- '전과 25범 비강도' 최갑복 이야기 (2012. 9. 29.), 탈주범 최갑
복과의 만남 (2012. 12. 29.) (by 최우리)

└전과 25범이지만 폭행이나 협박으로 남의 재산을 빼앗은 적 없는 '비
강도'. 2012년 9월의 어느 날 사무실 안을 배회하는 후배 최우리를
보자 불현듯 최갑복과 그의 도시가 생각났다. "너, 대구 안 갈래?" 그
렇게 한 번 기사로 맺어진 인연이 르포까지.

○특집- 한윤형이 만난 '보수논객 변희재' (2013. 3. 9.) (by 남종영)

└표지로 가려다 반대에 부닥쳤다. '종북감별사'를 자처하는 보수 논객
변희재 인터뷰 기사에 언급할 가치조차 없다고 하는 사람이 많았다.
나는 정답이 뻔한 기사보다는 다투는 기사가 좋다. 다시 읽어보니 변
희재가 맞는 말을 꽤 했다.

○뉴스분석 왜?- 남성연대 성재기의 기이한 죽음 (2013. 8. 3.) (by 박유리)

└왜 성재기는 카메라 기자까지 불러들여 한강으로 뛰어내리는 무모한
퍼포먼스를 벌였을까. 당시 〈국민일보〉에서 〈한겨레〉로 이직한 지 얼

마 안 된 사회부 박유리에게 취재를 요청했다. 그녀는 문상까지 다녀와 기사를 썼다. 위의 변희재에게 엄청난 공격을 받았다.

○르포- 첫차를 타는 사람들 (2013. 9. 7.) (by 윤형중)

└ 난 이런 르포가 좋다. 토요판 기자들은 막차를 타기도 했고, 평양냉면집 을밀대에서 일을 하기도 했고 성형수술 카톡 상담을 했다. 신입생들이 교복 맞추는 현장과 3월의 초등학교 1학년 교실과 전당포와 흥신소도 찾았다. 뜬금없는 현장에서 의외의 메시지가 나온다.

○특집- 통합진보당 '5월 모임' 참가자들은 말한다 (2013. 11. 2.) (by 최성진)

└ 이석기 의원을 '내란 음모'로 엮어 의원직 박탈하고 구속할 때 제대로 말한 언론이 없었다. 토요판은 통합진보당 사람들의 실명 대담을 시작으로 3주 연속 신매카시즘 광풍을 보도했다. 우리 사회는 과연 매카시즘 유령이 떠돌던 1950년대 미국보다 이성적이었을까.

○뉴스분석 왜?- '이방인' 오역 논쟁 (2014. 4. 12.) (by 고나무)

└ 지금까지 우리가 읽었던 카뮈의 《이방인》이 오역투성이라는 도발적 주장. 새 번역본을 낸 출판사는 "25년을 속아왔다"고 주장했는데 그 사실관계를 촘촘히 추적한 기사다. 이 기사는 새 번역본 마케팅의 숨어 있던 치부를 처음 드러내주었다.

○야구광 대 축구광- 야구냐 축구냐 (2014. 5. 31.) (by 이형섭)

└ 토요판에서 야구광/ 축구광 코너 연재를 시작하며 그 기념으로 '야구냐 축구냐'라는 논쟁을 했다. 〈한겨레〉 스포츠부 야구담당 기자 김양희와 축구해설가 서형욱이 이야기를 나눴다. 평소 꼭 한 번 해보려고 했던 논쟁이었다. "사자와 호랑이가 싸우면 누가 이기지?" 같은.

○ 뉴스분석 왜?- 홍가혜, 비판과 처벌 사이 (2014. 7. 26.) (by 허재현)

└ 세월호 사건 뒤 그녀는 '허언증 환자'로 몰렸다. 심지어 구속까지 됐
   는데, 이에 관해 문제를 제기하는 언론은 별로 없었다. 그녀는 불신을
   자초했다. 검증하지 않은 사실을 말해 거짓말을 퍼뜨린 죄도 있다. 그
   러면 다 구속해야 하나? 홍가혜에 관한 최초의 다른 목소리.

○ 특집- 중동전쟁, 주역 4인의 대화 (2014. 10. 4.) (by 정의길)

└ 이라크전쟁의 산물인 '이슬람 국가(IS)'의 역사와 실체를 관련자 네 명
   의 가상 대화로 재밌게 엮어낸 특집기사다. 토요판 창간 때부터 고급
   외신기사를 길거나 짧거나 모두 기꺼이 감당해준 국제부 정의길 선배
   의 역작.

○ 르포- 단원고 졸업식 (2016. 1. 16.) (by 박기용)

└ 단원고 교실을 배경으로 한 두 번째 기사였다. 첫 번째로는 희생된 아
   이들이 다닌 교실을 정리할 것인가 남겨둘 것인가 하는 논쟁을 다뤘
   고, 두 번째가 이 르포였다. 졸업식 현장에는 접근하지 못했다. 할 수
   없었다. 르포를 포기한 르포여서 슬픈 르포였다.

한겨레 토요판
hani.co.kr

숭실대학교
2012년 7월14일 토요일

리뷰 & 프리뷰 >>> 2면
판사님, 대법관 한번 하셔야죠?

특집 >>> 10~11면
조국·진중권·김규항에게 개고기를 묻다

책과 생각 >>> 14면
추리소설, 족보를 따져본다면…

커버스토리 3·4면
연재의 첫번째 올림픽

"런던에서 내 인생 최고의 성적을"
18살 악바리 리듬체조요정 인터뷰

한겨레 토요판
hani.co.kr

숭실사이버대학교
2016년 2월14일 토요일

르포 >>> 11면
'천당서 지옥까지' 이완구 롤러코스터

뉴스분석 왜? >>> 14면
최규하 기념사업회는 왜 존폐기로에 섰나

하리하라 눈을 보다 >>> 19면
미녀와 추녀는 눈 5mm 차이?

커버스토리 3·4면
깡통주택 사기단과 보낸 넉 달

합숙생활 속 감시당하며 명의 다 털린 뒤
수억원대 빚쟁이 된 노숙인 김방일 이야기

그 밖의 인상적인 커버스토리들.

1면엔 되도록 인물의 사진과 함께 실명을 제목에 박아넣자는 게 내 지론이었다.

한겨레 토요판

hani.co.kr

2015년 4월4일 토요일

료료 >>> 11면
시에라리온 에볼라 치료 현장을 가다

생명 >>> 18면
돌고래 피터는 그녀를 사랑했을까

뉴스분석 왜? >>> 19면
레진코믹스, 야한 만화와 음란물 딱지

커버스토리 3·4면

아침이슬, 그 사람

이진순이 만난 학전 대표 김민기
속마음 털어놓은 최초의 인터뷰

한겨레 토요판

hani.co.kr

2016년 2월13일 토요일

뉴스분석 왜? >>> 14면
응답하라, 미친 개의 시대

료료 >>> 18면
화상 경정·경륜장을 가다

정문태의 제3의 눈 >>> 20면
북핵과 평화회담을 맞바꾸자

커버스토리 3·4면

수원대왕 이인수

상지대도 울고 갈 사학비리의 끝판왕
제화-새로 찾아낸 그의 놀라운 능력

그 밖의 인상적인 기사들.

서정적으로 현실을 보여주는 르포도 있고, 치밀한 실증적 분석도 있고,

억울한 이의 손을 들어주는 인터뷰도 있고, 르포를 못한 르포여서 슬픈 르포도 있고….

철없는 행동 하면 다 감방에 처넣어야 하나

"약속했던 구조장비 지원 안 돼"

!'은 엉터리가 아니었다

여러분 87명의 졸업을 진심으로 축하합니다

방울토마토를 꺼내오는 느낌

나의 잽, 뉴스룸 토크

토요판을 떠났다. 월화수목금 평일판으로 갔다. 2016년 3월 말에
신문부문장 발령을 받았다. 신문부문장의 역할을 제대로 설명하
려면 복잡해진다. 일간신문의 오래된 직제에 맞춰 편집국 수석부
국장이라고 잘라 말하는 게 낫겠다. 편집국장 아래에는 신문부문
장, 디지털부문장, 총괄기획에디터, 미디어전략부국장 네 명이 슈
퍼데스크라는 이름으로 수뇌부 역할을 했다. 그 일원이었다. 좋은
시절 다 갔다. 느긋하면서도 특정 요일에 집중도가 높은 토요판에
생체리듬이 맞춰져 있었는데, 이건 뭐 일요일부터 금요일까지 하
루도 긴장을 늦출 수 없는 고단한 인생이 되었다.

굿바이, 편집장

뉴스룸 토크는 신문부문장 시절을 상징하는 칼럼이다. 신문부문장이 되자마자 나에게 맡겨진 미션은 콘텐츠 개편이었다. 이른바 지면 개편 데스크포스팀(TFT). 2006~2007년 주말판 준비팀장 때를 비롯해 네 번째로 지면 개편 TFT에 참여하는 셈이었다. 그전과 다른 점은 하나. 처음으로 팀장 역할을 맡았다. 편집국장이 바뀔 때마다 늘 TFT를 띄운다. 나는 바뀐 편집국장의 위임을 받아 지면 개편의 책임을 맡았고, 팀을 구성해 논란이 되는 지점들을 함께 정리하며 결론을 냈다. 최종안이 확정된 뒤에는 경영진을 상대로 프레젠테이션을 했다. 그리고 2017년 6월 27일 첫 지면 개편호를 냈다. 그 주요한 신상품 중 하나가 뉴스룸 토크다.

당시 종이신문 개편에서 가장 역점을 둔 면은 1~3면이었다. 1면엔 제호 옆에 당일과 관계된 현대사 인물이 클레이 또는 일러스트로 나갔고 2면엔 뉴스룸 토크와 함께 '오늘 사람' 또는 '오늘 현장'과 1면의 현대사 인물을 설명하는 '나는 역사다'[7]가, 3면엔 '오늘 스포트라이트'가 실렸다. 1톱3박(1면에 톱기사, 3면에 박스 해설)이라 불리는 일간신문 편집 관행에 균열을 내고 싶었다. 더 세부적인 설명은 생략한다. 나는 2016년 6월 27일부터 신문부문장을 끝내는 2017년 3월 17일까지 하루도 빠지지 않고 월화수목금 뉴스룸 토크를 썼다. 세어보니 총 181회다. 매주 연재 칼럼은 꽤 써보았지만, 매일 칼럼이라니. 스트레스를 만만치 않게 받았다. 희귀하고 특별한 경험을 했다.

신문부문장 시절의 지면 개편에 가장 큰 변수로 등장한 인물은 박근혜 대통령 비선 실세 최순실이었다. 2016년 9월 20일 〈한겨레〉는 1면 머리기사로 '대기업 돈 288억 걸은 K스포츠 재단 이사장은 최순실 단골 마사지센터장'이라는 제목의 기사를 보도했다. 최순실의 이름이 처음 언론에 등장하는 순간이었다. 지면 개편 3개월 만이었다. 나중에 신문사를 떠나 청와대 비서실장을 지냈던 김의겸 선배가 주도한 특별취재팀은 그때부터 박근혜 정권에 드리운 최순실의 그림자를 집요하게 추적해 드러냈고, 이는 정권교체를 가속화시키는데 결정적으로 기여했다. 다만 〈한겨레〉 지면 개편 실험에는 부정적인 쪽으로 작용했다. 왜냐고? 나라의 운명을 가를 최순실 관련 보도가 편집국의 우선순위로 긴박하게 떠오르다 보니 편집국에서는 느긋하게 기존 지면의 배열 방식과는 다른 새로운 실험을 진행할 마음의 여유가 없었다.

아무튼 인터뷰 형식을 빌어 소개한다.

2016년 6월 27일부터 2017년 3월 17일까지 〈한겨레〉 2면에 매일 썼던 '뉴스룸 토크'.

―― 그거 처음에 어떻게 하신 거예요?[8]

얘기하면 길죠.

―― 엄청나게 긴가요?

그렇지는 않아요. 지난 6월 27일 지면 개편하면서 시작한 거죠.

―― 기획을 어떻게 하게 됐냐는 거죠.

뭐, 편집국의 풍경과 속살을 보여주자는 취지로….

단기 4349년 병신 8월5일 경인   한겨레

뉴스룸 토크

검사와 돈

—검사 월급은 얼마쯤 되나요?

"초봉 300만원쯤, 부장검사 정도 되면 1000만원 정도. 초임 검사는 3급 공무원 대우인데, 정부 일반부처와 달리 자면 국장급입니다. 임관하자마자 공직자윤리위원회에 본인과 배우자, 직계 존·비속의 재산등록을 하죠. 현금과 부동산, 승용차까지 매년 재산변동 신고하고요."

"윤리를 요구하는 직업이라는 거죠."

"판사들도 재산신고 하죠. 군인은 대령 이상, 국립대에서는 학장 이상."

—검사는 돈을 떼다 맞나요?

"부장검사의 경우 검사 4~6명 거느리고, 검사마다 수사관이 2~3명씩 있죠. 술값, 밥값에 출장비 등등 챙겨주려면 돈이 꽤 필요하대요. 그렇게 해야야수사관들이 잘 움직인다는 통념 있어요."

—왜 일부 검사들은 돈을 밝힐까요.

"접근하는 사람들의 유혹과 본인의 욕망이 만나요."

—돈은 주로 현금으로 오간다던데.

"술자리에서 '직원들 회식이나 하라'며 200만~300만원씩 준다는 얘기도 있어요. 밥이 이름으로 미수한 차들 타고 다닌대요. 해주고, 출퇴근 때는 안 쓰겠죠. (옷 임사산들을 할 땐 쏘나타라고 했는데, 실제론 벤츠 끌고 다니고.)"

"그런데 검사 '벤츠 검사' 같은 이름 붙기도 했죠. 스폰서 검사, 어떻게 해야 사라지나요?"

"검사 힘이 너무 세니까 수단 방법 안 가리고 달불으려는 사람 생기죠. 검사 권력이 분산되도록 제도를 바꿔야 해요."

이상, 일요일 오전 편집국 한편에서 기사들이 진 법전될 하려온 기자양반이 자녀 3살20일까지 건강은 검사장에 관심 처음 밝혔던 이 기다다고 오늘의 1,3면엔 김아무개 부장검사는 바쁜 그림 10분간 불잡고 성가신 질문을 던져봤었나 검사에게 돈이란 무엇인가.

고경태 신문부문장 k21@hani.co.kr

단기 4350년 병신 12월27일 신해   한겨레

뉴스룸 토크

번쩍번쩍 문

남서는 피터를 요구한다. 무적의 최강 대선 주자 원한다. '지지 30%대 19' 문재인이 더 붙어인(파단 된 대표는 이제대 결승점 골인할까. 이유 한번 정치블장이다.

—요즘 자신감 충만하죠?

"장난 아니죠. 2012년 사진과 비교하면 눈빛이 번쩍번쩍. 얼마 전 정치인 상상집 갔는데 문상사들은자 분재인과 사진 찍자고 난리. 요즘엔 기자들에게 농담도 곧잘 걸고. 가벼(가?) 달라졌어요?"

—김대중 이후 대선은 적인 적은데.

"후발주자들과 지지율 큰 격차. 반기문도 즉 쯤이 있고. 게다가 초기대선 특수 상황. 후발주자들은 짧은 활으로 빙빙 도는데 문재인만 비행 단계."

—"착한 문은 '강한 문' 돼가는."

"멧덜 높았어요. 비판자들에게 일일이 대꾸 안 하고 필요할 때 풀어내 지적. 아직 부족하다는 점도 '자신 대꾸를 던의면 '살살 해달라'거나 필요하면 현법도 해야 하고, 자기편 만들면서 간과 쓸개 내놓으며 잘 모사야 하는데 그렇지 못하다고."

"스스로 어떤 길의 단점인 할까요."

"문재인 쪽을 겨라면서도 '문재인 대통령 잘 불안한다는 사람을 많을까? 나는 대통령 잘할 수 있을까?' 잘하겠다 생각 (어? 실패를 틀까? 실패라 생각 않겠지만)"

—남네 가장 강력한 경쟁자는?

"'답답과 사이다' 맑인 능하 이재명. 통합 아미 깊은 안희정, 자기는 둘 다 '꼬라'."

—문자 폭탄, 극성 지지자들.

"'친노패인'이란 논란을 '찍히'로 굳히는 효과. 무조두고 집 불리도. 좀 더 단호한 태도 취해야 하지 않을까."

"문재인에 대해 공식적으로 애기할 땐 자기감명이가부터, 손수락하면 열심 지지자들이 한겨레 절독하겠다, 당신 기사 절대 안 보겠다 같은 비난 댓글 쏟아지겠기."

고경태 신문부문장 k21@hani.co.kr

깊이와 흥미로 미래를 엽니다

오늘부터 〈한겨레〉 지면개편

〈한겨레〉가 오늘부터 새 지면을 선보입니다. 품격과 진중함을 지키면서도 활력과 유쾌함을 잃지 않는 자세로 독자 여러분의 뉴스 궁금증에 응답하려 합니다. 기동성 있게 뉴스를 전하면서도 속보경쟁에 매달리지 않고 과거와 현재와 미래를 잇는 통찰을 담고자 합니다. 오프라인을 넘어 디지털 공간에 스며들려 합니다.

1. 다른 빛깔의 1, 2, 3면

1면 제호 옆엔 매일(토요판 제외) 김태권·오금택 작가가 빚어내는 역사 인물이 타임머신을 타고 옵니다. 1면 편집은 그날 강조할 기사에 집중하면서도 좀 더 풍성한 뉴스를 맛볼 수 있는 형식으로 바뀝니다. 2면은 뉴스인물과 현장르포를 중심으로 접근합니다. 3면 '오늘 스포트라이트'는 특별히 조명할 만한 이슈를 파헤칩니다.

2. 월요일엔 미래, 화요일엔 밥&법, 수요일엔 정치 bar

월요일부터 목요일까지 특화된 섹션을 앞쪽에 배치합니다. 월요일 '미래'(4개면)는 과학기술과 우주·환경 등 미래 이슈를 심층 탐구합니다. 화요일 밥&법(3개면)은 밥에 울고 웃는 사람들의 이야기와 사건 이면을 추적합니다. 수요일엔 디지털 정치콘텐츠의 확장판 '정치 bar', 목요일엔 '김양중 종합병원'(격주)이 찾아갑니다.

3. esc 등 특색을 더한 별지섹션

본지에 통합해온 함께하는 교육, esc, 책과 생각 섹션을 각각 화요일(4개면), 목요일(8개면), 금요일(8개면)에 별지 발행합니다. 고유의 색깔과 향기를 더하고 디자인에 변

• 신문부문장 시절 〈한겨레〉 2면에 매일 썼던 '뉴스룸 토크'.

•• 당시 〈한겨레〉 1면의 지면 개편 알림. 2016년 6월 27일자.

나는 지금 '뉴스룸 토크' 이야기를 하고 있다. '뉴스룸 토크' 란 종이신문 〈한겨레〉 2면에 매일(토요판 제외) 실리는 고정칼럼이다. 칼럼의 꾸밈새는 이름 그대로다. 온라인과 오프라인용 신문 콘텐츠를 생산하는 편집국의 뉴스룸에서 토크를 한다. 기자와 기자가 한다. 그 기자 중의 한 명은, 묻는 자(인터뷰어)인 나다. 또 다른 한 명의 상대, 즉 답하는 자(인터뷰이)는 그날그날 다르다. 나는 지금 뉴스룸 토크 형식으로 그 이야기를 한다.

이상한 발제

―― 기획에 얽힌 짧은 역사를 들려주세요.
올해 4월에 〈한겨레〉 편집국에선 지면 개편 TFT를 구성했어요. 신문부문장인 제가 팀장을 맡았고요. 1, 2, 3면을 상당 부분 변화시키려 했어요. 그 시도 가운데 하나로 들어가 있었죠. 첫 보고 문서(4월 28일 작성)를 찾아보니 '에디터 아침 보고'라는 이름으로 적혀 있더라고요.

―― '에디터 아침 보고'요?
사실 별생각 없이 만든 이름이에요. 각 부서 에디터들이 돌아가며 하는 '뉴스 백브리핑'이랄까, 기사에는 나오지 않는 이야기를 해보자고 발제를 했죠. '에디터들이 각 부서 속사정을 슬쩍 흘려준다' 정도로 생각했어요. 200자 원고지 기준 4매 안팎의 분량으로 아주 콤팩트하게. 하지만 기사 형식에 관한 구체적인 그림은 없었어요.

── 선행 모델이 없잖아요.

〈조선일보〉 1면에 '팔면봉'이라는 초미니 칼럼 있잖아요. 딱 세 가지 이슈에 관해 각각 한두 문장으로 위트 섞인 코멘트하는. 그런 식으로 현안을 짚어보면 어떻겠냐는 사람도 있었죠. 남 따라가는 거밖에 안 되지 않겠냐 하는 반론이 튀어나왔고. 아침 편집회의의 어느 한순간을 잡아채서 써보면 어떻겠냐는 의견이 나오기도 했고요. 이렇게 표류를 하다 보니 각 부서 에디터들 반응이 시큰둥했어요. 정작 글을 써야 할 당사자는 에디터들인데 말이죠. 각자 오피니언 면에 '편집국에서'라는 칼럼도 돌아가며 쓰는 판에 이거까지 맡으라니 짐이라고 느꼈을 터인데.

── 어떻게 물꼬를 트게 됐나요?

편집국장 주재로 각 부서 에디터들과 지면 개편 관련 회의를 할 때마다 이 칼럼 이야기를 꺼냈는데 매번 명쾌한 결론이 안 났어요. 마지막 회의 때도 '도대체 이걸 왜 하려고 하느냐', '컨셉이 뭐냐' 같은 근본적인 질문과 답변이 되풀이됐어요. 이러다 보면 가장 쉬운 길을 선택하게 되거든요. 그냥 안 하고 마는 거. 저는 어떻게든 새로운 물건을 내놓고 싶은 욕심이 있었고, 그래서였는지 마지막 회의 시간에 충동적으로 덜컥 말을 내뱉고 말았죠. '그럼 제가 어떻게든 써보겠다'고. 그러곤 바로 후회했죠.

── 그 말 하나로 코가 꿰인 건가요?

그날 밤에 잠을 못 잤어요. 이거 어쩌나. 매일 감당할 수 있을지 이렇게 저렇게 재도 자신감이 안 생기더라고요. 저 역시 칼럼에 대한 정확한 상(像)이 맺혀지지 않은 상황이었거든요. 그러던 중에 갑자기 뭔가 필이

팍 오더라고요. 지면 개편을 3일 남겨놓고.

—— 필?

아주 단순하게 기자들을 인터뷰해보면 어떨까 하는 아이디어가 섬광처럼 머리를 흔들었죠. 바로 정치부 후배 한 명을 붙잡고 당시 논란이 되던 더불어민주당 서영교 의원 갑질 사건에 관해 궁금한 몇 가지를 물어보았어요. 그리고 후다닥 10분 만에 써봤어요. 이걸 슈퍼데스크 단톡방에 올려놓고 검토를 요청한 뒤 기다렸죠.

글로 쓰는 네컷만화

—— 반응은 어땠어요?

"그냥 술술 읽힌다고 한다"고 하더라고요. 다만 너무 직설적이지 않냐는 지적이 있었죠. 해당 기자한테 보여준 뒤 톤을 다듬으면 된다고 보았고요. 매일 기자 아무나 붙잡고 문답으로 구성하면 품도 별로 안 들겠더라고요. 제가 초반에 집필을 전담하되 시간이 조금 흐른 뒤엔 각 부서 에디터들과 돌아가며 쓰자고 했죠. 국장이 나쁘게 보지 않았는지 한번 해보자 하더군요. 칼럼 이름은 '뉴스룸 핑퐁' 등등 여러 안이 경쟁하다 점잖게 '뉴스룸 토크'로 확정을 했고요.

—— 첫 회 주제는 뭐였죠?

〈한겨레〉 지면 개편을 둘러싸고 '찌라시(증권가 정보지)'에 나온 풍문 이야기를 에디터 한 명과 나눴죠. '뉴스룸 토크'를 소개하는 다음과 같은 멘트와 함께. '편집회의 풍경이랄까, 에디터와 기자들 사이에 오고 가는 말이랄까, 기사 출고 단추 누르기 전의 고민이랄까. 이런 걸 아주 작고 날렵하게.'

── 반응은 어땠어요?

반반이었던 거 같아요. 신선하다는 평이 있었죠. 일간신문 매체에서 처음 보는 놈이었으니까. 근데 일부 시니어들 사이에선 신문 지면 앞부분에 배치하기엔 지나치게 가볍지 않냐는 말도 흘러나왔죠. 이런 식의 글쓰기에 동의하지 않는다고 밝힌 분들도 계셨죠. 지면 개편 직후, 달마다 신문을 비평하는 '열린편집위원회'의 독자편집위원들 사이에선 "뉴스룸 토크를 비롯해 신문 앞 지면이 굉장히 재밌어졌다"와 "촌철살인을 기대했는데 별 내용이 없다"는 상반된 두 개의 의견이 오갔어요.

── 쓰는 데 얼마나 걸려요.

짧은 편이에요. 정말 잘 풀릴 땐 취재와 집필까지 딱 15분 걸린 적도 있어요. '□□란 무엇인가'라는 제목으로 〈한겨레〉 미래팀을 소개하는 거였는데 미래팀장 인터뷰에 10분, 쓰는 데 5분 정도. 특별한 경우 아니면 한 시간 안팎이면 되죠.

── 짧은 분량이지만 형식은 여러 가지로 변주되던데.

문답이 기본이죠. 대면·전화·카톡 등 사정에 따라 편한 방법으로 묻고 답하고, 때로는 특정 기자를 떠나 '모둠'으로 구성해요. 가령 '브렉시트'

를 주제로 사내 관련 기자들에게 한마디씩 받거나, 한겨레 전·현직 워싱턴 특파원들에게 올해 미국 대선 결과를 점치게 한다거나. 인터뷰한 기자를 내세워 일인칭 시점으로 풀어쓰기도 하고.

── '뉴스룸 토크'는 한마디로 어떤 칼럼인가요.

글로 쓰는 네컷만화가 됐으면 해요. 지금은 신문에서 네컷만화 사라졌지요. 간결하게 사건의 맥락을 훑고 지나가는 만화 같은 텍스트. 아직 완벽히 그 이상에는 못 미치지만. 짧고, 쉽고, 가볍게 접근해 독자들에게 어떤 사안에 관한 콩알만 한 정보와 임팩트라도 주는 거죠. 김언수의 단편소설 《잽》에서 인상적인 대사를 읽은 적이 있어요. 권투관장이 젊은 주인공한테 잽을 날리는 법에 관해 가르치면서 이렇게 말하죠. "이게 잽이라는 거다. 어깨와 주먹에 힘을 빼고, 툭툭, 주먹으로 치는 게 아니라 냉장고에서 방울토마토를 재빨리 꺼내 온다는 느낌으로 팔을 뻗는 거야." 저는 '냉장고에서 방울토마토를 재빨리 꺼내 오는 느낌'을 상상해요. 이 표현이 좋아서 글쓰기나 제목 강의할 때 수강생들한테 써먹는데, '뉴스룸 토크'가 독자들에게 그런 리듬과 감성으로 와닿았으면 좋겠어요.

검사 시리즈, 역린 시리즈

── 가장 기억나는 글이 뭐예요?

9월 5일부터 9일까지 일주일간 이어진 검사 시리즈가 기억나요. 김형준 부장검사의 스폰서 의혹사건을 〈한겨레〉가 단독 보도하던 첫날 서울 중앙지검 출입하는 후배 기자와 '검사와 돈'이라는 주제로 대화를 나누고 글을 썼어요. 검사 월급부터 시작해 검사에게 돈이란 무엇인가에 관해 차근차근 물어봤죠. 다음 날엔 후속으로 '검사와 친구'를 했고 '검사와 술', '검사와 X', '검사와 스트레스'까지 한 명의 기자와 5회 연작을 하게 됐어요. 검사를 까는 거였는데 대검찰청 관계자도 재밌게 읽었다는 말을 했다고 법조팀 기자에게 전해 들었어요. 이런 식으로 뭔가 계속 색다른 글쓰기 방식을 개발하면 생동감 있겠죠.

—— 방금 '검사와 스트레스'를 언급했는데 칼럼 쓰면서 스트레스 안 받아요?
스트레스를 받죠. 아침에 출근하자마자 뭔가에 쫓기는 느낌을 받고. 무엇에 관해 다룰지 확정을 못 해 잠 못 이루다가 마감 시간에 헤매는 꿈을 강박적으로 반복해 꾸기도 했어요. 다만 기자에게 캐물으면서 저도 공부가 되긴 해요. 제가 특정 부서에 소속돼 있지 않다 보니 기사를 데스킹하거나 출고를 하는 입장이 아니잖아요. 뉴스와 좀 거리감이 있죠. 그걸 좁혀준달까. 그게 스트레스를 삭혀주지요.

—— 〈한겨레〉가 2016년 9월 20일부터 최순실을 지면에 등장시켰잖아요. 그때도 '역린'이라는 제목으로 뉴스룸 토크에서 중계를 했죠?
맞아요. 최순실 관련 보도를 준비한다는 걸 한 달 전부터 알고 있었죠. 보도되는 첫날부터 김의겸 선배를 인터뷰하며 뉴스룸 토크에 담았어요. '역린'이란 용의 목에 거꾸로 난 비늘을 뜻하죠. 왕이 노여워하는 왕만의 약점. 특별취재팀 기자들을 번갈아 인터뷰하면서 13번까지 썼어요.

—— 기자가 기자를 인터뷰한다는 건 무슨 의미가 있죠?

별 의미 없어요. 방송 뉴스에서도 중요 사안에 관해서는 앵커가 기자를 스튜디오에 불러놓고 이것저것 묻잖아요? 아, 그러고보니 〈한겨레〉가 2019년 6월 '한겨레 라이브'라는 생방송을 시작하면서 '뉴스룸톡'이라는 걸 시작했어요. 방송이라는 차이가 있을 뿐, 뉴스룸 토크와 다를 게 뭐가 있겠어요. 토크를 톡으로 줄인 거?

—— 혼자 쓰셨죠?

제가 여섯 번째로 칼럼을 쓴 날이던가, 노조 게시판에 "혼자 쓰는 게 지속 가능하냐"면서 "매일 흥미롭게 쓸 수 없다면 없애는 것도 한 방법"이라는 냉소적인 글이 떴어요. 사실 한두 주, 제가 혼자 맡은 뒤 돌아가며 쓰자고 할 계획이었는데 이 글을 보니 오기가 발동하더라고요. 그래서 그런 태클이 쑥 들어갈 때까지 해보자며 더 연장하게 된 거고요. 사실 '신상품'은 주변에서 진득하게 기다려줘야 하잖아요. 아무튼 끝날 때까지 저 혼자 썼어요. 2017년 3월 말 편집국장이 바뀐 뒤에도 누군가 계속 썼으면 좋았을 텐데.

470만 원은 언감생심

망한 기획, 자서전 스쿨

망했다. 망해도 완전 망했다.

뭘 해도 될 놈은 된다는 말이 있다. 좋은 팔자를 타고났다는 말이다. 뭘 해도 흥하던 때가 있었다. 〈한겨레21〉에서 편집장이 되기 전 여러 기획을 했다. 한가위와 설에만 하는 다단계 퀴즈 큰잔치를 기획했다. 아시아 각국의 기자들에게 직접 기사를 받는 '아시아네트워크'를 기획했다. 배우가 직접 인터뷰어로 나선 '오지혜가 만난 딴따라'를 기획했다. 풍자 코너인 '시사넌센스'를 기획해 집필했다. 이 책의 여러 곳에서 밝힌 그 밖의 여러 코너를 기획했다. 그때는 몰랐다. 운이 좋게도 모두 과분한 반응을 얻었다.

지면 기획을 토대로 한 이벤트 기획도 했다. '한국 – 베트남 평화마라톤대회'[9]와 '인터뷰 특강'이다. 인터뷰 특강은 2004년 〈한겨레21〉 창간 10돌을 앞두고 한홍구, 박노자, 오지혜, 정문태 등의 인기 필자를 주축 강사진으로 앞세운 인문학 특강이었다. 2004년 3월 인터뷰 특강 알림 광고를 내며 "사회자와 강연자의 일대일 대담과 강연자의 단독 강연, 독자와의 질의응답 순서로 자연스럽게 이어지는 토크쇼 방식의 새로운 강연"이라고 소개했다. 특강이라 하면 대개 강연자가 일방적으로 말하는 걸 의미하던 때였다. 인터뷰 형식의 특강이었다. 교육방송(EBS)은 이 콘텐츠의 교육적 가치를 인정하고 특강 현장을 촬영·녹화해 방송을 내보냈다.

이런 식의 특강 컨셉은 처음이었다. 아는 사람은 거의 없지만, '인터뷰 특강'은 그 이후 수많은 토크콘서트의 원조가 되었다. 〈한겨레21〉은 특강 콘텐츠를 기획하고, 한겨레문화센터(현 한겨레교육문화센터, 이하 한겨레교육)는 수강생 모집 등 실무를 담당했으며, 한겨레출판은 매년 특강 내용을 한 권의 책으로 묶어 냈다. 유료 특강이었음에도 대형 강연장이 비좁아 간이 의자를 들여놓아야 할 만큼 사람들이 몰려들었다. 10대에서 70대까지 남녀노소 구분이 없었다. 먼 지방에서 KTX를 타고 강의를 들으러 오는 이도 적지 않았다. 책도 잘 팔렸다. 전혀 예상 못했기에 깜짝 놀랐다. 창간 10주년 기념으로 주변 필자들 끌어모아 별생각 없이 해본 거였는데 수강생이 꽉꽉 들어차고 한겨레 여러 분야에서 적잖은 매출까지 올리는 셈이었다. 결국 연례행사로 굳어졌다. 나는 편집장 시절이던 2006년 3회까지 기획에 관여했는데, 그 이후로도 쭉 이어져 2013년 10회까지 갔다.

〈한겨레21〉을 갑자기 떠나 주말판 준비팀장으로 발령 나는 등 기구한 운명에 휘말렸지만, 뭐든 결국엔 순조롭게 마무리됐다. 뭘 해도 잘되는 팔자라고 과신했는지도 모른다. 그래서였을까. 어떤 기획은… 폭삭 망했다.

여기 책 한 권이 있습니다.

A4 용지보다 훨씬 작은 크기, 300여 쪽의 보통 두께. 이 작은 공간 속으로 사람이 들어갈 수 있을까요? 연체동물처럼 몸을 말고 구기고 오므려 축소한 뒤 책 속으로 스며드는 초소형 인간을 상상해봅니다.

상상을 현실로 만들어봅시다. 책 속으로 자신을 밀어 넣는 흥미진진한 체험을 해봅시다. 요가나 체조 훈련으로 유연해진들, 육체로서의 '나'를 책 속에 넣을 순 없습니다. 섬세한 기억과, 복잡한 마음과, 수많은 관계의 회로로 구성된 또 하나의 '나'는 책 한 권에 너끈히 들어갑니다. 한 사람의 '나'는 바로 한 권의 책이고, 한 권의 책은 바로 한 사람의 '나'입니다. '나'는 책으로 기록할 만한 가치가 충분합니다. '나'는 책에 기록할 만한 이야기가 충분합니다. '나'를 존중한다면 한 번쯤 '책'이 되어봅시다.

자신의 삶을 성찰한 준비가 됐다면 누구나 도전할 수 있습니다. 10대라고 자서전을 쓰지 말라는 법은 없으니까요. 남녀노소 관계없습니다. 당신을 책의 주인공으로 만들어드립니다.

이유는 달라도 목적은 단 한 가지! 1년간의 긴 강좌를 끝내고, 모든 수강생이 책 한 권의 저자가 될 것!! 그 목적에 동의하는 분들을 수강생으로 모십니다.

삶을 되돌아보고 반추할 나이가 됐다고 생각하시는 분들, 가족과 친구들에게 자신의 삶을 일목요연하게 보여주고픈 분들, 가슴속의 뜨거운 이야기를 쓰지 않고는 배길 수 없겠다는 분들, 죽기 전에 무조건 책 한 권을 남기고픈 분들, 모두모두 환영합니다.[10]

2012년 이른바 '고경태의 자서전 스쿨'을 기획했다. 한겨레교육의 새 강좌였다. 당시 한겨레교육에서 미디어교육본부장을 맡던 후배 김창석(언론계 입시 강사로 유명하며 〈한겨레〉 기자 출신이기도 하다)과 의기투합해서 기획한 새로운 강좌 상품이었다. 위 글은 옛 노트북 파일함에서 찾은 안내 문구 초안이다. 이 문구대로 나가지는 않고 업그레이드가 됐을 것이다.

나는 2004년부터 한겨레교육에서 편집기자실무 강좌(총 8주)를 진행한 바 있다. 제목 뽑기와 기획 등 신문·잡지 편집의 스킬에 관한 강의였다. 2010년부터는 당시 한겨레교육 대표였던 강석운 선배의 제안으로 창의적 글쓰기 강좌(총 8주)도 맡았다. 창의적 글쓰기는 4기까지 수강생을 받을 동안 매회 정원 30명을 채웠다. 글쓰기 교육에 대한 수요가 높던 때였다. 창의적 글쓰기 강의는 2011년 3월 문화스포츠 에디터 발령을 받으면서 중단했다. 잠시 강의 공백기를 가졌고, 새로 런칭한 토요판이 제 궤도에 오를 때쯤 김창석이 다시 강의를 해보자고 했다. 나는 이왕 하는 거 전혀 존재하지 않는 새로운 주제와 규모의 강의를 해보자면서 자서전 스쿨 아이디어를 던졌다.

2011년 여름부터 인터넷서점 예스24의 웹진 〈채널예스〉에

'아버지의 스크랩'을 격주 연재하면서 떠올린 구상이었다. 나중에 《대한국민 현대사》(푸른숲, 2013)라는 제목으로 출판하는 이 연재를 통해 나는 다른 사람들도 다양한 자서전을 만들 수 있겠다는 생각을 했다. 아버지가 1959년부터 남긴 신문 스크랩을 토대로 현대사와 아버지의 개인사를 교차시키면서 글을 썼는데, 어쩌면 아들이 아버지의 자서전을 대필하는 셈이었다. 자연스레 '역사란 무엇인가'라는 질문이 머릿속에 맴돌았다. 나만의 자신 있는 답이 생겼다. 나는 역사다! 역사는 나다!

역사란 개인의 삶에서 출발한다. 이런 단순한 깨달음을 강의와 책으로 확산시키겠다는 명분에 매달렸다. 나는 "모든 인생은 기록할 만한 가치가 있다"는 한마디를 내걸고 수강생 전원의 자서전 출판을 목표로 했다. 강좌의 본질은 '책 한 권 쓰기'였다. 한 권의 책을 완성하려면 고도의 집중력과 인내력이 필요하다. 자칫 지루하고 고통스러울 수 있는 마라톤 풀코스 같은 그 여정을 함께하는 코치를 자임했다. 그러나 다음의 메모를 보면 이 기획의 운명이 대강 짐작될 것이다.

| 강좌명 |

고경태의 자서전 스쿨 : 모든 인생은 기록할 만한 가치가 있다

1 수강료 : 470만 원 (출판 제작 비용 100만 원 포함)

2 강의 구성 : 12개월, 30회 강의, 총 4라운드

3 수강 정원 : 20명

수강료가 무려 500만 원에 육박했다. 출판 제작 비용을 포함하고 기간이 1년에 이른다는 점이 달랐지만 부담되는 액수였다. 가장 비싼 언론사 입시 글쓰기 강좌도 100만 원을 넘지 않았다. 책 출판까지 책임지고 지도해주는 고급 자서전 강좌에 대한 숨어 있는 수요가 있을 거라고 보았다. 근거는 없었다. 데이터가 아닌 감에 의존했다.

개강일은 2012년 3월 26일. 개강일이 다가왔지만 수강을 희망한 사람은 달랑 한 명이었다. 6월 4일로 개강일을 미뤘다. 한겨레교육에서는 홍보를 더 강화했다. 〈한겨레〉에 광고가 났고 〈한겨레21〉과 '아버지의 스크랩'을 연재하던 〈채널예스〉에 관련 기사가 실렸다. "걸어온 길을 통해 내일을 본다"면서 심오한 의미를 부여한 기사였다. 변화는 없었다. 속이 타들어 갔다. 망신살이 뻗칠 것 같았다. 2004년부터 내 편집기자실무 강좌와 창의적 글쓰기 강좌를 들었던 모든 수강생에게 이메일로 안내문을 보냈다. 그럼에도…. 망했다.

치명적으로 비쌌다. 아니 무엇을 믿고 470만 원으로 손님을 모았단 말인가. 타이밍이 너무 빨랐다. 자서전 스쿨은 분명 최초의 차별적인 강좌 아이템이었지만 자서전에 대한 대중적 인지도가 미미할 때였다. 이런 상황에서 고액 자서전 강좌에 대한 최소한의 수요 조사도 없었다. 일단 기존 다른 강좌와 비슷하게 소박한 수준으로 시작했어야 했다. 자서전 강좌를 대한민국에서 처음 본격 시작한다는데 의의를 뒀어야 했다. 천천히 소비자들의 수요를 탐색했어야 했다. 그냥 하면 될 줄 알았다. 오산이었다. 착각은 자유였다.

처절한 실패를 인정하고 1년 뒤 다시 도전했다. 개강일을 2013년 5월 25일로 잡았다. 이번에는 수강료를 확 내렸다. 12회 65만 원. 자서전 출간은 개인의 선택에 맡기고 글쓰기 기본 수업과 자서전 기획안 작성까지만 하자고 했다. 그래도 비쌌다. 한겨레교육에서 8회 강의가 24만 원 할 때다. 내 강의는 두 배에 가까웠다. 결과는… 또 망했다. 아니, 뭘 해도 망하는 놈은 망한다는 말인가. 자조에 빠지는 시간이었다.

한데 언젠가부터 자서전 쓰기 강의 붐이 불었다. 내가 실패의 쓴맛을 보고 나서 2년쯤 지나서였을 것이다. 각 지방자치단체의 평생교육학습관에서, 복지관에서, 민간 교육기관에서 어르신을 대상으로 자서전 쓰기 강좌를 열기 시작했다. 대부분 책 출판까지 염두에 두고 진행되었다. 언론사에서도 자서전 강좌에 관심을 가졌다. 〈조선일보〉의 한 자회사는 '자서전 쓰기 코칭 과정'으로 수강생을 모집했다 그들이 내세운 캐치프레이즈는 내가 내걸었던 한마디와 똑같았다. "모든 삶은 기록할 가치가 있다." 망했지만, 망하면서 다른 사람들에게 영감을 줬단 말인가. 그래도 고액 강의는 나타나지 않았다.

나는 자서전을 장르화시키고 싶었다. 은퇴한 어르신들이 시간 순서대로 쓰는 회고록은 구미가 덜 당겼다. 초등학생도 자서전을 쓸 수 있다고 생각했다. 직장에서의 어떤 프로젝트, 삶의 어떤 뜨거운 순간, 나만의 콘셉트가 담긴 특별한 기록이 한 권의 자서전이 될 수 있다고 보았다. 1년간의 꿈만으로도 자서전을 쓸 수 있었다. (재미삼아 몇 달간의 꿈을 기록해본 적도 있다.) 누군가에게 보내는 편지만으로 엮을 수도 있었다. 자신의 인생을 통사적으로 보여주는 쪽보다는 특정한 시기나 사건, 주제에 집중하여 현미경을 들이대는 쪽에 더 관심이 갔다.

 망하는 경험도 소중한 자산이라고 한다. 나는 망해서 무엇을 배웠는가. 망하지 말아야겠다는 걸 배웠다. 망하면 기분이 좋지 않다는 걸 배웠다. 자서전 스쿨은 망했지만, 앞으로 평범한 개인들의 흥미롭고 세련된 자서전들이 많이 나왔으면 좋겠다는 생각에는 변함이 없다. 그런 의미에서 자서전에 도움이 될 만한 책과 문장을 소개하고자 한다. 따라 하자는 이야기는 아니다. 누구든, 자기만의 아이디어가 담긴 색다른 자서전을 써보자는 말이다. 모든 사람에게는 고유의 이야기가 있다. 모든 인생은 기록할 만한 가치가 있다.

1 《온더무브》(알마, 2015)

신경의학자 올리버 색스(Oliver Sacks)가 타계하면서 남긴 자서전이다. 성실하고 치열한 기록의 기록이다. 그는 일기장이 천 권이나 됐고, 누군가에게 편지를 보내면 반드시 복사해 남겨놓았다. 진료한 환자들에 대해선 길고 자세한 일지를 적어놓았다. 그 덕분인지 그의 자서전만큼 상황 묘사가 구체적인 책을 본 적이 없다. 자서전의 기본은 기록이다. 기록이 무엇인가를 알고 싶은 이들에게 추천한다.

2 《카트린 M의 성생활》(열린책들, 2010)

프랑스 현대미술가인 카트린 밀레(Catherine Millet)가 30년간의 성 경험을 솔직하고 적나라하게 드러낸 책이다. 한 평론가는 "고해도 아니고 자백도 아닌 섬세하고 객관적인 묘사"라고 썼다. 서점에서는 19세 이상을 인증해야만 살 수 있는 책이다. 카트린 밀레는 "나의 글쓰기는 성행위와 긴밀하게 결합되어 있다. 문학은 이야기되지 않는 것을 이야기해야 한다"라고 말했다. 범인(凡人)들은 꿈도 꿀 수 없는 자서전이다. 다만 이 책을 읽는다면 "이야기되지 않는 것을 이야기해야 한다"는 작가의 정신에 자극을 받을지도 모른다.

3 《몸의 일기》(문학과지성사, 2015)

프랑스 소설가 다니엘 페나크(Daniel Pennac)가 쓴 장편소설. 어느 날 아침 소설가의 집에 들이닥친 친구가 공책 한 더미를 내려놓는다. 아버지가 남긴 일기장이라 했다. 소설가는 일기장을 읽다가 충격에 빠져 소설로 내야겠다고 결심한다. 세상을 떠난 아버지가 딸에게 선물로 남긴 일기장은 '몸의 일기'였다. 이명, 건강염려증, 동성애, 구토, 티눈, 용종, 불안증, 성 불능, 불면증, 몽정, 자위, 비듬, 코딱지, 현기증, 악몽, 위내시경, 오줌 누는 기술, 똥의 모양, 코피, 수혈, 치매 등등 몸의 상태에 관한 세세한 기록. 10대에서 80대까지 몸에 관해 쓴 일기엔 전 생애에 걸친 삶의 애환이 녹아 있었다. 개인적으로는 결코 쓰고 싶지 않은 자서전이다. 나이를 먹을수록 고통스러운 기록이 될 것 같다. 하지만 누군가는 호기심을 가지리라.

4 《이방인》의 작가 카뮈(Albert Camus)의 연표는 이렇게 시작한다.

(2011년 민음사 출간본에서 인용)

"카뮈의 조상들. 1809년 증조부 클로드 카뮈가 보르도에서 태어나다. 그는 마르세유 태생인 아내 마리 테레즈(처녀 때의 성은 벨레우드)와 함께 알제리로 이민한 것으로 추정된다. 알제리가 프랑스에 정복당한(1830년) 지 얼마 뒤의 일이다. 이들 부부는 알제 남쪽으로 약 20킬로미터 떨어진 곳에 위치한 마을 울레드파예트에 자리잡는다."

증조부로부터 시작하는 연표가 인상적이었다. 그다음엔 조부, 외조부, 조모, 외조모 등에 관한 연표가 10여 개 항목으로 펼쳐진다. 나의 먼 뿌리를 탐구하는 작업은 자서전의 기초가 될 수 있다. 꼭 이와 같지는 않더라도, 좀 더 재밌고 독특한 연표가 있는 자서전을 보고 싶다. 아니 통째 연표만으로도 자서전을 쓸 수 있지 않을까.

"당신은 안 착해서
매력적이야"

〈○○저널〉, 〈○○21〉, 〈○○신문〉, 〈XX신문〉 담당자 선생님께.

○○○이라고 합니다. 제가 개인 사정으로, 내년부터는 일체의 외부 기고를 하지 않으려고 합니다. 어디에도 제 이름이 나는 경우는 없을 것입니다. 그래서 네 개의 매체를 같이 적었습니다. (중략)

죄송스럽고, 부끄럽고, 감사한 점은 이루 말할 수 없습니다. 개별적으로 연락드리지 못해 죄송합니다. (중략)

미리 말씀드렸으니, 좋은 필자 어서 구하시길.

○○○ 드림

〈한겨레〉 토요판 에디터 시절이던 2015년 10월의 어느 날, 위와 같은 이메일을 받았다. 어느 필자의 급작스럽고 일방적인 연재 중단 통보였다. 이채롭게도 그/그녀는 본인이 연재 중인 네 개의 매체 담당자에게 동시에 이메일을 보냈다. 그중엔 월간지도, 주간지도, 일간신문도 있었다. 평생의 편집자와 편집장 생활에서 연재 중단 의사를 이런 단체 메일로 받기는 처음이었다. 매체 차별 없이 평등하게 다 그만두겠다는 선언 같았다. 그는 〈한겨레〉 토요판에 작은 인문학 칼럼을 매주 연재중이었다. 이럴 땐 어떻게 해야 할까. 아래 보기에서 골라보자.

1 연재 중단 의사를 접수하고 바로 다른 필자를 구한다.
2 당장은 지면이 펑크 나므로 새 필자를 구할 때까지 시간을 달라고 한다.
3 절대 받아들일 수 없으므로 연재 중단 의사를 철회하라고 요구한다.
4 필자의 태도를 비난하며 감정적인 답장을 보낸 뒤 평생 담을 쌓고 산다.

4번일 리는 없다. 칼 같은 편집자라면 즉각 1번을 택할 수도 있다. 2번은 합리적 처방으로 보인다. 이메일의 분위기상 필자의 중대한 심경 변화와 단호한 결심이 엿보였다. 웬만한 설득으로 연재 중단 의사를 철회할 것 같지는 않았다. 그럼에도 나의 첫 카드는 3번이었다.

그 필자의 연재 칼럼은 토요판 지면에서 차지하는 크기가 작았지만 질적인 측면에서 주요한 기둥이었다. 그의 칼럼은 '자극적'이었다. 화두는 주로 상처, 불안, 불행이었는데 어둡고 불편한 글들이어서 더욱 자극적이었다. 인간과 권력에 관해 통찰하고 본질을 투시하는 칼럼이었다. 나는 그의 칼럼을 토요판의 대표 상품이라 말하곤 했다.

독자들이 모두 좋아한 필자는 아니었다. 난해하다는 지적도 있었고, 편협하다는 악플도 붙었다. 왜 이 필자를 오래도록 쓰느냐고 페이스북에서 〈한겨레〉를 힐난한 베스트셀러 작가를 본 적도 있다. 나는 그런 비판에 별로 아랑곳하지 않고 그 필자를 편들었다. 물론 결코 욕만 먹지는 않았다. 팬덤층이 단단하고 저변이 넓은 필자였다. 가끔 강연을 할 때마다 객석에 빈자리가 결코 생기지 않는 인문학 스타였다.

이메일을 받은 당일 그의 주소를 알아내 집 근처에 갔다. 핸드폰 문자메시지를 보냈다. 집 앞에 왔으니 잠깐 보자고 했다. 그는 나의 빠른 대응을 예상치 못한 듯했다. 외부 강연을 위해 출타 중이라고 했다. 세 시간 뒤에 귀가한다면서 자신의 집에서 보자고 약속을 잡았다. 세 시간여를 기다린 뒤 그의 집에서 세 시간가량 이야기를 나눴다. 그는 연재 중단 결심에 이르게 되기까지 긴 사연과 앞으로의 계획을 이야기했다. 나는 묵묵히 들었다. 그의 닉네임을 '안 착한 필자 1'이라고 정해본다. '착하다'의 기준은 저마다 다르겠지만, 편집자와의 관계에서 자기주장과 고집이 강하다는 점에서, 돌발 행동이 잦다는 점에서, 한마디로 속을 자주 썩이는 필자라는 점에서 내 맘대로 붙여보았다.

필자는 착해야 하는가. 착한 필자는 좋다. 고맙다. 토요판엔 착한 필자가 참 많았다. 기대 이상의 원고 수준을 유지하고, 팩트를 엄격히 검증하고, 마감 시간을 성실하게 지키고, 매체를 아끼는 마음으로 편집자에게 양보도 잘 해주는 희생적인 필자들. 〈한겨레〉 안에서 여러 매체를 만들며 그런 착한 필자들과 인연을 맺었다. 과분한 복이었다. 동시에 안 착한 필자들을 만나 스트레스를 받고 역경과 고난을 겪은 일도 내 복이었다, 고 애써 자위해본다.

다시 질문을 던져본다. 필자는 착해야 하는가. 나의 결론은, 안 착해도 좋다. 편집자를 협박해 사적으로 돈을 뜯어내거나 주먹으로 때리거나 이상한 악소문을 퍼뜨려 매체와 편집자의 명예를 훼손하지만 않는다면, 좀 안 착해도 좋다. 대가 세고 타협이 없고 요구가 많은 필자들에게 편집자들은 피로를 느낀다. 그 필자와 동반자 관계를 지속할지 편집장에게 결단의 시간이 오기도 한다. 사람에 따라, 상황에 따라 다를 것이다. 오래된 우유 CF 중에 "개구장이라도 좋다, 건강하게만 자라다오"라는 카피가 있었다. 이렇게 패러디해본다. "안 착해도 좋다, 멋진 글만 써다오." 나는 특별한 콘텐츠가 보장되는 필자에게 피곤함을 감수할 용의가 얼마든지 있는 편집장이었다. 그런 필자에게 마음 약해지지 않는 편집장이 있단 말인가.

안 착한 필자 1은 이렇게 편집장을 조마조마하게 한 적이 한두 번 아니었다. 나는 그것이 안 착한 필자 1의 운명적 캐릭터라고 받아들였다. 그를 착한 필자로 개조하는 일은 애당초 포기했다. 그가 안 착하기에 매력적이라고 여겼고, 그 치명적으로 불온한 매력이 글 속에 스며들어 상당수 독자들을 포로로 만든다고 봤다. 안 착한 필자 1은 허무하게도 그날 내가 찾아간 자신의 집 현장에서 '항복'하고 말았다. 결국 〈한겨레〉 토요판을 제외한 세 개 매체만 연재를 중단한 셈이 됐다. 신속 출동의 힘이었을까. 편집장과 필자로서 오랜 교분의 덕이었을까. 아니면 그냥 내가 불쌍해 자비를 베풀었을까. 그는 그날 이후 이메일을 보내 "앞으로는 절대 이런 일이 없을 것"이라고 말했다. 나는 답장 끝에 이렇게 한마디 못 박아 보냈다. "OOO 선생님은 종신 필자입니다." '종신 필자'라는 말은 물론 수사다. 내가 종신 편집장이 아닌데 어떻게 종신 필자를 임명할 수 있겠는가. 그 수사는 헌사였다. 그동안 모든 필자에게 썼던 헌사 중 최고였다.

대단히 죄송하단 말씀을 먼저 드립니다. 그간 우울증과 무기력증이 다시 심하게 도졌습니다. 지난 닷새 동안 한 번도 집에서 나가지 않고 글 쓰겠다고 컴퓨터 앞에만 있었지만 결국 오늘 새벽까지도 글을 하나도 못 썼습니다. 기력이 다했습니다. 숨이 막힙니다. 내내 고민하다 오늘 새벽 글쓰기를 포기하기로 했습니다. 저로선 오랜 고민이지만 선생님껜 갑작스런 통보처럼 들릴 텐데 참 죄송합니다. 연재는 부득이 접겠습니다.

이번에는 '안 착한 필자 2'의 이야기다. 역시 토요판을 만들 때다. 2014년 11월의 어느 마감 날 아침 출근길 버스 안에서 문자 메시지를 받았다. 당일 마감하기로 한 연재물을 쓰지 못했다는 고백과 함께 앞으로도 계속 쓸 수 없겠다는 통보였다. 문자메시지엔 어떤 고통과 괴로움이 절절히 묻어났다. 그를 계속 끌고 가기 어렵겠다는 감이 왔다. 토요판에 예술에 관한 1쪽짜리 전면 통 칼럼을 격주로 쓰기 시작한 지 4개월밖에 안 됐지만 이미 여러 우여곡절을 겪었기 때문이었고, 그동안 그의 성향을 어느 정도 파악한 덕분이기도 했다.

안 착한 필자 2는 이전에도 두 차례 연재 중단을 통보한 바 있었다. 나름 이유가 있었다. 편집자와의(사실은 편집장과의) 적응기에 벌어진 일이었다. 그는 태어나서 처음으로 매체에 글을 쓰는 필자답지 않게 칼럼에서 '쩌는 카리스마'와 철학적 향기를 내뿜었는데, 초반에 편집자와의 소통에서 엇박자를 내다 폭발한 적 있었다. 초기 나의 대응도 미숙했다. 결국 그가 사는 머나먼 도시까지 찾아가 진화를 하기도 했다. 그는 예민했다. 자신의 글에 달린 제목에 대해 불만을 참지 못하기도 했고, 자신이 쓴 글의 어떤 부분을 편집자와 교열자가 손대는 문제를 사소하게 봐 넘기지 못하기도 했다. 토요판 편집장과 상의했던 지면 제목이 인터넷 부서의 손을 거쳐 선정적으로 바뀌자 분기탱천하기도 있다. 그는 매체에 글쓰는 일이 처음이었고, 나는 평범하지 않은 그가 처음이었다.

이번에는 달랐다. 연재 초반기 안 착한 필자 2의 문제 제기는 내용이 분명하고 구체적이었다. 마지막으로 보낸 문자메시지는 추상적이었다. 그는 정확하게 설명할 수 없는 고충을 토로했다. 형언할 수 없이 깊은 우울감이 문자에 담겨 있었다. 나는 애초 그에게서 어떤 '환멸'을 보았다. 환멸은 그의 삶을 들여다보면 이해되는 것이기도 했다. 그의 느닷없는 문자는 그 연장에 있었다고, 나는 해석했다. 아무튼 예전과 같은 방식으로 해결할 문제가 아니었다. 일단 문자로 차분하게 답을 했다.

"세상에서 가장 아름다운 칼럼이 이렇게 허무하게 끝나선 안되죠. 일단 원고 부담 놓으시고 편히 쉬세요. 이번 주는 안 받겠습니다. 한 번 쉬고 다시 시작해요. 마음 추스르시길."

'세상에서 가장 아름다운 칼럼'이라는 말은 진심이었다. 안착한 필자 1에게 했던 '종신 필자'와 맞먹는 헌사였다. 세상에서 가장 아름다운 칼럼이라니. 그만큼 그의 칼럼은 비교의 상대를 찾기 힘들 만큼 압도적이었고 전무후무했다.

"한 번 쉬고 다시 시작해요"라고 했지만, 당장은 실현 불가능한 기대였다. 나는 담당 기자를 통해 마지막 칼럼을 몇 주 내로 어떻게든 집필한 뒤 마무리하자고 설득했고, 그는 받아들였다. 이 칼럼의 예기치 않은 중단은 토요판 에디터를 하면서 느꼈던 가장 큰 아쉬움 중 하나다.

희한하게도 나의 뇌리에 가장 강렬하게 남아 있는 토요판 필자는 이 두 사람이다. 안 착하지만, 애착을 버릴 수 없었던 애증의 필자들. (누군지 궁금하면 책 속의 다른 글을 읽고 추리해보기 바란다.)

굿바이, 편집장

여자가 나쁜 남자에게 설레는 심리랄까. 특히 그들의 안 착한 글을 사랑했다. 나는 삶에 대한 그들의 태도가 허허실실하지 않았기에 어디서도 유사성을 찾기 힘든 글의 고유성이 탄생했다고 믿는다. 안 착해서 매혹적이었다.

안 착한 필자 1, 2는 버거운 요구도 가끔 했다. 교열 과정에서 글 본문 속의 책 필자 이름이 잘못 수정됐다며 (인터넷 버전을 바로잡는 차원을 넘어) 편집장이 당사자에게 사과 이메일을 대신 보내달라고 했고, 지면 제목이 인터넷에 오르는 과정에서 (인터넷 팀에 의해) 품위 없게 바뀐 부분에 대해서 편집장이 포털에 오른 해당 글의 비난 댓글 밑에 사과 댓글을 달아 해명을 해달라고도 했다.[11] 나는 우물쭈물하다가 전부 수용했다. 누군가는 그런 나를 필자와의 기싸움에서 졌다고 말할지도 모른다. 곰곰이 따져보니 그 요구가 사리분별에 어긋나지 않는다고 판단했기에 기꺼이, 순순히 따랐다. 내 자존심을 앞세울 부분은 아니라고 보았다. 안 착한 필자들에게 내가 착한(사실 너무 착한) 편집장이었던 점은, 별로 후회의 여지가 없다.

좋은 필자
알아보는 법 10

1 진보/보수의 프리즘으로 세상을 보지 않는 필자

좋은 진보, 나쁜 보수만큼 나쁜 진보, 좋은 보수도 많은 세상에서 우리 편, 내 편을 단순하게 가르지 않는 필자. 이분법으로 세상을 보지 않고 합리적 상식과 팩트에 기대는 필자.

2 옳은 말씀, 지당하신 말씀을 안 하는 필자

뻔하고 진부한 논리를 부끄러워하는 필자. 지당하고 안전한 말씀으로 마무리하지 않는 필자. 결론이 베일에 가려, 끝까지 읽게 하는 필자. 옳은 말씀 안 하는 글, 의외로 쉽지 않다.

3 이야깃거리가 풍부한 필자

글을 써본 경험이 없거나 글쓰기 기술이 모자라도 좋다. 공부든 경험이든 이야깃거리가 풍부하고 무궁무진해 끌리는 필자. 글이야 어떻게든 함께 만들고 다듬으면 되니까.

4 자기가 누구인지 아는 필자

본인의 사회적 위치를 냉철하게 인식하는 필자. 글쓰기의 의미를 알고, 자신의 위상에 대한 과대망상 또는 과대포장으로 편집자를 힘들게 하지 않는 필자.

5 어떤 이슈든 자신만의 시각을 가진 필자

늘 독자적 입장을 글에 표방하거나 사람들이 잘 모르는 문제를 가시화시키는 필자. 전혀 다른 이슈나 소재를 연결시켜 제3의 이야기를 창조하는 필자. 사유의 힘을 보여주는 필자.

6 사회적 약자를 '소재'로 쓰지 않는 필자

글감과 자기와의 역사 또는 관계는 하나도 없이 사회적 약자를 소재로만 이용하고 소비하지 않는 필자. 말로만 약자를 위하지 않는 필자.

7 유머와 위트가 있는 필자

글 속에 늘 작은 유머를 탑재하는 필자. 같은 이야기를 하더라도 어떻게 하면 좀 더 솔직하고 위트 있게 전달할지 깊이 고민하는 필자. 궁극적으로는 감동을 주는 필자.

8 착한 척하지 않는데 진짜 선한 필자

착하지는 않은데 착한 척하는 필자와는 반대. 꼬장꼬장하고 고집 센 것 같지만 나중에 그 본연의 성품이 피부로 다가오는 필자. 담당 기자 또는 편집자를 같은 필자로서 존중하는 필자.

9 작은 코멘트 하나에 열 개를 알아먹는 필자

초고를 두고 이런저런 코멘트를 해줬는데, 다시 쓴 원고가 그 코멘트 몇 배의 완성도로 수정되는 필자. 편집자가 언제든 터놓고 말하도록 분위기를 조성해주는 필자.

10 SNS를 하지 않거나 최소한 미친듯 하지 않는 필자

SNS상에서 책 한 권을 쓰듯 하지 않는 필자. 자신을 과잉되게 드러내지 않는 필자. 재밌는 글은 SNS에서 다 쓰고, 정작 편집자가 필요로 하는 지면에서 글이 흐물흐물해지지 않는 필자.

이 글은 혼자 쓰지 않았다. 내가 아는 필자와 편집자의 아이디어와 의견을 바탕으로 구성했다. 이들은 그 밖에도 '마감 등 약속을 잘 지키는 필자', '잠수를 타지 않는 필자', '출세욕이 덜한 필자' '양비론을 펼치지 않는 필자', '편집자와 최소한의 긴장·갈등 관계를 빚는 필자(자기 의견은 없고 하라는 대로 고분고분 다 하는 필자는 노!)', '이상한 사건에 휘말릴 가능성이 없는, 행실이 바른 필자', '유명해진 뒤 기고만장해져 배신을 하지 않는 필자' 등을 꼽았다. 작은 칼럼이든, 긴 에세이든, 장편 연재물이든, 책이든 다 적용할 만한 이야기다. 어떤 필자를 발견/발굴하는가는 편집자/편집장의 오감, 육감, 칠감에 달렸다. 그것은 흔히 '안목'이라 불린다.

주

1　아버지의 손때가 묻은 34년간의 25권 신문 스크랩북 속 기사와 메모 등을 기초로 한국 현대사를 내 멋대로 재구성해 기록한 글이다. 2013년 《대한국민 현대사》(푸른숲)라는 이름으로 출간되었다.

2　〈한겨레〉 2010년 5월 20일자 1면 알림 기사는 이렇게 밝히고 있다. "'훅'은 진보와 보수, 중진과 신인, 기존 여론 주도층 인사와 파워블로거 등 우리 사회의 모든 오피니언 리더들이 만나는 장입니다. '훅'에 오시면 매일 10여 편의 엄선된 프리미엄 칼럼을 볼 수 있습니다." 당시 〈한겨레〉 오피니언넷 부문 편집장으로 '훅' 창간을 주도했던 정의길 현 〈한겨레〉 국제부 선임기자는 "고광헌 사장(현 〈서울신문〉 사장)의 제안으로 가디언의 인터넷 오피니언 면을 벤치마킹한 고급 인터넷 여론 광장을 만들려고 했다"고 말했다. 의미 있는 실험이었으나 1년 후쯤 점점 축소되다가 2년 만에 사라졌다. '훅'이라는 이름은 내가 제안했는데 '잡아채다'는 영문 뜻과 별개로 'High-quality Online Opinion in Korea'의 준말이었다. 돌이켜 보면, 좀 유치찬란하다는 느낌을 지울 수 없다.

3　당시 〈한겨레〉 오피니언 부서에서 일하면서 지면 필자로 발굴한 이들로는 김정운 교수(당시 명지대 재직, 칼럼명은 '김정운의 남자에게')와 김호 대표(당시 더랩에이치 재직, 칼럼명은 '김호의 궁지')가 있다. 김정운 교수는 중년 남자에게 던지

는 메시지를 특유의 발랄한 필치로 요리했다. 무거운 분위기의 〈한겨레〉 오피니언 면에 색다른 맛을 선사했다. 김호 대표는 일과 직업에 관한 실용적이면서 철학적인 칼럼을 썼다. 두 사람 다 〈한겨레〉와는 결이 맞지 않는 필자로 느껴졌는데, 그래서 더 좋았다.

4 Part 3 '어느 역사학자의 역사 칼럼의 역사' 참조.

5 제돌이에 관해서는 Part 1 '그깟 돌고래 이야기'와 '제돌이를 탈출시키다' 참조.

6 강재훈은 2019년 현재까지 8년째 〈한겨레〉 토요판을 전담하는 사진기자다. 〈한겨레〉 사진기자 가운데 개인 사진전을 가장 많이 연 다큐사진 작가이기도 하다. 강원도 시골 분교의 아이들과 풍경을 기록한 '분교-들꽃 피는 학교', '산골 분교 운동회', 꼬부랑 어르신들의 일과 삶에 초점을 맞춘 '꼬부랑 사모곡', 서울 재개발 지역 골목길을 조명한 '그림자 든 골목' 등 10회를 넘긴 개인전은 상당수 책으로도 묶여 나왔다. 사실적이면서도 따뜻한 분위기의 토요판 인물 사진은 그에게 상당 부분 빚졌다.

7 '나는 역사다'와 관련해서는 Part 4 '나의 토요판 연재물 10'의 '3. 토요판 창간기획들'을 참고하면 좀 더 자세한 내용이 나온다.

8 〈신문과 방송〉 2016년 10월호에 기고한 문답글을 현 시점에 맞게 수정·보완했다.

9 2004년 2월 베트남 민간인 학살 지역인 푸옌성 뚜이호아에서 열릴 예정이었던 마라톤대회는 참가자를 모집하고도 출국일 직전에 조류독감이 세계 전역으로 번지면서 취소되었다.

10 덧붙여 '이 강좌의 특징'이라며 이렇게 정리해놓았다.
1. '글쓰기의 ABC'에서부터 차근차근 배우는 시간.
2. 내 글쓰기의 허점을 발견하고 첨삭을 받는 시간.
3. 기억을 정리하며 나의 과거를 객관화하는 시간.
4. 내 인생의 근거와 배경이 되는 자료를 조사하고 취재하는 시간.
5. 자신에게 맞는 최적의 자서전 형식을 찾는 시간.
6. 다양한 책 읽기로, 좋은 텍스트를 많이 발견하는 시간.
7. 다른 수강생들의 글과 거기에 닮긴 삶에서 배우는 시간.
8. 역사학자, 심리학자 등 각 분야 전문가들의 유익한 강좌를 듣는 시간.
9. 글쓰기 목표를 반드시 달성하는 시간.
10. 마침내 '책 한 권'의 주인공이 되는 시간.

11 지면 제목은 '가끔은 예민하게, 언제나 자연스럽게'였다. 인터넷부서 담당자가 바꾼 제목은 '여성들이 고음에 흥분해 실신하는 이유'였다. 이런….

내가 만난

PART 5

편집장

"포착하지 못하면 독수리는 사냥을 못하는 거야"

오귀환

천재.

이 단어에 나는 오귀환 선배를 떠올린다. 다른 천재도 있다. '박제가 되어버린 천재'는 시인 이상의 소설 《날개》를 장식한 첫 대목이다. 천재적인 문학성을 발산하며 격정적으로 살다가 요절한 이상의 삶도 '박제가 되어버린 천재'다웠다. 나는 다시 한 번 〈한겨레21〉에서 처음 만난 오귀환 선배의 얼굴을 머릿속에 그려본다.

음, 박제는 전혀 아니다. 과한 표현이며 실례다. 나는 그 선배에게서 광기에 가까운 열정과 비상한 감각을 보았다. 안타깝게도 그는 어떤 극적인 시점에 갑자기 언론인 생활을 마무리했다. 꼭 그

때문은 아니지만, 박제와 천재 사이의 어떤 아득한 거리감이 나에게는 롤러코스터 같았던 선배의 언론인 생활을 떠올리게 했다.

언론인 오귀환을 간단히 소개하면 다음과 같다. 1982년 〈조선일보〉 입사. 사회부와 국제부 기자를 거쳐 1988년 창간한 한겨레신문으로 옮김. 한겨레신문에서 사회부 경찰팀장(시경 캡), 〈한겨레21〉 취재팀장, 〈한겨레21〉 편집장, 〈한겨레〉 사회부장과 정치부장, 인터넷한겨레 대표이사. 3년여간 야인 시절을 보내다 〈한겨레〉 편집국장으로 돌아왔지만 8개월 만에 그만둠.

외신부 기자의 밤

오귀환 선배를 만났다. 인터뷰를 했다. 30년 가까이 언론사 생활을 하며 수많은 선배들을 겪었다. 능력과 인품을 겸비한 선배들이었다. 물론 다 훌륭할 수는 없다. 오귀환 선배는 오히려 악독하기로 유명했다. 나는 함께 일하면서 부드러운 면을 많이 목격했지만, 후배들과의 공적인 관계에서는 결코 마음씨 착한 선배가 아니었다. 오귀환 선배는 자신만만한 캐릭터였다.[1] 나는 세상에서 그렇게 자기 확신이 강하고 무엇에든 고분고분하지 않은 사람은 처음 보았다. 천상천하 유아독존으로 비칠 여지도 있었다. 하지만 그만큼 멋진 기획들을 해내면서 오만함의 정당성을 증명했던 것 같다. 예측불가형 인간이기도 했다. 무슨 사안을 논하든 얼굴에 결론이 쓰여져 있지 않다고나 할까. 그의 캐릭터는 초기 〈한겨레21〉이라는 시사주간지의 캐릭터를 형성하는 데 상당히 영향을 끼쳤다.

딱 꼬집어 표현할 수 없지만 그가 일하는 방식을 보면서 '감'을 잡았다. 〈한겨레21〉에서 함께 일할 때는 그런 생각을 하지 못했다. 시간이 갈수록, 돌이켜 보면 그랬다. 미디어의 빅 픽처를 그리는 거시적 측면뿐 아니라 글과 기획, 필자를 대하는 태도, 스케일 등 미시적인 측면까지. 2005년 3월 회사 경영진으로부터 〈한겨레21〉 편집장 제안을 받았을 때 처음 의견을 구했던 상대도 그였다. 이 인터뷰는 옛 영감자를 뒤늦게 찾아 나선 여행인지도 모른다.

2016년 2월의 어느 날 오후, 서울 광화문의 한 카페에서 이야기를 나눴다. 인상적인 편집장들을 여럿 인터뷰해볼 계획을 세우면서 맨 처음으로 점찍은 인터뷰이가 그였다. 그는 '편집장'을 주제로 인터뷰를 하겠다는 나의 이메일 제안에 곤혹스러워하며 이런 답을 보내왔다. "내가 편집장 현업을 떠나온 지 20년 가까이 되는데 괜찮은 대상인지…. 당신을 도와준다는 점에서는 도와줄 수는 있겠지만." 하지만 막상 얼굴을 마주하자 현역 시절처럼 늠름하게 말을 이어 나갔다.

고경태　본인 스스로 한겨레에서 잘 나가셨다고 하셨어요. 실제로 여러 감투를 쓰고 활약을 하셨어요. 〈한겨레〉 사회부장 시절엔 북녘 동포 캠페인 보도로 통일언론상도 받으시고. 그래도 〈한겨레21〉 편집장 때가 가장 인상적이었다고 하셨죠.

오귀환 〈한겨레21〉 편집장이 재량권을 제일 보장받는 자리잖아. 그게 〈한 겨레21〉을 살린 힘이었고. 그냥 재량권만 보장하는 게 아니라, 매 주 가판대 판매부수가 나왔지. 경쟁지 〈시사저널〉, 〈주간조선〉 등 과의 판매량 비교. 전권을 주는 것이 스스로의 매커니즘에 의해 검 증되고 확인되기 때문에 그게 근거 없고 개인적인 것이 아니었다 는 거지. 자유의 정신을 보장한 거야. 대신 그걸 데이터에 의해 스 스로 판단하게 한 거고.

고경태 재량권을 발휘했다고 하셨는데, 후회 없으셨나요? 맘대로 하신 거 죠?

오귀환 맘대로 했지. (웃음) 처음엔 고영재 선배가 갑작스레 편집장에 임 명됐는데, 우리를 견제하려는 거구나 느꼈어. 지나서 생각해보니, 그때 한 번의 과정을 거친 게 나았다는 판단이 들어. 무데뽀로 하 기보다는 고영재라는 경험 있는 선배를 징검다리 삼은 게 말야. 그 때 한참 열정과 패기가 뜨거운 때였는데 힘들었지. 지나고 나서는 모든 것은 이유가 있고, 모든 것은 토대가 되고 자양분이 된다, 그 걸 깨닫게 됐지.

1994년 창간 초기 1년간 편집장은 고영재 선배였다. 오귀환 선배는 취재팀장이었다. 막내인 내가 보기에 둘의 관계는 가까워 보이지 않았다. 둘은 같은 대학 같은 과 선후배 사이였지만 개인 적으로는 전혀 친밀하지 않았고, 공적인 관계 역시 소원하게 느껴 졌다. 회의 땐 가끔 의견 차이로 살벌한 긴장감이 조성됐다. 날 선 공박보다는 침묵의 전쟁으로 기억한다. 정말 재떨이라도 갑자기

날며 그 침묵이 깨질까 봐 조마조마한 적도 있었다. 〈한겨레21〉
이라는 이름이 정해지기 전인 1993년 10월부터 한겨레신문사 안
에서 주간지 준비팀을 꾸린 사람은 오귀환, 곽병찬, 김상윤 등이었
다. 창간 작업이 좀 더 구체화되면서 편집장 인사 발령이 났는데,
바로 〈한겨레〉 정치부장이던 고영재 선배였다. 구구절절 속사정을
다 말할 수는 없지만, 준비팀 최고참이던 오귀환 선배 입장에선
불편한 인사였다. 그새 세월이 20년 넘게 흘렀다. 그런 영향일까.
이번 인터뷰에서 접한 오귀환 선배의 '겸손 모드'에 조금 놀랐다.

고경태 2006년 7월부터 2007년 2월까지 종합일간지 〈한겨레〉 편집국
장도 하셨어요. 〈한겨레21〉 편집장(1995~1997년)을 하던 시기로부
터 10년이 흐른 뒤였네요.

오귀환 〈한겨레21〉은 인원이 열다섯 명 남짓이었으니 1인 지휘가 가능해.
편집국은 그게 어려워. 그래서 각 부서장 다 있는 거야. 〈한겨레
21〉은 우리가 처음 만든 잡지잖아. 내가 〈한겨레〉 편집국장 했을
때는 신문 역사가 이미 20년 가까이 됐거든. 그럼 시스템 플레이
로 해야 해. 조직이 유기적으로 돌아가는 게 필요한 거야. 〈한겨레
21〉 편집장으로선 "가자!" 하면서 도그마틱하게 할 수 있어. 신문
편집국은 그렇게 할 수 없었지. 조직도 크고 역사도 오래됐고, 분
야도 많고, 매일 내야 하고. 부장들한테 재량권을 주고 시스템 플
레이로 가야 하는데, 회사가 기회를 안 줬어. 시간을 안 줬어.

고경태 선배는 〈조선일보〉에서 사회부 2년, 국제부 4년 보낸 뒤 한겨레신
문에서 경찰팀징(시경 캡)도 하시며 일간지 시스템에 적응해오신

건데요. 주간지나 잡지 경험은 전혀 없으셨잖아요. 그런데도 잡지 마인드로 충만한 사람 같았어요..

오귀환 내가 다른 사람들에 비해 굉장히 제너럴리스트야. 백과전서파, 만물학자 비슷한 사람. 과거 신문사 편집장은 그런 사람 요구했어. 전문화되기 이전이라고 봐야 하거든. 그런 점에서 나는 굉장히 들어맞는 인간이야. 백과전서파에 박학다식해. 거기에 국제부 경력이 나한테 글로벌스코프(국제적 시야)를 준 거야. 밤에 국제부에서 야근할 때, 그때는 그 사람이 2년 차건 3년 차건 밤에 혼자만 남겼어. AP, AFP, UPI, 로이터 이렇게 4대 통신사 텔렉스가 쉴 새 없이 돌아가. 물론 연합통신이나 이런 데서 축약 번역해서 서비스해주긴 하지만 시간도 늦고 중요한 거 놓칠 수 있거든. 한 개인의 역량에 의해서 그 이튿날 조간신문 외신면 가치가 드러나는 거야. 그 트레이닝을 내가 4년 한 거지. 국제뉴스는 정치, 경제, 사회, 문화별로 분류돼 있지 않다고. 외신기자는 그걸 다 커버해야 하는 거야. 핼리혜성이 70년 만에 돌아온다는 것도 밤에 하면 지가 혼자 영문 번역하고 포착해서 기사를 만들어내는 거야. 환율이 올랐다는 뉴스도 다른 분야와 어떤 연관성이 있는지 빨리 찾아야 해. 정치, 경제, 사회, 문화와 역사가 뒤섞여 용솟음치는 거야. 그걸 밤에 외로움 속에서 혼자 포착하고 기사화하는 능력을 배운 거야. 그래서 국제부 경력이 없는 사람은 솔직히 말하면 신문사 리더가 될 수 없다고 생각해.

"내가 모르면 다 특종"

고경태　이런 이야긴 처음 듣네요.

오귀환　난 늘 새로운 이야길 하잖아. 하하하.

고경태　창간 초기, 회의 때 선배 혼자 주장하는 경우가 많았어요. 구체적인 내용은 잘 기억나지 않아요. 선배 아이디어가 결국은 채택되지 않기도 했죠. 그래서 회의 끝난 뒤에도 혼자 큰소리로 불만을 드러내시고…. 선배는 뭔가 달랐다고 생각했는데, 근원이 무엇인지 처음 여쭈어본 셈이네요. 처음에 한겨레신문사 안에서 주간지팀 하라고 했을 때는 어땠나요?

오귀환　신문만 가지곤 비전 안 보인다, 매체 늘려야 한다고 했을 때 주간지로 승부해야 한다고 생각했지. 난 새로운 걸 좋아해. 인터넷할 때도 그랬지 뭐.

　　그는 1999년 12월부터 2003년 초까지 '한겨레플러스'의 대표이사로 일했다. 한겨레신문사가 대주주인 독립법인으로, 〈한겨레〉의 인터넷 담당 자회사였다. 한겨레플러스 대표로 취임하기 전후의 일이었던 것 같다. 오귀환 선배를 비롯해 몇몇 선후배와 점심을 먹었다. 그를 제외하고는 다 한겨레 안에서 종이신문이나 잡지를 만드는 이들이었다. 소주로 낮술을 했는데, 그는 시종일관 〈한겨레〉에서 부장을 하는 선배에게 반농담조로 시비를 걸었다. 종이 매체에 갇혀 사는 자들의 암울한 미래를 걱정하면서 혀를 찼다. 조금 취했다. 회사에서 200미터 거리의 식당에서 나와 혼자서만 택시를 타고 들어가며 "야, 너네들은 걸어가!"라고 일갈하던 호기로운 모습을 잊을 수 없다.

고경태   〈한겨레21〉 초창기 기획엔 대한민국이 얼마나 후지고 야만적인가를 드러내는 기획들이 많았어요. 네팔 현지에 가서 한국에서 산업재해를 당한 뒤 돌아간 노동자를 취재하시기도 했죠. 한국 사회에서는 〈한겨레21〉이 처음으로 이주노동자 인권 문제를 적나라하게 제기했고, 또 아주 끈질기게 물고 늘어졌죠. 당시 김재오 전도사라는 분이 많이 도움을 줬던 걸로 알아요. 이것도 앞서 말한 '글로벌 스코프'의 관점이었던 걸까요?

오귀환   그건 사람이 이래선 안 된다는 공분과 정의감에서 시작한 거지.

고경태   당시 '종군기자 정문태'를 픽업한 사람도 선배였죠. 가장 기억에 남는 기획이 뭔가요?

오귀환   정문태는 방콕에서 나를 만나기 전까지는 외로운 늑대였어. (웃음) 방콕에서 날 만났을 때 이 친구는 내가 칙사 대접받으려고 들른 걸로 알더라고. (당시 고향으로 돌아간 이주노동자 취재를 위해 네팔을 오가는 길에 태국 방콕을 경유했다고 한다.) 하하하. 같이 있으면서 하는 말이 뭐냐면, 지금 동남아 암시장에서 한국 여권이 3천 달러에 팔리고 있대. 난 여기에서 특종, 뉴스 가치를 보거든. 캄보디아 킬링필드가 과장과 왜곡의 산물이다, 해골 절반이 미군 폭격에 죽은 거다, 이게 다 특종이거든. 커버스토리로 요긴하게 썼지. 정문태가 가진 걸 금방 포착한 거지. 일간지가 아닌 주간지나 월간지에선 기획력이 중요하잖아. 기획력을 위해선 통찰력과 상상력이 있어야 해. 통찰력은 뭐 하나가 나오면 그것이 가진 의미를 다각도로 분석하고 뻗어나가게 하는 힘이야. 상상력은 그와 함께 움직일 것들을 보는 힘이야. 바둑 수 같기도 하고. 변화를 읽지. 그럼 확신이 들어. 이거 쓰면 독자들이 잘 읽는다는. 난 내가 모르면 다 특종이라고 했어. (웃음)

고경태   가장 기억나는 필자는 김재오, 정문태 두 사람이겠네요.

오귀환   두 사람은 나의 와룡과 봉추(중국 삼국시대의 두 모사인 제갈량과 방통. 뛰어난 재능을 지닌 숨겨진 인재를 일컫는 말)였어. 그걸 사람으로부터 포착하는 거야. 사람의 능력을. 그래서 그걸 펼쳐주고 정리해주고. 그게 편집장의 일이지. 훌륭한 콘텐츠를 발견하고 그걸 가공하고 최대한의 효과를 끄집어내는 거지.

고경태   김영호 교수님(전 산업자원부 장관, 유한대 총장 역임, 현 성균관대 석좌교수)을 제일 존경하시잖아요.

오귀환   그분은 내가 1987년 대선 직후 〈조선일보〉 칼럼으로 처음 데뷔시켜드렸고, 1988년 이후엔 〈한겨레〉 필자로 '스카우트'했어. 그분 덕분에 흥부를 21세기 새로운 자본주의의 인간상으로 조명하는 기획(〈한겨레21〉 1997년 3월 20일자 커버스토리 '21세기는 흥부를 원하나')을 했었지. 그분은 동북아 정치경제 주요 이슈를 바라보는 눈을 키워주셨어. 아까 김재오와 정문태가 나의 와룡과 봉추라고 했는데 김영호 교수님은 내 평생의 스승인 태공망(주나라 초기의 공신, 모두가 소망하는 인재를 상징)이라 할 수 있지.

물건을 알아보는 능력

　　오귀환 선배는 〈한겨레21〉 취재팀장 시절부터 좋은 외부 필자를 잘 알아보고 그들의 이야기를 귀 기울여 들어주었다. 뉴스 가치가 있다고 생각하면 전폭적으로 밀어주면서 감동을 샀다. 이 부분은 분명 그에게 많이 배웠다고 할 수 있다.

고경태　콘텐츠에 대한 후각이 있었던 셈이네요.

오귀환　후각보다 포착력이지.

고경태　그리고 또.

오귀환　시대정신이겠지. 세상에 대한 이해와 준비가 돼 있어야 해. 가령 산재 이주노동자의 이야기를 들어도 시대정신을 알고 있어야 머리에 들어오거든. 그걸 모르면 단순 사건이 될 수 있어. 그걸 포착하는 걸 통찰력, 그걸 가공해서 확장하는 걸 상상력이라고 하지.

고경태　또 뭐가 있어요.

오귀환　팀원들의 능력을 극대화시키는 거야. 직장처럼 만들면 망해. 그래서 우리는 MT도 많이 갔지. 아침에 늦게 출근하건 말건 상관없고. 전화해서 "기사 쓰고 있어?" 그럼 되는 거지.

고경태　후배들과는.

오귀환　"너 무슨 고민 있어? 누구 만났냐?" 물어보고 "그 사람 핵심 주장 내용이 뭐야? 글은 잘 쓴대?" 말 한마디 나오는 거에서 이거 물건이라고 판단하는 능력이 있어야 해. 대화를 많이 했지. 남들과 만난 이야기 듣고서 그게 '거리'라는 걸 알려주는 거야.

고경태 〈조선일보〉에서 기획에 관해 배운 건 뭐죠?

오귀환 〈조선일보〉에서 배운 건 딱 하나. 모든 기자들이 자기 기사뿐 아니라 남의 기사를 다 읽어. 다 읽지 않으면 대화가 안 돼. 편집국장이 "오늘 어떤 기사 좋았어?" 그랬는데 모르면 쪼다 되는 거야. 따라서 기사 다 읽어. 읽지 않으면 대화에 낄 수 없어.

고경태 기자와 편집장을 가르는 중요한 기준은 뭐죠?

오귀환 전체를 보는 눈이지. 흐름을 읽는 눈이고. 좀 더 멀리 본질을 꿰뚫어야 해. 어떤 사건과 현상 뒤에 있는 더 큰 걸 포착해야 하는 거야. 그게 젤 중요하지. 포착하지 못하면 독수리는 사냥을 못하는 거야.

고경태 〈한겨레21〉은 창간할 때 '뉴저널리즘'이라는 기치를 내걸었어요. '정론' 말고 '뉴저널리즘'은 한국 언론에서 그때가 처음이었다고 해요.

오귀환 PCIJ(필리핀 탐사저널리즘센터)의 쉐일라 코로넬이라는 기자가 있어. 에스트라다 대통령의 부정부패를 작은 단초로 캐고 들어가 결국 대통령을 몰아내거든. 《더 뉴스》[2] 이 책이야. 결국 다 밝혀내지. 이게 〈한겨레21〉 창간할 때 사장이시던 김중배 선생이 말한 뉴저널리즘이야. 이걸 담을 수 있는 게 당시엔 신문이 아니고 주간지였던 거야. 그래서 주간지에 대한 애정이 강했고, 그래서 결단 내렸던 거고. 김중배 선생은 〈한겨레21〉에 대한 남다른 애정이 있을 거야.

테크놀로지와 트렌드

고경태　편집장 하면서 못한 건 뭐예요?

오귀환　지금이었다면 조금 더 기자를 늘리고 섹션 늘려서 한두 가지 정도를 중점적으로 했을 거야. 하나는 테크놀로지와 트렌드. 또 하나는 인류의 고민 같은 거를 하나의 섹션으로 심층적으로 궁구해서 풀어내는 것. 그 생각을 못했어. 아직 어렸을 때니까.

고경태　어리긴 뭐가 어려요. 하하. 왜 두 가지죠?

오귀환　인류가 당면한 문제를 해결하는 가장 중요한 시스템이나 디딤돌이 될 수 있는 게 테크놀로지야. 또 신자유주의 아래서 일어나는 많은 일들에 대한 대항과 대응, 이 문제를 해결하려고 노력하는 전진 과정의 스토리를 포착하는 것도 중요해. 이 두 가지는 지금도 중요한 언론의 모티브라고 생각해.

고경태　지금의 잡지는 어떻게 가야 해요.

오귀환　금방 답이 나오나? 지금 잡지 상태 잘 몰라. 일단 세계적인 추세로 보면 살아남는 건 경제잡지밖에 없어. 〈블룸버그 비즈니스위크〉는 〈비즈니스위크〉를 블룸버그가 흡수해서 만든 거잖아. 사실 〈비즈니스위크〉는 〈이코노미스트〉와 함께 오랜 전통이 있는 경제 매체였거든. 그리고 〈하버드비즈니스리뷰〉, 이런 경제 매체들만 살아남는 시대야. 〈뉴스위크〉는 조금 빨리 변신해서 생존하고 있고, 〈타임〉은 죽어가고 있다. 앞의 살아남은 세 매체들은 전부 경제거든. 일반 시민도 경제를 알아야 하는데 그런 사람들의 맞춤형 틈새가 있을 거라고 봐. 그건 종이로는 접근할 길이 없을 테고.

고경태 오래된 질문이네요.

오귀환 그런 의미에서 포털로부터 독립은 무조건 중요해. 특정 포털로부터 독립하지 않는 한 언론은 대영제국 밑에 있는 식민주에 지나지 않아.

고경태 늘 뉴미디어에 관심이 많으셨죠.

오귀환 요즘 젊은 기자들 만나면 무조건 유튜브 하라고 해. 자신을 다미디어로 소화할 수 있는 미디어크래프트의 전사가 되라고. 지금 미디어 수단의 패권이 넘어가고 있어. 취재 · 사진 · 기획 스스로 할 수 있는 주전장이 유튜브라 할 수 있지. 유튜브 작품 계속 만들어내고 세상과 소통하라, 그게 남는 거라고 말이야.

고경태 편집국장 하실 때는 뭔가 하려다 꺾이셨잖아요.

오귀환 어떤 다른 힘에 휘말렸지.

고경태 아닌 것 같은데. (웃음)

　　2007년 2월 오귀환 선배가 〈한겨레〉 편집국장 직을 그만두었을 때 나 역시 힘든 시절을 통과 중이었다. 2006년 10월 〈한겨레21〉 편집장을 하다가 편집국 주말판 준비팀장으로 발령받았다. 편집국으로의 이적은 그때가 처음이었다. 그때 편집국장이 바로 오귀환 선배였다. 문제는 나의 인사 발령이 편집국장의 구상과는 거리가 있었다는 점이다. 주말판 준비팀 구성은 회사의 전략적 판단이었고, 좀 더 구체적으로는 전략기획실의 작품이었다. 전략기획실과 편집국장은 따로 노는 듯했다. 그러던 와중에 사장이 사표를 던졌다가 복귀하더니 편집국장을 경질했다. 결과적으로는 사장도

343

그만두게 됐는데, 신문사는 한동안 격랑과 후폭풍에 휘말렸다.[3]

내가 속한 주말판 준비팀은 계속 준비팀에 머문 채 몇 개월 간 공회전하는 신세가 됐다. 오귀환 선배는 편집국장에서 물러난 뒤 곧 실시된 사장 선거에 출마했다. 세 명이 후보로 나왔다. 오귀환, 곽병찬, 서형수. 세 명의 후보는 후보자 간 공개토론 당일 극적인 후보단일화를 하는데…. 아, 여기까지만.

오귀환 선배를 만나서 "세월이 변하더니 힘이 많이 빠지셨네"라고 안쓰러워한 적이 없다. 그는 만날 때마다 자신감이 상승해 있는 것 같았다. 누군가는 구닥다리 올드미디어 꼰대의 이야기라 외면할 수도 있다. 그러나 신문이건 잡지건, 전혀 새로운 온라인 플랫폼이건 결국 사람이 하고 사람의 통찰력이 판가름하는 일이다. 〈한겨레21〉의 주요한 설계자였던 언론인 오귀환의 경험과 식견은 매체를 기획하고 지휘하는 이들이 여전히 배울 만하다. 무엇을 배우느냐는 각자의 몫이고.

"기사 잘 쓰는 에디터[4]보다
예의 바른 청년을 더 좋아한다"

이충걸

2006년 가을로 기억한다. 〈한겨레21〉 편집장을 그만둔 직후였다. 〈한겨레〉 방송매거진 부문에서 일하는 기자들과 저녁을 먹다가 재미 삼아 한 가지 설문조사를 했다. "한 번 꼭 일해보고 싶은 매체가 어디냐"고. 다들 돌아가며 답을 했는데, 네 명 중 두 명이 〈GQ KOREA〉(이하 〈지큐〉)를 꼽았다. 나는 개성이 뛰어난 라이선스 매거진의 하나 정도로만 알던 때였다. 후배들은 압도적인 카리스마를 지닌 잡지라고 했다. 그 카리스마는 전적으로 이충걸이라는 편집장에게서 나온다고 했다. 그때 처음 이름을 알았다. 대부분 여자였던 후배들은 그가 인간이 아닌 신의 반열에 오른 편집장 같다고 했다. 그 이후 종종 그와 만난 사람들의 흥미로운 경험을 접했다. 고전적인 칭찬, 그러니까 인간성 좋고 능력 있다는 식의 평면적인 평가는 없었다. 오묘하고 신비로운 캐릭터의 인물로 느껴졌다.

2013년 1월로 기억한다. 〈한겨레〉 토요판 에디터 시절이었다. 토요판에 격주 인터뷰 코너 '김두식의 고백'을 진행하던 김두식 경북대 교수에게 인터뷰이를 추천했다. 〈지큐〉 이충걸 편집장이었다. 김 교수는 2006년의 나처럼, 그 이름을 처음 듣는다고 했다. 나는 간단히 그의 독특한 캐릭터를 전해주면서, 재밌는 인터뷰가 될 것 같다고 했다. 내가 섭외를 맡아 전화번호를 알아내 먼저 문자메시지를 보냈다. 하루 뒤 답 문자가 왔다. 다음 세 가지 조건을 충족시켜주면 응하겠다는 내용이었다.

"1. 인터뷰를 〈지큐〉 사무실에서 할 것, 2. 토요판 에디터가 직접 와서 인터뷰를 지켜볼 것, 3. 신문에 실릴 사진을 본인이 셀렉팅하도록 해줄 것."

멈칫했지만, 오래 고민하지 않고 오케이했다.

약속대로 김두식 교수의 인터뷰 현장에 동행했다. 이충걸 편집장은 나보다 네 살이 많은데도 미소년이었다. 그는 나를 보자마자 "고경태 기자님이 저렇게 미소년일지 몰랐어요. 농구부에 들어갈까 배드민턴을 칠까 고민하는 사대부고 학생 같아요"라고 했지만, 그야말로 바이올린을 배울까 가야금을 전공할까 고민하는 예고 입학생을 연상케 했다. 그는 말 한마디 한마디로 상대방의 감각을 건드리는 귀여운 소년 같았다. 그 심오하고 화려하고 섬세한 언어는 후배 에디터들을 충격과 도탄에 빠뜨리는 악마의 편집장 노릇을 하는데 쓰일 소지도 충분해 보였다.

2016년 3월, 다시 이충걸 편집장에게 이메일을 보냈다. 인터뷰를 하자고 했다. 그와 만나 편집장에 관해 이야기를 해보고 싶었다. 그는 위트 있는 인사말과 함께 나의 제안을 쾌히 받아들였다. 다만 "미리 질문지를 주면 정리해서 보내주겠다"고 했다. "요즘 말하는 게 뜻대로 잘 안 나와서 고민이 많다. 여기저기서 이런저런 이야기를 할 자리가 많았는데 다 고사해왔다"고 했다. 2년 전 크게 아픈 뒤 매일이 괴롭다고도 했다. 나는 먼저 서면 질문지를 보내 답변서를 받았다. 그 문답을 중심에 놓고 한 달 뒤 직접 만나 나눈 대화들을 그 안에 녹였다.

자존심을 잃으면 용역이 된다

고경태　위키백과는 이충걸이라는 사람을 다음과 같이 요약하고 있다. "이충걸(1963년~)은 대한민국의 출판인이다. 성균관대학교 건축공학과를 졸업하고 〈쉬즈〉, 〈행복이 가득한 집〉, 〈보그〉 등에서 기자 및 편집자로 일했다. 2001년부터 〈GQ KOREA〉 편집장을 맡고 있다." 빼거나 보태고 싶은 말이 있다면. 다시 쓰고 싶다면.

이충걸　대학 전공과 직장 이력이 그 사람을 요약하는구나. 인생 참 압축적이지만 다시 쓸 말은 없다.

고경태　이충걸이라는 이름 석 자엔 어떤 전설적인 섹시함이 있다. 어떻게 여기까지 왔나. 어떻게 16년째 편집장 자리를 지킬 수 있었나. 당신 자랑을 간단하게, 그러나 짧지 않게 해달라.

이충걸   첫째, 내가 만드는 잡지가 망하지 않아서. 어떻게 보면 그 16년은 비즈니스와 미디어의 독립성을 함께 유지하기 위한 시간이기도 했다. 둘째, 시간이 가는 줄 몰랐기 때문에. 봄철 여름철, 시간 가는 줄 몰랐다. 평생을 몰랐는데 16년 같은 건…. 창간 기념호를 만들 때쯤이나 '지금이 몇 주년이지?' 겨우 시간을 인지한다. 셋째, 매달 마감 때마다 시간이 가지 않기를 바랐기 때문에 시간이 오히려 더 빨리 지났다.

고경태   시간이 빨리 가면 덜 늙는가.

이충걸   아무래도 그렇지 않을까. 에디터들도 보면 안 늙는다. 마음도 안 늙지만 몸도 안 늙는 거 같다. 에디터들이 다루는 오브제들과 대상들이 기본적으로 예쁜 것, 훌륭한 것들이지 않은가. 일상의 비루함과 분리되어 있는 삶이다.

고경태   당신이 여러 인터뷰에서 한 말을 미루어 짐작하건대, 당신은 당신하고 싶은 대로 잡지를 만들어왔고 앞으로도 그럴 것 같다. 이충걸은 한 잡지를 만드는 과정에서 민주주의자인가 파시스트인가. 잡지 편집장은 민주주의자가 될 수 있는가. 여기에 관한 견해를 듣고 싶다.

이충걸   적어도 그런 식으로 만들기 싫으면서 그렇게 만든 적은 없다. 나는 스태프들의 의견을 세심하게 듣고, 개인성을 무척 존중한다는 점에선 훌륭한 민주주의자지만 의견이 분분할 땐 모두를 어루만질 수 없다. 결정을 내릴 땐 뒤돌아보지 않는다. 리더는 나쁜 결정도

348

빠르게 내려야 한다. 그래야 시행착오를 줄일 수 있기 때문에. 잡지 편집장이 아니라 어떤 상사라도 같다. 우리는 부처로 태어나지 않았기 때문에.

고경태 잡지의 수준은 편집장의 수준이다. 잡지는 편집장이 만든다는 말이 있는데, 그런 면에서 볼 때 이충걸 편집장 하면 떠오르는 첫 단어가 자존심이다. 당신의 자존심론을 상세히 듣고 싶다. 자존심은 무엇인가. 그 자존심을 받쳐주는 힘은 무엇인가. 편집장의 자존심은 그 매체와 에디터들에게 어떤 영향을 끼치는가.

이충걸 잡지를 만들 때 가장 중요하게 생각하는 가치가 무엇이냐는 질문을 가끔 받는다. 보통은 사회 속에서의 책무나 사명감에 대한 대답을 기대하지만 나는 늘 '자존심'이라고 말한다. 내가 만드는 잡지의 자존심과 개인으로서의 내 자존심. 젊어서 비굴한 건 나이 들어서 참을 수 없기 때문에. 그래서 그 치졸한 자존심을 지키기 위해 상상할 수 없는 일을 많이 저질렀다. 그러나 편집장이 자존을 잃으면 에디터들은 글을 용역하는 사람이 될 뿐이다.

고경태 매호 새로운 잡지를 만드는 일은 고통스럽다. 당신에게 아이디어와 영감을 제공하는 원천은 무엇인가.

이충걸 대상을 바라볼 때 갖는 평소의 감각이라고 말하고 싶다. 누굴 만난다고 해서 영감이 떠오를 리도 없다. 그가 달리가 아닌 바에야.

고경태 편집장은 어떤 사람이어야 하는가. 참고로 당신은 2008년 9월호 〈신동아〉 인터뷰에서 이렇게 말했다. "편집장에게 요구되는 인격적인 면과 기술은 거의 무한하더라. 사진과 기사를 변별하기 위한 명료한 기준과 마감을 독려하는 한니발 의식, 예산을 범위 안에서 쓰는 경리사원 정신, 분쟁 난 스태프들을 조정하는 책사 역할, 널브러진 사람들을 태반주사 같은 한 방으로 고무할 수 있는 치어리더도 돼야 한다."

이충걸 우선 에디터들은 모든 것을 편집하는 사람이다. 한 달이라는 시간을 편집하고, 취재하려는 무엇을 편집하고, 결과물을 편집한다. 편집장은, 말하자면 에디터들을 '편집'하는 사람이다. 나는 다빈치가 아니니까 모든 것을 다 알 수 없고 잘할 수도 없다. 하지만 에디터들을 통해 나는 모든 것을 아우르는 현대의 르네상스맨이 될 수 있다.

고경태 편집장은 후배들에게 좋은 소리만 할 수 없다.

이충걸 얼마 전에 기획회의 할 때 후배에게 모처럼 지적을 했다. 결과물 보면 훌륭하지만 과정을 보면 한 사람의 유능한 프리랜서 같다고. 마감할 때 네가 회사에 속해 있기 때문에 위계와 체계가 있는 것이라고. 왜 늦게 왔니, 어디 나가니, 왜 안 들어오니? 이런 얘기하는 것 너무 멋이 없고 따분하다.

고경태 본인은 마감이 빠른가?

이충걸 아니다. 하하.

고경태 왜.

이충걸 그것에 대해 후배들이 뭐라 하면 "인생은 불공평한 거야. 넌 그러면 안 되지"라고 말해준다. 마감이 마지막에 광풍처럼 몰아친다. 마감 때 봐야 할 텍스트의 분량이, 졸도할 순간 같은 게 있다. 퀄리티도 좋아야 하고, 말하려는 바도 분명해야 하고. 아니 단지 교정만 보는 게 제가 할 일은 아니지 않은가.

고경태 본인 글도 엄청 고칠 것 같다.

이충걸 최후의 최후까지 고친다. 모든 것은 고치고 줄이면 더 나아진다. 쉼표 하나 끝까지 용인하지 못하고 볼 때가 있다. 한 번 인쇄하면 끝이고 영원히 돌이킬 수 없으니까.

고경태 후배들 글은 고치나, 아니면 다시 쓰라고 하나.

이충걸 내가 고친다. 다시 쓰라고 하지는 않는 편이다. 다만 왜 고쳤는지 설명한다. 편집장이 자기들보다 빼어난 실력이 있어야 존중을 할 것이다.

고경태 〈지큐〉는 한국의 전위적인 라이선스 매거진으로서 한국인 또는 한국 남성들의 라이프와 트렌드 감각을 바꾸는 데 일정한 역할을 했다고 평가받는다. 이는 한국 사회와 세상을 바꾸는 데 어느 정도 가치가 있는 일일까. 아니 〈지큐〉는 세상을 바꾸고 싶은가. 바꾸고 싶다면 도대체 왜?

이충걸 한국 사회는 바뀌지 않으면 전쟁 없이 망할 테니까. 〈지큐〉에서 주로 다루는 듯 보이는 것은 '남자의 복식'이겠으나, 내가 〈지큐〉를 통해 정말 하고 싶은 이야기는 '박애'다.

고경태 박애란 무엇인가.

이충걸 모든 매체는 "우리 매체 보는 사람들은 이랬으면 좋겠어"라고 원할 것이다. 나는 성공한 남자, 스타일리시한 남자도 중요하지만, 타인을 배려할 줄 아는 사람, 인본주의적인 사람이 좋다. 인류애를 가진 사람, 그런 품위 있는 기개를 가진 사람이 〈지큐〉를 보는 사람이면 좋겠다.

고경태 박애정신은 〈지큐〉에 어떻게 스며들었는가.

이충걸 글쎄. 가령 여행 기사 쓸 때는 문경새재 같은 옛길을 꼭 다룬다. 그런 길들을 조명하고 굉장히 좋아한다. 사람을 다룰 때도 우리의 본 성적인 부분을 건드리는 걸 좋아한다. 가끔 보면 선비 같을 때가 있다. 꼿꼿하고 자존심도 강하되 유난스럽게 드러내지 않고, 굉장히 차분하고.

복식보다 박애

〈지큐〉를 종종 보게 된 것은 〈한겨레〉에서 esc 팀장을 할 때다. esc에 패션 트렌드 등을 다루는 지면이 있었으므로, 후배들 요청으로 정기 구독했다. 솔직히 나로서는 집착하게 되는 매체가 아니었다. 광고가 콘텐츠를 육박하는 럭셔리한 지면을 넘기면서 다소 어지럼증을 느꼈던 것도 같다. 그저 스타일리시한 남성들에게 소구하는 멋진 매거진이라고만 생각해왔다. 이충걸 편집장은 그걸 넘어서는 메시지를 말했다. 유니크한 재킷을 입거나 탐나는 시계를 찬 남성보다 남을 배려하고 존중하는 사람이 더 훌륭하다는 거였다. 이를 '박애'라는 단어로 요약했다. 뒤에 나오겠지만 후배들을 바라보는 관점도 비슷했다. 그는 능력보다 싸가지를 원했다.

고경태 외국이든 한국이든, 잡지 편집장의 롤모델 또는 존경할 만한 잡지인이 있는지 궁금하다. 하나만 더 묻자면, 현재 한국에서 발행되는 언론 출판물 중에 손톱만큼이라도 주목할 만한 매체가 있다면 무엇인지.

이충걸　대답하지 않겠다.

고경태　〈지큐〉의 편집장으로서, 아니면 그냥 편집장으로서 당신의 궁극적인 욕망은 무엇인가. 어디선가 이야기한 것처럼, 80살이 될 때까지 편집장을 하는 것도 거기에 포함되는가. 하나 더 묻자면, 당신은 잡지보다 공간적이고 입체적인 다른 무엇을 편집하고 싶은 욕망은 없는가. 가령 도시나 쇼윈도 같은.

이충걸　80살까지 이 일을 하겠다고 하면 사람들은 재밌어 하면서도 의아해하지만, 그 나이가 되면 일을 놓아야 할 만큼 감각이 떨어지거나 분별이 떨어질까? 정말? 잘 모르겠다. 내가 글을 쓰거나 책을 만드는 것 외에 다른 걸 할 순 있겠지만, 야심이 없는 성격과 '나태' 때문에 모든 걸 그르치고 있다.

고경태　〈지큐〉도 디지털 시대의 위기를 뼛속 깊이 체감하고 있나?

이충걸　어느 매체도 디지털이라는 흐름과 무관할 수 없다. 필요불가결한 숙제로서, 디지털의 과녁은 너무 넓어서 모두가 어디를 겨누어야 할지 모른다. 비전은 보이는데 너무 멀어서 화질이 떨어진다고나 할까. 〈지큐〉의 고뇌도 같지만 디지털 대양을 즐겁게 헤엄치고 있고, 유의미한 수익을 내고 있다. 디지털의 위기가 아니라도 위기는 늘 언제나 겪는다.

고경태　2013년 1월 〈한겨레〉 토요판 인터뷰를 요청했을 때 당신은 세 가지 조건을 내걸었다. 상대에게는 까다로운 사람이라는 인상을 주게 하는 조건들이다. 특히 사진을 본인이 셀렉팅하겠다는 것. 물론 셀렉팅하다가 다 마음에 안 들어 결국 새로 찍는 일까지 벌어졌다. 사진기자도 처음 겪는 일이라고 했다. 당시엔 조금 심각한 상황이었지만, 덕분에 재밌는 경험을 했다. 다른 인터뷰 때도 그러했나.

이충걸   매체는 눈에 보이는 모든 것이 하나의 풍경일 텐데, 사람만 한 풍경도 없다. 그런데 실린 사진을 보고 누구보다 내가 나를 비웃기 싫었다. 골라 봤자 그 얼굴이 그 얼굴이지만. 사실 인터뷰이가 자기 사진을 고른다는 건 범위를 벗어난 일이고, 그 점에 대해선 미안하게 생각한다.

고경태   〈지큐〉의 아이템이 결정되는 공정과 구조를 알고 싶다. 월간지이니만큼 한 달에 한 번 편집장 밑에 있는 팀장 및 일선 에디터들이 모두 모여 전체 기획회의를 하는가. 아니면 팀장들하고만 모여 그 달의 기획 아웃라인을 정한 뒤에 각 팀별로 회의를 해서 디테일한 아이템을 정하는가. 그것도 아니라면 매달 큰 방향은 편집장이 머릿속에 그려놓고 팀장 및 에디터들에게 구체적인 그림을 그려 넣게 하는가.

이충걸   매달 패션과 피처, 각 팀별로 모여 기획회의를 하고, 그 자리에서 아이템과 분량을 정한다. 필요하면 추가 기획안을 받는다. 매달, 패션은 '셔츠'나 'GYM', '진' 같은 큰 주제를 정하고, 모든 페이지를 주제로 꾸민다. 피처는 매달 좌충우돌하는 그때그때의 이슈를 잡는다. 1초에 네 번 변하는 세상이라서. 건축 이슈나 탐사보도가 필요한 기사, 팩트를 다양하게 수집해야 할 크리틱 같은 경우는 두세 달 걸리기도 한다.

고경태   〈지큐〉는 이미지가 중요한 잡지라고 생각한다. 편집장으로서 문자와 이미지의 균형감, 또는 비중에 대한 견해를 듣고 싶다.

이충걸   아무리 요리가 훌륭해도 미감 없이 상을 차리면 격이 떨어진다. 잡지도 요리와 같다. 글과 사진이 아무리 훌륭해도 디자인이 못 미치면 모든 게 후지다.

고경태 에디터들은 자기 글이 많이 들어가는 걸 좋아할 텐데.

이충걸 그럴 땐 디자이너 편을 들어준다. 이렇게 빽빽하고 조밀하면 사람들이 읽을 수 없다고. 그러나 텍스트가 아주 빼어나면 그땐 그 페이지 자체를 늘려버린다.

천사와 악마

고경태 당신은 편집장으로서 16년간 수많은 에디터들과 일을 해왔다. 에디터들에게는 천사이기도, 악마이기도 했으리라 짐작한다. 당신이 편집장으로서 행한 최고의 천사 짓과 악마 짓을 각각 하나씩 듣고 싶다. 또한 편집장은 천사와 악마의 비율이 어느 정도로 구성돼야 한다고 생각하는지도.

이충걸 휴가를 내고 싶어 하는 에디터들을 대하는 나의 태도만은 좋은 상사의 것이라고 생각한다. 마감처럼 며칠을 비우는 게 곤란한 때에도 간섭하지 않는다. 나의 대답은 "그렇게 해. 쉬는 건 너의 권리니까." 악마 짓이라면… 나 때문에 대미지를 입은 에디터가 있겠지만, 나의 결정엔 논리가 있었고, 또 누가 나 때문에 불편한 게 도무지 싫기 때문에 악마 짓은 하고 싶어도 못 한다. 그러나 에디터들은 꼭 그렇게 생각하지 않는다.

고경태 이번에는 방향을 바꿔서, 편집장 입장에서 에디터가 천사이거나 악마로 보일 때가 있었을 것이다. 최고의 에디터와 최악의 에디터 말이다.

이충걸 말할 수 없다. 최고와 최악, 각각의 사례가 너무 많다. 단, 나는 기사를 잘 쓰는 에디터보다 예의 바른 청년을 더 좋아한다. 글 잘 못 쓰더라도 태도가 좋으면 향상시킬 수 있다. 톨스토이도 아니면서. 그 정도 글을 쓰는 에디터는 많이 있다. 나에겐 매너가 중요하다. 나는 후배들을 참 좋아하고 사랑을 숨기지 않는다. 근데 나도 똑같이 사랑한다는 말을 들어야 한다. 그건 나만의 정당성이다.

고경태 바로 위 질문과 연결되는데. 첫째, 편집장은 성실해야 하는가? 둘째, 편집장과 성격이 안 맞는 에디터와, 글을 기대만큼 못 쓰는 에디터가 있다고 할 때, 누굴 먼저 자르고 싶은가. 셋째, 글도 잘 쓰고 섭외도 잘 하고 편집도 잘하는 아주 탁월한 에디터가 한 명 있다고 치자. 한데 무지하게 게으르고 마감도 못 맞춘다. 어느 선까지 용인해줄 수 있을까.

이충걸 편집장은 결단코 성실해야 한다. 모든 기사를 다 검토하고, 모든 비주얼을 봐야 한다. 모든 편집 디자인이 마음에 들기 위해선. 나는 철저하긴 했으나 그렇게 성실했다고 볼 순 없다. 두 번째 질문은, 성격이 안 맞는 에디터라기보다 내가 정한 기준을 존중하지 않는 에디터라고 한다면 이해하기 더 쉽겠다. 그렇다면 당연히 후자. 세상에 아무리 싫은 게 많아도 싫은 사람만큼 싫은 것도 없다. 세 번째. 에디터가 게으른 데다 마감을 못 지킬 때, 그가 보이는 '태도'에 따라 용인할 수 있는 선과 다음 국면이 결정된다.

고경태 아침 몇 시에 출근하는가.

356　　　굿바이, 편집장

이충걸	10시다. 근데 하도 지각을 해서 30분 다시 늦췄다.
고경태	선배가 되면 후배들 눈치도 보게 되는데.
이충걸	인생은 불공평하다. 나라는 상사를 만난 것은 그들의 숙명이고 내 책임은 아니다. 그렇다면 누가 누구의 눈치를 보아야 하나?
고경태	〈지큐〉의 장우철 피처 디렉터는 2012년 《오늘, 한국 잡지의 최전선》(프로파간다)에 실린 인터뷰에서 "잡지인으로서 자신의 미래를 조명한다면?"이라는 질문에 다음과 같이 답했다. "얼마 전 한 론칭 행사에 갔다 뜻밖의 질문과 마주쳤다. 홍보담당자 한 분이 '잡지기자는 나중에 뭐하나요? 다 편집장이 되는 건 아니잖아요' 이러는 거다. 할 말이 없었다. 생각해보지 않은 부분이었다. (중략) 그런 시간은 언제 올지 너무나 까마득했다. 그들이 장기집권할 것이라는 얘기가 아니라 그들이 그만둔다는 생각을 해본 적이 없는 것 같다. 내가 그 자리에 오른다는 생각을 해본 적도 없고 여전히 그분들은 편집장, 나는 그냥 에디터, 라는 생각뿐이다." 관련 당사자로서 이 답변에 대한 코멘트를 듣고 싶다.
이충걸	에디터라는 족속의 성격이나 본질은 성공, 야망, 승진, 출세, 이런 것들로부터 다소 열외된 측면이 있다. 나 또한 〈지큐〉를 맡기 전에 편집장이 된다는 생각을 해본 적이 없었다. 회사 높은 분이 "네가 〈지큐〉 편집장 해볼래?"라고 하셨을 때 놀라지 않았다. 한 번도 생각해본 적이 없었지만 아무렇지도 않았다. 그렇게 오래 옆에서 보았는데도 편집장이 뭘 하는 사람인지 정확히 몰랐다고 하는 게 맞다.
고경태	〈지큐〉 표지의 메인 카피는 본인이 직접 뽑나? 아니면 사람들에게 아이디어를 구하나. 표지에 빼곡히 들어가는 깨알 같은 제목들도

본인이 어디까지 관여하는가. 좀 더 나아가 당신은 편집장으로서 잡지 제작 과정상에서 어디까지 관여하는지 알고 싶다. 이것은 데스킹의 범위와 한계를 묻는 질문이다.

이충걸 패션 디렉터와 피처 디렉터와 나, 세 사람의 아이디어로 표지 카피를 완성한다. 작은 문장이라도 위트 있어야 한다. 좋은 예는 아니지만 "쓰고 나면 에미 애비도 몰라보는 선글라스", "어디 보자, 올해의 신차 중 뭘 사볼까" 같은 식이다. 어떤 의미론 '함부로', '그때 기분이 시키는 대로' 쓴다.

고경태 〈지큐〉의 독자는 누구인가. 그들을 위해서 당신은 무엇을 하는가. 하나 더 〈지큐〉의 광고주는 누구인가. 그들을 위해 당신은 무엇을 하는가.

이충걸 〈지큐〉의 독자는 자기 자신에 대해 궁금해하는 사람. 나를 알고 싶어 하는 사람은 타인에 대한 감수성이 뛰어나기 때문에. 〈지큐〉의 광고주(광고주란 말은 불편하지만)는 다른 매체와 구별되는 〈지큐〉의 교만한 특성을 존중하고 지갑을 여는 친구. 그 친구를 위해 나는 무엇을 했을까를 생각해 보지만, 늘 "싫어", "안 해", "안 가" 소리만 한 것 같다.

얼음 위에 입을 벌린 굴

고경태 광고주와의 관계에서 부딪치는 경우가 많을 것 같다.

이충걸 에피소드가 많지만 말하지 않겠다. 광고주들은 우리가 잘 컨트롤이 안 되는 매체라고 생각할 것이다. 광고 주는데 해당 제품에 대한 크리틱이 안 좋게 나오면 광고를 빼고 싶을 수도 있고. 하지만 에디터들도 나를 믿고 굉장히 목뼈가 꼿꼿하다. 선명한 자긍심이 굉장히 중요하다. 지금 브랜드와 매체의 관계는 '올바르지 않다'라거나 '망가졌다'라고 표현할 수도 없는, 서로 꼼짝 못하는 질식 상태와 비슷하다. 그러나 〈지큐〉는 다르다고 말하고 싶다.

고경태   혹시 잡지를 만들 때 어떤 금기나 터부가 있는지 궁금하다.

이충걸   〈지큐〉라는 '패션' 잡지가 할 수 있는 범위 안에서 금기는 다루어왔다. 정치적 이슈도 초반부에는 칼럼을 통해 공격적으로 다루었다. 스타일을 말하는 잡지라면 정치적으로 발언할 수 있어야 한다고 생각했다. 노골적으로 한 정당을 지지한 미국 〈지큐〉의 역사도 있다. 그러나 최근엔 '이래야만 한다'는 어떤 명제들이 대체로 무의미해졌다.

    노트북 폴더에서 잠자는 녹음 파일을 흔들어 깨워 이 글을 정리한 때는 2019년 4월이다. 인터뷰 뒤 3년 만이었다. 그 사이 이충걸 편집장은 〈지큐〉 독자들을 떠났다. 〈지큐〉를 확인해보려고 국회도서관에 갔다. 종이책은 소장돼 있지 않았다. 검색 결과 찾아낸 전자책 파일엔 오류가 떴다. 국회도서관 잡지실 직원이 다른 소장처를 검색해주었다. 연세대 내 연세삼성학술정보관까지 찾아가 〈지큐〉 2018년 3월호를 뒤져 그의 글을 읽었다. 제목은 '세월은 흘러가고 작별의 날이 왔네.' 조금 길게 인용해본다.

(앞 생략) 영원은 바라는 것이 많습니다. 나는 연대기가 무색할 만큼 오래 〈지큐〉를 만들 것 같았습니다. 〈지큐〉를 만드는 나의 왼손과 오른손은 관 속에서나 가슴 위에 포개질 거라고 생각했습니다. 하지만 끝은 끝이 아니라 아직 중간에 있을 때 다가옵니다. (중략) 창간 17주년 기념호를 마지막으로 〈지큐〉를 떠나기로 정한 뒤, 나는 하루의 대부분을 작은 사슴을 소화시키는 나무 위의 뱀처럼 지냈습니다. 모든 것을 요구하는 2월의 교활함…. 세상은 여전히 무한반복되는 오디오 파일 같습니다. 시끄럽고 반복적입니다. 쓰레기 같은 매체도 지천입니다. 물론 쓰레기를 용납하는 것은 전 세계적인 의무가 아닙니다. (중략) 누군가 나를 깨워 장난기 가득한 얼굴로 지금 기분이 어떤지 묻습니다. 하지만 안녕. 이 단어를 뿌리칠 수가 없습니다. 이 말을 버리면 남는 언어가 얼마 없기 때문입니다. 그동안 행복했습니다. 얼음 위에 입을 벌린 굴처럼. 어쩌면 아름다움이란 배고픔이라는 생각이 듭니다. 이제 마지막입니다. 안녕히 계셔요. 당신의 장도를 빕니다.

나는 알 수 없다. 작별의 편지를 쓰기까지 어떤 일이 있었는지. 작별의 문장들을 헤집어보고 문맥 너머를 헤아려봐도 난해함만 더해진다. 이 글을 쓰는 2019년 4월과 8월 '이충걸 전 편집장'에게 안부 문자를 보냈다. 답은 오지 않았다. 그가 떠난 배경은 이충걸의 캐릭터를 암시하듯 물음표로 남았다, 라고 마침표를 찍으려는데 연락이 닿았다.

그는 이메일로 말했다.

"제가 떠난 건, 종이잡지의 여명에서 모든 호기심이 마모되어서도 이유였지만, 결정적인 건, 몇 해 전, 크게 아팠고 그때 시력이 절반 넘게 소실되는 바람에 물리적으로 일을 하기 무척 힘들었어요. 안경을 겹쳐 쓰고 모든 것을 체크하다 보면 온몸에서 뼈가 쑥 빠져나간 것처럼 피곤했지요. 모든 감각 가운데 눈에 타격을 입은 상태처럼 갑갑한 게 없네요. 저는 자주 생각했어요. 차라리 귀가 안 들렸으면, 팔이 하나 없었으면….”

그는 분주하다. 두 달에 한 번 문학잡지 〈AXT〉(은행나무)에 소설을 연재한다. 18년간 〈지큐〉에서 썼던 에디터스 레터를 단행본으로 엮고 있다. 트레바리라는 독서모임에서 네 개 클럽을 맡아 매달 책을 읽는다. 배우 박정자 선생의 모노드라마 대본을 쓰고 있다.

“넌 참 이상해. 사람들이 회사를 그만두면 보통 아무도 찾아오지 않는데, 너는 맨날 친구들이 불러내고 찾아오고, 하루도 쉬는 날이 없구나. 너는 매일 깔깔거릴 궁리만 하는 것 같아.”

그의 엄마가 했다는 말이다.

"난 너무 보편적이라서 안 돼,
스스로에게 주술을 걸었지"

김종구

상사가 바뀌면 마음이 불안해진다. '어떤 스타일일까? 나랑 맞을까?'

1998년 6월에도 그랬다. 직속 상사, 즉 〈한겨레21〉 편집장이 바뀌었다. 정기 인사철도 아닌데 바뀌었다. 그래서 마음이 더 불안해졌다. '어떤 스타일일까? 나랑 맞을까?'

1997년 3월부터 〈한겨레21〉 편집장이었던 곽병찬 선배가 1년 3개월 만에 〈한겨레〉 사회부장으로 발령이 났다. 〈한겨레〉 사회부에서 사건 데스크를 하던 김종구 선배가 새 편집장으로 왔다. 한겨레신문사에 적을 둔 지 만 4년 됐을 때였으나 김종구 선배와는 단 한 번도 말을 섞은 적이 없었다. 명성은 익히 들어 알고 있었다. 〈연합통신〉(현 연합뉴스) 출신으로 88년 〈한겨레〉 창간 때 경력으로 이직한 그는 경찰서 출입기자들의 팀장격인 시경 캡을 2년 반이나 하면서 후배들에게 거칠고 맹렬한 야전지휘관의 이미지를 얻었다. 그는 〈한겨레21〉 편집장으로 오기 전인 1990년 윤석양 이병의 보안사 민간인 사찰 폭로 과정을 직접 취재했고 1994년 조계사 총무원의 폭력배 동원 사건 취재를 지휘했다.

정통 스트레이트 부서에서 오래 근무한 본인의 이력을 의식해서인지 〈한겨레21〉 기자들과 처음으로 대면한 편집회의 석상에서 이렇게 말했다. "내가 정통 보병전은 많이 해봤는데 특수 게릴라전은 처음이라…." 겸손의 말을 들으며 은근히 걱정이 됐다. 〈한겨레21〉에서 그가 어떤 스타일로 잡지를 만들어나갈지 예측하기 힘들었기 때문이다.

김종구 선배와 인터뷰를 했다. 2016년 3월의 어느 날 회사 앞에서 저녁 식사를 하면서 자연스럽게 이야기를 나눴다. 그는 〈한겨레21〉 편집장을 3년간 맡고 난 뒤인 2001년부터 〈한겨레〉에서 사회부장, 정치부장, 부국장, 편집국장까지 요직을 두루 거쳤다. 인터뷰 당시엔 논설위원이었다. 이 글을 정리하는 2019년 현재는 〈한겨레〉에서 콘텐츠 전체를 관장하는 편집인이자 전무이사다. 전국 신문·방송사 편집인들이 함께하는 신문방송편집인협회 회장도 맡고 있다. 그는 인터뷰가 끝난 뒤 카페에서 차를 마시다 마침 카페에 있던 클래식 기타를 들고 연주하며 "8년째 기타를 배우고 있다"고 말했는데, 묵혀뒀던 녹취록을 정리하는 3년 뒤 시점

에 기타에 관한 에세이집을 냈다. 제목은 《오후의 기타》(필라북스, 2019).[5]

앞에서 등장한 오귀환 선배가 〈한겨레21〉의 색깔을 만든 편집장이었다면 김종구 선배는 〈한겨레21〉의 그 색깔을 더 진하게 하면서 안정궤도에 올린 편집장이었다고 할 수 있다. 김종구호 〈한겨레21〉은 뚝심 있는 의제설정에서 강점을 보였다. 나의 편집자 인생에서도 전환점이었다.

돌파력과 겸손

고경태 선배의 굵직한 경험 세 가지는 시경 캡, 〈한겨레21〉 편집장, 〈한겨레〉 편집국장인 것 같아요.

김종구 열심히 했고, 성과도 남고, 그래서 보람이 있지. 시경 캡은 한겨레신문 와서 가장 중책을 맡은 거였고, 그때의 선후배 관계가 나중에 〈한겨레21〉 편집장 할 때도 도움이 되지 않았나 생각해요. 〈한겨레21〉 편집장은 갑자기 가게 되었는데 준비가 별로 안 돼 있었지. 그래서 "정통 보병은 많이 했는데 게릴라전은 처음이다"라는 얘기를 했던 거고. 〈한겨레21〉 엄청 잘 나가는 줄 알고 왔었는데 이미 정점을 찍었더라고. 〈한겨레21〉은 편집장이 보도뿐만 아니라 광고, 판매까지 들여다봐야 하잖아. 게다가 정치·경제·사회·문화 분야를 다 고민해야 하고. 온전히 독립된 완결체를 책임지는 하나의 편집국장인 셈이지.

고경태　〈한겨레21〉 편집장을 3년 가까이 하셨어요. 재밌었나요?

김종구　〈한겨레21〉은 시사주간지 시장의 메이저로서 매체 파워가 있었
지. 무엇보다 재밌었던 것은 신문보다 훨씬 자유롭다는 거. 쓰는
데 속박이 없고, 또 속박에서 벗어나야만 생존할 수 있다는 거. 얼
마 전 인하대생 500명 앞에서 '진보언론의 성역 깨기'라는 주제로
특강을 했어. 우리 사회의 금기는 무엇인가, 기존의 금기는 무엇이
고 우리 신문은 그걸 어떻게 깨 왔는가를 주제로. 조폭한테 "손목
잘라버리겠다"는 협박 들었다는 얘기도 했고. 근데 사실 우리나라
에선 공권력과 언론이 강해서 조폭이 성역이 아니지. 러시아라면
모를까. 신문에서 처음으로 김일성을 '김일성 주석'이라고 명칭 붙
여 쓴 이야기도 하고, 아무튼 북한, 삼성, 북파공작원에다가 베트
남전 민간인 학살, 양심적 병역거부 등등에 관해 설명했는데 상당
부분이 〈한겨레21〉에서 보도했던 거더라고.

고경태　재밌게 잡지 만드신 셈이네요.

김종구　의제를 만드는 기능에서 좀 더 진전된, 뭔가 신문으로서는 다루
기 까다롭고 튀는 주제에 관해서는 잡지가 강점이 있고 그게 생명
이라고 생각했지. 신문은 조금 보수적이거든. 잡지는 아무래도 '덕
후'들을 상대로 하기 때문에 거기서 승부를 낼 수밖에 없고. 각자
포지셔닝이 중요하다고 생각하지. 신문에선 독자들의 보편적인 감
수성을 할퀴지 않는 게 중요하고, 잡지는 좀 더 자기정체성을 분
명히 할 필요가 있다고 봤지. 마음속으로 난 너무 보편적인 사람이
아닌가 하는 의심을 계속하면서 보편성이 지나치면 안 된다 하는
주술을 스스로에게 계속 걸었던 기야.

고경태　사실 의외이긴 했어요. 시경 캡 출신의 거친 이미지가 컸거든요. 편집장으로 접해보니 그렇지는 않더라고요.

김종구　꽃사슴 같았달까? (웃음)

인터뷰를 하며 비밀이 풀리는 느낌이었다. 한 번도 경험해보지 않은 잡지의 세계에 발을 디디면서, 정치부와 사회부 등 신문의 주류 부서에서만 일해본 본인의 보편성이 편집장으로서 약점임을 간파했다는 것이다. 보편성을 덜기 위해 자신이 잘 모르는 세계의 이야기에 더 귀 기울였고 자신과 색깔이 다른 후배들의 관점과 의견을 적극 수용했다고 한다.

그래서일까. 김종구 선배는 내 말도 잘 들어줬다. 특히 연재 아이디어를 냈다가 비토를 당한 기억이 별로 없다. 지면 개편을 앞두고 의무적으로 새 아이템을 내라고 해서 억지로 몇 개를 제출한 적이 있다. 말도 안 되는 기획이라 채택은 꿈도 꾸지 않았는데, 편집장은 해보자고 했다. 바로 쾌도난담이다. 성공회대 한홍구 교수에게 역사칼럼을 맡겨보면 어떨지(한홍구의 역사이야기), 노르웨이 오슬로국립대 교수로 임용돼 한국을 떠나는 박노자 교수에게 북유럽 사회에 관한 연재를 시켜보면 어떨지(박노자의 북유럽탐험), 외국 기자들을 묶어서 특정 주제로 글을 쓰게 하면 어떨지(아시아네트워크) 등의 아이디어를 김종구 선배는 덜컥덜컥 수용해줬다. 베트남전 보도를 1년간이나 끌고 갈 수 있도록 밀어준 이도 그였다. 덕분에 그 어느 때보다 과중한 업무 강도에 혹사당해야 했다.

고경태 많은 후배들이 선배 강점을 돌파력으로 꼽아요. 〈한겨레21〉 때도 그랬지만 특히 〈한겨레〉 편집국장할 때….

김종구 편집국장 할 땐(2007~2008년) 내가 업무를 잘 안다고 생각하고 조금 더 끌고 가는 측면이 강했지. 거기 비하면 〈한겨레21〉 편집장 때는 겸손한 마음으로 난 역시 모자란다 생각하고 뒤에서 후배들을 밀어준 측면이 있고. 역시 사람은 겸손해야 해. (웃음)

고경태 〈한겨레21〉 때는 아이디어 짜내느라 힘들지 않으셨어요?

김종구 늘 머리 쥐어뜯지. 거기 비하면 편집국장 때도 머리 쥐어뜯긴 마찬가지지만 좀 더 큰 조직이다 보니 부서장들에게 위임을 하니까 직접 브레인스토밍은 덜 하지. 근데 〈한겨레21〉은 이리 갈 수도 있고 저리 갈수도 있고, 이게 말 되는 것 같기도 하고 안 되는 것 같기도 하고 그 경계가 불분명한 측면이 있지. 신윤동욱 뽑은 것도 그런 것 때문이었어. 신윤동욱 채용을 반대하는 몇몇이 있었거든. 근데 나는 보편성이 있으니까 보편성이 아닌 걸 불어넣어 줘야겠다 했지. 그런 신념 때문에 뽑은 거야. 내가 생각하지 못하는 발상의 전환이라는 건 나 같곤 안된다, 나는 한계가 있다고 말이야. 그래서 지금도 기억나는데, 당시 경력기자를 채용하면서 '〈한겨레21〉에 들어오면 쓰고 싶은 기획기사'를 응시서류에 적도록 했는데 신윤동욱이 '말을 까자'는 '반말 기획(호칭 파괴)'을 썼더라고. 이 사회에서 반말을 하자는 게 말이 되는가 생각했는데 나중에 결국 커버스토리로 썼어. 기사 안 되는 것과 커버스토리 사이가 불분명한 게 잡지의 특성인 셈이지.

베트남전과 양심적 병역거부

신윤동욱(현 〈한겨레〉 토요판 에디터)이 경력기자 공채를 통해 〈한겨레21〉에 들어온 때는 1999년 말이다. 채용 과정에서 이력서를 보니 언론사 경험이 전무했고 광고회사 출신이었다. 자세히 밝힐 수 없으나 당시 그가 자기소개서에서 밝힌 소신이나 문제의식은 일부 선배들을 불편하게 할 만했다. 과연 그를 뽑을까 했는데, 당시 편집장이었던 김종구 선배가 과감하게 밀어붙였다.

고경태   〈한겨레21〉을 만들 때 아이디어의 원천은 무엇이었을까요?

김종구   결국 사람이지. 후배들하고 술자리 통해 이런저런 이야기 참 많이 했는데 도움이 됐어. 그때는 밖에 있는 사람들을 덜 만났지. 오히려 부원들하고 맨날 저녁마다 놀면서 어울리고.

고경태   선배 편집장 시절의 〈한겨레21〉 특성은 아젠다 세팅이었다고 생각해요.

김종구   한 번씩 묵직하게 강펀치를 날려야 한다고 봤거든. 인구에 회자될 수 있는. 특히 베트남전 민간인 학살. 신문 톱기사로도 실렸고.

고경태   제가 베트남전 보도 담당자였지만 어떻게 1년을 내리 하겠다는 결단을 내리셨어요?

김종구   이거야말로 〈한겨레21〉 아니면 못하겠구나, 어디서도 못하는 거구나. 그리고 한 번 했으면 끝장을 봐야겠다고 생각했지. 성금 모금까지 하면서 빼도 박도 못하게 됐고. (웃음)

〈한겨레21〉은 1999년 10월부터 2000년 9월까지 '부끄러운 역사에 용서를 빌자'는 제목 아래 총 46회 한국군의 베트남전 민간인 학살 문제를 보도했다. 매주 잡지 앞머리에 최소 두 쪽을 배정했고 베트남 피해자를 위한 성금 모금 캠페인도 벌였다. 특정 주제에 관한 지속성과 지면 할애의 측면에서 언론 역사에 전무후무한 올인 보도였다.

한국 언론에서는 처음으로 본격 보도한 베트남전 민간인 학살은 한국 사회의 금기이자 성역에 해당했다. 베트남전을 바라보는 주류 시각과 배치되었고, 참전군인 단체라는 이해관계 세력의 비난과 협박과 실제 공격을 감수해야 하는 사안이었다. 그 성역을 한두 번 깨고 만 것이 아니라 질릴 정도로 1년 내내 매주 떠들었다. "과잉 보도가 아니냐"는 내부 비판도 뚫고 나갔다. 약 1년간 베트남 문제에 〈한겨레21〉이 배정한 지면은 총 200여 쪽이었다. 매주 고정 지면 외에도 별도로 베트남전과 관련한 커버스토리를 4회, 특집을 4회 내보냈다.

당시 한 언론대학원에서 공부하는 현직 기자에게 전화를 받았던 기억이 난다. 베트남전에 대한 〈한겨레21〉의 집요한 조명과 추적이 한겨레신문사 차원의 어떤 전략적 의도와 맞닿아 있는지 물었다. 대학원 수업 그룹토론에서 의제로 올랐는데 결론을 내리지 못했다고 했다. 전략적 의도는 무슨. 당시 보도는 2000년 6월 27일 고엽제후유의증전우회원 2,000여 명의 한겨레신문사 난입을 부르기도 했다. 그럼에도 〈한겨레21〉은 이 이슈를 계속 물고 늘어졌다. 이러한 대담한 보도와 편집은 전적으로 편집장의 통 큰 결단에 힘입었다. 김종구 선배가 평가받을 몫이다.

고경태   〈한겨레21〉은 또 세상에 어떤 기여를 했을까요?

김종구   한겨레신문이 못하는 걸 〈한겨레21〉이 했지. 그게 가장 중요하다고 생각해. 사회의 민주화가 많이 진행되면서 신문으로서는 치고 나갈 대상이 많이 고갈된 상황이었어. 신문은 아무래도 좀 더 진중하고 독자의 보편적 정서를 고려할 수밖에 없는데, 신문이 하기 힘든 것들을 〈한겨레21〉이 게릴라전으로 뚫었던 것이지. 그게 폭발적으로 〈한겨레21〉을 키웠고. 한겨레가 동성애를 옹호하고 조장한다는 얘기도 들었지. 불쾌하게 읽혀진다고. 신문은 그렇게 하기 힘들거든. 잡지야 뭐 퀴어하게 나갈 수도 있지.
그리고 아주 보람으로 남는 게 또 뭐냐면 2001년 2월에 첫 보도한 양심적 병역거부. 그건 신윤동욱의 불멸의 업적이라 생각해. 어느 날 지면 개편 하면서 '마이너리티'라는 고정 지면을 만들었지. '성역 깨기'라는 간판도 달고. 이게 사실 고육지책의 측면도 있었거든. 소수자 문제를 다루고 한국 사회 성역을 깨는 건 〈한겨레21〉이 제일 잘해 온 것들이지만 좀 희석되는 느낌이 들었기 때문이야. 그래서 아예 따로 타이틀을 만들어가자고 했지. 그때 마이너리티 아이템으로 두 번째로 올라온 게 여호와의 증인들의 수난, 즉 양심적 병역거부였지. 딱 두 쪽짜리였어. 어느 날 판매부장이 오더니 지난 호 잡지가 가판 판매에서 대박났다는 거야. 왜? 커버스토리가 별로 특별하지도 않았는데? 알고 보니 여호와의 증인들이 그동안 어떤 언론도 한 번도 거들떠보지 않았던 자기들의 이야기를

〈한겨레21〉이 다룬 것을 보고 가판대마다 돌아다니며 다 걷어갔던 거야. 사회적으로 엄청 의미가 있는데 장사도 된 거지. 얼마 있다 또 특집으로 여덟 쪽 다뤘어. 나중에 〈한겨레21〉 그만두고 사회부장 하는데 서울남부지원에서 양심적 병역거부자들한테 처음으로 집행유예 판결이 났더라고. 그래서 사회면 톱으로 키웠지. 개인적으로 아주 애착이 가는 사안. 〈한겨레21〉이 의제설정 기능을 한 셈이야. 물론 〈한겨레〉 편집국장 할 때 삼성으로 수백억 말아먹었지만. (웃음)

고경태 수백억 말아먹었다는 말씀은 김용철 변호사의 삼성 비자금 폭로 건이죠? 2007년 가을의 그 보도로 2008년의 〈한겨레〉 삼성 광고가 그만큼 끊겼다는 의미의 농담. 왜 김용철 변호사의 폭로는 〈한겨레〉가 제보 받아 단독으로 쓸 수도 있었는데 그렇게 안 했죠?

김종구 김용철 변호사는 당시 〈한겨레〉 기획위원이란 타이틀을 갖고 있었어. 그런데 김 변호사랑 광주일고 동기동창인 정석구(당시 논설위원실장) 씨를 통해 김 변호사가 폭로하고 싶다는 이야기를 전해 들었어. 그래서 김 변호사, 정석구 씨 등 세 명이 만나 상의를 했지. 이 사안의 중요성에 비춰볼 때 단독보도를 할 필요가 없다고 생각한 거야. 그거 단독으로 쓰면 그렇게까지 파문이 안 번졌어. 특종 욕심보다 양심선언이 널리 공론화될 수 있도록 해야 한다고 봤지.

고경태 편집국장 하실 때 한화그룹 김승연 회장 폭행사건 특종을 하셨죠.

김종구 2007년 4월이었는데 처음엔 연합뉴스에서 익명으로 보도를 했어. 우리 사회부에선 취재가 안 된다는 거야. 확인이 안 되는 데 어떻게 써. 나중에 사회부가 아닌 다른 부서에서 보고를 하더라고. 박주희가 온라인 부국장 소속이었는데, 제보자가 본인한테 찾아 왔대. 급히 구수회의를 국장 방에서 했지. 사회부장, 편집부장, 부국장 등등하고. 부국장들은 위험하다고 걱정을 했어. 그래서 박주희를 곧바로 편집국장실로 불러서 취재 경위를 알아보았어. 들으니 딱 감이 오더라고. 이건 써도 된다. 그래서 "이번 사안은 내가 책임을 진다. 기사를 1면부터 펼칠 수 있을 만큼 최대한 펼치라"고 사회부장에게 말했어. (당시 제보자의 생생한 증언을 확보해 한화그룹과 김승연 회장의 실명을 박아 보도한 언론사는 〈한겨레〉가 처음이었다. 결국 김승연 회장은 폭행혐의로 구속되었다.)

고경태   "내가 책임질 테니까 써" 그런 말씀을 몇 번 해보셨어요?

김종구   정말로 나도 써야 할까 엄청 망설이면서 "써!"한 것은 그것이 유일했어. 자칫 잘못하면 회사가 문을 닫을 수도 있는 사안이잖아? 박주희한테 남대문경찰서 형사가 찾아와서 애기했다는 말을 듣는 순간 100프로 맞다고 생각했어. 박주희가 남대문경찰서 나갈 때 그 경찰한테 정말로 믿음을 준 결과라고 단박에 느껴졌어.

고경태   가장 인상적인 〈한겨레21〉 표지는 뭘까요?

김종구   클린턴과 뱀 표지. 편집장 초반의 일이었는데 많은 교훈을 받았어. 이미지가 만드는 사람의 생각과 받아들이는 사람의 생각이 크게 다를 수 있구나 깨달았지. 잡지도 그런데, 신문에서는 더욱더 그런 점을 염두에 둬야지.

미국 대통령 클린턴의 르윈스키 스캔들을 다룬 표지(1998년

9월 24일자)의 비주얼은 클린턴이 벌거벗은 채 앞의 중요 부분을 손으로 가리고 있는 사진 합성이었다. 르윈스키 스캔들로 '벌거벗겨진 대통령'이 된 클린턴의 처지를 은유하는 것이었다. 국정원의 탈북자 인권유린실태를 폭로한 기사의 표지(1999년 4월 22일자)엔 국정원 건물과 함께 뱀이 똬리를 틀고 있는 모습을 형상화했다. 국정원의 교활함을 보여주려고 했던 것 같다. 나도 2009년에 낸 책 《유혹하는 에디터》에서 두 가지를 최악의 표지로 꼽은 바 있다. 편집자가 생각했던 통쾌했던 이미지가 독자에겐 불쾌감을 줄 수 있음을 교훈으로 남긴 표지였다.

한화 김승연 폭행사건과 esc

고경태   그 밖에 또 기억나는 건.

김종구   고경태가 장점을 발휘해서 발랄함의 시도를 한 게 〈한겨레21〉이라고 생각해. 쾌도난담이 원조가 된 거지. 팟캐스트 나꼼수로 이어지는. 나랑 esc도 함께했고. 그런 걸 잘 알지.

고경태   편집장의 가장 중요한 덕목은 뭐죠?

김종구   운이 좋아야지, 운. (웃음) 콘텐츠에 대한 끊임없는 호기심과 열정. 그것을 잘 꾸려나가기 위해 어떻게 조직을 추동할지 연구하는 게 필요하고. 너무 뻔한 정답 같은가?

고경태   네. (웃음) 선배는 신문사에서 하고 싶은 일을 큰 좌절 없이 해내신 거 같아요. 자기 능력을 펼칠 적절한 마당이 늘 제공됐고.

김종구　그때그때 나는 치열하게 했는데, 운이 따라줬다 생각하는 거지

고경태　선배랑 있을 때 제가 esc 만들었어요.

김종구　그것도 운이 좋았어.

고경태　제가 운이 좋았죠.

　내가 esc 섹션을 처음 선보이던 2007년 5월 김종구 선배는 편집국장이었다. 당시 esc팀은 편집국장 직속 관할이었다. 〈한겨레21〉 편집팀장에 이어 esc 팀장으로 김종구 선배와 두 번째 인연을 맺었다. 그가 편집국장을 하던 당시 터뜨린 한화그룹 김승연 회장 폭행사건 특종이 정통 보병의 작품이었다면, 독특한 생활문화섹션 esc 런칭은 특수전 게릴라들의 작품인 셈이었다. 김종구 선배는 성격이 다른 두 부대를 골고루 활용해야 한다는 철학 또는 전략을 종종 말하곤 했다.

　esc 첫 호를 만들 때는 약간의 진통이 있었다. 1면 전체를 제호도 없이 코믹 만화로 간다는 계획을 냈다가 김 선배의 반대에 부딪쳐 며칠간 실랑이를 벌였던 것이다. 그때의 김종구 편집국장은 내가 알던 〈한겨레21〉 김종구 편집장과는 조금 다른 결의 사람으로 다가왔다. 신문은 잡지와 다르다면서 주장을 굽히지 않았다. 나도 초반에는 고집을 꺾지 않았다. 결국 큰 틀에서 국장의 방침을 따랐으나, 나는 며칠간 국장의 간섭에 반발하기도 했다. 김종구 편집국장은 임기 중 esc팀에 애착을 갖고 마음을 써주었다. 지원도 아끼지 않았다.

　편집국장을 그만둔 뒤에도 내가 벌이는 일에 관심을 가져주

었다. 2010년 봄 대담코너 직설을 기획해 시작했을 때나 2011년 12월 토요판 준비 작업을 할 때에도 사석에서 꽤 긴 조언을 들었다. 내가 꾸미는 프로젝트가 과연 신문에 적합한지에 관해 비판적 성찰을 유도하는 말들이었는데, 리스크를 미리 점검하는 차원에서 유익한 대목이 적지 않았다. 다만 전적으로 동의가 되지는 않았다. 나는 그걸 김종구 선배의 보편성으로 받아들였다. 보편적이지 못한 것은 나의 약점이었다. 2017년 내가 출판국장을 맡던 시절 이른바 '편집권 침해논란 사건'을 겪을 때도 김종구 선배와는 조금 어긋나는 판단을 했다. 역시 나는 〈한겨레21〉 편집장이던 김종구 선배를 제일 좋아하는 것 같다.

프라다를 입은 악마는
지나간 시대의 리더십

김도훈

'내가 만난 편집장'의 마지막 주인공은 김도훈이다. 그는 이 글을 쓰는 2019년 7월 중순 현재 〈허프포스트코리아〉(이하 허프코)의 편집장이다. 오귀환, 이충걸, 김종구 세 사람에 비하면 김도훈의 연배는 훨씬 아래다. 그는 1970년대 후반생으로 이른바 X세대에 속한다. 네 명 중에서 유일하게 현직에 있으며, 나에겐 유일한 후배이기도 하다. 김도훈과 같은 매체에서 일했던 시기는 달랑 1년 3개월이다. 그가 2004년 2월에 입사해 2012년 8월까지 8년 넘게 일한 〈씨네21〉에, 나는 2008년 10월 편집장으로 들어가 2010년 1월에 나왔다. 영화전문지는 나에겐 낯선 경험이었다. 편집장 임명을 받자마자 지면 개편을 주도할 팀을 꾸렸는데, 그 두 명 중 한 명은 현 편집장 주성철이었고 나머지 한 명이 김도훈이었다.

김도훈은 '분명한' 후배였다. 사람과 사물에 대한 취향과 호오, 자기주장이 분명했다. 그의 말과 기사에는 모호함이 없었다. 그의 글은 늘 주변을 두리번거리지 않고 직진하는 듯했고, 세상의 가장 앞선 것들에 대한 번뜩이는 호기심으로 모험을 떠나는 듯했다. 〈씨네21〉 편집장 시절 한 할리우드 영화 수입사 대표가 자신들이 막 수입해 개봉하는 영화의 리뷰를 반드시 김도훈 기자가 쓰게 해달라고 나에게 직접 부탁했던 일을 잊을 수 없다. 그는 취재원과 독자에게 선망을 품게 하는 바이라인의 소유자였다. 다만 나긋나긋한 성정은 아니었다. 조직 생활과는 태생적으로는 거리가 있다는 느낌을 받기도 했다. 그런 그가 신생 매체 〈허프코〉에 들어가 편집장직을 시작했다는 이야기를 들었다. 탁월한 역량이야 이미 짐작했지만, 넉넉한 성품으로 조직을 잘 보듬고 나간다는 평까지 접했을 때 신선한 충격을 받았다.

김도훈은 2012년 8월 〈씨네21〉을 퇴사해 남성 스타일 매거진 〈긱(GEEK)〉의 피처 디렉터로 들어가 2년간 생활했다. 그가 있는 동안 〈긱〉이 남성지 시장을 평정했다는 소문이 들려왔다. (그러나 김도훈이 떠난 뒤 2년쯤 지나 폐간했다.) 그리고 〈허프코〉로 옮긴 때는 2014년 2월이다. 〈허프코〉는 한국의 한겨레신문사와 미국의 허프포스트(2014년 당시엔 허핑턴포스트)의 합작 법인이다. 〈씨네21〉을 떠난 김도훈이 한겨레의 우산 아래로 다시 돌아오다니. 의외였다. 김도훈은 한겨레 조직과는 케미가 맞지 않는다고 여겨왔기 때문이다. 이건 비난이 아니라 칭찬(?)이다. 김도훈은 2014년 8월부터 〈허프코〉 편집장을 맡았고 6년째 현직에 있다.

김도훈을 인터뷰이로 선정한 이유는 디지털매체를 책임지는 (상대적으로) 신세대 편집장의 상을 보여주고 싶어서였다. 한 매체에서 6년간이나 장수하며 편집장을 한다는 점도 한몫했다. 그의 감각의 비밀이 궁금했다. 하지만 인터뷰를 해야겠다고 마음먹고 나서는 조금 망설여졌다. 폼 잡고 인터뷰를 진행하는 게 어색하고 낯간지러웠다. 그래서 점심 자리를 청한 뒤 식사를 하면서 인터뷰 요지를 설명하고 카톡으로 질문지를 주었다. 질문을 열 개만 던질 테니 답변도 간단히 하라고 했다. 질문은 열 개를 조금 넘겼다. 그는 정말 캐주얼하게 답을 보냈다. 다시 열 개가 넘는 추가 질문을 보냈다. 그리고 직접 만나 한두 마디를 더 보탰다.

확실히 외롭다

고경태 편집장으로서 본인에게 가장 어울리는 형용사는 무엇인가. 가령 나 김도훈은 _____한 편집장이다, 라고 했을 때 빈칸에 채울 말은 무엇일까.

김도훈 모자란.

고경태 무엇이 어떻게 모자란가.

김도훈 편집장의 중요한 자질 중의 하나는 '사람'을 잘 쓰는 일이다. 나는 아직까지 사람을 잘 활용하는 일에 능숙하지 않다는 생각에 사로 잡히곤 한다. 나이가 좀 더 들면 능숙해질 수 있으려나 모르겠다.

고경태 모자라다는 건 지나친 겸양 같은데.

김도훈 솔직히, 매일매일을 자기반성을 하며 살아가고 있다. 편집장으로서도 기자로서도. 지나친 겸양이라기보다는 편집장이라는 직책을 맡은 이후에 생겨난 일종의 심적 버릇이라고 말할 수도 있겠다.

고경태 영화 잡지와 남성 잡지에서 10년 넘게 평기자와 에디터로 일하면서 언젠가 나도 편집장이 될 거라고 생각한 적이 있나? 평기자 때 그려본 편집장 자리와, 지금 수행하고 있는 편집장직 사이의 괴리가 있다면.

김도훈 한 번도 생각해본 적이 없었다. 평기자 때 본 편집장 자리는 너무나도 외로워 보여서 '평생 편집장은 하지 말아야지'라고 생각했다. 그리고 직접 하게 된 편집장 자리는 확실히, 외롭다. 평기자 때는 편집장이 구성원들의 불만을 해결하는 속도가 너무 느리다고 불평을 자주 했었다. 막상 편집장이 되고 보니 나 또한 구성원들의 다양한 불만을 빠르게 해결하지 못하는 경우가 많다.

고경태 뭐가 그렇게 외로운가? 그 외로움은 어떠한 성질의 것인가. 무엇으로 채울 수 있는 성질의 외로움인가.

김도훈 홀로 조직을 이끌고 나간다는 데에서 오는 외로움 같은 것이 있다. 어느 순간부터인가 나와 매체 사이의 경계선이 사라지고 있다는 생각이 든다. 오롯이 그 짐을 짊어지고 가야 한다는 부담감에서 오는 외로움인 것 같다. 다만, 이건 편집장이라면 누구나 감내해야 하는 일일 것이다.

고경태 기자의 감각과 편집장의 감각은 어떻게 다르다고 생각하나.

김도훈 기자의 감각은 날카로울수록 좋고 편집장의 감각은 그보다는 조금 더 뭉툭해도 좋다는 생각을 종종 한다. 날카로운 칼들을 마모시킨다는 소리가 아니라 칼들을 모두 모으고 조립해서 하나의 움직이는 거대한 기계로 만들어나가는 감각이 필요하다는 이야기다.

고경태 단도직입적으로 편집장 김도훈이 지닌 감각의 원천과 비밀은 무엇인가.

김도훈 말하기 부끄러운 질문이다. 〈허프코〉에서 일하기 전에는 하드 뉴스를 다뤄본 적 없기 때문에 처음에는 독자들이 〈허프코〉의 편집 방향을 좀 색다르게 느꼈을 수도 있었을 것이다. 〈허프코〉에서 일하기 시작하면서 하드 뉴스와 소프트 뉴스의 경계를 좀 무너뜨리는 작업을 해보고 싶었다. 한국 미디어들이 해보지 못한, 혹은 하면 안 된다고 생각하던 것들과 마주하면 항상 '안 될 게 뭐가 있어'라고 생각하곤 한다.

고경태 〈허프코〉는 디지털매체의 특성상 일간지를 넘어 거의 초간지다. 이런 초간지 매체 편집장으로서, 또는 그냥 〈허프코〉 편집장으로서 기쁨과 슬픔(또는 갑갑함)은 각각 무엇인지 궁금하다.

김도훈 초간지 매체 편집장으로서 느끼는 기쁨은 세상의 모든 소식들을 접할 수 있다는 것이고, 슬픔은 빠른 세상의 모든 소식들을 모두 접해야만 한다는 것이다. 모든 기사들을 다 보다 보면 일종의 축적된 심적 트라우마를 입는 경우도 분명히 있다. 갑갑함은 에디터들에게 시간이 필요한 탐사보도를 할 수 있을 만한 시간을 좀처럼 내어주지 못한다는 것이다.

고경태 편집장은 남의 노동을 지시하고 관리하는 사람으로서 당연히 유능한 기자 또는 에디터(〈허프코〉에서는 기자 대신 에디터[6]라고 한다)를 선호할 것이다. 김도훈 편집장도 열여덟 명의 에디터를 거느리고 매일 50꼭지의 기사를 발행하는데, 디지털매체 〈허프코〉에서 유능하다는 건 어떤 의미인가.

김도훈 빠르게 세상의 다양한 소식을 접하고 그걸 기사로 빠르게 써내는 기자가 유능한 〈허프코〉 에디터일 것이다. 그리고 언제나 모두가 그렇게 말하겠지만, 역시 글을 잘 쓰는 기자가 중요하다.

고경태 김도훈 편집장에게 글을 잘 쓰는 기준은 무엇인가.

김도훈 흡인력인 것 같다. 첫 문장을 읽자마자 순식간에 마지막 문장까지 도달할 수 있도록 만드는.

싸가지는 좀 없어도 좋다

고경태 후배들이 맘에 안 들면 조지는가? 아니면 살살 달래면서 격려하는가. 에디터가 작성해온 글이 맘에 안 들면 직접 고치는가. 아니면 고칠 부분을 세세히 지적하고 스스로 수정하게 하는가. 또 일을 잘 하는데 싸가지가 없는 후배, 싸가지는 있는데 일을 못 하는 후배들 중 어느 편을 선호하는가. 그 이유는.

김도훈 조지는 일은 없다. 후배들이 마음에 안 들었던 적이 거의 없었던 것 같다. (놀랍게도!) 에디터가 작성한 글이 마음에 안 들면 데스킹을 보다가 직접 고치는 편이다. 단신이 많고 자유로운 글쓰기를 허락하는 터라 고치는 부분이 그렇게 많지 않은 건 사실이다. 나는 일은 잘하는데 싸가지가 없는 후배가 좋은 것 같다. 아무래도, 일을 잘하는 것은 중요한 기본이니까.

고경태 그래도 싸가지 없는 게 마냥 좋을 수는 없을 텐데.

김도훈 마냥 좋지는 않다. 하지만 참는다. 잘 참는 것도 편집장의 자질 중 하나라고 생각한다.

고경태 본인은 기자 때 싸가지가 어떠했다고 스스로 평가하는지.

김도훈 말 잘 듣는 기자였다고 생각한다. 지난 편집장들이 아니라고 할 수도 있겠지만.

고경태 매일 기사 기획과 아이디어에 관한 의사결정은 어떻게 하는가. 에디터가 모두 참여하는 기획회의에서 결정하는가. 아니면 독단적으로 밀어붙일 때가 꽤 있는가. 매체 운영자로서 김도훈 편집장은 독재자인가 민주주의자인가.

김도훈 의사결정은 에디터들이 참여하는 기획회의 단계에서 결정한다. 〈허프코〉는 각각 에디터들의 자유의지가 중요한 매체라고 생각한다. 운영 과정에서 나는 글쎄, 민주주의자라고 믿고 싶다만, 어떤 에디터들에게는 독재자로 보일 지도 모르겠다.

고경태 독재자의 충동을 느낄 때가 있나. 어떨 때인가.

김도훈 독재자의 충동을 느끼지는 않는다. 너무 착한 척하는 건 아니다.

고경태 편집장은 불가피하게 싫은 소리도 해야 한다. 아니 그런 경우가 많다. 싫은 소리의 기술이 있을까.

김도훈 최대한 돌려서 말을 하는 편이다. 지금은 싫은 소리를 싫은 소리 그대로 내뱉는 리더의 시대는 아닌 것 같다. 새로운 세대의 기자들은 프라다를 입은 악마와 일하고 싶어 하지는 않는다고 생각한다.

고경태	〈허프코〉의 기사들은 어떤 콘텐츠라고 생각하는가. 정치권의 패스트트랙을 둘러싼 진통에서 섹스 방법론까지 콘텐츠의 스펙트럼은 그 어떤 매체보다 다양하다. 이런 〈허프코〉의 콘텐츠를 뭐라고 정의할 수 있을까. 그 가치는 무엇일까.
김도훈	〈허프코〉의 콘텐츠는 사람을 기쁘게 만드는 콘텐츠가 아닐까 싶다. 누구는 패스트트랙을 잘 정리한 기사를 보며 기쁨을 느낄 것이고 누구는 섹스 잘하는 법을 새롭게 알아서 기쁨을 느낄 것이다. 독자에게 기쁨을 제공한다는 것이 가장 중요한 〈허프코〉 콘텐츠의 가치가 아닐까.
고경태	〈허프코〉의 편집장으로서 콘텐츠를 발행할 때 어떤 가치를 우선하는가. 정치적 공정함? 또는 트렌디한 뉴스? 아니면 재미? 관심거리? (뭐 물론 일도양단할 수 없다는 것 알지만.)
김도훈	우선하는 것은 역시 '재미'라고 생각한다. 〈허프포스트〉 본사에서는 몇 년 전 매체의 성격을 '쿨하고 에지 있게'라고 말한 바 있다. 전 세계 〈허프포스트〉도 이를 어느 정도씩은 닮아 있다고 볼 수 있다.
고경태	김도훈 편집장이 생각하는 재미라는 건 무엇인가. 간단하게 정의를 내린다면.
김도훈	호기심을 끊임없이 건드려주는 것.
고경태	세상이 너무 빨리 바뀌는 관계로 잠시만 한눈팔면 트렌드에서 뒤떨어진다. 〈허프코〉 편집장으로서 미디어 세계의 파도를 헤쳐 나갈 비전이 있다면. 비전이란 말이 너무 거창하다면 화두?
김도훈	파도가 지나치게 높은 상황이다. 플랫폼 다변화가 필요한 시점이고,

동영상 시장에서 승부를 봐야하는 시점이다. 여기서 가장 중요해지는 플랫폼은 역시 유튜브다. 그러니 화두는 확실히 동영상이라고 생각한다. 수백 명의 미디어 종사자가 그렇게 말하겠지만 말이다.

고경태　편집장은 좋은 자리인가? 앞으로 후배 에디터들에게 편집장을 꼭 해보라고 추천할 만한지. 또한 장수 편집장으로서 '편집장이 갖춰야 할 기질과 덕목'에 관해서 말한다면.

김도훈　반농담으로 말하자면, 편집장은 결코 좋은 자리가 아니며 추천하고 싶지도 않다. 세상의 예비 편집장들에게 말해주고 싶은 기질과 덕목 중 가장 중요한 것은 책임감이 아닌가 싶다. 어깨를 짓누르는 책임감을 느끼지 않으면서 편집장을 하기란 힘든 일이니까.

고경태　하지만 편집장에겐 권력이, 때로는 무한 권력이 부여된다. 여기에 희열을 느낀 적은 없나. 그 권력의 그늘이 외로움과 책임감이 아닐까 하는데.

김도훈　희열을 느끼지 않았다고 한다면 거짓말이 될 것이다. 내가 원하는 방향으로 매체가 굴러가게 만들 때 느껴지는 작은 희열은 분명히 있다. 그것이 없다면 편집장으로 일하는 건 불가능한 일이 될 것이다.

다시 종이 냄새를 욕망함

고경태　지금은 디지털매체를 만들지만 나중에 다시 종이 냄새를 맡으며 잡지를 만들어보고 싶은 생각이 있나. 잡지를 만든다면 어떤 잡지를 만들고 싶은가.

김도훈 다시 종이 냄새를 맡고 싶은 욕망이 매일매일 가득하다. 사람들이 사는 공간에 대한 잡지를 만들고도 싶은데 그건 이미 잘하는 사람들이 잘해나가고 있는 것 같다. 잡지를 만든다면 내가 하고 싶은 대로 하는 잡지를 만들 것 같다. 인터뷰든 화보든 뭐든 온전히 내가 선택하는 그런 잡지 말이다.

고경태 《우리 이제 낭만을 이야기합시다》(웨일북, 2019)라는 책을 내기도 했는데, 〈허프코〉는 현재의 김도훈 편집장에게 어떤 낭만을 주는가. 〈허프코〉라는 미디어에서 아름다움은 어떻게 구현되는지.

김도훈 〈허프코〉라는 미디어에서 아름다움은 사진과 카피가 완벽한 조화를 이루었을 때 발생하는 것 같다. 다들 〈허프코〉만의 문법을 만들어냈다는 자부심들을 갖고 일한다. 과감한 디자인으로 뉴스를 전하는 〈가디언〉 등 해외 일간지를 보면서 예술성을 느낀 적이 꽤 있다. 한국의 일간지들도 디자인에서 좀 더 승부를 볼 필요가 있다고 생각한다.

고경태 〈허프코〉에서 가장 자부심을 갖게 해준 콘텐츠나 1면을 하나만 꼽는다면. (참고로 후배 한 명은 〈씨네21〉의 기사 중에선 윤여정에 관한 글을 꼽았다.)

김도훈 대선 후보 인터뷰 시리즈. 동영상을 적극 활용하고, 패션 포토그래퍼에게 사진을 맡기는 등 〈허프코〉가 할 수 있는 가장 앞서나가는 콘텐츠를 만들어냈다고 생각한다.

고경태 김도훈 편집장은 한겨레 조직과 잘 어울리지는 않는다고 생각했다.

김도훈 좀 그런 것 같기도 하다.

고경태 한겨레와 잘 맞는 점이 있다면….

김도훈	인간적인 조직이다.
고경태	잘 안 맞는 점이 있다면.
김도훈	너무 인간적이기만 한 조직이다. (웃음)
고경태	허무에 대해서. 물성이 없는, 손에 잡히지 않는 디지털매체를 만들면서 허무함을 느낄 때는 없는지.
김도훈	매일매일이 충만한 동시에 허무하다. 디지털매체에서 일하는 사람들은 그 허무함과 싸우는 사람들이다.

그와 함께 일했던 두 명에게 코멘트를 요청했다. 〈씨네21〉과 〈허프코〉에서 김도훈과 각각 일한 동료 두 명이다. 나름 냉정한 평가를 할 만한 이들을 골라 김도훈이 어떤 기자이고 편집장인지 솔직하게 말해달라고 했다. 돌아온 답은 찬사 일색이었다. 글쓰기, 기획, 포장 능력, 트렌드 세팅, 선배로서의 품성, 솔선수범하는 태도, 도저히 노력만으로는 채울 수 없는 감각 등등 모든 분야에서 10점 만점에 10점이었다. 다만 요즘 지쳐 보인다고 했다. 그는 실제로 2018년 12월 페이스북에 '〈허프코〉 편집장을 그만둔다'고 썼다. 나는 "다음 행보가 기대된다"는 댓글을 달았다. 나중에 사직하려 했던 이유를 물어보니 "번아웃 때문"이라고 했다. 매일매일 수많은 기사들을 모두 데스킹해야 하는 데서 오는 구조적 번아웃에, 스스로 일 욕심을 부리다가 생긴 번아웃이 더해졌다고 했다.

그러나 그는 결국 〈허프코〉에 남았다. 한 달 반의 안식휴가를 보낸 뒤 돌아왔다. 경영진은 그를 도저히 놓아줄 수 없었던 모양이다.

"멋대가리가 없다,
우리가 선수를 치자"

편집장이 아니다. 이번엔 사장이다. 사주 또는 발행인이라고 하는 편이 더 적합할지도 모르겠다. 발행인의 어감이 개중 낫다. 편집장보다 더 콘텐츠에 대한 안목이 높고 실행력과 영향력이 있었던 발행인 두 명에 관한 이야기다. 우리 시대의 편집장들이 한 번쯤은 살펴봐야 할 스승 같은 역사적 인물에 관한 짧은 서사다.

한 사람은 장기영(1916~1977)이다. 또 한 사람은 한창기(1936~1997)다. 두 사람은 정확히 20년 시차를 두고 세상에 나왔다가, 또 20년 간격으로 사라졌다.

한 명은 신문을 만들었다. 또 한 명은 잡지를 만들었다. 한 명은 상업신문의 참맛이 무엇인지를 보여주었다. 또 한 명은 명품 잡지의 참맛이 무엇인지를 보여주었다. 그들을 대면한 적은 없다. 대신 나는 10대와 20대에 그들이 만든 신문과 잡지를 읽으면서 매체의 세계에 눈을 떴다. 그때는 그들의 이름을 알리 없었다. 신문사 일을 시작하고 나서 두 사람을 아는 몇몇 선배들에게 귀동냥으로 옛날 이야기를 들었다. 관련 자료나 책을 찾아 읽었다. 비로소 어리고 젊은 시절 내 눈을 빨아들이던 그 신문과 잡지의 어떤 비밀이 조금 풀리는 느낌이었다. 20세기에 가장 혁신적인 언론계 인사가 누구였냐고 묻는다면, 나는 주저없이 이 두 사람을 꼽겠다. 그만큼 그들이 일궈낸 콘텐츠는 재미있고 비범했다.

창의적인 혹은 괴팍한

장기영은 내가 태어나기 이전인 1960년대 초반부터 아버지가 구독한 〈한국일보〉의 창업주다. 아버지는 줄곧 〈한국일보〉만 봤다. 가끔 〈조선일보〉와 〈동아일보〉로 갈아탄 적도 있었다. 그 기간은 짧았다. 〈한국일보〉는 당시 가장 젊고 참신한 신문이었다. 1954년 6월 창간 때부터 중산층을 겨냥하고 젊은 세대와 대학생들을 주 타깃으로 만들었다. 염상섭의 《미망인》 같은 대중소설을 연재하고, '블론디' 같은 해외 만화를 수입해 실었으며 해외 면을 확대했다. 타블로이드 8면 일요판을 신문 사상 처음으로 부록으로 끼워 발행하기도 했다. 장기영은 이렇게 말했다고 한다.

"한국 신문은 멋대가리가 없다. 〈한국일보〉가 선수를 치자."

한창기는 내가 10대이던 시절 아버지가 서점에서 사 모은 종합 월간잡지 〈뿌리깊은나무〉의 창업주다. 아버지는 이 잡지사에서 나온 11권짜리 〈한국의 발견〉 시리즈도 구입해 소장했다. 〈뿌리깊은나무〉는 별난 잡지였다. 제호도 별났고, 판형(사륙배판)도 별났고, 사진과 편집과 디자인도 별났고, 한글 전용의 기사도 별났다. 별난 잡지는 내용과 형식에서 금기를 깨는 잡지였다. 1976년 3월 창간해 1980년에는 월 판매부수가 10만 부에 이를 정도였다. 그러나 전두환 신군부가 권력을 움켜쥐던 그해 7월 〈창작과 비평〉등과 함께 강제 폐간되는 운명을 맞았다. 복간은 안 했지만, 1984년 11월 여성 독자를 겨냥한 〈샘이깊은물〉을 창간하며 〈뿌리깊은나무〉의 정체성을 이어갔다.

장기영은 본래 금융인이었다. 서울 남문(南門) 밖에서 태어나 선린상고를 졸업한 뒤 일본 식민지 시절 조선은행에 들어가 조사부장을 지냈다. 해방 뒤 한국전쟁 시기엔 2년간 한국은행 부총재로 일했다. 조선일보 대표취체역 사장으로 취임해 신문을 정상화하고 방일영에게 경영권을 넘기기도 했다. 그리고 1954년 〈태양신문〉을 인수하여 〈한국일보〉를 창간했다.

한창기는 본래 세일즈맨이었다. 전남 보성군 벌교읍에서 태어나 광주고등학교와 서울대 법대를 졸업한 뒤 1967년 의정부 미8군 영내에서 미군의 귀국용 비행기표와 영어 성경책을 파는 일을 했다. 1970년대 초반 브리태니커 백과사전 한국지사(엔사이클로피디어 브리태니커 코리아)의 사장이 되었다. 이 회사를 모태로하여 1976년 〈뿌리깊은나무〉를 창간했다.

장기영은 1950~1970년대 일간 매체의 발행인 중에서 유일하게 '창의적인 사람'이라는 찬사를 듣는다. 그는 직접 아이디어를 내서 신문을 바꿔나갔다. 우리나라 최초로 공항 전담 기자를두자고 제안해 '오는 사람 가는 사람'이라는 공항동정란을 만들었다. 〈주간한국〉(1964년), 〈일간스포츠〉(1969년) 등 최초의 시사주간지와 스포츠신문도 창간했다. 견습기자 공채 실험도 처음 했다. 1975년 세계 여성의 해엔 견습기자를 여성으로만 뽑았다. 신문사에 야전침대를 두고 묵으면서 기자들에게 전화로 직접 사건 취재지시를 내리기도 했다. 한때 〈한국일보〉 사회부가 일간지 중 최강이라고 소문이 난 것은 이런 발행인의 추진력에서 비롯된 전통이었다. 그는 또 누가 글 잘 쓴다는 소식을 들으면 어떤 방법을 써서라도 기자로 일을 하거나 필진으로 참여하도록 했다. 다른 신문사로 떠났던 기자가 돌아오겠다면 두말없이 받아주었다. 경영이 어려워도 사람을 쓰는 데는 돈을 아끼지 않았다. 편집국 간부들이 이런저런 새로운 제안을 할 때는 이렇게 반응했다고 한다.

"그거 재미있는데."

한창기는 잡지 발행인으로서 괴팍한 사람이었다. 그는 한글을 비롯해 우리 것에 대한 애착이 강했고, 완벽주의를 추구하는 투사처럼 안팎과 싸우면서 일했다. 언론학자 강준만에 따르면, 그는 잡지에 실린 모든 글을 한 자도 빼놓지 않고 다 읽었으며 적극 개입했다. 필자와 싸워가면서까지 틀렸거나 불명확하거나 어렵거나 번역투인 문장들을 과감하게 손보았다. 한창기 밑에서 기자로 일했던 강창민은 그를 이렇게 평했다.

"그 자유분방함, 오만한 자신감, 파격적인 발상, 터무니없이 핏대를 올리며 펴는 자기 주장, 좀처럼 굽히지 않는 고집, 해박한 지식, 궤변에 달변, 다방면에 걸친 집요한 관심. (중략) 그를 별난 세계의 별난 사람쯤으로 치는 것이 편했다. 그러지 않고서는 견딜 수 없었다."

장기영이 1974년 (당시로서는 무명의) 소설가 황석영에게 〈장

길산〉 연재를 맡기던 에피소드는 그의 눈과 통을 보여준다. 6개월
의 준비 기간과 자료비가 필요하다는 황석영의 말에 당시 집 반
채 값에 해당하는 돈을 수표로 끊어주었지만, 정작 황석영은 술값
으로 그 돈을 일주일 만에 다 써버렸다. 황석영이 다시 찾아가자
장기영은 한숨을 내쉬며 다시 수표를 끊어주었고, 자신의 명함에
단골 술집 전화번호를 적어주며 이렇게 말했다고 한다.

"이번에는 꼭 자료를 사게… 딴 데 가서 마시지 말고 친구들
이랑 이 집에 가서 마시라구. 내 앞으루 달아놓고 말야."[8]

장기영은 기자들에게 황석영이 원하는 것은 무엇이든 들어
주라고 했다. 〈장길산〉은 1974년부터 1984년까지 10년간 연재되
며 신문 연재소설 최장 기록을 세웠다. 황석영과 장길산이라는 역
사소설의 가치를 알아보는 힘은 그의 눈이었다. 이를 파격적으로
밀어주는 모습은 그의 통이었다.

한창기는 우리 문화의 가치를 아는 사람이었다. 유신시대 박
정희가 대대적 외래어 추방 등 관제 민족주의 캠페인으로 '우리
것 사랑하기'를 강요할 때 한창기는 박정희와는 전혀 다른 방식으
로 토박이 문화에 대한 사랑을 쏟았다. 세련과 첨단이 서구의 것
이 아니라 우리 문화의 본질이라는 사실을 글과 사진으로 증명했
다. 그중 하나가 〈뿌리깊은나무〉가 폐간된 뒤 80년대 초반에 단

행본 11권으로 나온《한국의 발견》시리즈다. 각계 전문가들로 편집위원을 구성하고 백 명 넘는 필자와 사진가를 선정해 방방곡곡 고을을 발로 탐사한 뒤 쓰고 찍게 하여 소개한 이 책은 대한민국 종합 인문지리지라 할 만하다. 원주가 고향인 나는 고등학교 때 아버지의 서재에서 이 책의 '강원도 편'을 꺼내 탐독하곤 했다. 교과서에서 도저히 배울 수 없는 우리 고향의 역사와 현실이 그곳에 펼쳐져 있었다. 지금 봐도 촌스럽지 않고 시대에 뒤지지 않는 고품격 글과 사진이다.

"그거 재미있는데"

장기영은 존경받는 사주였지만 영욕을 함께 겪었다. 한국은행 부총재 출신인 그는 1964년부터 3년 5개월간 박정희 정권에서 부총리 겸 경제기획원 장관을 지냈다. 1966년 9월 22일 한국독립당 김두한 의원('장군의 아들'이라고 주장하는 그 김두한)이 국회 본회의 대정부 질의에서 한국비료의 사카린 밀수사건에 관해 비판하다 미리 준비한 똥물을 국무위원들에게 뿌렸는데, 이때 정일권 총리와 함께 봉변을 당한 또 한 사람이 부총리 장기영이었다. 장기영이 없는 〈한국일보〉는 기자들이 신생 〈중앙일보〉로 대거 넘어가는 등 위기를 겪었다. 그는 1967년 10월 〈한국일보〉에 복귀했다. 이후 정치권과 체육계에도 발을 걸치며 열정적으로 신문사를 꾸려가다 1977년 4월 11일 갑자기 심장마비로 세상을 떠났다. 장기영이 없는 〈한국일보〉는 1990년대 초반부터 그 고유의 색깔을 점차 잃었다. 지금은 동화그룹이 인수한 상태다.

1960년대와 1970년대에 한국일보에서 일했던 안병찬(전 〈시사저널〉 발행인, 경원대 언론학 교수 역임)은 《백인백상(百人百想)[9] : 우리가 아는 장기영 사주》(한국일보사, 2004)에 실린 관련자 900명의 진술을 분석·고찰한 끝에 장기영의 행태적 특징을 다음 일곱 가지로 요약했다.

1. 듣는다(경청 행위), 2. 묻는다(지식욕), 3. 발로 뛴다(현장주의), 4. 되묻는다(확인), 5. 읽는다(다독가), 6. 말과 글을 활용한다(언어 조탁), 7. 마주 본다(면대면 커뮤니케이션).[10]

독자가 볼 만한 뉴스와 콘텐츠를 만드는 일이라면 뭐든지 하려고 했던 한 언론사주의 행동 패턴 분석이다.

장기영이 1960년대 박정희 정권의 일부로 참여해 스스로 정권에 대한 방패막이가 됐다면, 한창기는 1970년대 유신시대에 안전장치 없이 아슬아슬한 외줄을 타야 했다. 전라도 출신이라는 이유만으로 괜한 오해를 살 수 있었다. 〈뿌리깊은나무〉는 부도덕한 정권을 향해 대놓고 싸우지 않았으나, 품위 있는 비판정신으로 소리 없이 저항했다. 더불어 그런 최악의 정치 환경에서도 한국 출판계에 뉴저널리즘의 새 기원을 열었다는 언론학자들의 평가를 받았다. 1960년대에 장준하의 〈사상계〉가 있었다면, 1970년대엔 한창기의 〈뿌리깊은 나무〉가 있었다는 말이 나올 정도였다. 내가 가장 먼저 끌린 점은 제목과 기사였다. 민중적이었다. 쉬운 구어체였다는 말이다. 직접 썼다는 "이달치도 좀 볼 만합니다", "내용이 그리 텅 비지는 않았습니다" 같은 〈뿌리깊은나무〉의 신문광고 카피도, 그가 시대를 어떻게 앞서갔는지를 보여준다. 독자에게 말을 거는 듯한 생동감 있는 카피를 1970년대 매체에서도 볼 수 있다니.

한창기는 1985년 한국브리태니커회사 대표 자리에서 사임하면서 경영적 측면에서 어려움을 겪기 시작한다. 1990년대 들어서는 영어 해설까지 곁들인 〈뿌리 깊은 나무 판소리 다섯 바탕〉, 〈뿌리 깊은 나무 팔도소리〉 음반 전집과 최초의 구술사라 할 수 있는 《민중자서전》 시리즈를 출간하며 타개책을 모색했다. 그 음반과 책들 역시 '오래된 미래'를 연상케 하는 국보급 문화재로 남았다. 하지만 1996년 여름 간암 진단을 받는다. 그로부터 1년이 채 되지 않은 1997년 2월 3일 세상을 떠났다. 〈샘이깊은물〉은 2001년 11

월 폐간되었지만, 사실상 이를 포함한 한창기의 사업은 그 발행 이념의 지속성 측면에서 1997년에 함께 숨을 거두었다는 평가가 있다.

장기영과 한창기는 대표이사 겸 매체의 발행인이면서도 신문과 잡지의 세부적인 편집과 기사 작성에 관여했다. 두 사람은 쉼 없이 매체의 방향과 새로운 코너에 대해 제안을 했고, 발행인이라는 막강한 지위와 권한을 이용해 이를 지면에 구현했다. 기자, 사진가, 디자이너들과의 논쟁도 피하지 않았다. 편집국장이나 편집장 입장에서는 심한 스트레스를 주는 독선과 월권으로 받아들여졌을지도 모른다. 발행인이 너무 탁월하고 간섭이 잦으면 편집간부들의 위신과 권위가 잘 서지 않는다. 두 사람은 어쩔 수 없이 천상 사주였다. 장기영은 1970년대 유신정권의 언론 통제와 관련해, 한창기는 1990년대 초반 사내 노조 결성을 둘러싸고 기자들과 한동안 불편한 긴장관계를 형성했다고 한다.

그럼에도 장기영과 한창기를 미워하는 사람은 많지 않다. 신문과 잡지를 진심으로 사랑했고, 시대를 앞서가는 콘텐츠의 참맛과 참멋을 알게 해준 독보적인 발행인이었기 때문이다. 장기영이 자주 했다는 그 말들이 오래 남는다.

"그거 재미있는데…. (독자들이) 맛있게 먹어줄 것이 있었구나…. 실망시키면 큰일이다…. 더욱 더 재미있게 차려내야지."

　　콘텐츠에 대한 호기심으로 눈을 반짝이며 이것저것 캐묻는 사주와 일한 편집장과 기자들은 어땠을까. 그저 피곤하기만 했을까.

1 "그는 자신감이 넘쳐 보입니다. 때
론 당당함이 지나쳐 오만하다는 오
해를 사기도 합니다. 12년 전 〈한겨
레21〉 창간 시절을 떠올려봅니다.
그는 취재팀장이었습니다. 창간팀
에 시사주간지를 만들어본 사람은
단 한 명도 없었습니다. 경험과 준
비가 부족했지만, 그는 큰소리를
떵떵 쳤습니다. 조만간 시사주간지
시장을 제패할 거라는 확신으로 가
득했습니다. 물론 허풍이 아니었습
니다. 흘러넘치는 아이디어와 맹렬
한 추진력이 자신감을 뒷받침해주

었습니다. 저에겐 그때 질풍노도처
럼 일하던 그의 모습이 강렬한 인
상으로 남아 있습니다."
(고경태, '휴머니즘 깃발 든 오귀환의
'귀환', 한겨레 주주·독자 소식지 〈하니
바람〉, 2006. 7. 3.)

2 《더 뉴스》(푸른숲, 2008). 이 책엔
'아시아를 읽는 결정적 사건9'라는
부제목이 붙었다. 필리핀을 비롯해
네팔, 인도, 아프가니스탄, 캄보디
아, 팔레스타인 등 9개국 아시아 기
자들의 탐사취재 드라마를 담았다.
번역자는 오귀환이다.

3 "〈한겨레〉에서 편집국장이 임기를 채우지 못하고 중도에 바뀐 사례는 극히 이례적인 일로, 지난해 6월 당시 권태선 편집국장에서 현 오귀환 국장으로 교체할 때에 이어 두 번째이다. 권 전 국장이 3년의 임기를 채우지 못하고 1년 3개월 만에 물러난 데 이어 오 국장은 8개월 만에 그만두게 됐다. 이번 편집국장 교체와 관련해 〈한겨레〉 안팎에서는 최근 정태기 사장의 사퇴 의사 표명과 그 뒤 번복 과정에서 사장의 편집국에 대한 불만 토로가 배경이 된 것으로 풀이하고 있다. 이에 따라 언론계는 정 사장의 편집국에 대한 불만이 무엇이었는가에 비상한 관심을 표시하고 있다."
(한겨레 돌연 편집국장 교체, 〈미디어오늘〉, 2007. 2. 5.)

4 여기서의 에디터란 일선 기자를 말한다. 라이선스 매거진을 비롯한 남성지, 여성지에서는 기자를 에디터라 부른다. 이에 비해 일간신문사의 에디터는 데스크나 편집장을 뜻한다. 이에 대해서는 part 1 '에디터란 무엇인가'를 참조.

5 "클래식기타 학원의 문을 두드린 것은 신문사 편집국장을 막 마치고 나서였다. 신문사 편집국장이라는 자리는 잘 알다시피 기자라면 누구나 꿈꾸는 자리다. 편집국의 총사령탑으로 취재 지시를 내리고, 기사의 방향을 결정하고, 혼신의 힘을 기울여 신문을 만드는 것처럼 기자에게 황홀한 일이 어디 있겠는가. 힘들지만 가장 보람 있는 순간, 가장 빛나는 시절이다. 그래서 그 자리를 그만두면 아무래도 마음 한 구석이 비는 듯한 느낌을 받게 돼 있다. 편집국장 2년을 마치고 났을 때의 심정이 그러했다. 마치 전속력으로 질주하다 갑자기 멈춰 선 것 같은 느낌이었다. 바로 그런 시점에 기타를 시작한 것이다."
《오후의 기타》, 필라북스, 2019, 212쪽)

6 이에 관해서는 part 1 '에디터란 무엇인가'를 참조.

7 장기영에 대해서는 《한국일보 50년사》(한국일보사, 2004)를, 한창기에 대해서는 《특집! 한창기》(강운구와 쉰여덟 사람 지음, 창비, 2008)의 여러 글을 참조·인용했다.

8 《수인2-불꽃 속으로》, 황석영 지음, 문학동네, 2017.

9 백상(百想)은 장기영의 호다. 일간스포츠에서 주최하는 종합예술상 '백상예술대상'은 그의 호에서 따왔다.

10 〈관훈저널〉 2014년 여름호(통권 131호)에 실린 '미니 회고-'안깡'의 현장이야기'에서 인용.

무서워,

PART 6

찌질해

질투와 복수, 편집된 죽음

편집자와 필자의
관계를 생각하며

편집자여, 필자를 질투해본 적 있는가.

장 자크 피슈테르(Jean Jacques Fiechter)의 《편집된 죽음》(문학동네, 2009)[1]은 미스터리 범죄소설이다. 질투와 증오에 휩싸인 편집자가 작가를 파멸에 이르게 하는 내용이다. 소설 속에 등장하는 프랑스 소설가 니콜라 파브리는 잘생긴 외모에 부와 우아함을 모두 소유하고 있다. 게다가 외교관을 지냈다. 마침내 노벨문학상 다음으로 명예로운 공쿠르상을 수상하며 찬란한 스포트라이트를 받는다. 소설 속의 화자이자 그의 어린 시절 친구이며 영국 담당 출판업자이기도 한 편집자 에드워드 램은 30년 넘게 니콜라의 그늘 속에 가려져 살아왔다는 자괴감에 시달린다. 어린 시절 함께 어울리며 지낸 이집트의 알렉산드리아에서부터 니콜라에게 주눅 들어 살았다. 램은 말한다.

"그가 작품을 쓰면 나는 교정을 보고 그것을 영문판으로 출판한다. 그는 유명하다. 그런데 내가 누구인지는 모른다."

수많은 필자들을 접해보았다. 편집장을 하면서 수많은 후배 기자들을 겪어보았다. 재능이 출중한 필자와 기자들의 원고를 읽으며 질투의 화신이 되어본 적 있던가. 자신의 글쓰기 능력에 대한 과도한 자기도취와 인정욕구에 빠진 '친한 필자'한테 코웃음을 날린 적은 간혹 있었다. 그런데 질투라니. 기억에 없다. 필자의 원고가 좋으면 좋을수록, 독자들의 반응이 뜨거울수록, 내 일처럼 기뻤다. 훌륭한 필자에게 질투심보다는 뿌듯함 또는 경외심을 느꼈다. 편집자로서 필자와 소통할 때는, 늘 편집자의 테두리 안에서 사고하고 행동했다. 어떻게 하면 필자를 도드라져 보이게 할지 고민했다. 바보 같은 태도였을까. 아니면 내가 지금 너무 착한 척을 하는 걸까.

소설 속에서 램은 유능한 편집자다. 원고에서 냄새를 맡는데 일가견이 있다는 작가들의 평가를 받는다. 니콜라에게도 종종 "원고를 읽는 네 직감은 정확하고 확실해"라는 말을 듣곤 했다. 니콜라는 공쿠르상 수상작인 《사랑해야 한다》의 마지막 문장에 마침표를 찍자마자 런던으로 달려와 램에게 말했다.

"자네가 내 새 원고를 한 번 봐주면 좋겠어."

나는 램처럼 문학 작품의 냄새를 맡아본 적은 없다. 주로 신문과 잡지에 실리는 기자와 외부 필자의 글 냄새를 맡으며 잠재력과 가능성을 예측했다. 원고 한 편만 보고 감이 온 적도 있지만, 대부분 그렇지는 않았다. 그래도 논리보다는 직관을 믿는 편이었다. 어느 순간 그 직관을 신뢰하게 됐다. 편협해지기도 했다. 필자 개인에 대한 확신에 사로잡혀 무조건 원고를 맡긴 적이 적지 않다. 사려 깊지 않고 즉흥적이기도 했다. 때로는 필자의 수준을 신뢰하지 못해 전전긍긍하기도 했다. 환상이 무너지기도 했고, 뜻밖의 성취에 보람을 얻기도 했다. 그런 시행착오를 겪으며 원고에 대한 동물적 후각을 익혔다.

램은 니콜라가 자신의 독창성을 훔쳐가 우스꽝스러운 모방이나 일삼고 있다는 강박관념에 시달린다. 그러다가 질투와 증오가 공포와 결합하며 폭발하는 시점이 온다. 램이 어린 시절 깊이 사랑했으나 동굴에서 변사체로 발견됐던 소녀 야스미나의 죽음에 관한 진실이 뜻밖에도 니콜라의 공쿠르상 수상작 《사랑해야 한다》를 통해 드러나면서였다. 램은 복수를 결심한다.

작가에게 복수라니. 내가 필자에게 가했던 최고의 가해는 소심한 이메일뿐이었다. 덜컥 본심을 발설해버렸는데, 그것은 폭탄이 되었다. 2000년대 이전이었다. 〈한겨레21〉에서 어떤 필자 그룹을 상대하던 초반기의 일이었다. 원고 초고에 대한 잔인한 코멘트로 필자의 자존심을 저격했다. 더불어 글을 그만 보내라고 통고해버렸다. 그는 자신의 부족함을 인정하는 답신을 보내왔다. 이메일에 적힌 마지막 문장을 평생 잊을 수 없다.

"고경태 기자님이 앞으로 어떻게 사는지 똑똑히 지켜보겠습니다."

그의 원고와 나의 기대감 사이에 구멍이 났던 사건의 일차적 책임은 내가 졌어야 옳았다. 더 충분한 대화와 최소한의 예의가 필요했다. 나는 그렇지 못했다. 그에게 복수를 당해도 싸다. 아, 나는 또 착한 척을 하는 걸까.

램은 아주 끔찍한 복수극을 벌이는데 성공한다. 니콜라는 죽음을 맞이한다. 램은 총이나 칼 따위의 살인 도구를 동원하지는 않았다. 치밀하게 조작된 시나리오, 가공할 만한 '편집술'을 통해 손에 피 한 방울 묻히지 않고 상대를 절멸시킨다. 완전범죄를 성공시킨 무기는 책의 존재였다. 그 과정에서 램이 발휘한 창의성은 진정 천재적이었다. 램은 자신을 괴롭힌 악마를 제거하고 잃어버렸던 낙원을 되찾는다.

내가 기나긴 시간 필자와 맺었던 관계들을 돌이켜 본다. 지나치게 친밀해서 공과 사의 구분이 안 되는 경우가 있었다. 지속적인 만남의 과정에서 영감을 주는 스승 같은 이가 있었다. 무덤덤하면서 우호적인 보통 관계도 있었다. 사무적으로 원고만을 주고받고 글쓰기가 끝나면 더 이상 찾지 않는 삭막한 관계도 있었다. 그리고, 마지막으로 빼놓을 수 없는 관계의 파탄, 절연! 한때 깊은 교분을 맺었음에도 더 이상 만날 수 없는 필자다. 나쁘게 헤어진 연인처럼 전화와 이메일도 되지 않는다. 가슴이 아프다. 내가 아는 출판사 편집자 중에서도 작가와 절연을 하게 되는 과정을 적지 않게 보았다. 대개 베스트셀러 작가였다. 절연의 관계가 더 악화되면 복수까지 갈 수도 있다. SNS를 통한 폭로전과 고소, 고발!

램에게 니콜라는 악마였다. 소설적인 비약은 차치하더라도, 현실에서 편집자와 필자가 서로에게 악마처럼 구는 일은 없었는지 돌아볼 일이다. 편집자든 작가든, 매체의 우월적 지위나 독자들로부터의 인기를 업고 갑질을 하는 자는 서로에게 악마로 비친다. 램의 복수는 매혹적이다. 당돌하고 전복적인 편집자 캐릭터가 현실에서도 더 많이 나왔으면 좋겠다. 하지만 나는 복수가 아닌 보은을 하고 싶은 필자를 만나고 싶었다. 역시 나는 착한 척만 한다.

램의 복수에 비해 질투는 매혹적이지 않다. 익명의 존재, 투명인간으로서 편집자의 자기 연민은 가련해 보이기만 한다. 편집자가 정말로 질투하게 되는 존재는 작가나 필자라기보다는 동종업계의 편집자일 것 같다. 내가 편집장일 때 다른 매체의 필자나 기자들의 활약을 보면 그 매체 편집장이 부러웠다. 부러움을 넘어 시샘한 적은 있었던가? 없었다. 나는 주로 시샘과 질투를 받는 쪽의 편집장이 아니었던가. 착한 척을 넘어, 정신 승리로 스스로를 위로해본다.

독자를 찾아간 연쇄살인마

말도 안 되는 시나리오

서해안 남쪽 소도시에 사는 20대 대학생 A가 죽었다.

새벽 1시경 귀가 도중 집 바로 앞 골목에서 누군가에게 흉기로 수차례 찔렸다. CCTV는 없었다. 목격자도 없었다. 11개월 전 일이다. 경찰은 단서를 찾지 못했다.

서울 동북 지역 아파트에 사는 40대 주부 B가 죽었다.

대낮에 강도가 침입했다. 나일론으로 목이 졸린 채 주검으로 발견됐다. 사건 전후로 CCTV에는 아파트 초인종을 누르거나 황급히 엘리베이터를 타고 빠져나가는 남성의 모습이 잡혔지만, 모자와 마스크로 얼굴을 가려 인상착의를 확인할 수 없었다. 9개월 전 일이다. 경찰의 수사는 진도를 빼지 못했다.

중부 내륙 도시에 사는 50대 교사 C가 죽었다.

밤 10시경 시내 단골 호프집에서 대학 동기동창들과 맥주를 마시다 갑자기 입에 거품을 물고 쓰러졌다. 신고를 받은 구급차가 출동해 병원으로 싣고 갔지만 도중에 숨이 끊어졌다. 부검 결과 그의 위에서는 독극물이 검출됐다. 함께 술을 마시던 이들은 멀쩡했다. 7개월 전 일이다. 역시 경찰은 어떤 단서에도 접근하지 못했다.

강원도 군부대에서 하사관으로 근무하는 20대 군인 D가 죽었다.

소대원들과 함께 야간사격 훈련을 나갔다가 어디선가 날아온 총탄을 맞고 즉사했다. 사선에 엎드려쏴 자세로 누워 K-2소총 방아쇠에 오른손 검지를 걸고 표적을 향해 가늠쇠를 조준 중이었다. 탄환은 목을 관통했다. 헌병대 등 군 수사기관이 사격장 부근을 수색하고 함께 훈련을 했던 하사관과 사병들의 오인사격 여부를 조사했지만 누구한테서도 혐의점을 발견하지 못했다. 5개월 전 일이다.

서울 광화문의 한 외국계 회사에서 일하는 30대 여성 E가 죽었다.

동료들과 점심을 먹고 강남의 거래처를 방문하기 위해 차를 운전해 반포대교를 건너다가 갑자기 전방에 나타난 드론에게 폭탄 공격을 받았다. 주행 중이던 차량은 폭발하면서 전소했다. 소방대원들은 몸에 불이 붙은 E를 간신히 차에서 구출했지만 이미 심정지 상태였다. 경찰은 차량과 함께 폭발한 드론의 잔해만을 수

거했을 뿐이다. 3개월 전 일이다.

제주에서 한라봉 농장을 하는 70대 남성 F가 죽었다.

이른 새벽 시간 농장 부근 한적한 산길에서 머리에 피를 흘린 채로 발견됐다. 트럭을 몰고 집에서 농장으로 출발한지 30분 만이었다. 트럭은 심하게 찌그러진 채 길 한복판에 전복돼 있었다. 사인은 교통사고 직후의 두부 손상으로 보였다. 누군가에게 둔기로 머리를 타격 당한 듯했다. F는 병원으로 옮겨졌지만 곧 숨졌다. 범행을 노린 고의 교통사고가 의심되었다. 목격자는 없었다. 경찰은 사고현장을 감식했지만 성과는 없었다. 1개월 전 일이다.

경찰은 무능하다는 여론의 질타를 당했다. 살해 방법이 제각각 달랐던 여섯 가지 사건은 처음엔 개별적으로 취급되었다. 돈을 노린 범행이 아니었고 희생자의 특별한 원한 관계가 발견되지 않았다는 점, 살해 주기가 정확히 2개월이라는 점이 눈에 띄면서 연쇄살인 개연성이 제기됐다. 그렇다면 다음 사건은 한 달 뒤? 독이 오른 경찰이 특별수사팀을 꾸려 기어코 어떤 실마리의 작은 끈을 낚아채지 않았다면, 또 다른 누군가가 곧 범인의 다음 제물이 되었을 지 모른다.

희생자 A, B, C, D, E, F는 공통의 특징이 있었다. 특별수사팀은 희생자 두 명의 집에 무더기로 쌓인 잡지 제호가 같다는 사실을 이상히 여기고 특이점으로 체크해두었다. 안 그랬다면 수사기관이 헛물을 켜는 기간은 연장되었을 가능성이 높았다. 만에 하나 잡지가 희생자들을 이어주는 고리가 아닌지 파악했다. 경찰은 희생자들의 신문·잡지 구독 내역부터 조사했다. 놀랍게도 여섯 명은 모두 그 잡지의 오래된 정기독자였다. 경찰은 희생자들이 사용했던 컴퓨터의 해당 잡지 로그인 기록을 조사하고, 그 매체가 운영하는 온라인 독자 사이트를 뒤졌다. 희생자들이 잡지사 특정 인에게 보낸 이메일 기록도 확보했다. 그 잡지 정기독자였던 희생 자들은 우편까지 포함된 여러 방법을 통해 독자의견을 수시로 보 냈던 것으로 밝혀졌다.

다음엔 그들이 잡지에 보낸 독자의견을 분석할 차례였다. 경 찰의 수사가 속도를 냈다. 용의선상에 올랐던 인물군이 좁혀졌다. 특별수사팀원들의 얼굴에 생기가 돌았다. 발표만 남았다는 소문 이 돌았다.

해당 잡지 온라인 독자 사이트에는 이런 문구가 적혀 있었다. "독자는 왕입니다. 따뜻한 격려와 응원, 매서운 질책과 비판 모두 언제나 환영합니다. 이메일 보내실 분은 xxx@xmagazine.com 으로."

희생자들은 온라인 독자 사이트에, 손으로 쓴 편지에, 이메일 에 무어라고 적었을까. 그 내용은 경찰 보도자료에 담겨 상부 결 재선을 타고 올라갔다.

마침내 범인이 포토라인에 섰다. 40대 초반의 남성, 바로 그 잡지 편집장 K였다. 양편에서 건장한 형사들이 그의 팔짱을 꼈다. K와 매주 마감을 함께하며 미운 정 고운 정이 들었던 기자들은 '편집장이 연쇄살인범'이라는 속보 제목을 핸드폰으로 보다가 그 자리에서 얼어붙었다. "아니 K선배가 왜?" K는 모자와 마스크를 쓰고 수갑을 찬 채 경찰서 앞에서 기자들과 맞닥뜨렸다. "여섯 명

다 죽이신 것 인정하십니까." "네." "왜 죽이셨습니까?" "아니…, 그
게." K는 입을 열다가 닫았다. 눈을 감고 고개를 하늘로 향하더니
한마디를 던졌다. "경찰 조사에 성실히 응했습니다." 그러곤 곧장
경찰서 마당에 세워진 승합차로 향했다. 현장검증을 하러 가는 길
이었다.

K는 1년 전 매섭게 춥던 겨울 어느 날의 이른 아침을 떠올렸
다. 마감 날이었다. 해가 뜨기도 전에 사무실에 출근한 터였다. 보
고 넘겨야 할 기사가 밀려 있었다. 아무도 없는 사무실의 디지털
키 비밀번호를 찍고 들어와 전등을 켰다. 자리에 앉아 컴퓨터 부
팅 단추를 눌렀다. 시린 손을 비비며 자판에 손을 댔다. 온라인 독
자 사이트에 새 글이 올라와 있었다. "K편집장님 보십시오"라는
제목에 눈길이 갔다. 긴 공개 독자 편지였다. K는 글을 읽다가 바
깥 날씨보다 더 차가운 비수가 살갗을 베고 몸으로 들어오는 느
낌을 받았다. 심장에서 차가운 피가 한 방울씩 떨어지는 환각에
빠졌다. K는 결심했다. '죽이자.' 최근 6개월 동안 잡지에 독자의
견을 보낸 여러 명의 이름까지 떠올랐다. 그들과 때로 이메일로
긴 논쟁을 나누기도 했다. K는 늘 마지막엔 예의를 갖췄다. "죄송
합니다. 제가 생각이 짧았습니다. 독자님 말씀을 다시 한 번 마음
에 새기겠습니다." 다 필요 없다는 판단이 들었다. 독자관리부서
컴퓨터에서 독자DB를 검색해야겠다고 마음먹었다. 그곳엔 독자
들의 주소와 전화번호가 있었다. 잡지 커버스토리 아이템을 기획
하듯, 그는 살인을 기획했다.

여기까지 쓰다가 만다. 대충 만들어본 이야기의 얼개다. 언젠

가 '편집장 살인사건'이라는 제목으로 영화 시나리오를 써보면 어떨까 하는 말도 안 되는 상상을 한 적이 있다. 편집장은 독자들을 찾아가 그들을 다종다양한 방법으로 살해한다. 나중에는 독자의 청부를 받아 또 다른 독자를 살해하기도 한다. 지인들에게 줄거리를 들려주면, 십 중에 칠은 재밌다고 했는데 진심이었는지는 알 수 없다.

가끔 영화나 드라마에 신문이나 잡지 편집장이 등장한다. 그들은 극 중에서 세가지 부류다. 첫째, 권력과 타협하지 않는 대쪽 같은 지사형 지식인. 둘째, 시류에 영합하는 찌질한 기회주의자. 셋째, 후배들을 달달 들볶으며 쾌감을 얻는 사디스트. 나는 연쇄살인마 편집장 캐릭터를 창조해보았다. 사이코패스로 전락하는 이 편집장은 원래 유순하고 일밖에 모르던 인간이었다. 정치권력과 광고주 압력에 굴하지 않고 정면돌파하는 편집장 말고, 독자들과 무엇인지 모를 문제로 투닥거리다 어느 날 표변하여 독자 확장(우리 매체 구독 좀 해주세요!)이 아닌 독자 살해를 결심하는 편집장. 죽이는 기삿거리 좀 물어오라고 후배들에게 신경질을 부리다가, 독자를 죽이는 편집장의 탄생이라니. 그렇다면 편집장 K는 왜 겨울날 아침 독자 편지를 읽다 차가운 비수에 찔린 양 몸서리를 쳤을까. 또 이 살인을 통해 무엇을 얻고자 했을까. 그것은 스포일러다. 하하.

연쇄살인이 지루하게 계속되는 스토리라인은 안일하다. 사건을 암시하는 복선을 더 깔아야 한다. 독자와 편집장의 관계를 우연히 악화시키는 제3자와, 편집장의 복잡한 심리 상태를 보여줄 설정도 더 필요하다. 결정적 범행 동기는 반드시 의외여야 한다. 그 동기가 한국 언론의 숨겨진 어떤 현실을 상징적으로 드러내주면 금상첨화일 것 같다. 이런 상상을 한 건 10여 년 전 한 매체의 편집장을 할 때다. 오래된 일이라 기억은 불투명하다. 잠자리에 들었다가 엉뚱한 생각이 꼬리에 꼬리를 물었고, 영화 시나리오로까지 갔다. 당시 편집장 직을 맡던 나의 멘탈이 썩 좋지는 않았던 것 같다. 내가 만드는 매체 독자들에게 반감이 생겼기 때문일까. 아니다. 그냥 슬럼프였다. 무언가 스트레스를 받다가 단지 머릿속에서 영화를 만들었고, 주연은 박해일이 좋을까 김태우가 좋을까 하는 상상까지 하다 기분이 좋아졌다. (현실의 편집장 입장에서는 늘 기분 나쁜 독자들이 10% 정도 있긴 하다. 어느 매체나 독자들과 "하하호호" 하지만은 않는다.)

문제는 슬래셔 무비나 스릴러로 생각하고 만들었는데, 코미디 장르로 분류되면 어쩌나 하는 걱정. 아니 그전에 영화는 누가 만들어주나, 펀딩은 누구한테 받나. 영화는 개뿔.

원고료, 짠 내가 납니다

600원에서 10만 원까지

1987년 가을, 대학 3학년생으로 학보사 편집장을 할 때의 일이다. 창간기념호를 앞두고 해직 기자 출신의 유명한 재야 원로 언론인에게 언론 문제에 관한 특별 기고를 요청했다. 옛 학보를 뒤져보니 '올바른 남북 관계를 위한 신문의 역할'이 글 주제였다. 뜻밖에도 순조롭게 집필 수락을 얻어냈다. 원고를 완성했다는 이야기를 듣고 기쁜 맘으로 받으러 가기로 했다.

이메일과 퀵서비스가 없던 때다. 팩스도 없었다. 필자들이 서울이나 수도권에 살면 집이나 사무실로 학생 기자들이 직접 찾아가 원고를 받으러 다니곤 했다. 1학년 후배에게 심부름을 시켰다.

하지만 원고를 못 받고 빈손으로 돌아왔다. 그분이 원고료를 가져왔냐고 해서 신문 나온 뒤에 갖다 드린다 했더니 가방에서 꺼내던 원고 뭉치를 도로 집어넣었다는 거였다. 다른 대학 교지편집실 기자에게 원고료를 떼어먹힌 적 있다면서 돈을 가져오지 않으면 원고를 줄 수 없다고 해 후배는 물러서고 말았다.

분통이 터졌지만 어쩔 수 없었다. 며칠 뒤 내가 원고료를 마련해 직접 그분의 사무실을 찾았다. "언론 운동 하시는 분이 어떻게 이러실 수 있냐" 등등 따질 말을 한 보따리 준비해 갔는데, 너무 인자한 얼굴로 대하며 점심까지 사주시는 통에 입도 벙긋하지 않고 얌전히 있다가 와버렸다. 그분은 다른 학생 기자한테 원고료만 못 받은 게 아니었다. 원고까지 분실당했다고 했다. 대학생 기자한테 단단히 화가 나는 일을 겪은 뒤 대학 학보나 교지 전체를 불신하게 된 모양이었다.

청탁했던 원고량은 200자 기준 20매였다. 그분 지명도를 고려해 최고치로 지급한 금액이 장당 1,000원이었으니 총 금액은 2만 원. 지금 물가로 치면 20만 원에 해당할 듯하다. 학생기자 원고료는 장당 600원이었다. 당시 원고료를 가장 많이 준다고 널리 알려진 매체는 대기업 사보였다. 장당 1만 원으로 보통 원고료의 열 배였다.

1994년 〈한겨레21〉 창간팀에 합류했을 때 외부 필자 원고료는 기본 7,000원이었다. 상한선은 1만 원이었다. (사진은 1장당 보통 5만 원.) 〈한겨레〉 소속 기자들이 쓸 때는 4,000원을 주었다. 1980년대 대학 학보사와 단순 비교할 바는 아니지만, 원고료 단위가 전체적으로 큰 폭 올랐다. 1980년대 후반과 1990년대 초반의 가팔랐던 경제성장률과 물가상승률에 맞게 오른 셈이다.

그 이후를 보자. 가령 2019년 현재 신문과 잡지 원고료는 어느 정도 수준인가. 예외적인 매체 몇 곳을 제외하고는, 25년간 대부분 제자리걸음을 했다. 〈한겨레21〉도 보통 200자 원고지 기준 1장당 1만 원을 넘지 않는다. 〈한겨레〉 역시 마찬가지다. 오피니언 면의 고정칼럼을 제외하고는 1만 원 안팎이다. 우리나라 1인당 국민총소득(GNI)이 1만 달러를 돌파한 때가 1994년이다. 2006년 2만 달러가 되었고, 2018년에 3만 달러를 넘었다. 국민총소득은 세 배 이상 뛰었는데 '필자소득'은 25년 전에서 별로 나아지지 않았다. 한 일간신문의 문화 면에 한 달에 한 번 칼럼을 쓰고 있는 한 지인은 이런 말을 했다.

"남들이 비웃을까 봐 차마 원고료 금액은 말 못하겠더라."

원고료로 필자에게 수치심을 주는 일이다.

2019년 3월 〈한겨레21〉이 독자후원제를 시작할 무렵 전직 편집장 자격으로 후배들의 인터뷰에 응하면서 원고료 이야기를 꺼냈다. 독자에게 후원을 요청하겠다면 콘텐츠에 과감히 투자하는 〈한겨레21〉만의 모습을 보여줘야 하지 않겠냐고, 그 실천의 하나로 다른 매체와 급이 다른 원고료 정책을 검토해보면 어떻냐고. 이렇게 남의 원고료에 관해 왈가왈부하기는 편하다. 내가 지급하는 당사자가 되면 여러 가지를 따지게 되기 마련이다. 비용 절감에 사활을 건 회사 쪽과 필자 사이에 샌드위치가 되는 곤혹스런 상황을 맞기도 한다.

사실 원고료는 매체의 비밀이다. 고무줄이라서다. 기본 가이드라인이야 있지만 필자의 지명도나 필력에 따라, 필자와 매체의 역학 관계에 따라 왕창 늘기도 하고 줄기도 한다. 이를 투명하게 외부에 공개하기는 쉽지 않다. 내가 편집장 일을 할 때도 그랬다.

정체된 원고료는 활력이 떨어진 종이 매체의 현주소를 보여준다. 이런 종이 매체에 정기 기고하면서 프리랜서로 먹고 살기는 힘들다. 전업 작가 시대도 옛말이다. 그렇다고 디지털매체의 원고료가 센 것도 아니다. 여전히 종이 매체의 원고료가 그나마 상대적으로 낫다는 평가를 듣는 현실은 역설적이다. 미디어 환경이 온라인을 중심으로 이동했지만, 온라인 플랫폼만 갖춘 언론사들마다 수익모델 찾기에 고전하기 때문이다. 여론시장에서 영향력을 지닌 언론사들이 광고 시장에서 누리는 기득권은 완전히 깨지지 않았다. 그리하여 온라인 원고료야말로 박하다.

2013년 한 웹진에 1년간 격주 연재를 하면서 회당 10만 원을 받았다. 분량은 100장 가량. 분량의 제한이 없는 인터넷 공간의 특수성이 있으므로 종이 매체와 일괄 비교할 수는 없겠지만, 그래도 짜다. 나는 궁극적으로 책을 내려고 매체 연재라는 수단을 활용한 거였기에 충분히 그 고료에 만족했다. 게다가 빼먹지 않고 원고료를 꼬박꼬박 지급해줘 감사하기만 했다. 꽤 이름이 알려진 인터넷 언론사임에도 필자들이 아예 원고료를 못 받는 사례가 허다하다. 아니, 무원고료 정책을 표방한 언론사도 있지 않은가.

원고료는 집필의 강력한 동인이다. 원고료를 한 푼 안 줘도 매체의 아우라만으로 자발적으로 기고하고 싶은 곳도 존재한다.

또는 내 경험을 밝혔듯, 필자들이 책을 내기 위해 연재를 발판으로 삼는 경우에는 원고료가 박해도 상관없이 글을 쓴다. 그럼에도 대개는 원고료 액수가 그 매체의 품격과 수준을 반영한다. 칼럼 하나에 30만 원을 주는 매체와 10만 원을 주는 매체가 있다면, 두 매체에 글을 기고하는 필자의 자세와 성의는 근본적으로 달라진다. 이를 물신주의라고 욕할 수만은 없다.

원고료에 대한 필자들의 태도는 천차만별이다. 원고료 금액에 관해선 "주는 대로 받는다"는 소신 아래 연재 들어가기 전 원고료에 관해 전혀 묻지 않는 필자도 있고, 연재 직전에 액수를 물어본 뒤 반드시 파격적 인상을 요구하며 협상으로 국면을 몰아가는 이도 있다. 물론 나는 연재나 기고를 맡기기 전 잊지 않고 원고료 액수를 알려주었다.

또 어떤 필자는 원고 마감 뒤 기사가 실린 매체가 발행되자마자 즉각 지급을 요구하기도 했다. 한국 사회에서 상당히 충격적인 사건을 경험했던 생존자였는데, 대충 회사 사정을 설명하며 양해를 구하고 상황을 모면할 수 없게 만들었다. 편집국의 원고료 지급 담당자가 난색을 표했음에도 나는 회사 재무 담당 부장에게까지 뛰어가 무작정 당일 긴급 지급을 요구해 관철시켰다. 이 필자는 맨 앞에서 예로 든 80년대 재야 원로 언론인과 비슷한 종류의 요구를 한 셈이다. 필자가 원고료 독촉을 하면 진상을 떤다고 생각하는 편집자가 있다. 하지만 필자 입장에선 충분히 이런 이야기가 가능하다.

"아니 원고는 독촉해놓고 왜 원고료는 독촉하면 안 되는 거지?"

온라인이든 오프라인이든 콘텐츠를 발행하는 매체사가 신속하게 원고료를 지급하는 경우가 흔하지 않다. 회계 시스템과 이미 정해진 일괄 지급 일정을 거론하며 늑장을 부리기 일쑤다. 어쩌면 이는 매체의 갑질이다. 필자들이 글쓰기 노동에 대한 대가를 받기 위해서는 인내심을 발휘해야 한다. 조직된 행동이 필요할 수도 있겠는데, 그보다 먼저 개별적으로라도 계약서를 쓰기를 권한다. 책 출판 때와는 달리 신문·잡지·온라인 매체 기고 전 계약서 작성은 아직 일반적이지 않다. 관행과 문화를 바꿀 때다.

2019년 현재의 물가수준을 고려해 웬만한 종이 매체라면, 200자 원고지 기준 한 장당 최소 2만 원은 줘야 상식적이다. 원고료는 원고 마감 또는 매체 발행 즉시 입금해줘야 합리적이다. 계약서엔 그런 내용이 들어가면 좋겠다. 세상의 필자들은 원고료와 관련해 더 많은 권리를 쟁취해야 마땅하다.

참으로 소박한 이야기다. 2만 원이라니. 편집자가 아닌 필자 입장으로 돌변해 말하자면 당당히 장당 10만 원을 요구했으면 좋겠으나… 그러기엔 난 베스트셀러 작가도 아니고 멘탈도 약하다.

기수 정리라굽쇼?

멋진 기억, 후진 기억

참 버릇이 없었다.

지금 같았으면 "헐"이라고 혀를 차거나 "헉" 하며 경악했으리라. 아무개 선배의 발언은 그만큼 문화충격이었다. 30대 중반의 팀장급이던 그는 출판국장과 광고국장, 편집장 등 새카맣게 높은 선배들을 앞에 두고 '호통'을 쳤다. 창간 준비 과정의 부실함을 지적하며 간부들을 가차 없이 비판하고 성토했다. 목소리도 천둥 같았다. 1994년 2월이었다. 〈한겨레21〉 창간 한 달 전이었다. 취재·편집·광고·판매·디자인팀 30여 명이 충북 충주호 근처의 MT 장소에 모였다. 돌아가며 인사 겸 한마디씩 하는 자리였다. 나로선 다들 초면이었다. 입사가 확정된 뒤 출근을 일주일 앞두고 MT에만 참가한 상태였다. 당당하고 버릇없는 그 선배의 모습이 3년간 다닌 전 직장의 선배들과 오버랩됐다. 속으로 이렇게 중얼거렸다. '이 신문사 분위기 골 때린다.'

점입가경이었다. 입사를 해보니, 선배들은 죄다 버릇이 없었다. 고분고분한 이들이 '희귀종'이었다. 편집회의를 하다 도망치고 싶은 충동을 느낀 적도 있다. 오가는 논박에 칼날이 서 있었다. 재떨이라도 날아다닐 것같이 살벌했다. 한 번은 사장이 무언가를 의논하러 왔다가 말도 못하게 씹혔다. 아니, 그래도 사장님인데…. 내 눈엔 선배들이 못돼 먹기 짝이 없었다. 위계질서는 팔아 치운 것 같았다. 한데 덤으로 고정관념까지 팔아 치운 듯 보였다. 예절은 없었지만, 열려 있었다.

기자 혹은 편집자로 살아가는 게 재밌다면, 이 일이 창의적이기 때문이다. 반대로 피곤하다면, 역시 이 일이 창의성을 요구하기 때문이다. 창의성은 관행과의 싸움이다. 과거의 방식을 의심해야 한다. '새로운 시사주간지'는 신천지를 개척하는 일이었다. 선배들은 고리타분하게 관행을 들먹이지 않았다. 오만과 편견은 짝이 아니었다. '오만과 무편견'이 지배했다. 좋게 보자면, '패기'와 '오픈마인드'였다. 그런 선배들과 함께했음은 행운이었다.

13년을 일했다. 스물일곱에서 서른아홉까지. 〈한겨레21〉은 내 직업 전선에서 가장 긴 플랫폼이었다. 창간호부터 631호까지 만드는 동안, 1천 일 넘는 밤을 새웠다. 컴퓨터 모니터를 쳐다보다 사무실에서 동트는 아침을 맞은 게 며칠이었던가. 내 파괴된 시신경과 뭉쳐버린 어깨 근육은 오로지 〈한겨레21〉 탓이라고 확신한다. 병원비라도 확 청구하고 싶지만 참는다. 그러기엔 배운 게 너무 많다.

— 〈한겨레21〉 2012년 3월 5일자(900호) '천 일의 밤샘'

위의 글은 2012년 3월에 썼다. 토요판 에디터 시절이었다. 창간 18주년과 지령 900호를 맞은 〈한겨레21〉에 실렸다.

　그 글의 첫 문단은 입사 직전 참가했던 MT 풍경이다. MT라기보다 워크숍이었다. 각 부문 사이 얼굴을 익히고 창간 준비과정 현안을 논의하면서 친목도 도모하는 자리였다. 나는 낯선 선배들 속에 둥둥 떠 있는 섬이었다. 버스를 대절해서 간 1박 2일 일정이었는데, 입을 열 시간이 별로 없었다. 사람들을 관찰하고 그들 이야기를 듣는 쪽이었다.

　2012년 쓴 글엔 좋은 이야기만 나온다. 곰곰이 돌이켜 보면 안 좋은 기억도 있다. 전체 회의가 끝난 뒤 술을 곁들인 저녁 식사 자리에서였다. 술자리가 왁자지껄해지며 고조될 때쯤 취재 부문의 한 선배가 나에게 어디서 일하다 왔냐고 물었다. 아무개 주간 전문지에서 왔다고 답했다. 그는 내 말을 듣자마자 칼로 자르듯 말했다. "아, 난 주간지 경력은 인정 안 해." 2012년 글에서 그날 한 선배의 패기에 문화충격을 받았다고 썼지만, 이건 또 다른 선배가 준 정반대 의미의 문화충격이었다. 이건 패기와 아무 관계 없는 그냥 무례였다. 정해진 채용 절차를 거쳐 막 입사하려는 후배에게 할 소리는 아니었다. 더구나 주간지 만들자고 모인 사람들이 주간지 경력을 인정할 수 없다니. 한겨레에 첫 출근을 하기도 전에, 내가 잘 모르던 세계에 높이 세워진 벽과 마주쳤다.

　〈한겨레21〉은 한겨레신문사의 두 번째 매체였다. 그전까지는 오직 〈한겨레신문〉이라는 일간지 하나였다. 당시 시사주간지를 준비하면서 취재기자는 전원 신문편집국에서 데려왔다. 편집장도 직전까지 신문 정치부장이었다. 인터넷이 탄생하기 이전, 한국 사회 언론시장에서 일간신문 기자의 우월적이고 배타적인 지위는 확고했다. 한겨레 역시 그 질서에서는 기득권 세력의 하나였다. 주간지 기자는 노골적으로 이류, 삼류 취급을 당할 때다. 일간신문사 안에서 주월간지 부서로 인사 발령을 받으면 물먹는다고 여겼다.[2]

당시 나는 편집팀 소속이었다. 취재기자는 신문편집국에서 데려왔지만, 편집기자와 디자이너는 전원 외부에서 수혈했다. 편집기자는 실기시험과 면접을 통해 세 명을 공개 채용했는데, 나는 그중 막내였다.

출근을 시작하고 보름쯤 뒤 편집장이 편집팀원 셋을 불러 한겨레신문 공채기수에 맞춰 기수를 정해주겠다고 했다. 한겨레신문은 1988년 창간 때 입사한 기자들이 공채 1기였다. 입사 연도에 따라 선후배 서열이 정해진다. 나이 따위는 중요하지 않다. 일찍 입사한 선배라는 이유로 자신보다 서너 살 많은 후배에게 반말을 주저없이 하던 때다. 나는 2년 8개월 경력의 주간지 출신이었고, 편집팀의 한 선배는 월간지 편집장 경력이 있는 정치인 보좌관 출신이었다. 또 다른 선배는 을지로 인쇄소 골목에서 사업을 하다 왔다. 편집장은 세 사람의 이전 경력을 한겨레 기존 기수에 어떻게 반영할 지 기준을 제시했다. 주간지는 3년을 2년으로, 월간지는 2년을 1년으로, 비 언론 경력은 3년을 1년으로 축소해서 쳐준다고 했다. 월급 액수가 반영되는 호봉과는 관계없었다. 그저 선후배 서열 정리용이었다.[3] 주월간지는 일간지와 동급이 아니라는 전제가 깔렸다. 같은 해 입사해도 일간지 출신이 아니면 동기로 인정하지 않는 이상한 문화가 있었다. 때는 바야흐로 1994년이었다.

폭력의 역사

남성 시대, 여성 시대

"지금부터 이 술잔을 하나씩 깨도록 하겠다."

선배는 갑자기 일어서더니 그렇게 말했다. 그러고는 정말로 맥주컵을 들고 하나씩 떨어뜨렸다. 쨍그랑, 쨍그랑. 유리 파편이 튀자 주변에서 비명이 터져 나왔다. 후배들이 제지에 나섰다. 옆 테이블에 있던 손님들이 "지금 뭐하는 짓이냐"며 험악한 얼굴로 달려들었다. 술잔을 떨어뜨리던 선배는 오히려 "당신들이 뭔 상관이냐"는 투로 눈을 부라렸다. 밀고 당기는 승강이가 드잡이로 이어지면서 주위는 난장판이 되었다. 신고를 받은 경찰이 출동했다. 모두 파출소(현 지구대)로 연행됐다.

1990년대 중반의 한 해였다. 본래 자축 파티의 자리였다. 2차로 옮긴 작은 맥줏집에서의 일이다. 술에 취한 선배는 주인의 서비스에 불만을 품고 뭔가 항의를 하다가 받아들여지지 않자 작심하고 객기를 부린 셈이었다. 파출소로 끌려가서도 전혀 수그러들지 않았다. 더 큰소리를 쳤다. 다음 날 회사에서 만난 선배는 전날 밤의 일을 제대로 기억하지 못했다.

어떤 오래된 전통

다른 신문사 기자 출신의 한 유명한 인사도 술집에서 똑같은 유형의 행태를 보였다는 이야기를 들은 적이 있다. 다른 점은, 그분은 서지 않고 앉은 채 술잔을 떨어뜨려 깨며 자신의 감정을 과시했다고 한다. 궁금증이 일었다. 이것은 한국 언론의 전통인가? 도대체 어디서부터 비롯되었나?

2016년 1월에 출간된 《신문인 방우영》(김대중 등 90인 지음, 21세기북스)을 읽다가 그 뿌리를 접하게 되었다. 이 책은 조선일보 사주 방우영의 88세 미수를 기념하여 나온 문집이다. '대한민국 명사 90인 방우영을 말하다'라는 부제목이 붙어 있다. 90인의 필자 중 한 명인 남재희(〈한국일보〉〈조선일보〉〈서울신문〉 출신, 노동부 장관 역임)는 이런 일화를 전한다.

"〈조선일보〉 국장 이상의 간부 전원을 방 씨 형제(방일영, 방우영-지은이 주) 사주가 불러 술자리가 마련되었다. 논설위원도 전원 초대되었다. 나는 가장 젊은 터라 말석에 앉았다. 그런데 해괴한 일이 일어났다. 내 옆에 앉았던 기생이 자리를 뜨더니 좀 있다가 옷을 갈아입고 업무 담당 전무 옆에 가서 앉는다. 그러려니 했다. 그런데 조금 있다가 내 옆의 새로 온 기생이 또 자리를 뜨더니 옷을 갈아입고 와서 업무 담당 전무 옆에 앉는다. 두 번 거듭된다. 내 옆에 앉았던 기생들이 모두 이뻤던 모양이다.

두 번 거듭되고 나니 나도 화가 났다. 마담을 내 옆으로 불렀다.

'당신이 무엇을 잘못했는지 알 터이니, 내가 지금부터 접시를 밖으로 던질 터이니 그 개수를 세시오.'

그리고 연거푸 접시를 밖으로 던졌다. 좌중이 모두 놀랐다. 방일영 회장이 특히 놀라 '재희, 너 왜 그러니' 한다. 나는 설명을 하지 않았다. 그 비신사적 행위를 굳이 까발리고 싶지 않았다. 호인인 방 회장은 '재희, 술이 모자란 것 같으니 이 돈 갖고 2차 가라'며 수표를 쥐어주었다."

1960년대 말이었다. 〈조선일보〉 문화부장 남재희는 요정의 술자리에서 두 번이나 옆에 있던 기생이 업무 담당 전무 옆으로 가자 마담이 보는 앞에서 접시를 깨뜨리며 열을 식혔다. 물론 그는 스스로 난폭했다고 인정한다. 이 글 말미의 결론은 방 씨 형제의 관대함이다. 문제 삼지 않고 용서해주었고, 그 뒤에도 자신에게 계속 덕을 베풀었다는 것이다. 〈조선일보〉 방일영, 방우영 형제 덕분에 이 아름다운 전통은 〈한겨레〉를 비롯한 다른 언론에까지 건너와 1990년대까지 계승되었을까?

〈한겨레21〉은 1994년 창간 직후 3년 동안 편집장을 비롯해 취재·편집 기자들이 100% 남자였다. 이십여 명에 이르는 20·30대 '장정'들이 빙 둘러앉아 회식을 하면 영락없는 조폭 모임 같기도 했다. 이들에게는 의식이 하나 있었다. 이른바 '마빡주'. 맥주잔에 젓가락 두 개를 얹은 뒤 그 위에 소주잔을 올려놓는다. 한 사람씩 테이블에다 이마를 내리쳐 그 진동으로 소주잔이 맥주잔 속으로 퐁당 빠지게 한다. 그리고 소주와 맥주가 섞인 그 폭탄주를 원샷으로 마시면 모두 박수를 쳤다. 이마를 내리치기 전에는 결연한 표정으로 "이십일만"이라는 구호를 외쳤다. "〈한겨레21〉을 21만 부 찍자"는 결의였다. 그때는 몰랐다. 지금 시점에서 보면 전체가 다 모인 식사 자리에서 예외 없이 이런 걸 하다니 조폭의 충성서약식이 연상될 법하다. 저돌적 영업으로 유명한 어느 대기업에서 시작된 회식 문화였다는 소리를 얼핏 들었던 것 같다. 지금 입사하는 후배들에게 똑같이 하라고 시키면 콧방귀나 뀔까?

그 무렵 한 회식 자리에서 모두 돌아가며 '마빡주' 의식을 열심히 치를 때였다. 경력공채로 막 입사한 기자의 차례가 되었다. 그는 난감한 표정을 지으며 주저했다. 전 직장과 비교해 문화적 차이를 느낀다는 둥의 소감을 밝히며 꽤 시간을 끄는 찰나, 얼굴이 일그러진 한 선배의 욕설과 "빨리하라"는 불호령이 떨어졌다. 그 선배의 눈에는 새로 온 후배가 신입 주제에 '군기'가 빠져 있거나 건방져 보였을 테고, 그 후배의 눈에는 멀쩡한 기자들이 테이블에 이마를 짓이기며 술을 마시는 모습이 변태로 보였을 것이다. 시비는 주먹다짐으로 번지고 말았는데 자세한 내용은 생략한다.

주먹과 연장

그 밖에도 폭력에 관한 민망한 사건들이 많다. 회식 자리에서 잘난 척을 한다며 후배에게 불고기가 들어 있던 상 위의 뚝배기를 집어던진 선배가 있었다. 당일 나온 잡지에 본인이 찍은 화보가 잘못 인쇄돼 나오자 화가 난 한 사진기자는 낮에 술을 마시고 사무실에 들어와 두 손으로 의자를 움켜쥔 채 자신의 책상 위로 올라가 소리질렀다. "다 덤벼, XX놈들아." 나중에 이를 전해 들은 그 위의 선배 역시 화를 참지 못해 회사 안에서 파괴적 행동을 했다. 편집장이 기사를 일방적으로 수정하고 자신의 요구를 묵살한다는 이유로, 한 중견 기자는 새벽 2시 막바지 마감 중인 고요한 사무실로 돌아와 편집장을 향해 몸을 날렸다. 아찔했던 그 순간을 잊을 수 없다. 1990년대에 〈한겨레21〉에서 내가 직접 목격한 일만 적었다. 극단적 사례만 모아서 보니 내가 몸담았던 조직이 이상하게 비치지 않을까 걱정이다. 직접 보지는 않았지만 신문사 안에서 그보다 더 심한 경우도 있었다고 들었다. 언론계에 전해져 내려오는 여러 신문사의 괴담과 야설은 이보다 훨씬 풍부하다.

내가 경험한 바, 대한민국 언론계의 1990년대는 남성의 시대였다. 여자가 없었다. 부장급 이상 간부는 말할 것도 없고, 평기자 역시 남성 비율이 압도적이었다. 〈한겨레〉 창간 초기의 공채 현황을 보면 알 수 있다. 1988년 공채 1기 수습 취재·사진기자 23명 중 여성 기자는 세 명이었다. 1989년에서 1991년까지 뽑은 2, 3, 4, 5기 취재기자 중에서는 한 명도 없었다. 1995년 들어서야 여성

기자가 두 명 이상 들어왔다. 앞에서 든 폭력 사례는 거친 남성 문화가 숨쉬는 언론사의 풍경을 보여주는 단면이다. 기자들 사이에서 말로 소통이 잘 안 되면 가끔, 아니 어쩌면 자주, 주먹이 앞섰다. 맥주병, 의자, 뚝배기 등 연장(?)을 쓰기도 했다. 술자리의 해프닝으로 치부해 흐지부지 넘어가기도 했고, 당사자들이 회사로부터 징계를 당하기도 했다. 선후배 간 위계질서가 엄격한 언론사면서도 상대적으로 자유롭고 개방적인 한겨레 조직문화의 부작용이었을까. 아니면 그저 한국 사회에 유구하게 내려온 가부장적 폭력문화의 연장선이었을까.

내가 〈한겨레21〉 편집장을 하던 2005~2006년 전체 회식 때 '마빡주'를 돌아가며 한 기억은 없다. 당시 경력공채로 들어왔던 20대 여성 후배가 인사평가 보고서에 "전 직장과 달리 술자리가 잦지 않고, 선배들이 음주 강요를 하지 않아 좋다"는 글을 남긴 적이 있다. 폭력사건도 전혀 없었다. 내가 남다른 편집장이어서가 아니었다. 그 사이에 트렌드가 변했다고 해야 맞다. 여기엔 2000년대 이후 여성 기자들의 증가가 한몫했다. 한겨레신문사 인재개발부 통계에 따르면, 1990년대 말부터 증가한 여성 기자의 비율은 2008년부터 남성 기자를 추월했다. 그 후 2011년 한 해를 제외하고 2019년까지 늘 여성 기자가 많았다. 2017년엔 다섯 명 중 네 명이 여성이었다. 언론계 전체의 추세다. 여성문제에 관한 사회 인식도 바뀌었다. 직장 내 성희롱 예방 교육은 연례 법정필수 교육이 됐다. 한겨레 안에서는 남자 직원도 부인이 출산을 하면 거의 예외 없이 1년간 육아휴직 신청을 한다.

431

편집장의 젠더 의식

언론계의 미래는 '남성성'에서 '여성성'의 시대로 이행하고 있다. 각 언론사 내부에서 더 많은 여성 언론인이 약진할 것이다. 완력을 동반한 일탈행동이 '기자의 야성이나 깡다구'로 용인되던 일은 남성 시대의 어두운 유산이 될 가능성이 높다. 말 한마디도 조심해야 한다. 남성 기자가 농담이라면서 여성 후배에게 외모 코멘트를 덧붙인 안부 인사를 던졌다가 징계를 당하는 때다.

1990년대에는 거의 통용되지 않았던 '젠더'(사회적 성)라는 말은 이제 중요한 키워드로 떠올랐다. '젠더 의식'은 깨어 있는 시민의 교양 필수다. 콘텐츠로 세상과 소통하는 매체 편집장에게는 더욱 더 그렇다. 젠더 의식이란 내 식대로 정의하면 '불편함을 알아채는 힘'이다. 남성 중심의 시선, 다양한 성적 정체성을 무시하고 세상의 성별을 남녀로만 구분하는 기준과 어법('신사 숙녀 여러분' 같은 인사조차도)이 누군가에게 불편함을 준다는 것을 눈치채는 능력이다. 그런 불편함이 사소한 문제가 아니라 사회적 모순이며 성평등이 민주주의의 완성이라는 사실을 이해하는 식견이다. 가령 2016년 5월 서울 강남역 인근 노래방 화장실에서 30대 남성 김 아무개 씨에 의해 벌어진 20대 여성 살인사건은 단순 살인사건인가 여성혐오 사건인가. 편집장과 기자의 젠더 의식이 기사 가치판단에 영향을 끼칠 것이다. 당시 〈한겨레〉는 이를 여성혐오의 관점에서 보도했다.

1990년대 언론사 내부의 불미스러운 소동에서 출발해 젠더 문제까지 흘러왔다. 앞에서 예로 들었듯이 1960년대에는 언론사 사주와 간부들이 기생을 옆에 앉히고 회식을 했다. 2020년대는 여성 시대다. 계급, 민족, 국제 이슈만큼이나 젠더 이슈에 관한 섬세하고 밝은 눈을 지닌 편집장들이 출현할 때다. 언론계 문화가 다시 가부장적 남성 시대로 회귀하기는 힘들다. 되돌릴 수 없는 흐름이다.

"개새끼들"

인사철의 비명

"개새끼들."

2017년 봄이었다. 〈한겨레〉 편집국의 한 에디터급 간부가 자신의 페이스북에 딱 한마디를 올렸다. 밑도 끝도 없었다. 그냥 "개새끼들"이었다. 댓글이 달렸다. 누구는 왜 이런 글을 올렸는지 영문을 몰라 했고, 누구는 상황을 짐작하는 듯 보였다.

며칠 뒤 또 다른 평기자가 자신의 페이스북에 다음과 같은 글을 올렸다. "개새끼들2." 아니, 이 기자는 내가 국장으로 막 발령받은 출판국 소속이었다.

일종의 시리즈 놀이였을까. 모르긴 몰라도, 두 사람은 울분을 공유하는 모양이었다. 평기자는 에디터급 간부의 마음이 나의 마음이라고 시위하고 있었다. 조금 뒤 "개새끼들3"이 등장했다. "개새끼들4", "개새끼들5"도 올라올 기세였다. 그러지는 않았다.

이기적일 수밖에 없는

바야흐로 인사철이었다. 대개의 신문사가 그렇듯 한겨레도 1년에 두 번 정기 인사를 한다. 봄에는 대폭 하고, 가을하는 중폭 또는 소폭으로 한다. 사장이나 편집국장이 바뀐 직후에는 그 폭이 더욱 커진다. 문제의 페이스북 포스팅은 인사에 대한 주체할 수 없는 불만, 아니 분노로 읽혔다. 그 에디터급 간부를 만나 당시 페이스북 포스팅의 맥락에 관해 물은 적이 있다. 자세히 밝힐 수는 없지만, 내가 짐작한 대로였다. 화가 날 만했다.

SNS에 자신이 소속된 회사 일과 관련한 코멘트를 올리는 행위가 적절한지 여부는 논외로 한다. 나는 개·새·끼·들 네 글자에서 상처받은 그의 마음을 읽었다. 인사는 소리 없는 비명을 곳곳에 새긴다. 그 사건은 가장 적절한 예로 남고 말았다.

앞이 길었다. 편집장의 가장 중대한 책무는 무엇일까. 콘텐츠 기획? 마감 관리? 인사다. 인사가 만사다. 잘못하면 망한다. 인사는 망사다. 편집장이 모든 기사를 쓰지는 않는다. 내가 생각하는 매체를 만들어 줄 사람들, 그 진용을 어떻게 짜느냐에 따라 조직의 안정성과 콘텐츠의 창의성이 판가름된다. 그러려면 기자 인사에 자신의 의견을 최대한 반영해야 한다. 순조롭지 못할 때는 강력한 제스처로 의사를 밝혀야 하고, 때로는 투쟁도 해야 한다.

개인적으로는 한겨레 입사 뒤 10년 넘게 인사 이동의 사각지대에서 보냈다. 같은 팀 내에서의 팀장 발령(2000년)을 제외하고는 한 번도 인사 대상에 오르지 않았다. 2005년 봄 편집장으로 발령받으며 11년 만에 실질적으로는 신상과 직무에 변화가 생기는 첫 경험을 했다. 내 인사도 처음인데, 남의 인사에 관여해야 하는 것도 처음이었다. 기자 인사는 발등의 불이었다. 〈한겨레21〉에서 떠날 때가 된 신문편집국 출신 기자들이 있었다. 그들의 인사 희망을 반영해 편집국 쪽에 전달해야 했다. 편집국에서 〈한겨레21〉로 불러올 기자를 찍어 편집국장에게 요청해야 했다. 〈한겨레21〉이 필요로 하는 분야 등을 고려해 젊은 기자들 위주로 몇몇을 찍었다. 편집국장을 만났다.

"A, B, C 세 명 주십시오."

"안 돼."

"왜 안 됩니까?"

"(이런저런 설명을 하며) C는 되는데 A랑 B는 안 돼. D, E 데려가."

"안 됩니다. (이러쿵저러쿵해서) 반드시 주셔야 합니다."

"그럼 F, G 데려가."

"F, G 둘 다 훌륭하지만 저희는 A, B가 필요해요. 그냥 주세요."

”…….”

인사 요구는 이기적이다. 이타적일 수 없다. 나는 당연히 선배이자 〈한겨레21〉보다 열 배 정도 큰 조직을 거느린 신문편집국장이 양보해야 한다고 이기적으로 생각했다. 처음 해보는 인사 협상이었기에 벼랑 끝에 선 심정으로 임했다. 손톱만큼도 양보할 생각이 없었다. 결과는 싱거웠다. 편집국장은 두어 차례 승강이 끝에 져주었다. 내 요구를 100% 수용해줬다. 인사 적체나 기자 인력의 노령화가 덜하던 때이기도 했다.

편집간부로서의 연차가 점점 쌓이면서 인사에서 내 뜻만을 관철하기가 쉽지 않음을 알게 됐다. 앞의 경우는 극히 예외적이었다. esc나 토요판 같은 새로운 프로젝트를 런칭하면서 새 팀을 구성할 때는 거의 90% 초기 구상대로 인력 디자인을 할 수 있었다. 그러나 나머지 경우엔 하나를 얻으려면 다른 하나를 양보해야 할 때가 많았다. 하나도 얻지 못할 때도 있었다. 수완이 중요했다.

2010년대의 일이었다. 어느 해 한겨레 안에서 처음으로 편집장이 된 X가 있었다. 후배였다. 인사 발령 이메일을 핸드폰으로 확인하다가 "축하한다"는 문자를 보냈다. 대뜸 돌아온 답은 "감사합니다"가 아니라 "K 주십시오"였다. K는 나와 함께 일하는 후배였다. 황당했지만 과거의 내가 떠올랐다. X는 한 번 더 문자로 "K 꼭 주셔야 합니다"라고 했다. 답을 하지 않았다. 나에게 결정할 권한이 있지도 않았다. 다음 날 K에게 전날의 문자메시지를 전하며 의사를 물어보았다. 본인은 전혀 X의 팀으로 갈 의사가 없었다.

그 뒤 X는 K에게 작업을 했지만 통하지 않았다. K는 뜻밖에도 인사철이 아님에도 3개월 뒤 다른 팀으로 갔다. 또 다른 에디터 Y는 명분과 논리를 들이대며 몇 주에 걸쳐 K를 포섭했고 결국 넘어갔다. 얼마 뒤 K는 나에게 그 사실을 털어놓았다. 한국 언론의 한계와 저널리즘을 이야기하며 Y팀으로 가야겠다고 했는데 저널리즘이라는 말이 그렇게 기분 나쁘게 들린 때는 처음이었다. 그러나 잡을 수가 없었다. 이기적인 자식 Y. 졌다. Y를 인정하지 않을 수 없었다. 배웠다. 수완이란 그런 것이다.

사장님과 엄마

인사는 메시지다. 인사결정권자는 인력의 배치를 통해 조직의 운영 방향에 관한 묵직한 메시지를 던진다. 장기판의 말 같은 당사자들에게 인사란 '만남'이다. 선배든 후배든 동료든 부서장이든 하급자든 누군가와 누군가가 새로이 만나는 매칭게임이다. 그 만남에 크고 작은 입김을 불어넣기 위해 인사 직전 치열한 물밑전쟁이 벌어진다. 편집장 또는 에디터, 부서장들은 함께 일하고 싶은 기자들에게 추파를 보낸다. 기자들은 가고 싶은 부서에 관해 자기들의 희망사항을 적어낸다. 여기엔 누구와 꼭 일하고 싶은 의지가 담겨 있지만, 사실은 누구와는 꼭 일하기 싫다는 의지도 담겨 있다. 어긋난 만남은 때로는 서로에게 재앙이기 때문이다. 타이밍에 따라서, 그동안의 업적과 평판에 따라서, 나를 원하는 부서장 또는 기자가 있는지 여부에 따라서 인연은 맺어지거나 깨진다.

그리고 채용 인사.

국과 국, 부서와 부서를 이동하는 순환 인사에만 의존하지 않고 공개채용을 통해 사람을 뽑을 수 있다면 운이 좋은 편집장이다. 〈한겨레21〉 편집장 시절에 세 번 정도 채용을 했다. 편집장이 된 직후 바로 한 명을 뽑았는데 이는 전적으로 사장님의 배려였다. 88년 한겨레신문 창간을 기획한 주역이기도 한 당시 정태기 사장은 〈한겨레21〉 사무실로 내려와 나를 앉혀놓고 해외의 유명한 시사주간지를 예로 들면서 이렇게 이야기했다.

"제대로 된 시사주간지를 만들려면 지금 이 인원 갖고는 안 돼."

이 말은 내가 25년간 한겨레 사장님들에게 들었던 가장 감동적인 두 마디 중에 한마디였다.[4] "사람 좀 줄이면 안돼?"가 통상적인 사장의 언어 아닌가. 당시는 한겨레에서 전무후무했던 명예퇴직 직후라 사람 뽑는 일이 예민하게 받아들여졌다. 신문사 임원진뿐 아니라 노조까지 반대에 가세했다. 사장만이 고개를 젓지 않고 용납해준 일은 지금도 신기하다.

세 번의 채용 중 두 번은 경력 공채였다. 공채를 할 때마다 괜찮은 기자들이 문을 두드렸다. 2000년대 중반 〈한겨레21〉은 기자 후보생들과 현직 기자들이 일하고 싶어하는 매체였다. 실제로 일간신문사와 방송사의 우수한 기자들이 지원을 했다. 딱 한 명만 뽑아야 했기에 고민이 많았다. 그 과정의 여러 에피소드는 생략한다. 한 가지 깨달음을 얻었다는 점만 밝힌다. '엄마도 인사의 변수가 될 수 있다'는.

경력기자 공채 선발 과정을 거쳐 합격자 한 명을 발표했다. 한데 합격자 어머니 되시는 분이 편집장인 나한테 전화를 했다. "내 자식을 〈한겨레21〉에 보낼 수 없다"는 요지였다. 기자 부모의 전화를 받기는 처음이었는데 그 내용도 충격적이었다. "당신 자식 같으면 〈한겨레21〉에 보내겠냐"는 말은 덧붙이지 않았으면 좋았을 것이다. 아니 내가 학부모와 상담해야 할 선생님인가, 라면서 비명을 지르고 싶었다. 모성이었다고 해두자. 최후의 결정은 당사자가 하는 것이다. 결국 그 기자는 이직 계획을 철회했다. 그도 어머니의 무리한 간섭에 비명을 질렀을까.

돌이켜 보니 내가 편집장을 하며 인사 때문에 가장 상처받았던 대상은 사장이나 국장 같은 윗선이 아니라 어떤 엄마였던 셈이다.

편집장 스트레스 3, 2, 1

마감에서 편집권까지

날 선 침묵이 흐른다.

　나는 부지런히 원고를 데스킹해 하나씩 디자이너가 볼 수 있도록 출고한다. 아직 마감을 마치지 못한 기자들의 눈은 노트북 화면을 뚫고 나갈 것 같다. 저마다 신경이 극도로 예민해진 상태다. 고요한 사무실에 자판 두드리는 소리만 들린다. 오늘은 매주 돌아오는 최종 마감일. 점심 먹기 전 마감이 완료돼야 정상이다. 제작팀장은 오늘따라 왜 이렇게 늦냐며 전화로 타박을 했다. 오후엔 마지막 남은 몇몇 기사만 데스킹을 마무리하고 디자이너에게 받은 대장을 두 번 세 번 확인하며 꼼꼼히 체크해야 실수를 줄일 수 있는데… 현실은 그렇지 못하다.

마감 습관은 선천적인가

지금은 오후 4시. A는 여전히 늦다. 아직도 외부 필자 B의 원고를 잡고 있다. A는 꼼꼼하다. 언제나 대충 넘어가는 법이 없다. A는 B가 격주마다 보내는 연재물의 담당자로서 원고의 팩트나 문장에 석연치 않은 점이 발견되면 전화를 걸어 하나하나 일일이 물어본다. 좋은 자세다. 그런데 서너 시간만 일찍 서둘러 하면 어디 덧나? A는 자신이 써야 할 원고도 다 마무리하지 않았다. "언제 다 되는데?" A는 씩 웃기만 한다. "금방이면 돼요." "정확히 몇 시?" "5시요." 5시가 지났다. 기사 집배신망엔 A가 넘긴 B의 원고만 떠 있다. 본인 기사는 아직도 만지는 중이다. 이젠 정말 시간이 없다. 왜 늦냐는 말이다. 한 번도 아니고 두 번도 아니고 늘!

A를 보면 Y 생각이 난다. 14년 전 잡지 편집장을 할 때 그는 상습적으로 원고를 늦게 올리던 기자다. 원고 지각 분야에서 금메달리스트였다. 조간신문은 세상이 두 쪽 나도 오후 6시면 1판 마감을 해야 한다. 잡지는 융통성이 있는 편이다. 그래서 문제다. Y는 자정이 돼도 원고를 넘기지 않았다. Y 역시 좋은 기사를 쓰는 기자다. 10여 년의 세월이 흘렀으니, 그도 이제 중견 그룹에 속한다. 상도 많이 받았다. 취재와 기획을 잘 하는 선배로서 후배들의 존경을 한 몸에 받는다. 현재 아무개 매체의 편집장이다. 그의 편

집장 칼럼은, 예상대로 마감이 아슬아슬하다고 한다. 본인도 후배들한테 마감 독촉을 할 텐데. 웃음이 난다.

뒤에서 누군가 시속 100km로 쫓아오는 느낌. 마감 땐 속이 타들어간다. 식사도 거르기 일쑤다. 끝나면 진이 빠진다. 마감은 단 한 번도 스트레스가 아닌 적이 없다. 나는 지금 편집장의 스트레스에 관해 쓴다.

마감 습성은 팔자인가? 잘 안 바뀐다. 늦는 기자만 늦는다. 늦는 필자만 늦는다. 마감이 빠른 기자와 필자는 언제나 빠르다. L은 Y가 지각대장을 하던 시절 늘 1순위로 마감을 했다. 한참 세월이 흘러 그도 한 매체의 편집장을 지냈다. 그가 편집장 칼럼을 마감하는 시간은 역대급으로 빨랐다. 그는 출근 시간도 1등이었다. 원고 마감 시간을 대하는 습관은 선천적인가. 아니면 후천적인가. 유전자로 박히는 것인가, 아니면 개선의 여지가 있는가. 그걸 주제로 기자 1백 명 이상 표본을 잡아 실증적인 조사를 하는 저널리즘 분야의 석박사 논문이 나왔으면 좋겠다.

그래도 29년의 신문사 생활에서 촌각을 다투다 끝내 실패하는 마감을 단 한 번도 경험한 적 없다. 마감불패! 마감은 사람이 하는 게 아니다. 마감은 마감이 한다. 마감은 인격체 같다. 마감은 어차피 될 거니까 닦달하거나 재촉하면서 성화를 부릴 필요가 없을까? 마감은 편집장의 스트레스 목록에서 순위를 따져보자면… 세 번째라고 해두겠다.

편집장은 그보다 결정하는 존재다. 일상적으로는 매체에서 발행할 콘텐츠의 내용과 형식을 결정한다. 구성원들의 역할을 결정한다. 그 과정에서 발생하는 여러 문제의 해결 방법을 결정한다. 독단적으로 결론을 낼 수도 있고, 팀장 회의나 전체 회의를 통할 수도 있다. 편집장의 결정을 구성원들이 따르지 않을 때도 있다. 구성원들과 아무리 이야기를 나누고 또 나누어도 합의점을 도출하지 못할 때도 있다. 막히면, 제3의 아이디어를 찾든 정치적 수완을 발휘하든 뚫어내야 한다.

매체 제작 과정에서도 무수한 돌발 변수가 발생한다. 기자가, 외부 필자가, 인터뷰이가 사고를 낸다. 천재지변이나 참사, 각종 정치적 사건이 마감을 코앞에 두고 나타나 기존의 콘텐츠 계획을 뒤집어엎으려고 한다. 편집장 본인의 생각이 갑자기 변덕을 부릴 때도 있다. 가령 표지 기사(커버스토리) 마감을 다 해놓고 '왜 이 따위 아이템을 했을까'하는 회의가 몰려온다. 팩트체크를 놓고서도 혼선이 벌어진다. 기자가 물어온 특종의 진위 여부에 의심이 생긴다. 무엇이 옳고 현명한 길인지 답이 안 나올 때가 있다. 머뭇머뭇하면서 결정하지 못한다. 그것은 편집장의 두 번째 스트레스다.

해법은 간단하다. 여러 의견을 폭넓게 듣되, 편집장 맘대로 하면 된다. 결정한다는 것은 책임진다는 것이다. 잘되든 못되든 편집장 책임이다. 매체는 궁극적으로 편집장의 작품이니까. 다만 그 책임은 때로 가혹하다는 것만 알아두자. 그렇다면 편집장의 가장 큰 첫 번째 스트레스는 무엇일까. 다음을 보자.

나는 〈한겨레21〉 편집장으로서 내 색깔이 묻은 잡지를 만들었다. 〈한겨레〉 생활문화섹션 esc와 〈씨네21〉, 〈한겨레〉 토요판 편집장 때도 그랬다. 신문사 안에서 편집장으로서 존중받았다. 토요판의 경우 일간신문 시스템과 맞물려 돌아가는 매체였기에 완벽한 독립성을 갖지는 못했다. 불만을 토로할 기회가 있었지만, 두 손으로 꼽을 정도다.

〈한겨레21〉 편집권 침해 논란

편집장을 할 때 편집권이란 무엇인가 하는 고민을 했던 적이 없다. 그만큼 물이나 공기처럼 일상적으로 누렸다. 〈한겨레〉에서 평기자를 할 때도 기사를 쓰거나 편집을 할 때 경영진이나 외부로부터 부당한 간섭에 시달린다고 느껴본 적이 없다. 그것이 한겨레라고 생각했다. 물론 사내에 크고 작은 논란이 없지 않았지만, 기자나 편집장으로서 휘말려본 적은 없다. 행복했다. 다른 언론사에서 경영진이 기사와 관련해 해괴한 참견을 하는 걸 보아왔고, 그에 관해 칼럼을 썼다가 민형사 소송에 연루된 적도 있다.[5] 기획과 편집에 대해 결정할 권한이 없는 조건이라면 편집장은 편집장이 아니다. 그러니까 이 글의 결론은 다음과 같다. 편집장의 가장 큰 스트레스는 내 뜻대로 결정하지 못하는 것이다. 내 맘대로 못하는 것이다.

2017년 가을 〈한겨레21〉에서 '편집권 침해 논란'이 불거진 적 있다. 이 사건은 〈미디어오늘〉 등을 통해서 외부에도 알려졌다. 당시 나는 〈한겨레21〉을 비롯한 한겨레 잡지 부문을 총괄하는 출판국장이었다. 〈한겨레21〉은 2017년 11월 6일자에 박근혜 정부시절 LG가 보수단체를 지원하고 받은 영수증을 단독입수해 '어떤 영수증의 고백'이라는 표지 기사를 썼다. 잡지가 발행되기 전 LG 임원을 우연히 만나 기사 계획을 알게 된 편집인 겸 전무이사와 대표이사가 〈한겨레21〉 편집장에게 기사의 부족한 점을 지적하며 표현과 내용의 수정을 구체적으로 요구한 게 사건의 발단이었다. 경영진은 잡지가 나온 직후에도 기자들을 불러 모아놓고 기사의 문제점을 지적했다. 〈한겨레21〉 기자들은 "경영진이 부당하게 편집권 침해를 했다"며 사과와 재발 방지를 요구했다. 대표이사와 편집인은 "기사 품질 제고" 차원의 지적이었다고 주장했다. 나는 대표이사와 기자 사이에서 중재와 타협을 모색했지만 실패했다. 그때 좀 더 빨리 현명하게 사태를 해결하지 못한 점은 다시 돌아봐도 후회되고 부끄럽다.

노동조합과 〈한겨레21〉 기자들은 편집권 침해에 항의하는 연서명을 했다. 대표이사는 2017년 11월 23일 "깊은 반성, 깊은 유감, 미안한 마음, 자책" 등의 단어가 담긴 글을 발표했지만 편집국 기자까지 포함된 76명은 오히려 "편집권 침해 행위 자체를 인정하지 않는 태도에 공허감을 느낀다"며 강경한 어조의 성명서를 발표했다. 노동조합은 이 사건과 관련해 감사를 요청했다. 감사는 2018년 3월 17일 "(여러 상황을 종합해 볼 때) 편집권 침해로 볼 수 없다"는 결론을 담은 감사보고서를 이사회에 보고했다. 기자 70명은 다시 이에 반발하는 성명서를 냈고 대표이사는 "소통의 실패에 책임감을 느끼고, 이번 일을 깊은 성찰의 계기로 삼아 한겨레 편집권 독립을 더 확고하게 가다듬겠다"는 요지의 글을 다시 발표했다. 표지 소재로서 LG 영수증 기사의 무게감에 관해서는 의견 다툼이 있을 수 있었지만, 경영진은 초기 소통에 실패하고 사태를 장기화하면서 편집권 침해로 보기에 충분한 여지를 남겼다. 그동안의 한겨레 전통에 반한다는 점도 분명했다. 그래도 결말은 한겨레다웠다.

　　마감에 관한 이야기로 시작해서 편집권까지 왔다. 세상의 모든 편집장들이 적절한 권한과 책임을 행사하지 못하는 스트레스에 시달리지 않기를 소망해본다.

주

1 1993년 1월 프랑스 드노엘 출판사에서 같은 제목으로 처음 나왔다. 국내에서는 1994년 도서출판 책세상에서 《표절》이라는 제목으로 출간되었다가 2009년 문학동네에서 《편집된 죽음》으로 재출간됐다. 장 자크 피슈테르는 《자기 앞의 생》이라는 소설로 잘 알려진 에밀 아자르(본명 로맹 가리)의 자살에서 이 소설을 착상했다고 한다. .

2 한겨레신문사의 경우 주간지 부서로의 발령을 물먹는 일로 인식하는 경향이 덜했다. 〈한겨레21〉은 창간 취재팀뿐 아니라 각 부문에서 인력을 베스트로 꾸렸다는 자부 때문이다. 〈한겨레21〉 창간 당시 한겨레신문사가 인력을 포함해 모든 지원을 아끼지 않은 영향이 컸다.

3 당시 편집장은 고영재 선배였다. 지금도 존경하는 분이다. 편집장 개인에게 사감을 품을 일은 아니었다. 언론계를 지배했던 문화와 풍토가 문제였다.

4 나머지 한마디는 part 1 '그놈의 스트레이트' 참조.

5 2006년 7월 〈시사저널〉 금창태 사장의 '삼성그룹 기사 삭제' 사건 때 〈한겨레21〉 편집장 칼럼(만리재에서) '사장님, 그래도 됩니까(제616호, 2006. 6. 28.)'를 통해 이를 '몰상식의 표본'으로 비판했다가 금창태 사장으로부터 명예훼손 혐의로 민형사 소송을 당했다. 대법원까지 간 끝에 모두 무죄를 받았다.

22세기 편집장?

새로움과 두려움 사이

"블록체인이라고 들어보셨나요?"

2017년 7월 12일이었다. 10년 만에 만난 지인과 서울 마포 한겨레신문사 근처의 식당에서 점심을 먹었다. 내 페이스북 포스팅에 그가 댓글을 하나 달면서 우연히 이루어진 만남이었다. 안부와 근황을 묻는 대화가 끝난 뒤 그가 최근의 관심사를 소개하며 꺼낸 단어는 생소했다. 그 단어가 내 삶과 일의 행로를 바꾸어놓을 줄은 몰랐다.

블록체인? 태어나서 처음 들었다. 모른다고 하자, 그는 또 하나의 단어를 꺼냈다. "비트코인은 아세요?" 알 것 같았다. "가상통화 아닌가요?" 더 이상 아는 게 없었다. 지인은 블록체인 기술에 관해 말했다. 그 기술을 처음 적용해 세상에 나온 비트코인에 관해 말했다. 이더리움에 관해 말했다. 블록체인과 암호화폐(가상화폐)를 둘러싼 산업 생태계에 관해 말했다. 귀에 쏙 들어오지는 않았지만, 새로운 기술의 가치를 인정하고 여기에 시간과 돈을 쓰는 사람들이 의외로 많다는 사실은 분명해 보였다. 내가 전혀 모르던 세상이었다. 호기심이 동했다.

〈한겨레〉 출판국장을 맡을 때였다. 편집국 신문부문장으로 1년간 근무하다 그해 4월 발령이 나 인사 이동했다. 〈한겨레21〉이 속한 출판국은 고향 같은 곳이다. 1994년 한겨레 입사 이후 2006년까지 출판국에서만 12년 8개월을 보냈다. 11년 만에 돌아와 출판국장을 맡으며 새 매체 창간을 꿈꿨다. 모바일 시대에 종이 매체는 쪼그라들고 있었다. 총 인원 50명이 넘는 출판국은 시사주간지 〈한겨레21〉, 경제월간지 〈이코노미인사이트〉, 한겨레 섹션 〈서울&〉 등의 취재·편집·사진·광고·마케팅을 모두 관할했다. 돌파구를 모색하면서 당연히 매체 다각화에 관심을 가졌다. 그날 만난 지인에게도 고민을 말했다. 새 매체팀 진용을 짜서 여러 분야를 찔러보고 있지만 판단이 안 선다고 했다. 그와 이야기를 섞다가 서로의 관심사가 만나는 지점을 발견했다. 바로 블록체인 분야의 새 매체였다.

거짓말처럼 일이 진행됐다. 몇 주 뒤 나는 블록체인 미디어 법인 설립 계획을 세워 한겨레신문사에 제안했다. 초기 자본금 조달을 위해 투자 유치에 나섰다. 사업계획안은 그해 11월 6일 한겨레 이사회를 통과했다. 12월 19일 '22세기미디어'라는 주식회사 법인이 국세청으로부터 사업자등록증을 받았다. 이듬해인 2018년 2월 6일엔 서울특별시로부터 인터넷뉴스서비스사업등록증을 받았다. 3월 29일 온라인 미디어 〈코인데스크코리아〉를 창간했다. 미국 〈코인데스크〉와 라이선스 제휴를 맺은 매체였다. 이 글을 쓰는 2019년 8월의 나는 〈코인데스크코리아〉를 발행하는 22세기미디어주식회사의 대표를 맡고 있다.

2017년은 내 인생에서 특별했다. 악몽의 해였다. 그해 유독 신문사 안에서는 안 좋은 일들이 많았다. 5월 대통령 선거 직후에 벌어진 '덤벼라 문빠' 사태는 그중 하나였다. 출판국 소속의 〈한겨레21〉은 직전 편집장이 자신의 페이스북에 올린 한 포스팅으로 인해 문재인 지지자들의 포화를 맞고 벌집이 되었다. 절독 운동으로 인해 3개월 만에 정기 구독자수가 2,000명 줄었다. 치명적이었다. 그해 11월에는 '〈한겨레21〉 편집권 침해 논란' 사건이 벌어졌다. 초기에 수습되지 못하고 진통이 다섯 달을 끌었다. 간부로서 고단한 감정노동의 시간이었다.

그 와중에 꾸역꾸역 블록체인 미디어 법인 설립을 추진했다. 쉬운 일이 없었다. 인선 및 채용, 경영 및 매체 전략과 예산안 수립, 해외 라이선스 계약, 투자 유치 등 새 회사를 만드는 작업은 단순한 매체 창간에 비할 바가 아니었다. 후배들의 도움이 없었다면 난제를 넘어서지 못했을 것이다. 게다가 비트코인 가격은 롤러코스터를 탔다. 신문과 방송이 앞다퉈 이를 보도했다. 대중적 인지도가 높아져 고마웠으나, 투기와 거품과 도박이라는 부정적인

451

측면으로만 인지도가 높아졌다. 정부는 옥석 구분 없이 암호화폐 산업을 사행성 오락실 취급했다. 회사 안에서는 "왜 한겨레가 이상한 투기 매체를 앞장서서 만드느냐"고 비판하는 사람들이 나왔다. 매일 밤 악몽을 꾸었다. 엄살을 섞어 말하자면, 22세기미디어는 악몽 속에서 핀 꽃이다.

왜 22세기인가. '블록'이나 '크립토'를 조합한, 관련 산업계 용어가 들어간 여러 이름 후보들을 제치고 나는 '22세기미디어'를 고집했다. 미래 가치 어쩌고 하는 설명을 댔지만, 무엇보다 아무도 사용하지 않아서였다. 〈한겨레21〉이 영향을 끼친 측면도 있다. 〈한겨레21〉은 20세기 끄트머리에 21이라는 이름을 한국에서 처음 썼다. 그 뒤 한겨레 안팎으로 많은 '유사 21'이 생겼다. 21의 신세기 프리미엄이 끝난 2010년대 후반, 〈한겨레21〉 창간 멤버 출신인 나는 한국에서 처음 22세기라는 이름으로 회사를 만들었다.

매체의 현업 제작일에서는 손을 뗐다. 2017년부터의 일이다. 2018년 3월엔 겸임하던 출판국장 직에서도 떠났다. 편집장 일이 아닌 작은 언론사 경영을 한다. 기사보다 숫자에 문제의식을 느낀다. 그 이전엔 별 관심을 두지 않던 매출과 손익을 생각한다. 대표의 임무는 크게 전략과 펀딩이다. 펀딩의 다른 말은 영업이다. 영업 전선에 뛰어들었다. 내가 자초한, 전혀 새로운 일이다. 새로운 프로젝트가 인간의 마음을 어떻게 피폐하게 하는지 여러 차례 경험할 때마다 다짐하지 않았던가. '다시는 하지 말아야지, 하지 말아야지.' 그러나 편집장 때의 버릇이 어디 가지 못했다. 2017년 7월 그날, 블록체인에 관해 들으면서 꽂혔다. 마치 인상적인 기획 아이디어를 듣자마자 뚝딱 실행 계획을 잡는 편집장처럼 행동하고 말았다. 22세기까지 오고 말았다.

문득 궁금해진다. 2100년, 22세기의 편집장은 어떤 존재일까. 지금 태어나는 아이들이 노인으로 살아갈, 어쩌면 멀지도 않은 그 미래에 매체는 어떻게 변할까.

종이가 죽음을 맞이할지 정말 궁금하다. 현존하는 매체는 몇 개나 살아남을까. 미디어 플랫폼은 컴퓨터와 모바일을 넘어 인간의 망막 속에 심는 렌즈 속에 자리잡을 거라는 상상을 해본다. 22세기가 고도화된 인공지능, 사물인터넷, 자율주행차로 생활이 한껏 풍요로워지는 유토피아가 될지, 플라스틱과 핵쓰레기로 인한 디스토피아가 될지는 모르겠다. 그 과정에서 위변조가 불가능한 데이터 저장 기술인 블록체인이 작은 기여를 할지, 암호화폐가 어떤 역할을 할지도 모르겠다. 천지가 제아무리 개벽해도 여전히 정보와 뉴스와 이야기는 중요할 것이다. 미디어가 콘텐츠를 유통하는 방식과 독자와 관계를 맺는 시스템은 근본적으로 변화할 것이다. 미디어에서 기술이 차지하는 비중과 위상은 훨씬 커지리라 막연히 추론해본다. 매체 편집장은 그럼 기술 전문가가 돼야 하나? 최소한 기술까지 꿰뚫는 통찰력을 필요로 할 것이다. 매체마다 CTO(Chief Technology Officer ; 최고기술경영자)가 반드시 필요해지고 그 위상이 증대할 것이다. 아니, 이런 허튼소리를 해서 무얼 하나. 22세기는 아직 80년도 넘게 남았다.

맺을 때가 되었다.

세상은 진화한다. 새로운 문제의식과 실천력을 가진 사람들 덕분이다. 낡은 것을 두드려 부수고, 온건한 방법으로 손질하고, 또는 그래야 한다고 목소리를 높이거나 속삭여주는 사람들 덕분이다. 뜻밖의 물건, 뜻밖의 가치로 세상 사람들의 눈과 귀를 사로잡고 가슴을 적셔주는 이들 덕분이다. 현실의 부조리에 관해 비판을 하거나 창의적 대안을 제시하는 미디어 종사자들도 마찬가지다. 편집장이냐 아니냐는 상관없다. 맞닥뜨린 문제마다 주인 의식으로 결정하고 판단하는 모든 사람들이 자기 인생의 편집을 책임지는 편집장이다. 그런 사람들이 세상에 찍는 새로운 점 하나로 지구별은 멋지게 돌아간다. 오늘도 새로운 태양은 뜬다. 나도 늘 새로운 일과 마주치고 싶지만… 몰려드는 두려움은 어쩔 수 없다.

굿바이, 편집장

초판 1쇄 인쇄 2019년 11월 10일
초판 1쇄 발행 2019년 11월 15일

지은이 고경태
발행인 이상훈
편집인 김수영
본부장 정진항
인문교양팀 김단희
마케팅 조재성 천용호 박신영 조은별 노유리
경영지원 정혜진 이송이

펴낸곳 한겨레출판㈜ www.hanibook.co.kr
등록 2006년 1월 4일 제313-2006-00003호
주소 서울시 마포구 창전로 70(신수동) 화수목빌딩 5층
전화 02-6383-1602~3 **팩스** 02-6383-1610
대표메일 book@hanibook.co.kr

ISBN 979-11-6040-322-0 03800

• 책값은 뒤표지에 있습니다.
• 파본은 구입하신 서점에서 바꾸어 드립니다.

만든 사람들
기획편집 오혜영
교정교열 김민영
디자인 여만엽